Sterne im Bauch

Ahima Beerlage

Sterne im Bauch

Ahima Beerlage

Krug & Schadenberg

Für ihre Zuneigung, Kritik und Unterstützung danke ich Birgit S., Ira, Gabi, Birgit P., Andrea, Dagmar, Petra, Ulrika, Ani, Astrid, Mechthild, Maria K., Richard und Hans. Mein ganz besonderer Dank gilt Tina und Babse, ohne die ich die Welt nicht mehr aus der Sicht einer Siebzehnjährigen hätte sehen können.

Für Rafaela

48 crash

„Hände auffe Bettdecke, abba flott! Wat machse eigentlich am hellichten Tach im Bett?“ Sie schlug die Decke zurück und schrie auf. „Du hast ja nich ma ’n Schlüpfer an! Weisse eigentlich, dasse von dem, wasse da tus, ’n krummen Rücken kriss?“

Meine Mutter war auf Hundertachtzig. Dabei tat es doch so gut, das da unter der Bettdecke, dieses Schwitzen. Ich hatte es einfach „schwitzen“ genannt, wenn meine Hände unter die Bettdecke glitten und ich mir vorstellte, wie ich ohne Hemd und Höschen durch eine Menschenmenge laufen mußte, und dabei rieb ich mich, bis mir der Schweiß vom Bauch lief, das Blut in den Ohren rauschte, mir schwarz vor Augen wurde und ein lauter Piepton in meinen Ohren schrillte.

Aber es endete jäh, als meine Mutter mich erwischte.

„Und außerdem hat der Doktor gesacht, dasse mit deinen zehn Jahren frühreif bist und noch ein Unglück geschieht, wenne nich die Finger von solche Fissematenten läßt. Wer einmal Blut geleckt hat, kann nich mehr damit aufhören, und wenn dann noch ’n Kerl dazukommt, hasse bald ’n Kind. Dat is Sünde. Dat musse beichten. Und jetzt raus da, Frolleinchen, abba flott.“

Sie war völlig außer sich. Wochenlang konnte ich nicht mehr „schwitzen“. Ich hatte höllische Angst, von meiner Mutter erwischt zu werden. Damals fing ich an zu träumen. Schon seit der Zeit, als ich allein in der Kinderklinik lag, weil ich es „auffe Lunge“ hatte, und merkte, wie aufregend es war, im Bett mit dem Kopf hin- und herzuschlagen, bis mir schummerig wurde, liebte ich diese Benommenheit, die mir Platz zum Träumen gab. Das Kribbeln im Bauch, das Rauschen in den Ohren waren wie eine Reise. Und ich reiste gern.

Ich fuhr mit meiner Klasse und meiner Lieblingslehrerin irgendwohin. Es geschah stets auf einer schmalen Straße, an einem steilen Abhang. Der Bus kam ins Schleudern, überschlug sich und rutschte halb über den Abgrund. Alle schrien – außer mir natürlich. Die anderen Mädchen flohen heulend durch den hinteren Ausstieg ins Freie. Der Bus schwankte gefährlich. Der Fahrer war bewußtlos. Benzin lief aus. Ich konnte es riechen. Meine Lehrerin hing hilflos auf ihrem Sitz. Sie weinte, aber leise und nicht so hysterisch wie die Mädchen. Ich war verletzt und kroch mit letzter Kraft nach vorn, um meine Lehrerin zu retten, die sich dankbar lächelnd an meinen Hals klammerte. Ich blutete stark, rettete aber noch den eingeklemmten Fahrer aus dem Wrack, bevor der Bus explodierte und den Abhang hinunterstürzte. Schnitt.

In der Notaufnahme des Krankenhauses standen die Tragen, auf denen man uns hereingeschoben hatte, zusammen, die von meiner Lehrerin und mir. Sie reichte mir matt die Hand, lächelte mich an und hauchte: „Danke."

Ich „schwitzte", schlug mit dem Kopf hin und her und atmete langsam die kribbelnde Masse aus meinem Bauch heraus. Doch es ging nicht immer so glatt. Oft machte ich einen Fehler in der Geschichte und mußte ganz von vorn anfangen. Denn wenn irgend etwas nicht stimmte, mußte ich neu beginnen, weil es sonst nicht klappte. Manchmal hörte meine Mutter auch das rhythmische Gequietsche meines Bettgestells und kam herein, stumm, vorwurfsvoll. Dann war Schluß für diesen Tag.

Meine Lehrerin mußte der letzte Gedanke sein, bevor ich einschlief. Und ihr Fahrrad mußte es sein, das ich an der Sporthalle lehnen sah, um einen guten Morgen zu haben. Ich wollte sie anfassen. Doch ich wußte, daß es verboten war, und zwar ohne daß jemand ein Wort darüber verloren hätte.

Es fiel unter die unerklärlichen Geheimnisse, die sich mit den Jahren ansammelten. Als ich klein war, bekam ich auf fast jede Frage eine Antwort. Doch dann tauchte sie auf, diese Mauer. „Warum hat der Mann nur ein Bein?" Meine Mutter verschloß die Miene und zischte: „So wat fracht man nich." Obwohl ich es nicht verstand, waren mir ihr Gesicht, ihr Ton unangenehm. Ich spürte, daß ich etwas Falsches gefragt hatte. Das peinliche Gefühl brannte im Magen und trieb mir die Röte ins Gesicht. Die unerklärlichen Lücken wurden immer größer, und ich fühlte mich ratlos und allein. Um diese Situationen zu vermeiden, stellte ich immer weniger Fragen. Doch bald schon wußte ich, wann ich es mal wieder mit einem Geheimnis zu tun haben könnte, und eine Sehnsucht, doch herauszufinden, was dahintersteckte, brannte in mir. Die meisten Geheimnisse hingen mit der nackten Frau und dem nackten Mann im Gesundheitsbuch zusammen. Es war mir strengstens verboten, sie mir anzusehen. Gerade das machte sie natürlich höchstinteressant. Ich schlich also oft, wenn ich allein war, ins Schlafzimmer meiner Eltern, zog mit wild klopfendem Herzen das dicke Buch aus dem Regal, schlug die ausklappbaren Seiten mit der Frau und dem Mann auf und sah mir ihre nackten Körper an.

Das Kribbeln im Bauch, wenn ich an meine Sportlehrerin dachte, war auch so ein unerklärliches Geheimnis. Das machte es besonders toll, wenn ich es schaffte, im Sportunterricht gegen sie zu fallen, um mich von ihr auffangen zu lassen. Sie roch nach Talkum, Schweiß und Algemarin.

Irgendwann wurde das Schweigen gebrochen. Wir standen zusammen in der Raucherecke. Wir – das waren meine Freundinnen Meral und Veronika und ich sowie einige andere Mädchen aus der frischgebackenen Oberstufe. Die Raucherecke im Innenhof unseres Mädchengymnasiums war die einzige geduldete Anarchie in dem alten Bildungsinstitut. Längst war das alte Mädchenlyzeum aus dem Klinkerbau der Gründerzeit in ein modernes kastenförmiges Gebäude umgezogen, dessen Architekten Gelsenkirchen-Buer die neue Sachlichkeit nahebringen wollten. Die weißgekachelte Fassade entbehrte in unseren Augen nicht einer unfreiwilligen Komik, sah sie doch aus wie die Außenmauer eines Schlachthofes. Während der äußere Pausenhof schmucklos asphaltiert und dem Fußvolk der Sextanerinnen bis Untersekundanerinnen vorbehalten war, trafen sich die Damen der Oberstufe auf dem begrünten Innenhof, in dessen Mitte ein monströser Brunnen aus Metallplatten prangte. Hier hatten wir unsere Raucherecke, die dem konservativen Lehrkörper verhaßt war. Trotz aller äußerlichen Modernität herrschte im Annette-von-Droste-Hülshoff-Gymnasium noch der alte Geist deutsche Mädchenerziehung. Die Lehrerinnen waren zumeist alt und lieblich, die Lehrer oft noch älter und aus dem Jungengymnasium, das nur durch einen hohen Zaun von unserer Schule getrennt war, ausrangiert und nur noch für Mädchen zu gebrauchen, meinte das Kultusministerium. Dank der Lehrerschwemme, die durch den Entschluß der Alt-Achtundsechziger entstand, den Weg durch die Institutionen, sprich Schulen, zu gehen, stieg die Zahl der männlichen Referendare, und die wurden umschwärmt wie Pierre Brice. Junge Lehrerinnen gab es fast nur im Sportbereich. Sie wurden ebenfalls angeschwärmt – aber mit einem kleinen Unterschied: Schwärmtest du für eine Lehrerin, behieltest du das besser für dich.

Wir standen also qualmend in der Raucherecke und quatschten über Slade oder Sweet oder Mathe. Nie behielt ich diese Gespräche länger als eine Pause in Erinnerung. Denn es ging im Grunde ja auch gar nicht um das, was wir redeten, es ging darum, gesehen zu werden. Die Mitgliedschaft in der Raucherecke war der Aufstieg an sich und bildete das Ende von Belästigungen durch milchschlürfende Sextanerinnen. Doch an diesem Tag wurde es interessant. Irgendeine fing an zu erzählen, wie die Soundso der Soundso auf der letzten Pyjamaparty im „total besoffenen Kopp“ an die Wäsche gegangen sei. Wieder dieses bedeutungsvolle „Ihr wißt schon ...“.

Zur Hölle! Ich wußte nicht. Also fragte ich. Ich konnte mir das leisten. Meistens erntete ich auf meine gnadenlos naiven Fragen bloß ein: „Ulli, wie kannsse nur!“ von meinen erfahrenen Freundinnen. Und so fragte ich auch diesmal. „Wat ham die denn gemacht?“ Alle lachten spitz und stießen sich mit den Ellenbogen in die Seiten. Meral und Veronika hakten sich ein und kreischten unisono: „Ulli, wie kannsse nur!“ Ich zuckte trotzig die Achseln.

Da trat Regina entschlossen ihre Kippe aus, sah mich an und sagte mit tiefer Stimme. „Mann, ey, du Döskopp, die ham sich an ihre Teilchen rumgeschubbert, die ham's sich gemacht. Lesbisch, vastehsse?“

Das Gelächter schwoll an, bis der häßliche Metallbrunnen in der Mitte des Innenhofs zu vibrieren schien.

Ich spürte, daß jetzt nichts mehr rauszureißen war, und murmelte bloß gedehnt: „Ach so, dat meinsse.“ Die Pause war dann glücklicherweise zu Ende, und die anderen gingen hinein, doch nicht ohne einen letzten belustigten Blick auf mich zu werfen.

Ich schwitzte – aber jetzt aus Angst. Irgendwas war verkehrt. Ich hatte keine Ahnung, was. An diesem Abend gelang es mir nicht, mir meine Geschichte mit dem Bus auszumalen. Vom Kopfschlagen wurde mir schlecht. Ich stand wieder auf und schlich mich im Dunkeln zu meinem Cassettenrecorder. Meine Schwester Anna, die zwei Jahre älter ist als ich, saß noch mit unseren Eltern vor der Glotze. Es war gut, daß sie nicht da war. Wir waren gerade wie Hund und Katze miteinander.

Anna hatte es nämlich satt, sich das winzige Zimmer mit ihrer lästigen kleinen Schwester teilen zu müssen. Sie haßte mich regelrecht, weil sie lieber ein Zimmer für sich allein gehabt hätte wie die meisten ihrer Klassenkameradinnen. Ich war schlampig, sie war ordentlich. Sie wollte Creedence Clearwater Revival auf ihrer neuen Anlage hören, ich drehte mein Cassettenradio bei „Ballroom Blitz“ von Sweet bis zum Anschlag auf und brüllte mit. Ich wühlte in ihren Klamotten herum, und sie sollte immer „vernünftig“ sein und nachgeben, weil ich doch „die Kleine“

war. Sie war jetzt ein Hippie und trug eine runde Nickelbrille und einen Schlapphut mit einem neonbunten Schmetterling darauf. Für ihren Midimantel hat sie bei meinen Eltern verbissen gekämpft. Minirock und Midimantel und dazu Plateaustiefel waren in ihrer Clique in. Anna war ständig auf Diät, weil die Miniröcke sonst nicht so gut gekommen wären. Mich pflaumte sie meistens an: „Kröte, du wirst immer fetter", und dann stellte sie mir stumm Clearasil gegen meine Pickel auf den Nachttisch. Manchmal wurde sie von einem Bärtigen mit einer Ente abgeholt. Als ich auf „ihrem" Gymnasium eingeschult wurde, schärfte sie mir ein, sie bloß nicht auf dem Pausenhof anzusprechen. „Ich bin sonst bis auffe Knochen blamiert", zischte sie, „wenn meine Freundinnen mitkriegen, dat meine kleine Schwester an meinem Rockzipfel hängt." Am liebsten hätte sie mich in einen Schacht geschmissen und den Deckel zubetoniert.

Katharina, meine zweite Schwester, die, als wir zusammen mit unserem Opa in die neue Wohnung in Buer gezogen waren, noch mit uns auf einem Zimmer hauste, hatte nach dessen Tod sein Zimmer bekommen. Katharina war mit ihren einundzwanzig Jahren eigentlich schon erwachsen. Sie fuhr einen eigenen Wagen, ging in die Lehre und hatte die Tanzschule hinter sich. Für sie waren wir beiden aus dem „Kinderzimmer" bloß kleine Schulmädchen, die vom Leben keine Ahnung hatten. Ihre Freundinnen und Freunde waren meistens schon berufstätig. Sie als Älteste war ständig sauer auf uns, weil sie fand, daß ihr viel mehr verboten worden war, als sie so alt gewesen war wie wir. Wir würden verwöhnt, meinte sie. Außerdem würden wir auf sie herabgucken, weil sie nicht aufs Gymnasium gegangen wäre. Das warf sie manchmal auch unseren Eltern vor: „Ihr habt mich ja nicht gelassen!" Meine Eltern ließ das kalt. Sie hatten immer nur gewollt, daß wir einen Schulabschluß machen. Das mit dem Gymnasium war jeder freigestellt. „Wenn ihr schicke Sachen und Geld inne Tasche haben wollt, müßter inne Lehre gehen. Wollt ihr wat lernen, dann müßter mit weniger auskommen. Wir können euch nix geben."

Für Katharinas Jahrgang war es noch nicht üblich gewesen, das Gymnasium zu besuchen – daß jeder Mensch Abitur braucht, das kam erst auf, als Anna und ich in dem Alter waren. Ich bewunderte Katharina, weil sie so viel reparieren konnte, und ich verstand nie, warum sie so eifersüchtig war. Manchmal beneidete ich sie, weil mein Vater lieber mit ihr redete als mit Anna und mir und ihr mehr zutraute. Er erklärte ihr, wie man Autos repariert, und lobte sie ständig, weil sie so praktisch war. Anna und mich hielt er, glaube ich, manchmal für ziemlich unpraktisch. Außerdem war Katharina so schön wie Marianne Rosenberg. Sie war nicht nur hübsch, sondern kaufte sich von ihrem Lehrlingslohn auch modische Röcke und bunte Blusen und ließ sich eine Dauerwelle in ihre langen dunklen Haare machen.

Froh, in unserer kleinen Bude mal einen Moment allein zu sein, setzte mich auf den Boden, stülpte mir den Kopfhörer über die Ohren, drehte den Lautstärkeregler auf Maximum und drückte den Startknopf. „48 crash, 48 crash ..." Suzie Quatro kreischte meinen Kopf leer.

Dann schlich ich zurück ins Bett und schlief.

Die anderen Mädchen wurden von Jungs mit Mokicks abgeholt. Alle – außer Meral. Ihre Eltern waren aus der Türkei nach Deutschland gekommen. Der Vater war ein hohes Tier bei der Botschaft seines Landes. Die Mutter arbeitete als Kinderärztin. Deshalb hatten sie viel Geld. „Nationalität Kohle" hatte Regina, die aus einem Vorort von Buer kam und deren Vater noch als Bergmann einfuhr, mal verächtlich gesagt, als Meral erzählte, daß sie in die Karibik flögen, um dem deutschen Weihnachtsrummel zu entkommen. Wenn es jedoch um die „Ehre" ihrer beiden Töchter Meral und Yıldız ging, kannten ihre Eltern keine westliche Toleranz. Merals Vater fuhr sie oft persönlich in seinem dicken Schlitten zur Schule und holte sie auch meistens wieder ab. Manchmal fuhr auch ein Wagen von der Botschaft vor, und ein Chauffeur hielt Meral die Tür auf. Meral war das peinlich, und die Mädchen, die zusahen, waren entweder neidisch oder fanden das doof. Merals T-Shirts durften nicht zu eng sein, und Miniröcke kamen überhaupt nicht in Frage. Also versteckte sie diese Sachen bei mir oder Veronika, um sie heimlich zu tragen. Wenn ihr Vater sie jemals in diesen Klamotten gesehen oder bei einem Flirt mit einem der Mokick-Jungs erwischt hätte, wäre ihr Stubenarrest bis zum Sankt Nimmerleinstag sicher gewesen.

Ab der achten Klasse war es für die meisten Mädchen wichtig, daß die Jungen vor dem Schultor standen. Sie baggerten einen von ihnen an und schlenderten lässig mit ihm über den Asphaltweg zwischen unserer Schule und dem Max-Planck-Gymnasium für Jungen. Dieser kleine Pfad war sozusagen die neutrale Zone, weil er zum gemeinsamen Fahrradständerplatz führte. Es war der einzige Ort, an dem sich die Mädchen aus dem „Schneewittchensarg", wie unser Gymnasium in Buer genannt wurde, mit den Jungen treffen durften. Es war wichtig, von möglichst vielen Klassenkameradinnen gesehen zu werden, sonst hatte es ja keinen Wert gehabt, mit einem pickeligen Jungen da langzugehen.

Ich war verwirrt. Mädchen, die ich als durchaus intelligent und wortgewandt kannte, wurden in Anwesenheit dieser Trampel mit den großen Händen und Füßen zu wispernden Dummchen. Während die Typen über Mokicks, Schalke und Flipperautomaten schwadronierten, schmachteten die Mädchen sie an, als wäre jeder einzelne von ihnen David Cassidy höchstpersönlich.

Plötzlich waren die Regeln geändert worden. Ich gehörte nicht mehr dazu. Ich sah nicht gut aus, und ich redete zuviel. Ich mußte immer widersprechen, wenn so ein Dämlack Blödsinn erzählte. Die Jungen halfen sich aus der Klemme, indem sie mich einfach zum „duften Kumpel" ernannten oder zur „Labertasche" degradierten. Ich war nicht gefragt. Eigentlich fand ich die Jungen blöd. Aber ich wollte auch nicht ausgelacht werden. Und auf einer Party herumzustehen, während die Mädchen kichernd die Köpfe zusammensteckten und die Jungen über der Stereoanlage hingen, war mir ein Graus. Am Ende waren fast alle vom hineingeschmuggelten Cognac betrunken, und jemand drehte das Licht herunter. Dann legten sich die Pärchen irgendwo auf den Boden. Die Jungen schoben ihre schwitzig-kalten Hände unter die T-Shirts der Mädchen, und die Mädchen gingen den Jungen an die Hose. Einmal erwischte ich einen Rothaarigen, der nach Kaninchenstall roch und heftig in mein T-Shirt atmete. Ein andermal blieb für mich ein Bürgersöhnchen mit Pickeln übrig, der seinen zitternden, nach Nikotin stinkenden Zeigefinger zu „Nights in White Satin" in mein Dings schieben wollte. Ich haßte ihn dafür. Er gab mir am nächsten Tag theatralisch den Laufpaß, weil seine Freundin aus dem Skiurlaub zurückgekommen war. Ich war sauer und erleichtert zugleich.

Danach beschloß ich, mein Image aufzumöben. Meinen Wahlspruch hatte ich aus der WAZ. Ich hatte die Geschichte in der Wochenendbeilage entdeckt. Ein Wärter im Ruhrzoo hatte den Besucherinnen und Besuchern immer ein entschlossenes: „Nich am Bär packen!" entgegengeschleudert, wenn sie den Grisly, den er in seiner Obhut hatte, knuddeln wollten. Das war's! Das paßte hervorragend zu mir. Wenn nun jemand mit offenen Armen auf mich zugestürzt kam, wich ich mit einem gutmütigen: „Nich am Bär packen! Und keine Sentimentalitäten, bitte!" zurück. Damit waren auf einen Schlag alle Probleme gelöst. Ich galt sowieso als versponnen, so daß die neue Marotte nicht weiter störte. Gleichzeitig entging ich der Verwirrung, die mich packte, wenn ein Mädchen mich umarmte und mein Puls in die Höhe schnellte und ich mich unwillkürlich versteifte. Die Mädchen gewöhnten sich schnell daran, daß sie sich bei Liebeskummer oder besäuselter Anlehnungsbedürftigkeit nicht mehr in meine Arme werfen konnten. Und den Typen wich ich gleich mit vor der Brust verschränkten Armen aus. Der neue Spruch wirkte cool, und durch diese Tour hatten die Jungs Respekt vor mir.

Die Träume mit meiner Lehrerin gingen unterdessen unvermindert weiter.

Großer Gohott, wir lohoben diech

Der beste Ort zum Träumen ist und bleibt eine Kirche. Unser Dom war ein hohes gotisches Steinungetüm, dessen wuchtige Säulen mich von der harten Holzbank zu ziehen schienen. Sie waren dickbauchig und mit vier steinernen Wülsten versehen, die verhinderten, daß ich mich an die kühlen Rundungen schmiegen konnte. Gigantische Ölbilder, auf denen der Kreuzweg Christi fast fotografisch genau dargestellt war, zogen sich wie ein breites Band hoch oben um den Innenraum des Hauptschiffes. Egal, wohin ich sah, immer trafen meine Blicke auf das blutverschmierte Gesicht Jesu. Der gesamte Innenraum, die Bilder, die riesigen Kerzenleuchter gaben mir immer das Gefühl, Gulliver im Land der Riesen zu sein. Vermutlich sollten sich alle, die in diesen Dom traten, wie Gottes „Kinder" fühlen. Jeden Sonntag marschierten mein Vater, dahinter meine Mutter, dann meine älteste Schwester Katharina, dahinter Anna und zum Schluß ich geschniegelt und gebügelt zu unserer Bank.

Unser Stammplatz war ungefähr in Höhe des Bildes, das Jesus mit dem Kreuz auf seinen Schultern auf dem Weg zu seiner Hinrichtung zeigte. Als ich klein war, hatte ich oft körperlichen Schmerz empfunden, wenn ich in die Betrachtung dieses Bildes versunken war. Ich sah einen jungen Mann mit schütterem Vollbart in einem blutbespritzten Hemd, das nur von einer Kordel in der Taille zusammengehalten wurde. Er ging tiefgebeugt und schleppte ein riesiges Holzkreuz, dessen Querbalken ihm in die Schultern schnitt und dessen unteres Ende über den sandigen

Boden schleifte. Sein Gesicht war voller Blut und seine Miene schmerzverzerrt. Um ihn herum standen hämisch grinsende Soldaten in Uniformen, wie bei Asterix und Obelix. Einer hielt mit beiden Händen eine Peitsche umklammert, und im Hintergrund sah man die Silhouette einer alten, fremdländischen Stadt. Immer wieder stiegen mir die Tränen in die Augen, und ich bekam keine Luft, wenn ich um mich herum die abwesenden oder verzückten Mienen der anderen Gläubigen sah. Wie konnten sie mit einem so grauenhaften Bild an der Wand die Messe feiern? Die Kirche schien unter ihrem „Großer Gohott, wir lohoben diech" zu bersten – und über all dem der Blutüberströmte an der Wand.

„Er ist für uns gestorben, und deshalb müssen wir ihm nacheifern", sagte meine Mutter immer, wenn ich sie fragte, was es denn für einen Sinn ergebe, dieses Bild in die Kirche zu hängen. Ich wollte auf keinen Fall gefoltert werden, um in den Himmel zu kommen. Später fand ich bei meiner Schwester Anna ein Buch mit dem Titel *Nie wieder Krieg!*. Es enthält Bilder aus dem Ersten Weltkrieg. Schwerverletzte und Tote sind dort in all ihrem Elend im Morast eines Schlachtfeldes zu sehen. Ich fand, es wäre eine gute Idee, diese Bilder in unserem Wohnzimmer aufzuhängen, um an die Soldaten und ihre Opfer zu erinnern. Sorgfältig schnitt ich die Bilder aus und befestigte sie mit Klebestreifen auf den Glastüren des Wohnzimmerschranks. Dann wartete ich, bis meine Eltern vom Einkaufen wiederkamen. Meine Mutter ließ sich mit entgeisterter Miene in einen Sessel fallen und hätte mir am liebsten eine Ohrfeige gegeben, weil sie dachte, ich wolle sie auf den Arm nehmen, und Anna war stinksauer, weil ich ihr Buch zerschnitten hatte und mein Vater ihr obendrein den Marsch blies. Er brüllte, es sei unverantwortlich von ihr, so ein grausames Buch in Griffhöhe ihrer kleinen Schwester aufzubewahren. Anna kochte vor Wut.

Nach der Standpauke meines Vaters kam sie in unser Zimmer gestürmt, schmiß die Tür hinter sich zu und zischte: „Du kleine

Kröte! Wie bisse bloß auf diese selten dämliche Idee mit den Bildern gekommen? Musse deine dreckigen Griffel immer in meine Sachen stecken? Nich genug, dat du blöde Schlunze versuchst, heimlich deinen dicken Hintern in meine Klamotten zu zwängen. Nein, du Trines mußt auch noch sonne Panneaktion starten! Warum muß ich bloß mein Zimmer mit so 'nem hirnlosen Wesen teilen? Du läßt ab heute deine Finger von meinen Sachen, sonst is Panhas am Chrissbaum, verstanden?"

Wochenlang grübelte ich darüber nach, worin denn wohl der Unterschied lag zwischen der Darstellung des Kreuzweges und meiner Wohnzimmeraktion. Als ich es leid war, beschloß ich, daß man offensichtlich nur prominente Tote und Heilige an die Wand hängt.

Ich hatte immer ein Heiligenbildchen von einer Maria aus Italien in meinem Gebetbuch. Sie hatte sich bei einer versuchten Vergewaltigung so lange gewehrt, bis der Täter sie totschlug. Jetzt prangte sie, einbalsamiert und in einen Glassarg gesperrt, auf meinem Heiligenbildchen. Ich würde mich auch wehren, wenn mir ein Mann an die Wäsche wollte, hatte ich mir geschworen. Aber in den Glassarg wollte ich nicht.

In der Kirche saß ich in meiner Denkhalle. Beim Gottesdienst spielte ich viele Jahre lang immer „Vogel fliegt aus dem Käfig". Der Käfig war mein Körper. Er bewegte sich automatisch wie alle anderen. Wenn alle niederknieten, kniete auch ich nieder. Wenn alle aufstanden, stand auch ich auf. Später habe ich Zombiefilme gesehen und mich gefragt, wer dort wohl der einzige Mensch mit Bewußtsein war, der den anderen ihre Bewegungen vorgab. In der Kirche war es sicher meine Tante. Diese Tante war eine „Hunnertprozentige", wie unser Mutter sie nannte. Sie war immer voll konzentriert, und so konnte ich mich darauf verlassen, daß sie die Choreographie des Gottesdienstes drauf hatte. Währenddessen ließ ich meinen Vogel der Träume fliegen. Schwitzige Träume waren natürlich verboten. „Der liebe Gott sieht alles – und er hört deine Gedanken." Meine Mutter bemühte diesen Satz immer, wenn ihr mein Gesichtsausdruck verdächtig vorkam. Sicherheitshalber enthielten daher meine Kirchenträume nichts Sündiges. Man weiß ja nie.

Statt dessen träumte ich davon, berühmt zu werden. Ich sang immer gern und viel zu Hause. Eine ganz besondere Fertigkeit entwickelte ich darin, meinen Vater zu kopieren. Wenn er im Bad beim Rasieren gregorianische Gesänge für den Männerchor probte, stimmte ich ein. Er ließ sich nie etwas anmerken. Schließlich konnte er seiner kleinen Tochter ja schlecht das Singen verbieten. Was er nicht verstand oder was ihn peinlich berührte, ignorierte er. Das war für alle äußerst bequem. Also träumte ich davon, die erste berühmte Tenörin zu werden. Ich würde im Duett mit einem männlichen Sopran die *Zauberflöte* singen. Ich liebte die *Zauberflöte.* Sie war so schön versponnen und rätselhaft. Hinknien. Ich würde also an großen Opernhäusern als Tenörin Rosen auf die Bühne geworfen bekommen. Amen. Dann würde ich um die ganze Welt reisen und meine Sportlehrerin auf meiner Tournee in ein berühmtes Hotel einladen. Halt! Keine Sportlehrerin in der Kirche. Ich würde mich als Mann verkleiden und Elvis' Nachfolge antreten. Ich würde jahrelang so leben wie Lieselotte Pulver in einem alten Film, den ich gesehen hatte. Da war sie als kleiner Soldat in die Armee gegangen. Aber ich würde mich nicht in einen der Männer verlieben. Und meine Sportlehrerin würde ...

Nein! Also, nein! Fenster zählen hilft. Also zähle ich alle Scheiben in den großen bleiverglasten Kirchenfenstern. Das eine Fenster ist in den unterschiedlichsten Blautönen gestaltet. Das machte die Aufgabe schwieriger. Ich mußte oft von vorn anfangen, und als ich es fast geschafft hatte, fing das „Vaterunser" an. Ich versuchte krampfhaft, die Zahl zu behalten. Es gelang mir nicht, und ich mußte wieder von vorn anfangen.

Jingle Bells

Mit ungefähr zehn hatte ich begonnen, meine Innenwelt von der Alltagswelt zu trennen. Ich spürte, daß mein Kopf bersten würde, wenn ich meine Träume mit dem, was um mich herum geschah, verknüpfte. Es war leicht, aus unangenehmen Situationen zu entfliehen, indem ich meine Träume im Kopf einschaltete. Hatte ich mal wieder keinen blassen Schimmer, was der Mathelehrer wollte, setzte ich ein interessiertes Gesicht auf, heftete den Blick auf ihn, ohne wirklich etwas wahrzunehmen, und verschwand in meine Innenwelt. Dann war auch die Angst gebannt, daß meine Ahnungslosigkeit in Mathe vielleicht dazu führen würde, daß ich sitzenblieb.

Ich konnte aus so gut wie jeder unangenehmen Situation flüchten und fand es richtig, mich nicht dauernd fürchten zu müssen. Ich wollte mich nicht von meinen Gedanken und Ängsten in den Wahnsinn treiben lassen, und irgend etwas beunruhigte mich ständig. Mal versetzte mich mein sich auswölbender Körper in Panik, mal brachte ich Weihrauch und die Demonstrationen, die ich in dieser aufregenden Zeit Anfang der siebziger Jahre im Fernsehen sah, nicht zusammen. Warum war die Atombombe auf Hiroshima gefallen? Warum hatten die USA das getan, obwohl sie wußten, daß Tausende von Menschen sterben würden? Wer könnte uns eine solche Bombe auf den Kopf werfen? „Du solltest nich an so wat denken." Ständig rannte ich gegen Mauern. Werde ich schwanger, wenn ich einen Jungen küsse? „So wat fracht man nich." Viele Überlegungen fielen allein schon über diese Klippen ins Nichts. Flugzeuge wurden von palästinensischen Freiheitskämpfern entführt, im *Wort zum Sonntag* empörte sich ein Pfarrer über die „Sex-Welle", und an den Litfaßsäulen wurden die Gesichter auf den Fahndungsplakaten immer zahlreicher. Manchmal stand ich davor und versuchte herauszufinden, ob die Terroristen sich von den normalen Menschen unterschieden. Die Porträts auf den Plakaten waren körnig und düster wie Verbrecherfotos, und die meisten Bilder zeigten Menschen mit ernsten Gesichtern. Vielleicht lag es aber auch daran, daß es vergrößerte Paßfotos waren. Ich sah darauf auch immer blöd aus. Die Terroristen waren auf der Flucht. Die Polizei im ganzen Land suchte sie. Manchmal zeigte Eduard Zimmermann ihre Bilder auch in *Aktenzeichen XY – ungelöst*. Am nächsten Tag redeten die Nachbarn dann darüber, was sie machen würden, wenn ihnen ein Terrorist über den Weg liefe. „Im Kriech hätten wir die ohne große Fissematenten an 'n nächsten Baum geknüpft. Getz wernse gefangen, dürfen beie Festnahme noch 'n Pollezisten erschießen und leben dann auf unser sauer verdienten Steuergelder im Knast. Wat 'ne Verschwendung."

Ich hatte für mich längst nicht klar, ob ich Angst vor ihnen hatte oder sie bewundern sollte, weil sie sich selbst Revolutionäre nannten und gegen den Staat waren. Robin Hood oder Revolutionäre oder Terroristen. Oft waren sie mir sympathischer als ihre schwadronierenden Gegner. Ich war froh, daß ich noch zur Schule ging und mich noch nicht entscheiden mußte, für wen ich mich eigentlich einsetzen wollte. Dazu fand ich das alles zu verwirrend.

Außerdem war die Schule jetzt richtig aufregend. Jede Unterstufenklasse hatte zwei Mentorinnen. Es waren ältere Schülerinnen, die als Pfadfinderinnen im Dschungel des Gymnasiums fungierten. Unsere hießen Moni und Elfi. Ich fand sie toll. Sie waren älter und behandelten mich trotzdem nicht wie den letzten Dreck, so wie meine älteren Schwestern, denen ich immer nur lästig war.

Meine Schwester Anna stand gerade auf Jim Morrison von den Doors. Als er tot aufgefunden wurde, konnte ich einen Tag lang nicht in unser Zimmer, weil Anna mit ihren Freundinnen und Freunden düster vor sich hin starrend bei zugezogenen Gardinen und Räucherstäbchen um ihn trauerte. Nach vier Stunden konnte ich „Break on through ...", das durch die ganze Wohnung waberte, nicht mehr hören. Unser Mutter bügelte und murmelte auf meinen Protest hin nur: „Laß die ma. Dat gibt sich allet wieda." Katharina lachte nur höhnisch über „die Spinner". Wir drei Schwestern keiften uns immer nur an, wenn wir uns sahen. Unser Mutter, die unsere Zankereien mit dem Ausruf: „Ihr Xanthippen bringt mich noch ma inne Klapsmühle!" quittierte, war der Meinung, daß wir drei auf jeden Fall gute Hausfrauen werden müßten, und teilte am Wochenende die Hausarbeit für uns ein: eine mußte Betten machen und Staub putzen, eine abwaschen und die Küche wischen und eine das Bad putzen. Jede von uns Schwestern kämpfte verbissen darum, nicht das Klo putzen zu müssen. Aber unser Mutter war gnadenlos. Jede von uns kam einmal dran. Schließlich sollten wir ihr später keine Schande machen. „Mir soll keiner nachsagen, ich hätte Schlampen großgezogen, die runde Ecken putzen und wo die Wollmäuse unterm Bett tanzen." Unser Vater erklärte das pragmatischer: „Ich hab 'ne Fünf-Tage-Woche, und ihr habt auch nur sechs Tage Schule. Euer Mutter hat auch 'n Recht auf 'n erholsames Wochenende. Also wird hier Rabotti gemacht." Er selbst ging in seinen Bastelkeller und reparierte Stühle oder Mixer, die unter der Woche kaputtgegangen waren, und ließ sein „Dreimädelhaus die Bude grade rücken", während unser Mutter vor ihrem Bügelbrett im Wohnzimmer stand und sich einen Heimatfilm ansah. Ihre Pläne gingen aber nicht immer auf, weil wir drei untereinander noch eigene Spielchen spielten, vor allem wenn der fieseste Auftrag anstand. Unser Mutter sagte dann zu Katharina: „Bring ma den Abfall zur Mülltonne!" Katharina nickte brav, nahm den Abfalleimer, marschierte damit zum Kinderzimmer, in dem Anna meist lernend am Schreibtisch saß und ich mit dem *Mädchen aus dem Indianerladen* oder der *Präriewölfin* lesend auf meinem Bett lag, knallte den Eimer auf den Boden und brüllte: „Bringt dat wech!"

Anna maulte, daß sie nie zum Lernen käme in diesem Irrenhaus, drehte sich auf ihrem Stuhl zu mir herum und schnauzte: „Kröte, bringet wech!“ Sie wies mit Todesverachtung auf den stinkenden Eimer. Da hinter mir nun wirklich niemand kam und ich wußte, daß Widerspruch zwecklos war, wälzte ich mich vom Bett, schnappte mir den Eimer und brachte den Müll hinunter. Dann dackelte ich wieder nach oben und stellte Katharina den leeren Eimer vor die Nase. Sie nahm ihn, ging in die Küche und zwitscherte: „Erledigt.“ Meine Mutter dankte ihr meist freundlich lächelnd und entließ sie für den Rest des Tages.

Wenn ich protestieren wollte, drohte mir Katharina stumm mit der Faust und flüsterte mir ins Ohr: „Ein Wort und ich dreh dir den Arm um!“ Ich haßte es gründlich, die kleine Schwester zu sein. Ich haßte Annas blasierte Art, und ich haßte Katharinas Aufspielerei. Ich hätte lieber einen Bruder gehabt, am besten einen kleineren, den ich hätte herumkommandieren können.

Moni und Elfi, die Mentorinnen, waren ganz anders. Wir sonnten uns sozusagen in gegenseitiger Aufmerksamkeit – nahm ich zumindest an. Elfi hatte langes braunes Haar und roch immer nach aufregendem Parfum. Moni war blond und hatte kürzeres Haar. Moni war quirliger. Da mir das eher vertraut war, mochte ich sie. Aber schwärmen, richtig schwärmen konnte ich nur für Elfi. Sie war geheimnisvoll. Für mich waren alle geheimnisvoll, die weniger redeten, als ich es von meiner bienenschwarmartigen Familie gewöhnt war. Und Elfi konnte besonders gut schweigen. Und sie konnte noch etwas, das ich schon lange wollte: englisch sprechen. Schon in der vierten Klasse waren Maggi, die damals meine Schulfreundin war, und ich vermeintlich englisch kauderwelschend über die Straße gezogen. Sie wollte unbedingt nach Amerika, zog aber statt dessen ein Jahr später mit ihren Eltern nach Castrop-Rauxel. Wir fanden Englisch schick und furchtbar erwachsen. Außerdem hieß es für die anderen Kinder aus unserer Nachbarschaft: „Wir gehen bald aufs Gymnasium!“ Englische

Schlager waren der Renner. Wir kratzten oft unsere letzten Pfennige zusammen und kauften die Schlagerheftchen, die jeden Monat erschienen. Links stand der englische Text – rechts die deutsche Übersetzung. Wir sprachen das Englische dann aufs Geratewohl aus und quetschten es in die Musik. Es funktionierte zumindest beim Refrain, den wir ja oft genug im Radio hörten.

Wenn Elfi in der Nähe war, hielt ich jedoch schön die Klappe. Ich gab nur zum besten, was uns unsere Englischlehrerin, Frau Weise, mit ihrer körperlos hohen Stimme vorpiepste. Mit ihrer zierlichen Figur, ihren dunklen Kostümchen und den grauweißen Strähnen, die in eine strenge Helm-Frisur toupiert waren, hatte sie die Erscheinung eines englischen Fräuleins und bebilderte damit ihr Oxford-Englisch vortrefflich. Sie studierte schon ein halbes Jahr vor der Weihnachtsfeier „Jingle Bells" mit uns ein. Bei fünfundzwanzig Grad im Schatten schmetterten wir während des Schulausflugs auf einer alten Raubritterburg „Jingle Bells", bis die bonbonfarbenen Perlonblusen schweißgetränkt waren. Drei Wochen später bekamen wir das Foto. Ich stand weit weg von Elfi mit ihrer wallenden Mähne, ich mit meiner scheußlichen Spange im Haar, die Füße nach innen gedreht und den Cordrock in dem Fäkalgrün über den roten Rippstrumpfhosen leicht hochgerutscht. Die beige Windjacke, die verhaßte – „falls et kalt wird" –, baumelte wie ein schlaffer Luftballon an meinem Arm. Elfi hingegen trug einen totschicken, leuchtendblauen Blouson. Elfi war einfach schöner als ich.

Deshalb wollte ich auf der Weihnachtsfeier glänzen. Ein halbes Jahr träumte ich von meinem großen Auftritt. Und dann war es soweit. Ich wollte die Beste sein und kam ständig aus dem Takt. Ich holperte mit meinem glöckchenbehangenen Schlitten dahin, und Elfi lachte – sie lachte mich aus! Dabei hatte ich so quälendes Bauchweh und fühlte mich hundeelend. Ich war krank, und sie lachte. Ich wäre am liebsten im Boden versunken. Meine Eltern strahlten. Kunststück! Sie verstanden kein Wort Englisch. Unser

Mutter schwärmte, wie sie sagte, für „Schirlei Temp-le". Erst als ich die Sprache lernte, erfuhr ich, daß sie Shirley Temple meinte. Den Namen ihrer Lieblingsserie brachte sie beim besten Willen nicht über die Lippen. Selbst wenn meine Schwestern sie aufzogen – „Mama, sach ma 77 Sunset Strip!" –, blieb sie eisern. Jetzt hielt sie ihre Handtasche auf dem Schoß umklammert und strahlte stolz, während ich mich vertanzte und verhaspelte. Als das Licht im Zuschauerraum anging, huschte ich aus der Aula wie eine Kakerlake. Bloß nach Hause und nicht Elfi sehen.

Zu Hause im Bad sah ich Blut in meiner Unterhose. Das erklärte alles! Ich war schwer krank. Deshalb hatte der Schlitten gehoppelt, hatten meine Füße sich selbständig gemacht. Ich hatte mich vor Elfi komplett blamiert, weil ich todkrank war. Irgend jemand würde es ihr bestimmt sagen, wenn ich tot wäre, und dann täte es ihr leid, über mich gelacht zu haben!

Ich riß mir entsetzt und triumphierend die Hose herunter, verfing mich in der Wollstrumpfhose, stolperte in den Flur und stürzte in die Küche, den Arm mit der blutigen Unterhose hochgereckt und kreischte: „Ich verblute!"

Meine Schwestern brüllten vor Lachen. Mein Vater starrte abrupt in die finstere Nacht vor dem Küchenfenster. Meine Mutter wurde kreidebleich. Sie entriß mir das blutige Beweisstück, schnappte mich, zerrte mich aus der Küche und zischte tonlos: „Getz komma mit!"

Ich war verletzt, stinksauer und verwirrt. Ich mußte sterben, Katharina und Anna lachten darüber, meinen Vater interessierte es nicht, und meine Mutter war böse. Im Bad erfuhr ich dann vom monatlichen „... du weißt schon" und „Frau werden ...". Es rauschte in meinen Ohren. Sterben – nein, jeden Monat bluten – ja. Die Binde war schlimmer als ein Kloß im Hals. Sie war nicht nur immer zu spüren, sondern sicher auch zu sehen. Bestimmt. Der braune Cordrock fiel dann jedenfalls weg. Der war eng und ganz gerade geschnitten. Aber Faltenröcke fand ich völlig daneben. Gabriele von nebenan trug Faltenröcke und Mokassins. Gabriele war immer brav und Mutters Notbremse. „Wenne doch bloß einma so wie Gabriele wärst ...“ Deshalb haßte ich sie, haßte Faltenröcke und Mokassins. Und wenn ich schon den Mokassins, dem Inbegriff von Trampel, nicht entgehen konnte, weil meine Plattfußeinlagen da so gut reinpaßten, mußten wenigstens die Faltenröcke im Schrank bleiben, sonst wäre ich in meiner Klasse erledigt. Schließlich trugen die anderen schon Schlaghosen und Plateauschuhe.

Jetzt war ich also endlich eine Frau, und das bedeutete wohl an erster Stelle, ranzig zu riechen, aufzupassen, daß die Binde nicht verrutschte, damit kein blutiger Rand entstand, beim Schwimmen mit puterrotem Kopf eine Entschuldigung abzugeben und sich fürchterlich zu fühlen – und Elfi nicht reumütig am Grab stehen zu haben. Ich hatte mich total blamiert und meine „Kirmes“ bekommen.

Plötzlich liebte ich Lieder mit Zeilen wie „Good bye, Papa, it's hard to die, when all the birds are singing in the sky ...“. Für Elfi hätte ich alles gegeben. Tränen am Radio für Elfi, David Cassidy und Smokie. Tränen beim Fernsehen für Lassie, Winnetou und den kleinen Jungen von Heinz Rühmann beim „La, le, lu ...“. Ich war wie ein randvolles Glas. Jeder kleinste Schubs ließ mich überlaufen. Elektrisierende Schauer jagten mir über den Rücken.

So eingeigelt in meine Innenwelt, erschüttert von meinen Gefühlsschwankungen, begann ich, Dinge zu verlieren. Die pelzige Schicht, die meine Tagträume vom Alltagsgeschehen trennte, ließ einfach nicht durch, ob ich meine Turnschuhe nach dem Sport eingesteckt hatte oder ob ich einen Schal umhatte, als ich aus dem Haus ging.

Love hurts

Ich konnte stundenlang mit der Straßenbahn fahren und Menschen angucken. Ich stellte mir dann vor, wo sie wohnten, wen sie liebten, ob sie Kinder hatten. Ich gab ihnen ein Zuhause. Ich bevölkerte mit ihnen meine Tagträume, weil ich immer häufiger ohne meine Freundinnen auskommen mußte. Sie zogen mit ihren Eroberungen herum, und ich langweilte mich allein. Also bastelte ich Geschichten um Menschen, die ich zufällig traf, und schrieb sie auf. Ich kritzelte ganze Hefte voll, die ich dann umständlich versteckte, weil ich keine Ahnung hatte, wie meine Mutter darauf reagieren würde. Es gab schon so viele Geheimnisse, deren Preisgabe Familienkatastrophen ausgelöst hatten, daß ich es nicht ausprobieren wollte. Außerdem schwebte mir noch Vaters Theorie von den Linkshändern, die Künstler oder Verbrecher wurden, durch den Kopf. Und daß das Schreiben zu den Künsten gehörte, hatte ich schon mitbekommen. Nur war mir nicht ganz klar, ob Künstlerin zu sein genauso schlimm war wie Verbrecherin zu sein.

Beim Frühjahrsputz entdeckte meine Mutter die Hefte unter meiner Matratze. Ich war nicht daheim. Sie mußte den ganzen Nachmittag gelesen haben, denn als ich abends heimkam, sah sie mich mit feuchten Augen an, hielt die Hefte hoch und sagte: „Du bist ja 'ne richtige Poetin."

Ich zerriß von oben bis unten. Alles quoll nach außen und lief häßlich an. Ich war verloren. Ich wollte nie wieder ein Geheimnis haben. Nirgendwo schien es ein sicheres Versteck zu geben. Gott las meine Gedanken und meine Mutter meine Geschichten. Am liebsten wäre ich gestorben.

„Darf ich sie deinem Vater zeigen?" Meine Mutter sah mich flehend an.

„Nein!" schrie ich und rannte aus dem Haus auf die Straße hinunter und schnappte nach Luft wie der Vogel, den ich als kleines Kind einmal in eine Plastiktüte gesteckt hatte. Ich hatte ihn damals wieder freigelassen, weil er mir leid tat. Wer aber sollte mich freilassen?

Nachdem ich also aufgehört hatte, ein Mädchen zu sein, war ich jetzt eine Poetin. Und das war kein angenehmes Gefühl. Meine Mutter gab mir verschämt die Geschichten zurück. Sie hatte kapiert, daß sie zu neugierig gewesen war. Ich hatte keine Freude mehr an den Heften und legte sie ganz nach unten in meine „Vergessene Sachen"-Kiste. „Poetin" wollte ich nie mehr genannt werden. Das Wort allein schon mochte ich nicht.

Es sollten mir noch mehr Wörter begegnen, die mir unangenehm waren. Feministin zum Beispiel. „Feministinnen" hießen Emma und hatten in den Fernsehnachrichten „Schwanz ab – nieder mit dem Männlichkeitswahn!" gebrüllt, und mein Vater hatte in unseren vier Wänden „Lesben!" zurückgebrüllt. „Lesbe" war ein Wort, das in meinem Kopf explodierte und mich in Panik versetzte. Ich war schockiert und wollte doch nichts sehnlicher, als eine „Feministin" zu treffen. Je mehr mich der Blick eines Mädchens zuerst in meinem Unterleib traf und der Blick eines Jungen im schalen Geschmack meines zugeschnürten Halses erstickte, desto konfuser wurden meine Gedanken. „Nich am Bär packen! Und keine Sentimentalitäten, bitte!" Ein mit offenen Armen auf mich zu stürzendes Mädchen war schlimmer für mich als die erste Fahrt mit dem Doppellooping auf der Cranger Kirmes. Ich wollte es, und mir wurde gnadenlos schwindelig davon. Jungen konnte ich nicht riechen. Wirklich, ihr Geruch war es, der verhinderte, mir in ihrer Nähe auch nur eine schnöde Pommes in den Mund schieben zu können. Nur Kaugummi half dagegen. Achselschweiß und die klammen Hände, die sie einem beim Engtanzen zu einem fünfzehnminütigen Gitarrensolo unter den Pullover schoben, ihre bretthharte Mitte, die sich immer am Reißverschluß meiner Schlaghose reiben wollte. Ich haßte die Lichtorgel-Dunkelheit im holzgetäfelten Partykeller, haßte es, wenn ein Junge zu „Love hurts" von Nazareth mit mir Klammerblues tanzen wollte und mir das gute Gefühl, daß ich sonst bei dem Lied hatte, versaute. Das dumme Geschwätz von Mokicks und angespitzten Mofas perlte an meinen Träumen ab, in denen ich meine Sportlehrerin aus dem brennenden Bus rettete, während ich linkisch an die Wand gelehnt, die Händen in den Hosentaschen vergraben, in der Ecke stand.

Die Jungen kamen nicht auf die Idee, mit mir gehen zu wollen. Es gab Zeiten, da wollte ich wenigstens ein bißchen von ihnen gemocht werden, um in meiner Klasse nicht völlig ahnungslos dazustehen, wenn sie wieder einmal über Typen tuschelten. Ich war froh, wenigstens im Verein mit einigen Jungen klarzukommen.

Als meiner Mutter meine ewige Stubenhockerei, die Nase in Büchern vergraben, zuviel wurde, stichelte sie ständig herum, ich solle in einen Sportverein gehen. „Lesen un Kekse essen macht dick un träge!" nörgelte sie an mir herum. Doch ich hatte nicht die geringste Lust dazu. Stumpfsinniges Training, sinnlose Rumrennerei – ich konnte mir nichts Öderes vorstellen. Doch als Marlene in unsere Nachbarschaft zog, änderte sich meine Meinung schlagartig. Marlene war schön. Ein so schönes Mädchen war mir noch nie begegnet. Ich lief hinter ihr her wie ein kleiner Dackel, bis sie mit mir sprach. Ich war selig.

„Marlene sacht ... Marlene findet ... Du gehst mir auf 'n Senkel, du Krümel", beschwerte sich Anna über meine Anhimmelei. Beleidigt hielt ich die Klappe.

Jeden Nachmittag trafen Marlene und ich uns auf einem unbebauten Grundstück in einem Bombentrichter aus dem Zweiten Weltkrieg, den wir mit Baubrettern und alten Teppichen überdacht hatten, tratschten und sponnen Geschichten. Nur mittwochs hatte sie keine Zeit. Dann ging sie zum Training zur DLRG.

„Da lernen wir, Menschen vor dem Ertrinken zu retten", erklärte sie eifrig. „Wir bringen kleinen Kindern das Schwimmen bei und fahren gemeinsam zum Kanal. Der Verein hat nämlich eine Rettungswachstation, um die Badenden zu bewachen."

Ich fand das rasend spannend. Endlich mal ein Sport, der mir nicht so sinnlos vorkam.

„Außerdem“ erzählte sie, „hat jede Ortsgruppe eine Rettungsmannschaft, die in verschiedenen Disziplinen gegen andere Gruppen antritt. Ich bin jetzt in der Jugendmannschaft. Das sind total nette Jungen und Mädchen. Außerdem fahren wir zu Vergleichswettkämpfen in andere Städte.“

Meine Familie fuhr selten weiter weg. Nur einmal im Jahr in die Ferien in den Bayrischen Wald. Ich wollte Rettungsschwimmerin werden und mit Marlene in einem Verein sein. Ich machte mich auf eine lange Quengelphase bei meinen Eltern gefaßt. Aber das war gar nicht nötig. Meine Mutter war begeistert. Erstens kannte sie jemanden aus dem Vorstand, und zweitens hatte sie gehört, daß da nicht so ein „primitives Volk“ im Verein war. „Primitiv“ war Mutters Lieblingswort, wenn es darum ging, den „gemeinen Kohlenpötter“ vom guten „Pohlbürger“ zu trennen. Der gemeine Kohlenpötter sprach wie Jürgen Manger, trug mehrfach gemusterte Klamotten und hatte auch ansonsten keinen Geschmack. Die Vorfahren kamen aus Polen, Schlesien oder Pommern. Anna feixte immer: „Eines Tages komm ich mit einem ‚-ski' oder ‚-ek' nach Hause, der nur ‚dat' und ‚wat‘ sacht, hinkt und 'ne schwatte Mutta hat.“ Und vervollständigte damit den Katalog von Vorurteilen. Dann war unser Mutter regelmäßig eingeschnappt. „Man kann eben nich aus seiner Haut. Wir sind schließlich aus gutem Hause, und dat ist ja auch nich böse gemeint.“

Um sie zu ärgern, „pöttelten“ wir in ihrer Hörweite mit wachsendem Vergnügen. „Komm bei mich, bei dich is Patsche.“ Mutter zog nur den Kopf ein und schüttelte sich. Dann rauschte sie, die ganze kleine, kugelrunde Figur durchgestreckt, hocherhobenen Hauptes in ihre Küche und murmelte: „Mit mir könnter's ja machen. Ich bin ja nur fürs Grobe, um den Damen ihr Geschlunze hinterherzuräumen.“ Sie selbst behauptete steif und fest, keinen Dialekt zu sprechen. Deshalb stellten wir einmal heimlich einen Cassettenrecorder mit Mikrofon unter unser Telefontischchen und schalteten ihn an, als ihre beste Freundin Elli anrief. Später spielten wir ihr das Band vor.

„... ach wat ... watte nich sachs ... Dat hätt ich ja nich von dem Rabauken gedacht ... Nä, dattet so wat übahaupt gibt ... Heinz, sach ich zu ihm, Heinz, sach ich, da muß man wat machen ... und, nimmter se jetz? ... Der muß doch dat aame Blach heiraten ... und die Mutta, wat 'ne Schande ... nee, Vatta, nimm mich vonne Zeche, kann kein Schwatt mehr sehn ... Abba, wat willze machen? ... Ham schon annere geheiratet un dann 'n ausgewachsenes Dreimonatsblach auffe Welt gebracht ... ja, bis die Tage, tüsskes, jau, machet gut, jau ... getz muß ich abba ma ... ach? Ealich? ... Nee, getz machen wa ma Schluß, bevor unsa Kröte vonne Penne kommt un kalte Küche kricht ... jau, mach ich ... jau, tüsskes getz ... bis die Tage ..."

Eine ganze Stunde plauderte sie so mit ihrer Freundin. Zum Glück hatte „unsa Mutta" Humor. Sie lachte laut los, als wir ihr das Band vorspielten, und meinte: „Ihr vaflixten Blagens. Getz habta mich ausgetrickst." Doch sie verstand keinen Spaß, wenn es um ihre Herkunft ging. Sie und mein Vater waren nämlich geborene „Pohlbürger", was soviel bedeutete wie Ureinwohner dieser Stadt. Mein Vater war echter Bueraner aus dem kilometerbreiten Radius um den Urbanusdom, und er ist bis heute tief getroffen von der Tatsache, daß Buer eingemeindet und von Gelsenkirchen geschluckt wurde. Er schreibt auf alle Briefe „Buer" als Absender.

Mutter war geborene „Erlerin" – für meinen Vater „Buer-Erlerin". Die Erler lachten über die Snobs aus Buer und schimpften: „Bueraner sind Himmelswanzen", und Bueraner sahen auf Erler herab. Aber alle, ob Erler oder Bueraner, sahen auf alle herab, die zugezogen waren. Also sah der Brokhoff aus Buer auf den Zilinski herab, der Zilinski auf den Mario von der Eisdiele, der wiederum verächtlich auf „die Türken" schimpfte. Aber alle wohnten sie in derselben Stadt und mußten von morgens bis abends malochen.

In der DLRG aber gab es genug „Pohlbürger", so daß ich hingehen durfte. Ich stürzte mich mit Inbrunst in das Training und wurde schon bald in die Rettungsmannschaft aufgenommen, in der auch Marlene war. Ich strahlte jedesmal, wenn sie mich lobte. Ich strampelte mich verbissen in verschossenen Judoanzügen ab, um das „Kleiderschwimmen" zu trainieren. In der Schule hielt ich ständig die Luft an, um beim Streckentauchen mithalten zu können, und zu Hause pumpte ich Liegestütze, um die Rettungsleine schneller einholen zu können. Je besser ich wurde, desto mehr Anerkennung bekam ich auch von den Jungen in der Mannschaft, und ich platzte vor Stolz, wenn sie mir wohlwollend auf die Schulter schlugen. An den Vereinsabenden planten wir Ausflüge und Wettkämpfe, und die Jungs hörten mir sogar zu.

Das änderte allerdings nichts an meinen Problemen in der Schule. Immer noch verstand ich nicht, wieso meine Klassenkameradinnen, mit denen ich gerade noch gerätselt hatte, warum die Studenten bei ihrem Aufstand '68 die *Bild* angegriffen hatten, plötzlich zu blöden Gibbeltanten wurden, die nervös ihre mittelgescheitelte Mähne hinter die Ohren schoben und außer einem gehauchten „Na?" nichts herausbrachten, wenn Uwe mit der Lockenmähne oder Thomas, der wie Jim Morrison aussah, in echt starken Schlaghosen vorbeischlenderten. Es war, als wäre ich komplett ausgeschlossen von dem Spiel. Also träumte ich vor mich hin und versank in meine Bücherwelt. Effi Briest fand ich toll. Irgendwie wollte ich auch angefaßt werden. Aber die Wesen, die es tun sollten, hatten keine Gesichter. Meine Sportlehrerin wollte ich retten. Einmal mit Caroline von Monaco reden. Kleine Wünsche.

„Nich am Bär packen!"

Bei jeder schnodderigen Beleidigung eines Jungen, mit der er mir das Maul stopfen wollte, wurde ich wütender und schwang noch wildere Reden. Ich fand sie dumm. Meine Freundinnen standen stumm daneben. Was hatten sie zu wählen? Sex oder Freundin? Zu der Zeit war Sex wichtiger. Ich kam nicht mit. Gestern noch waren sie meine Freundinnen gewesen, und heute zuckten sie mit den Schultern und schleppten den linkischen Primus als Spielzeug für mich mit auf die Party. Der mit der feuchten Zunge und den klamm-steifen Fingern. Das war die Art Junge, die ihrer Meinung nach als Knutschpartner zu einer wie mir paßte. Die netten Jungen, mit denen ich reden konnte und für die ich der dufte Kumpel war, dachten nicht eine Sekunde daran, mich anzumachen. Schließlich galt ich als Spinnerin. Das hatte ich meinem Deutschlehrer zu verdanken, den ich vergötterte und dem ich in einem Anflug von geistiger Umnachtung meine Schreibhefte anvertraut hatte. Er hatte sich vor der Klasse aufgebaut und aus meinen Geschichten vorgelesen. „Ihr könntet euch mal ein Beispiel an Ulli nehmen!“ Am liebsten wäre ich auf der Stelle gestorben. Aber vorher hätte ich noch den Pauker erdrosselt.

Ich schrieb mir die Ecken in meinem vollen Kopf leer und vergrub die Texte in Plastik eingeschlagen auf dem alten Trümmergelände. Ich wollte Ordnung schaffen. Meine Worte schwarz auf weiß liefen mir nicht so schnell weg wie meine Gedanken. Ich war in der Pubertät, der „Phase“, wie unser Mutter sagte. Ich hatte also den Weihnachtsmann, den Osterhasen und den Klapperstorch hinter mir gelassen, war mir aber noch nicht ganz sicher, ob Gott meine Gedanken lesen und die Sünde in meinem Begehren entdecken konnte oder nicht. Diese Gedanken zu haben war nicht das Problem. Es wäre ein Problem gewesen, wenn Gott sie gelesen, sie als Sünde eingestuft hätte, womit sie beichtpflichtig geworden wären. Ich hätte sie nicht beichten können. Ich hätte einfach nicht darüber reden können. Und weil ich keine Worte dafür hatte, durfte es auch die Gedanken nicht geben. Meine Gedanken waren verschlüsselt. Statt eines brennenden Verlangens gab es einen brennenden Bus, und statt einer echten Liebe gab es eine dankbare Umarmung meiner schwerverletzten Lehrerin. Ich wurde zur Verpackungskünstlerin, und den Menschen um mich herum gefielen die Geschichten.

„Unsere Tochter schreibt."

Ich hatte mich damit abgefunden, daß meine Mutter es ans Licht gezerrt hatte.

Eines Tages kam eine Schreibgruppe in unsere Schule, um ihre Arbeiten vorzustellen. „Wir schreiben – schreiben Sie mit!" hieß der Kurs an der Gelsenkirchener Volkshochschule, dessen Teilnehmerinnen und Teilnehmer in unserer kleinen Aula ihre Texte vorlasen. Ich saß fast in der letzten Reihe und hielt immer den Atem an, wenn jemand eine neue Geschichte oder ein neues Gedicht vorstellte. Warum ist es ihnen nicht furchtbar peinlich, so intime Dinge vorzulesen? Haben sie keine Angst, daß alle über sie lachen? Von der Hausfrau bis zum Studenten, vom Hauer auf der Zeche bis zur Deutschlehrerin, alle waren sie dabei. Ich mußte einfach auch dorthin.

Kaum hatten sie geendet, sprang ich von meinem Stuhl auf und rannte nach vorn. Ich wartete mit klopfendem Herzen, bis sich die Traube um die Kursleiterin aufgelöst hatte. Dann verschränkte ich die Arme hinter dem Rücken und schlurfte auf sie zu. Sie stopfte Papiere in ihre abgestoßene hellbraune Ledertasche.

„Nehmen Sie auch Schülerinnen?" Ich hätte ihr wenigstens guten Tag sagen können.

Sie hielt inne und sah mich an. Sie wirkte klein und zierlich, und der Eindruck wurde durch ihren blonden Pagenkopf noch unterstrichen. Ihre Kleidung ähnelte einer englischen Schuluniform – dunkelgrün-dunkelblau karierter Schottenrock und dunkelblauer Wollpullover mit V-Ausschnitt, aus dem der Kragen einer weißen Bluse lugte. Sie war mir schon vom anderen Ende der Aula aus sympathisch gewesen. Doch ihre hellblauen Augen ließen sie von nahem noch zerbrechlicher und freundlicher erscheinen. Das stürzte mich in Verlegenheit. Ich war einfach besser, wenn ich in Verteidigungsbereitschaft war.

„Natürlich", antwortete sie mit leiser Stimme und streckte mir lächelnd die Hand entgegen. „Ich heiße Maren Potthoff, und uns ist jeder willkommen, der sich gern mit Texten und dem Verfassen von Texten beschäftigt. Schreiben Sie auch, wenn ich fragen darf?"

Ich lief puterrot an. Ich spürte es genau. Sie hatte mich gesiezt. Damit betrachtete sie mich als erwachsen. Jetzt mußte ich beweisen, daß ich es auch war.

„'tschuldigung. Ich heiße Ursula Möller. Ja, ich schreibe schon seit längerem Geschichten und Gedichte, aber mehr so für mich selbst."

„Eine Schublade ist kein guter Ort für Geschichten. Es ist, als wären sie nie geschrieben worden. Texte sind eitel. Sie wollen sich zeigen. Übrigens", sie sah mir direkt in die Augen, „bis jetzt hat noch jede Autorin und jeder Autor den Kursraum lebend verlassen." Sie lachte hell auf, und ich konnte nicht anders, als mitzulachen.

„Kommen Sie doch am Dienstagabend. Warten Sie, ich geben Ihnen die Adresse." Sie wühlte in ihrer Tasche und zog ein Blatt hervor, das sie mir reichte. Mit feuchten Fingern nahm ich es entgegen.

„Sie müssen an der Haltestelle Stadttheater Gelsenkirchen aussteigen. Dann überqueren Sie die Ampel, gehen ungefähr fünfzig Meter rechts hinunter und biegen dann links in eine kleine Sackgasse, an deren Ende Sie ein Schulgebäude sehen. Dort finden Sie uns. Wir sind im zweiten Stock. Aber es hängen auch Pläne an den Türen aus, auf denen Kurstitel, Stockwerk und Raum verzeichnet sind." Dann schloß sie energisch ihre Tasche, sah noch einmal hoch und verabschiedete sich: „Dann sehen wir uns also am Dienstag." Sie schien sich ihrer Sache sehr sicher zu sein.

Ich brauchte zwei Tage, bis ich meine Eltern überzeugt hatte, daß ich auch im Dunkeln allein von Gelsenkirchen mit der

Straßenbahn nach Hause fahren konnte. Blieben noch zwei Tage, in denen ich kribbelig war wie noch nie, und dann traf ich zum ersten Mal auf diese bunt zusammengewürfelte Gruppe, deren einziges gemeinsames Interesse das Schreiben war. Und so wie in der DLRG merkte ich schon nach wenigen Minuten, daß ich es genoß, unter Menschen zu sein, die ein gemeinsames Interesse teilten und nicht bloß diffuse Gefühle. Hier fühlte ich mich sicher. Nichts konnte mich mehr davon abhalten, jeden Dienstagabend hinzugehen.

Als ich in der Schreibgruppe meinen ersten eigenen Text vorstellen sollte, war ich den ganzen Tag das reinste Nervenbündel. Meine Geschichten und Gedichte waren bisher mein intimstes Geheimnis gewesen. Sie waren noch nie kritisiert worden, und ich hatte Angst, daß es mich verletzen könnte oder daß mir meine Geschichten nicht mehr gefallen würden und ich dann nichts mehr hätte, was mir vertraut war. Eigentlich war ich ja nur in die Gruppe gegangen, um besser schreiben zu lernen. Selbst etwas vorzulesen hatte ich mir nicht vorstellen können.

Ich hatte es geschafft, ein halbes Jahr lang nichts vorzutragen, sondern nur über die Texte anderer mitzudiskutieren. Zwar galt die Regel, daß alle mitreden durften, ohne selbst einen Text einbringen zu müssen, doch mit der Zeit wuchs der unausgesprochene Druck, selbst etwas vorzustellen. Und eines Tages war ich einfach an der Reihe – empfindliches Ego hin oder her.

Ich mußte zweimal aus dem Lateinunterricht, weil ich Durchfall hatte. In der Straßenbahn nach Gelsenkirchen zitterte ich ab dem Parkstadion ganz elendig, und das Papier, auf dem ich meine Geschichte aufbewahrte, wellte sich in meinen schweißnassen Fingern. Ich hatte panische Angst, den Text irgendwo liegenzulassen. Ich zerknüllte ihn in meinen rastlosen Fingern, um ihn dann erschrocken wieder auf dem Schoß glattzustreichen. Was war nur in mich gefahren, daß ich mich darauf eingelassen hatte?

Ich wollte als erste an diesem Abend lesen, damit ich es hinter mir hatte. Also rückte ich mich auf meinem Stuhl zurecht, während alle Augen auf mir ruhten. In der Nacht zuvor hatte ich geträumt, lesen zu wollen, aber kein Ton war aus meiner Kehle gekommen. Ich hatte mich abgequält, gejammert und mir im Schlaf den Hals massiert, bis meine Schwester mich weckte: „War 'n Zombie hinter dir her, oder wat war los?"

Ich hatte nur kläglich gemurmelt: „So wat ähnlichet. Danke der besorgten Nachfrage."

Doch nun konnte ich sprechen. Ich begann zu lesen. Erst nach dreimaligem „Lauter!" konnten auch die auf den entfernteren Plätzen hören, wie ein Paar aus einem anderen Land in staubigen, armseligen Kleidern in einer überfüllten Kirche zur Christmette Zuflucht suchte, weil die Frau hochschwanger war und alle Hotels am Heiligen Abend geschlossen hatten. Die Frau bekam plötzlich Wehen und wimmerte leise vor sich hin, während die Kirchengemeinde „Sti-hi-lle Naacht ..." sang. Dann senkte sich Schweigen herab. Nur das Wimmern der Schwangeren war zu vernehmen, und die andächtigen Christen zischelten ärgerlich: „Psst!" Der fremde Mann stützte ängstlich-besorgt seine leidende Frau, deren Schmerzenslaute unüberhörbar wurden. Ein verärgerter Kirchenbesucher griff nach dem Arm des Mannes und preßte mit hochrotem Kopf hervor: „Da hört sich doch alles auf! Ist man nicht mal mehr an Weihnachten sicher vor dem Pack?" Er zerrte den Mann und die Frau zum Hauptportal. Er warf sich gegen die großen hölzernen Türen, drückte sie auf, schob die beiden Fremden aus dem weihrauchwabernden Weihnachtsdom, stieß sie die Treppe hinunter und kehrte in die Kirche zurück. Dabei strich er sich die Ärmel glatt und richtete seinen Krawattenknoten. Der Durchzug ließ die kleine Figur eines schwarzen Jungen, der auf der Spendendose für „Brot für die Welt" stand, dankbar mit dem Kopf nicken.

Als ich meinen Text beendet hatte, war alle Luft weg, und ich schnappte wie ein Fisch auf dem Trockenen.

„Stinkmoralisch! Zum Kotzen!" dröhnte der Referendar Gerd mit der Baskenmütze, der Nickelbrille und dem Filzhemd mit lauter, geschulter Stimme. Er schrieb gern Geschichten über besoffene Schrebergärtner, die sich beim jährlichen Kleingärtnerfest in Blaubeerkuchen setzten, und über pickelige Jungen, die ihre kichernden Mädchen in Zechenruinen ‚vögelten'. „Die Massen sind satt. Revolution kommt von Revolte. Die Kunst muß zum Revoltieren provozieren!" brüllte er in regelmäßigen Abständen ungefragt in die Runde. „Schwülstige Bilder, Gelsenkirchener Literaturbarock", versuchte er konstruktiver zu werden und lümmelte sich angewidert auf seinem Stuhl.

Ingrid, die schreibende Hausfrau mit den kleinen klaren Gedichten über die Nestflucht ihrer Kinder und die Gleichgültigkeit ihres Ehemannes, die sie heimlich nachts aufschrieb, wenn ihre vielköpfige Familie schlief, mochte zwar die Geschichte, fände sie jedoch kürzer und mit weniger Bildern treffender. Sie nestelte nervös an den Ärmeln ihrer lindgrünen Strickjacke herum. Kritik fiel ihr schwer. Harmonie war das Gebiet, auf dem sie sich sicher fühlte.

Der arbeitslose Hauer Karl-Heinz – Kalla, kanns ruhich Kalla zu mir sagen –, der seine ehemalige Arbeitsstätte unter Tage gern in „schwarzglänzende Steingewölbe" verwandelte und von „Erzgewittern" schrieb, war Atheist und wußte nicht, was daran so ungewöhnlich sein sollte, wenn sich Katholiken spießig verhielten. Er saß immer kerzengerade auf seinem Stuhl, hielt seine schwieligen Hände auf der schwarzweiß mamorierten Schreibmappe gefaltet und trug auch den obersten Knopf seines braunweiß karierten Hemdes geschlossen. Nur wenn er redete, sah er jemandem in die Augen. Ansonsten starrte er auf die Tischplatte.

Schließlich meldete sich die Kursleiterin Maren zu Wort, und ich hoffte auf ein besseres Urteil. Sie fand die Idee der Geschichte im großen und ganzen gut. Mir rutschte das Herz in die Hose.

„Aber die Sprache ist etwas zu moralisch."

Gerd grinste selbstgefällig und kratzte sich seinen zotteligen Che-Guevara-Bart.

„Und wabernde Weihrauchdüfte im Weihnachtsdom", fuhr sie fort, „ist schlicht und ergreifend zu dick aufgetragen. Wir sind ja leider alle oft versucht, Literatur zu schwer, zu behäbig zu machen, damit sie würdevoll wirkt, und überfrachten sie dann leicht. Versuch doch mal, über dich selbst zu schreiben. Dabei verfliegt meist dieses allzu schwere Parfum in der Sprache, weil es näher, körperlicher ist. Das gelingt dir bestimmt besser." Ihr Lächeln sollte die Kritik mildern, aber ich war vernichtet, zumindest für diesen Abend.

Schwulst, billiger Kitsch ...

Ich war wie betäubt und bekam vom restlichen Gruppenabend nichts mehr mit. Mit einer fadenscheinigen Entschuldigung schlug ich Ingrids Einladung auf ein Glas Wein aus. Ich fuhr nach Buer zurück, schlurfte niedergeschlagen zu meiner Lieblingskneipe und sah durch das Fenster, um sicherzugehen, daß keine Bekannten da waren. In einer dunklen Ecke ließ ich mich in die abgewetzten Polster eines alten Sofas plumpsen und bestellte drei Alt auf einmal. Der Typ, der an diesem Abend bediente, war tagsüber Schüler am Max-Planck-Gymnasium. Er arbeitete öfter hier. Aus seinem Tragegestell, in dem er sechs volle Gläser durch jedes Gedränge bugsieren konnte, nahm er drei und baute sie in einer Reihe vor mir auf.

„Ärger gehabt?"

Ich nickte. „Mächtig. Behalt mich im Auge. Ich geb mir heute die Kanne."

Er nickte und wandte sich wieder seinen anderen Gästen zu. Langsam, aber ohne Pause, trank ich die drei Alt. Noch ehe ich das letzte Glas abgesetzt hatte, standen schon drei neue vor mir. Erst nach der dritten Reihe kehrte Ruhe in meinem Kopf ein, und ich lehnte mich zurück. Ulli, du bist eine Looserin, aber das wenigstens mit Stil, dachte ich. Vielleicht war ich keine gute Künstlerin, aber wenigstens lebte ich wie eine. Schließlich haben sich die meisten verkannten Genies totgesoffen. Das Geld für eine ganze Woche ging dabei drauf, und am nächsten Tag mußte ich mit Sonnenbrille in die Schule gehen, sonst wäre mein Gehirn aus den Nasenlöchern ausgetreten. Zumindest fühlte es sich so an.

Nachdem ich drei Wochen lang beleidigt in der Gruppe geschwiegen hatte, las ich die „Mehr über mich"-Geschichte. Ich hatte gehofft, Gerd wäre krank. Aber er erfreute sich offensichtlich einer eisernen Gesundheit. Ich hatte zu Hause stundenlang lesen geübt, wie wir es zu Beginn jeder Sitzung von Maren gezeigt bekamen.

„Die Stimme aus dem Bauch herausholen", nannte sie es. Dabei legte sie ihre schmale Hand immer auf ihren flachen Bauch. Ich legte meine Hand auf meinen runden Bauch, atmete tief und brüllte den Badezimmerspiegel aus voller Lunge an. Noch einmal wollte ich mich nicht durch den „Lauter, lauter!"-Dschungel schlagen.

Ich setzte mich bequem hin, öffnete verstohlen den obersten Knopf meiner Hose, breitete langsam meine Blätter aus, die von meinen verschwitzten Händen verräterisch gewellt waren, und las meine Geschichte von dem Mädchen, die in ein Festzelt geht, nachdem der Schützenkönig inthronisiert worden ist. Seit dem frühen Morgen haben die Kandidaten mit ihren Sportflinten auf einen geschnitzten Vogel geschossen, der hoch über den Köpfen des Festplatzpublikums auf einer Stange befestigt ist. Schützen, die nur teilnehmen, um auch einmal dabeigewesen zu sein, holen sich die Flügel als Trophäen. Als nur noch Rumpf und Kopf zerzaust auf der Stange thronen, schießen die ernsthaften Schützenkönig-Anwärter. Und dann kracht der entscheidende Schuß. Der Torso kippt rücklings von der Stange. Tosender Applaus donnert über den Festplatz, und die Schützenbrüder heben ihren neuen König auf die Schultern und tragen ihn ins Zelt, um ihn auf das geschmückte Königspodest zu setzen. Über das ihm gereichte Mikrofon verkündet der König, wen er sich zu seiner Königin erwählt, und die Schützen schwärmen aus, um die Königin zu suchen. Unter lautem Jubel wird auch sie ins Zelt getragen. Der Holzvogel vom Festplatz wird dem König überreicht. Im Zelt herrscht Hochstimmung. Die Königsrunden Freibier werden in die hochroten, schweißglänzenden Mäuler der Schützen, Schützengattinnen und älteren Schützenkinder gekippt. Heute drücken die Eltern beide Augen zu. Alle grölen: „Auf und nieder, immer wieder!" und erheben sich schwerfällig im Takt, um sich anschließend wieder kraftlos auf die schmalen Holzbänke fallen zu lassen. Bierlachen ergießen sich über Hosen und Röcke, wenn die langen Tische dabei angestoßen werden und die vollen Gläser überschwappen. „Ein Hoch auf den König!" und noch ein Bier. Die Kragen der dunkelgrünen Schützenuniformhemden laufen dunkel an, und die weißen, gestärkten Spitzenblusen sinken pappig zusammen, wenn der Schweiß sich darin sammelt. Die jüngeren Kinder grinsen dümmlich, weil sie die Bierreste aus allen Gläsern getrunken haben.

Ein stadtbekanntes Schwulenpaar betritt Hand in Hand das Zelt, wippt leichtfüßig durch den Mittelgang, sucht noch zwei freie Plätze. In der Nähe des Hofstaates des frischgekrönten Königs rutschen sie auf eine Bank. Plötzlich bekommt der Gesang Stacheln, und die Töne werden schrill. Die Schützen links und rechts des Paares rempeln sie beim Schunkeln grob an.

„Auf!"

Sie zerren sie untergehakt hoch.

„Nieder!"

Sie drücken sie wieder auf die Bank. Ein Schützenbruder am Ende der Bank löst sich von seinem Schunkelnachbarn, torkelt auf die beiden zu, tippt ihnen auf die Schulter und grölt: „Dasis hier nur für richtige Kerls, vastandn, ihr Sausäcke? Hier wird nich von hinten geschossen, sondern eiskalt von vorne."

Dröhnendes Gelächter wallt auf. Einer der beiden Schwulen zittert am ganzen Leib, und seine zusammengepreßten Lippen sind blutleer. Der andere streckt die Arme durch und ballt die Fäuste. Die Ader an seiner Schläfe ist angeschwollen vor Anstrengung, nicht das zu sagen, was er will, angesichts der Übermacht.

„Mach doch dat Maul auf, du waamen Bruda, oda hasse Angst, dir ’n Fingernagel abzubrechn!?“ versucht ihn der Besoffene zu provozieren, angestachelt vom dröhnenden Gelächter seines Publikums, das sich, von der zu erwartenden Schlägerei angezogen, in einer immer größer werdenden Traube um die Szene drängt. „Feige Sau!“ Dann boxt er den Schwulen in den Magen. Mit schmerzverzerrter Miene klappt dieser zusammen wie ein Taschenmesser. Mühsam richtet er sich wieder auf, greift nach der Hand seines Freundes, der immer noch wie erstarrt dasitzt. Beharrlich versucht er ihn von der Bank zu zerren. Langsam löst sich die Starre bei seinem Freund, und er rappelt sich auf. Beide versuchen, sich durch die umstehende Menge zum Ausgang zu zwängen. Doch sie werden von allen Seiten geknufft und geschubst – erst sanft, dann immer gröber. Plötzlich landet eine Faust im Gesicht des Ängstlicheren. Und dann ist da nur noch ein Knäuel grüner, verschwitzter Uniformen, aus dem ab und zu grüne Arme mit nackten Fäusten ragen. Mitten aus dem Durcheinander dringen Gewimmer, dumpfe Schläge, wütende Schreie. Die Band spielt: „Muß i denn, muß i denn zu-hum Städtele hinaus ...“ Die Menge tobt, Schützengattinnen mit verzerrten Gesichtern und aufgeregt hüpfende Schützenkinder feuern das grüne Ungeheuer mit den grün-nackten Tentakeln an, während es sich langsam in Richtung Ausgang bewegt. Dort löst sich das Durcheinander schließlich auf. Die Schwulen sind weg. Alle kehren auf ihre Plätze zurück, rücken sich die Uniformen zurecht, klopfen sich den Staub ab.

„Ein Pro-sit, ein Pro-ho-sit der Gemüüüht-lich-keit ...“

Das Mädchen erwacht aus ihrem Tagtraum, immer noch umgeben von lachenden Schützen und Schützengattinnen, die volle Biergläser schwenken und aus heiseren Kehlen singen, während ihr Nachwuchs lachend zwischen den Bankreihen herumkrabbelt. Weit und breit ist kein Schwulenpärchen zu sehen. Es hat sie nie gegeben. Brechreiz schnürt ihr die Kehle zu, und ihre Lungen brennen.

„Ei-ner, ei-ner, ei-ner paßt noch rein …"

Sie rennt hinaus an die frische Luft.

Die Schreibgruppe schweigt. Endlos lange Sekunden passiert nichts. Das war wohl wieder ein Reinfall. Ich will bloß weg hier. Warum soll ich auch schreiben? Kann mir doch was anderes suchen. Aber nein, ausgerechnet schreiben.

„Ich habe eine Gänsehaut." Gerd kann also auch leiser sprechen. „Das ist eine tolle Geschichte", bringt er mit ernster Miene vor. „Die ist so echt, daß es einem den Atem verschlägt. Keine Spur von Schwulst. Richtig gut. Wo hast du den Stoff her?"

Ich liebe diesen Typ. Der hat echt was auf dem Kasten. „Das hab ich in der Zeitung gelesen. Aber da war es kein Tagtraum. Die beiden wurden wirklich verletzt."

„Bedrückend. Erschreckend, daß es so etwas gibt", sinniert Ingrid, „aber es ist doch in erster Linie eine Entgleisung. Meist verbietet doch die Höflichkeit solche offenen Brutalitäten. Wie kommst du auf so eine Geschichte?"

Mir wird heiß. „Manchmal, wenn die Stimmung überschäumt, sehen die in ihren Uniformen so aus, als wäre zwischen ihrer guten Laune und Zerstörungswut nur eine ganz dünne Membran – als würden sie jeden Moment alles niedermachen wollen, was anders ist als sie", murmele ich.

„Bring doch das mit der Membran noch in die Geschichte rein", schlägt Maren vor.

Kalla hebt langsam den Kopf. „Und? Wat soll dat? Die Leute wollen doch bloß 'n bißken Späßkes. Wenn die da inner Zeitungsmeldung einen auf 'n Kopp gekricht haben, dann werden die schon noch wat andres gemacht haben. Vielleicht hasse ja damit ’n Problem. Die in so ’m Festzelt bestimmt nich. Wenne ma richtich hinkucken würdst, würdste sehen, dat der Friseur mitti spitzen Fingers und sein Freund, der Dekorateur von Kaastadt, mitfeiern. Ja, gut, ma gib’s hier ’n Spruch oder da ’n Witzken. Wer dat so anne große Glocke hängt, muß sich nich wundern, wenn er Ärga kricht.“

Mir bricht der Schweiß aus.

„Es geht doch gar nicht darum, ob sie den Friseur als Pausenclown tolerieren und der das mit sich machen läßt. Hier geht es um die Ängste eines Mädchens, das unbewußt die Brutalität spürt, die unter deutscher Gemütlichkeit lauert, die schon einmal Faschismus zugelassen hat und sogar bereitwillig mitmarschiert ist“, poltert Gerd los.

Ich bin platt. Besser hätte ich es nicht sagen können. Quatsch, ich hätte es nie so sagen können.

Es entbrennt der schönste Streit über Symbole und Realität, über „krankhafte Phantasie“ (Kalla) und „gesellschaftlich relevante Provokation“ (Gerd) bis zu „Schrecken der Pubertät“ (Ingrid). Maren schweigt.

Als alle erschöpft scheinen, holt sie ein Buch aus der Tasche, schlägt es auf und liest die Geschichte „Auf der Galerie“ von Franz Kafka vor. Es ist kein Zufall, daß ausgerechnet dies meine Lieblingsgeschichte ist. Schließlich hatte auch Kafka sein Leben lang Angst, daß unter dem schönen Schein eine völlig marode, sinnentleerte Welt lauert. Ich weiß nicht, warum, aber ich fühle mich, als hätte jemand etwas übersetzt, das in einer fremden Sprache in mir sitzt, etwas, das zwar da war, das ich aber vorher nicht verstanden hatte. Ich fühle mich großartig.

Nach dem Kurs kommt Maren zu mir, legt mir den Arm um die Schultern und fragt: „Warum hast du die Meldung mit den Schwulen bearbeitet?“ Schraubstockarm. Schraubstockfrage.

„’tschuldigung, ich muß die nächste Straßenbahn kriegen, sonst macht mein Vater ’nen Aufstand. Er ist sowieso nicht besonders hingerissen, daß ich abends noch allein nach Gelsenkirchen fahre, nur um über Texte zu reden. Ich glaube, Fremdsprachen oder Töpfern wäre ihm lieber." Dann sause ich davon. Meinem Vater ist es piepegal, was ich treibe. Die Hauptsache ist, daß ich weder schwanger noch betrunken pünktlich um zehn Uhr auf der Matte stehe. Stumm leiste ich ihm Abbitte.

Er guckt erstaunt von seiner Zeitschrift hoch, als ich ihm mit besonderer Hingabe einen Gutenachtkuß auf die Glatze drücke.

Vorwärts, und nicht vergessen ...

Aber egal, was ich auch außerhalb der Schule tat, es änderte nichts an meinen Schwierigkeiten mit den anderen Mädchen. Ich paßte nirgendwo dazu. Ich hatte nicht einmal das Geld, mir vernünftige Klamotten zu kaufen. Zwar gab ich dreimal in der Woche Nachhilfe in Deutsch und besserte damit mein Taschengeld auf, aber es reichte nicht annähernd für flippige Klamotten. Ich konnte gerade mal meine monatliche Zeche in der Kneipe zahlen. Wenn ich zu Hause über die ständige Ebbe in meiner Kasse maulte, hielt mir meine Mutter immer denselben Vortrag: „Wir ham mit leeren Taschen angefangen. Dein Vatta war 'n kleiner Dreher inne Fabrik. Da mußten wir jeden Pfennig dreimal umdrehen. Jetzt isser zwar Einkäufer und damit Angestellter. Dat heißt abba nich, dat bei uns dat Geld auffe Bäume wächst. Und wer sich sein Geld selbst verdient, hautet auch nicht so bedenkenlos auf 'n Kopp." Ich hätte ihr den Hals umdrehen können.

„Ulli, wie kannsse bloß ...!" hörte ich immer häufiger von den anderen Mädchen und kriegte davon Magenschmerzen. Ich bekam immer mehr das Gefühl, ein Chamäleon zu sein. Obwohl ich in keine der Cliquen so richtig hineinpaßte, hatte ich doch mit allen ein bißchen zu tun. Ich teilte mit jeder Gruppe gemeinsame Interessen, und gleichzeitig fehlte mir das Entscheidende, nämlich die Verliebtheiten. In irgendeinem Detektivroman las ich mal, daß Menschen, die etwas zu verbergen haben, sich am stärksten anpassen, um nicht aufzufallen. Langsam gewann ich denselben Eindruck von mir. Mein Musikgeschmack war nicht auf eine Sparte festgelegt, weil ich alle möglichen Songs entweder wegen einer besonders schönen Situation oder wegen ihres herzzerreißenden Textes gut fand. Ich konnte auf die Rockballade „Sailing“ von Rod Stewart stehen, weil der Text wie ein trauriges Gedicht war und ich mich immer sehnsuchtsvoll auf dem Weg in die Freiheit an der Reling eines riesigen Schiffes stehen sah, und gleichzeitig bei Simon & Garfunkel eine Gänsehaut kriegen, auch wenn sie mehr in die Liedermacherecke gehörten. Im Handarbeitsunterricht lernte ich den Text von „Conny Kramer“ auswendig. Mit den Suzie-Quatro-Fans hing ich auf der Kirmes rum, war ich mit den Kifferbräuten zusammen, stand ich auf Folkfestivals. Selbst mit den Tennis-Snobs kam ich gut aus, weil ich witzig sein konnte und sie meine schrullige „Nich am Bär packen“-Tour irgendwie interessant fanden. Ich kam mit allen aus, war aber mit keiner richtig vertraut, weil ich zwar in einer Tour plapperte, aber immer höllisch darauf achtete, nichts Falsches herauszulassen. Falsch war es zum Beispiel, Eifersucht zu zeigen, wenn sich ein Mädchen mit einem Jungen traf. Falsch war es, beim Thema Sex keine Ahnung zu haben. Falsch war es auch, bei den Schwärmereien außer Caroline von Monaco und meiner Sportlehrerin keinen anderen Namen im Kopf zu haben. Und was nutzten die beiden mir? Nichts. Ich wäre am liebsten nur noch zur DLRG und zur Schreibgruppe aus dem Haus gegangen.

Es gab nur ein Gebiet, auf dem ich mich relativ sicher fühlte. Seit der Untersekunda war ich Klassensprecherin, und an dieser Aufgabe hing ich nach wie vor. Ich begann, immer mehr in die Schülermitverwaltung einzusteigen, und ließ mich als Schülervertreterin in die Schulkonferenz wählen, um gegen die Lehrer-

und Elternschaft unsere Interessen durchzusetzen. Bei den bundesweiten Treffen der Schülervertretungen meldeten sich immer mehr politisch organisierte Schülerinnen und Schüler zu Wort. Anfangs schwirrte mir noch der Kopf von all den Kürzeln, und ich konnte lange die Judos nicht von den Jusos unterscheiden. Nur die von der Schülerunion, die jüngsten Sprößlinge der CDU, erkannte ich immer auf Anhieb. Sie sahen aus wie ihre Väter oder Mütter, und die wiederum sahen aus wie meine Eltern oder andere x-beliebige konservative Kirchgänger in Buer. Das Schlimmste aber war, daß die von der Schülerunion auch noch so blasiert redeten und handelten wie CDU-Politiker: herablassend und zynisch. Mir grauste vor ihnen.

Bei den Jusos und Judos fiel mir nicht nur die Namensähnlichkeit auf. Sie benutzten auch ähnliche politische Phrasen. Zwar verfolgten sie in meinen Augen bessere Ziele als die CDU-Ableger, aber im entscheidenden Moment ließen sie sich immer von den Alt-Parteien zurückpfeifen.

Die Kommunisten unter den Oberschülern hingegen fand ich toll. Sie waren richtig lässig und kleideten sich wie Studenten. Viele von ihnen wohnten gar nicht mehr zu Hause und hatten mindestens einen angedrohten Schulverweis auf ihrem Konto. Wenn sie auf einer der Versammlungen ans Rednerpult traten, gab es nach wenigen Worten hämisches Gelächter von der Union und wütende Pfiffe von Jungliberalen und Jungsozis. Da flogen die Fetzen. Sie riefen zum Generalstreik der Schüler auf, zur Solidarität mit den Studenten und zur Abschaffung der „Zensurenknechtschaft“. Sie wollten die totale Lehrmittelfreiheit, Quoten für die Frauen und die Arbeiterklasse an den Universitäten und sangen am Schluß jeder Sitzung stehend und mit erhobener linker Faust „Vorwärts, und nicht vergessen ...“. Ich war völlig fasziniert. Immer wieder stellte ich mich in den Pausen zu ihnen und diskutierte mit. Sie nahmen mich ernst. Sie sprachen davon, daß die Revolution das Privateigentum abschaffen und die Frau automatisch von ihrer Rolle als Objekt für den Mann befreien würde. Ich war hingerissen und kaufte mir an einem Büchertisch ein Plakat von Che Guevara und eine kleine Mao-Bibel. Da ich nicht genug Geld hatte, konnte ich mir an dem Tag keine Baskenmütze mehr leisten. Es dauerte drei Wochen, bis ich dann in Buer eine schwarze Mütze auftrieb. Ich las die Geschichte von Maos langem Marsch und ging zu den heimlichen Redaktionstreffen der linksradikalen Schülerzeitschrift, die im Jugendzentrum illegal gedruckt wurde. Ich hatte nur ein Problem – als ich den lebensgroßen Starschnitt von Suzie Quatro von der Wand nahm, um Che aufzuhängen, tobten meine Eltern.

„Der Revoluzzerheini kommt mir nich ins Haus, Schicht im Schacht!“ brüllte mein Vater und riß das Poster von der Wand. „Solange du deine Beine unter meinen Tisch setzt, gibsse dich nich mit dem linken Gesocks ab! Mir kommt so ’n Student, der auf meine Steuergelder auffe Straße demonstriert und Drogen raucht, nich ins Haus, dat wir uns da richtich verstehen. Und wenne so auf Kommunismus stehst, dann geh doch nach drüben!“

Krach! Die Tür war zu. Anna tippte sich an die Stirn, und unser Mutter heulte: „Wat hab ich nur falsch gemacht mit dem Kind?“

Ich war stinkwütend und schoß wie ein Kugelblitz aus dem Haus. Alles konterrevolutionäre Arschlöcher! Und Anna war auch bloß angepaßt!

Ab da kämpfte ich mit Mao gegen marode Spießermentalität – im beigen Rollkragenpullover meines Vaters, damit niemand meine Brüste sah. Als Schulsprecherin genoß ich den Respekt der Lehrer – und der Lehrerinnen. Meine Sportlehrerin saß bei der Konferenz duftend neben mir, und ich erklärte mich bereit, in der ersten Hälfte der Sitzung Protokoll zu schreiben, um mich zu beruhigen, weil mein Herz wie verrückt klopfte. Ohne Trainingsklamotten sah sie so anders aus. Richtig schön in ihrer blauen

Bluse und den schwarzen Jeans. Im Unterricht konnte ich immer, wenn ich zu aufgeregt war, ans andere Ende der Halle sprinten. Aber jetzt spürte ich ihre Körperwärme fast an meinem Arm. Ich brachte kein Wort heraus und hatte Angst, daß mir irgend jemand am Gesicht ablesen könnte, wie sehr mich ihre Gegenwart aus der Fassung brachte. In der zweiten Hälfte – nachdem sie mich in der Pause angelächelt hatte – hielt ich eine große Rede vor der Schulkonferenz. Ich hielt sie für SIE und die Revolution unter der Führung unseres großen Vorsitzenden Mao Tse-tung. Wir bekamen danach neue Aschenbecher in der Raucherecke, im Rahmen des Kurssystems an zwei Nachmittagen in der Woche freien Zugang zum Werkunterricht am Jungengymnasium nebenan und eine Aufsicht weniger auf den Oberstufenparties. Und sie hatte geklatscht.

Nach meinem Erfolg auf der Schulkonferenz schwebte ich wie auf Wolken in meine Stammkneipe, in der Hoffnung, vielleicht ein paar Mädchen aus meiner Stufe zu treffen und ihnen von den Ergebnissen erzählen zu können. Leider traf ich kein bekanntes Gesicht an. Dafür lehnte ein Kerl aus dem Jungengymnasium, der gerade bei einer Schönheit aus meinem Mädchengymnasium abgeblitzt war, übellaunig am Tresen. Er suchte nach einem Opfer, an dem er seinen Frust ablassen konnte. Ich kannte ihn von einer ziemlich langweiligen Party, auf der er vergeblich versucht hatte, bei Meral zu landen. Veronika, Meral und ich waren gemeinsam auf der öden Veranstaltung aufgelaufen, hatten stundenlang als einzige die Tanzfläche belagert und uns köstlich amüsiert. Es war einer der mittlerweile rar gewordenen Abende gewesen, an denen ich mich mit den beiden so gut verstanden hatte wie vor der Kerlejagd. Keine von uns hatte Lust auf den müden Haufen. Wir kicherten, tranken Unmengen Bowle und machten uns über die Jungen lustig. Einer davon war dieser mies gelaunte Kerl an der Theke. Als ich mich an einen Tisch setzte, kam er mit seinem halbvollen Bier in der Hand angeschlichen.

„Na, heute ohne deine bescheuerten Freundinnen unterwegs?"

„Verpiß dich, hab keine Lust, mit dir zu reden", knurrte ich. Das schien ihn wenig zu beeindrucken.

Die Bedienung, wieder der Junge, der mir die Dröhnung nach meinem Reinfall in der Schreibgruppe gebracht hatte, kam an meinen Tisch. Er ignorierte den lästigen Typen und fragte mich: „Drei Bier oder erst mal eins zum Warmwerden?"

Ich hob den rechten Daumen, und er stellte mir ein Altbier hin.

Daß die Bedienung ihn keines Blickes würdigte, brachte die Nervensäge noch mehr in Rage. „Hey, wie wär's, wenne mir auch noch 'n Alt gibst? Um diese doofe Ziege angucken zu können, muß ich se mir erst ma schönsaufen."

Jetzt fing ich an zu kochen. „Halt die Fresse, sonst setzt's wat!" zischte ich mit zusammengebissenen Zähnen. Ich hatte nicht die geringste Lust, mir die Laune verderben zu lassen. Aber er hatte wohl beschlossen, mich zur Witzfigur des Abends zu küren.

„Schön ruhig bleiben. Der lohnt doch gar nicht", grinste die Bedienung und schlenderte, ohne den anderen zu bedienen, davon.

„Prost dann, auf dich und deine bescheuerten Freundinnen."

Ruhig stand ich auf und kippte ihm mein Bier über den Kopf. Bob Marley sang dazu: „No woman, no cry", und ich liebte dieses Stück – trotz des Refrains, denn ich fand Frauen alles andere als zum Heulen. Unter dem Gelächter der gesamten Kneipe rannte der begossene Pudel wutschnaubend hinaus. Mir ging es wieder gut.

Um mich herum lungerten, wie an den anderen Abenden auch, näselnde Referendare mit rauschenden Che-Guevara-Bärten und wollten mit mir vögeln. Ich war ideal. Mit dummen Mädchen ins Bett zu gehen war ein Tabu für den aufkeimenden Softi, der Frauen respektieren wollte. Gleichaltrige Frauen schieden aus, weil die zuviel fragten. Aber eine Schulsprecherin, die gleichzeitig eine Poetin war, konnte man als reif genug und als passend zur revolutionären Gesinnung durchgehen lassen.

„Hab ich dir schon erzählt, wie wir damals in Berlin vor dem Springerhaus ...?“ Ich ahnte seinerzeit schon, daß niemals so viele Gelsenkirchener Gymnasiallehrer gleichzeitig auf demselben Platz vor dem Springerhaus hatten stehen können. Kurz vor dem Abi fand ich dann den authentischen Bericht in einer alten *Spiegel*-Ausgabe. Eines aber interessierte mich brennend: Wenn die Revolution so aufregend war, warum zum Teufel waren sie dann Lehrer geworden und in dieses Spießernest zurückgekehrt? Der Marsch durch die Institutionen allein war bestimmt nicht der Grund. Sie protzten mit den Straßenschlachten, bei denen sie sich angeblich mit mehreren Bullen gleichzeitig geprügelt hätten, wie mein Opa mit seinen Kriegsgeschichten.

Den besten Schwadronierer ließ ich drei Abende lang erzählen und das Bier bezahlen. Dann ging ich mit ihm. Aber als er seine flaschengrüne Breitcordhose auszog und mir der modrige Geruch von Blumenerde aus seiner Hose in die Nase stieg, behauptete ich, seine Bude sei so kalt, daß mir mit meinen Eisfüßen die Lust vergangen wäre, rappelte mich vom Matratzenlager mit der handgewebten Navajodecke hoch und ging zur Straßenbahnhaltestelle. Er bot mir nicht an, mich mit seiner Ente heimzufahren. Schließlich sollte ich ja trotz seines verständnisvollen Gemurmels kapieren, daß ich ihn eine Woche ohne Sex gekostet hatte. Das „Dumme Pute!“ hörte ich noch durch das geöffnete Fenster der miefigen Straßenbahn.

Also wurde ich siebzehn Jahre mit brennenden Bussen, aus denen ich meine Sportlehrerin rettete, statt mit brennendem Bauch. Ich wurde zwar als klug und politisch fit respektiert, aber als Mädchen, die mit einem Jungen geht, kam ich nicht in Frage. Die Cliquen wechselten von Pille auf Platten, wenn ich mich zu ihnen stellte, um mir nicht weh zu tun.

Show me the way to the next whiskey bar

Ich mußte gerettet werden, zumal ich auf einem Schülerzeitungsseminar zum ersten Mal meine Gedanken und meinen Körper aus der Verpackung gerissen hatte und nun nackt und bloß vor der Welt stand. Es war im Gesamteuropäischen Studienwerk gewesen. Ein Ort, wo die Dummköpfe schon ausgesiebt waren, wenn man hinkam. Den ganzen Tag über Diskussionen über die Schülerpresse von morgen und den Kampf um die Leser (die weibliche Form kam gedanklich, sprachlich und körperlich bei mir nicht in Frage, also gab es auch keine Leserinnen). Das Seminar kostete nichts – es wurde von der nordrhein-westfälischen Schülerpresse finanziert –, so daß meine Eltern mich fahren ließen.

Sie war so klug, so zart und so entschlossen. Barbara aus Münster in Westfalen. Sie und ihre Freundin Alexandra kamen am Morgen gleichzeitig mit mir an, und wir standen zusammen in der Eingangshalle. Ich lächelte sie an, und alle meine Gedanken entwirrten sich. Sie trat auf mich zu, streckte mir die Hand entgegen und sagte: „Ich heiße Barbara. Und du?"

Ja, und ich? Für einem Moment hatte ich sogar meinen eigenen Namen vergessen. „Ich heiße Ulli", hauchte ich und nahm ihre schmale Hand.

„Hier gibt es nur Dreibettzimmer. Hast du Lust, dir mit uns ein Zimmer zu teilen?" fragte sie.

Ein warmer Schauer lief mir über den Rücken. „Gerne, sehr gerne." Und so landete ich mit Barbara und Alexandra auf einem Zimmer und fühlte mich großartig.

Mittags bei der Begrüßungsrunde brachte ich Barbara eine Tasse Tee vom Buffet mit, das die Küchenmenschen für uns, den ausgehungerten Pressenachwuchs, aufgebaut hatten, und ich wollte nur eins: eine Party am Abend. Auf einer Party würde ich sie alles fragen können. Außerdem brauchte ich unbedingt was

Alkoholisches, um ein bißchen lockerer zu werden. In ihrer Nähe fühlte ich mich wie ein grober Klotz. Nach dem Mittagessen schlich ich in die Bibliothek und sah im Atlas nach. Münster. Ihre Stadt. Gar nicht so weit weg von Gelsenkirchen.

Beim ersten Seminar am Nachmittag las ich einen Artikel von mir vor. Barbara applaudierte und erzählte mir, daß sie viel ältere Freunde habe, die auch schreiben würden. Und ich wäre so gut wie die. Ich konnte fliegen. Zum ersten Mal wieder, seit meine Kinderträume auf dem Boden zerschellt waren.

Am Abend hockten wir im Partykeller. Im Musikschrank befand sich nur noch eine einigermaßen abspielbare Platte. Der Rest war so verkratzt, daß keine Nadel über die Schluchten springen konnte. „Haben die letzten Gruppen ihre Stullen auf den Platten geschmiert?" meckerte ich. Also gab es nur die Scheibe von den Doors und darauf nur noch ein heiles Lied: „Show me the way to the next whiskey bar ..." Wir tranken Wein, und ich erzählte Barbara mein Leben. Da wir uns gerade erst kennenlernten, erwischte ich mich dabei, wie ich ihr eine ziemlich eigene Version meines Lebens erzählte, die in einigen Details überhaupt nicht der Realität entsprach. Ich hatte aber nicht das Gefühl zu lügen. Manchmal passierte es mir einfach, daß ich Geschichten, die ich lustig fand, erzählte, als wenn sie wahr wären, um sie interessanter zu machen. Ich fand, das war nicht gelogen, sondern nur ein bißchen geschönt. Barbara erzählte mir ihr Leben. Ich hatte das Gefühl, sie gleich anfassen zu müssen, und fürchtete mich davor, es zu versuchen. Ich trank wie besessen. Am Ende des Abends hatten wir die Revolution und vier Flaschen Wein hinter uns gebracht. Um in unser Dreierzimmer zu gelangen, mußten wir quer über den dunklen Hof in ein anderes Gebäude. In der frischen Luft wurde ich von meiner Panik immer nüchterner. Wie sollte ich mit ihr in einem Zimmer schlafen? Spätestens wenn alles still war, würde sie mein Herz klopfen hören. Und ich konnte nicht abhauen.

Auf dem Zimmer angelangt, fanden wir eine schlafende Alex vor und ein leeres Bettgestell, auf dem zwei zugenähte Schlafanzüge lagen – unsere Schlafanzüge. Haha. Ich hätte heulen können. Ich kannte die anderen doch kaum. Wieso zerstörten sie mein Leben?

Wir waren zu betrunken, um die fehlende Matratze aus meinem geplünderten Bett zu suchen. Und die Fäden aus den Ärmeln und Hosenbeinen unserer Schlafanzüge bekamen wir nicht herausgezupft, weil wir zu sehr damit beschäftigt waren, an unserem sinnlosen Gekicher nicht zu ersticken. Also schlüpften wir volltrunken und nur mit Unterhosen bekleidet zusammen in Barbaras Bett.

Ich konnte mich nicht mehr rühren. Mein Schlüpfer war zwischen den Beinen naß, und meine Brustspitzen brannten. Ich konnte nur zusammengerollt daliegen. Mein Rücken glühte an der Stelle, an der ich ihre Haut berührte. Plötzlich drehte sie sich um. Sie gab Geräusche von sich, die tiefen, traumlebhaften Schlaf vorgeben sollten. Nach kaum fünf Minuten in diesem Bett. Schwer und spannungslos ließ sie sich an meinen Rücken fließen. Ihre Brustspitzen schmiegten sich sanft an meine Schulterblätter. Ich spürte den Stoff ihrer Unterhose an meinem Po. Schlaftrunken hob sie ihren scheinbar kraftlosen Arm und ließ ihre entspannte Hand auf meinen warmen Bauch sinken. Ich spürte keinen Unterschied mehr zwischen Ein- und Ausatmen. Ich legte die Stelle unter ihrer Hand lahm. Sie sollte meine Atemnot nicht bemerken. Doch da schien sich ihre Hand auszudehnen. Sie bekam festere Formen und schmiegte sich an meine Haut. Langsam glitt sie nach oben. Jetzt konnte ich meinen Atem nicht mehr kontrollieren. Ein fremd klingendes Jammern drang aus meiner Kehle, und ich reckte mich ihrem Körper entgegen. Als sie meine Brust sanft in ihrer Hand barg, liefen mir die Tränen über die Wangen. Ich wollte wieder so betrunken sein wie wenige Minuten zuvor. Aber ich war es nicht, und meine Verpackung zerriß in Fetzen. Ich drehte mich langsam um. Erst als meine Fingerspitzen in ihren Schlüpfer glitten und ich die ganze Nässe und Hitze in meiner Handfläche spürte, wußte ich, daß es wahr war. Sie schlief nicht. Sie war keine Freundin. Sie würde nicht aufwachen und entsetzt losschreien, wenn sie mich sah. Ihr Körper wollte das gleiche wie mein Körper. Das, was ich fühlte, war kein Irrsinn, sondern Realität. Während Alex in ihrem Bett immer lauter schnarchte, schlüpfte ich zum ersten Mal seit Beginn meiner Pubertät in meinen Körper zurück und hielt ein wimmerndes, stöhnendes und sich aufbäumendes Mädchen in meinem Arm, deren Körper nach dem Takt meiner Musik im Kopf mit mir tanzte, bis ich dann auch tanzte – und heulte.

Kopfschmerzen und der Geruch von feuchten Walnüssen, wie ich ihn nur vom „Schwitzen" her kannte, weckten mich. Alex wusch sich stumm. Der Arm meines Nachtwunders Barbara lag wie Blei auf mir. Alex, das Frühstück und diese Kopfschmerzen. Und dann der Riß in meinem Leben, die zerfetzte Verpackung. Ich würde das nie wieder vergessen können. Mein Magen schmerzte. Sie schlug mit dem unschuldigsten Blick der Welt die Augen auf und lugte verstohlen unter ihren blonden Strähnen hervor. Während mir dieser Augenaufschlag bei anderen Mädchen meist affig vorkam, fand ich ihn bei ihr wunderschön.

„Waren wir besoffen gestern. Ich hab keinen Schimmer mehr, wie ich in dieses Zimmer gekommen bin."

Mir wurde augenblicklich kalt, und ich zitterte. „Jau, grausame Sauferei."

Nich am Bär packen. Und wer schraubte jetzt meinen Kopf wieder zu?

Beim Frühstück unterhielt Alex alle im Speisesaal mit ihrer brüllend vorgetragenen Frage, was wir denn so schwer hätten schleppen müssen letzte Nacht, wo wir doch so geächzt und gestöhnt hätten. Meine Schöne neben mir wurde puterrot und murmelte irgendwas von „besoffen" und „sauschlecht". Ich hätte am liebsten einfach nur weitergetrunken und über Befreiungskriege geredet. Ich litt. Ihr Geruch war der einzige Beweis, den ich an meinen Fingern trug. Während der folgenden Seminare und Diskussionen stützte ich immer wieder verstohlen den Kopf in meine Hand und schnupperte an meinen Fingern. Sie konnte alle belügen, aber meine Hand nicht.

Ich hatte eine Sensation erlebt und konnte es niemandem erzählen. Den Rest des Wochenendes verbrachte ich damit, unter allen Vorwänden, die mir einfielen, in ihrer Nähe zu bleiben. Und sie blieb bei mir. „Show me the way ..."

Am letzten Abend lebte ich die andere Seite von Jim Morrison aus. Ich soff und dachte an den Tod, während ich an meiner Hand roch, die langsam Barbaras Duft verlor und die Berührung ihrer Haut vergaß. Ich würde ihr schreiben. Natürlich. Und sie besuchen. Und mit ihr zusammen Tee trinken. Elende Sauferei.

In-A-Gadda-Da-Vida

Jetzt war ich auf der Flucht. Vielleicht konnte man es mir anblicken. Ich gab das Duschen nach dem Sport auf. Ich wollte die anderen Mädchen nicht ansehen. Ich erwischte mich dabei, wie ich ihnen auf die straffgespannten Lurexpullover starrte. Auf den Parties, auf denen sich die Jungen in einer festen Traube um die Anlage drängten und die Mädchen kichernd zischelten: „Er hat mich angesehen! Gott, ist der süß!", haßte ich die Jungen. Ich wollte engtanzen mit einem dieser Mädchen. Klammerblues auf den Knien. Körper an Körper. Wenn ich es nicht mehr aushielt, wünschte ich mir ein rockiges Stück. „In-A-Gadda-Da-Vida" von Iron Butterfly. Dann stand ich mitten auf der Tanzfläche und warf meinen Kopf herum wie einen Kreisel. Die Haare flogen wie Flammen um mich, obwohl sie nicht halb so lang waren wie die meiner Freundinnen. Meral turtelte mit Typen herum und hatte kaum noch Zeit für mich. Die anderen Mädchen waren albern. Ich fühlte mich verdammt allein.

Am nächsten Tag zitterte mein Kopf nach, und der Kater war mindestens so heftig wie der vom Alkohol. Auch die Schmerzen im Nacken waren nicht zu verachten. Aber auf der Tanzfläche waren alle verräterischen Gedanken davongeflogen. Es hatte im Magen gekribbelt wie auf der Achterbahn und alle Wut aus meinem Kopf geschleudert. Ich hatte mir die Seele aus dem Leib getobt. Erst dann hatte ich wieder durchatmen können, um einen klugen Brief nach Münster in Westfalen zu schicken und eine gute Schülerin zu sein.

Meine neue Freundin sah Barbara so verdammt ähnlich. Veronika hatte lediglich braune, statt blonder Haare. Langes, glattes, braunes Haar mit Mittelscheitel. Und schlank war sie. Veronika war noch nicht lange im Ruhrgebiet, aber dafür hatte sie schon an den verschiedensten Orten der Welt gelebt. Ihr Vater hatte Jobs quer über dem ganzen Globus gehabt und dabei immer seine ganze Familie mitgenommen. Veronika war es nicht leichtgefallen, sich in immer wieder neuen Orten einzugewöhnen, aber dafür hatte sie auch mehrere Jahre im gelobten Land gelebt – in Amerika. Irgendwie schien Veronika viel erwachsener zu sein als alle diese Hühner aus meiner Klasse. Wir saßen bei Tee und Räucherstäbchen in ihrem Zimmer, hörten schwermütige Musik von Donovan und Leonard Cohen und redeten über Politik. Sie hatte einen viel älteren Freund in der Stadt, in der sie zuletzt gelebt hatten. Er war ein linker Student, der viel mit ihr diskutiert hatte. Da ihr früherer Wohnort aber mehr als sechs Zugstunden von Buer entfernt lag, reichten weder das Taschengeld noch die Zeit, um ihn öfter zu treffen. Während Vero also melancholisch von ihm schwärmte, konnte er unserer Nähe nicht gefährlich werden. Es war himmlisch, und mir wurde warm und kribbelig, wenn ich sie ansah. Wir suhlten uns in dem Gefühl, nicht so oberflächliche

Tussen wie die anderen zu sein. Ich malte Friedenszeichen in den verschütteten braunen Zucker und träumte davon, so lyrisch und kämpferisch zu sein wie Rosa Luxemburg, deren Briefe aus dem Gefängnis mich zu Tränen rührten.

Es war nicht schwer, von der bedingungslosen Aufopferung Jesu, die ich zu Hause eingetrichtert bekam, zur Märtyrerin Rosa zu wechseln. Ich hatte einen Hang zu Heldinnen und Helden. Die Tode von Rosa Luxemburg, Jesus, Che Guevara, Martin Luther King, Gandhi – sie waren alle verschieden, und doch war jeder von ihnen für mich eine Leinwand, auf der ich meine elendigen Selbstmordgedanken buntfärben konnte. Denn je verwirrter, trauriger und einsamer ich wurde, desto öfter dachte ich daran, mich umzubringen. Ich wollte aber nicht einfach lautlos verschwinden. Ich wollte als Heldin sterben im revolutionären Kampf.

Veronika war nicht ganz so schwärmerisch. Sie wollte die Massen lieber friedlich vom Sozialismus überzeugen und fand den bewaffneten Kampf gar nicht gut. Aber ich träumte davon, wie wir mit dem Gewehr in der Hand die Arbeiterklasse vom Kapitalismus befreiten, und sah sie bedingungslos an meiner Seite stehen.

Das klappte aber nicht einmal im Alltag. So intim wir nachmittags zusammen in ihrem Zimmer saßen und uns darüber unterhielten, wie fremd und egoistisch uns dieses Leben im Kapitalismus erschien, so quälend fern war sie mir in der Schule. Die schöne Veronika wurde von Mädchen und Jungen umschwärmt. Meral war sofort von Vero beeindruckt und suchte ihre Nähe. Lachend warf Veronika den Kopf in den Nacken, und die glänzendbraune Langhaarmähne flog nach hinten. Sie war in der Welt herumgekommen, sie war klug und schwieg an der richtigen Stelle. Sie war alles, was ich nicht war. Meral, die dunkle Schönheit mit den eleganten Bewegungen, die ihr vom Ballettunterricht geblieben waren, Veronika, die sinnliche Schönheit mit der Gelassenheit der Weitgereisten – und dann ich, rundlich, plapperig und mehr der Typ Peppermint Patty von den „Peanuts". Wir waren ein seltsames Trio. Stets nagte das Gefühl an mir, daß die beiden sich mehr zu sagen hatten, sich ähnlicher waren. Manchmal fragte ich mich, warum sie überhaupt mit mir befreundet waren, wo ich doch eine so komische Schrulle war.

Zu mir kamen die Mädchen mit ihrem Liebeskummer, weil sie sich bei mir nicht schämen mußten, wenn es mit einem Jungen nicht geklappt hatte. Es war unwahrscheinlich wichtig, daß ein Mädchen glücklich verliebt war, sonst war sie ein Mauerblümchen. Mir schien das nichts auszumachen, glaubten sie. Schließlich hatte ich nie einen Freund. Die Jungen hingegen schlenderten meist mit den Händen in den Hosentaschen auf mich zu und laberten belangloses Zeug. Ich ließ sie zappeln und plauderte mit. Wenn sie dann aber genug hatten, rückten sie endlich mit der Sprache heraus.

„Du, Ulli, ich finde dich richtig stark. Mit dir kann man echt Pferde stehlen." Das war die Stelle, an der ich dann betete, daß sie mir jetzt nicht auf den Rücken schlugen. Wurden meine Gebete nicht erhört, splitterte jedesmal Glas in mir.

„Weißt du", drucksten sie dann, „die Vero geht doch bei dir ein und aus. Meinst du, du kannst mich mal mit ihr bekannt machen?"

Bilder rasten durch meinen Kopf.

Ich zertrete ihn. Mein Fuß landet in seinem Unterleib. Ich nähe ihm das Maul zu und schubse ihn in den Kanal, nicht ohne ihn vorher mit Steinen zu beschweren, damit er nicht auftaucht und sie womöglich noch Tränen um ihn vergießt.

„Na klar, wie wär's am Freitag?"

Du Bastard, du Lustmolch, du blödes Schwein ...

Er strahlte mich zutraulich an und schlug mir meist noch einmal auf die Schulter. „Du bist echt klasse. Ich wußte, daß ich mich auf dich verlassen kann." Und er schlenderte weg.

Ich dachte, bevor drei unglücklich sind, sollen doch wenigstens zwei ihren Spaß haben. Doch je mehr ich Veronika knutschen sah, desto heißer wurde das Brennen in meiner Brust.

Mit Meral war ich schon viel länger befreundet. Sie hatte dauernd Streß mit dem kulturellen Spagat zwischen ihrem türkischen Elternhaus und ihrer durchaus westlichen Lust. Sie appellierte erfolgreich an mein Mitleid, bis ich bereit war, ihr das nachmittägliche Alibi für ihre Stelldicheins mit ihrem Macker zu liefern. Anfangs nahm sie mich sogar mit zu diesem Typen. Während ich also im Partykeller Comics las und Chips fraß – manchmal denke ich, daß das der Beginn meines echten Übergewichts war –, hörte ich die beiden nebenan hemmungslos stöhnen. Toll. Mir war schlecht. Da halfen nur fettige Paprikachips. Später arbeitete ich das System „Anrufumleitung" aus. Ich nahm die Kontrollanrufe ihrer Mutter entgegen, behauptete, Madame säße auf dem Klo, legte auf, wählte den Freund an, der natürlich erst abnahm, als ich in Gedanken schon eine Bombe unter sein Mofa gelegt hatte, und träge-atemlos seinen Namen ins Telefon murmelte. Ich zischte: „Meral muß ihre Mutter anrufen!" durch die Leitung und knallte den Hörer auf. Der Tag war meist gelaufen.

Veronika schien mir einfühlsamer zu sein. Sie hatte ja eine in erster Linie platonische Liebe in weiter Ferne. Das verschaffte mir eine Erholungspause. Dann aber betrat ein schwarzgelockter Engel namens Peter die Szene. Er sah so sanft, so lieb aus, daß ich ganz verwirrt war. Ich mochte ihn. Zum ersten Mal kokettierte ich in Anwesenheit eines Jungen herum. Ich liebte seinen Augenaufschlag mit den langen Wimpern. Er war viel sensibler als die anderen Jungen – und er tat, was ich mir gewünscht hatte. Er lud mich zum Essen ein. Ich sprach drei Tage von nichts anderem. Meral und Veronika kicherten. Nur ab und zu fuhr mir Veronika genervt übers Maul. Ich dachte bloß, soll sie doch an ihrem Neid ersticken! Jetzt habe ich auch einmal eine Verabredung.

Ich ging also mit dem schönen Peter zum Chinesen und aß alle Gänge mit dem Löffel, damit der Reis mir nicht von den Stäbchen oder der Gabel krümelte und ich mich nicht total blamierte. Peter bestellte eine Flasche Rotwein, schenkte mir formvollendet ein und sah mir tief in die Augen. Ich begann zu versteinern. Er tippte sachte mit seinem Glas an meines, und ein hauchfeines *Kling!* tropfte in meine Ohren.

„Laß uns darauf trinken, daß ich noch nie ein so nettes Mädchen wie dich getroffen habe."

Jetzt hätte ich etwas sagen müssen, doch ich nickte nur heftig mit dem Kopf, was den Rotwein gefährlich schwappen ließ.

„Ja, Ulli ..."

Ich zuckte zusammen. Diesen Ton benutzten die Typen immer nur, wenn sie mit dem duften Kumpel in mir reden wollten. Außerdem sprach er viel zu laut für eine Liebeserklärung, fand ich. Aber noch wollte ich nicht beunruhigt sein.

„Du bist was ganz Besonderes. Du bist Schulsprecherin, Klassensprecherin, hast so viel gelesen, und du schreibst tolle Geschichten, hab ich von Meral gehört."

Der reiße ich morgen den Kopf ab. Bleischwere kroch in meinen Arm. Ich konnte das Glas kaum noch hochhalten.

„Mit dir kann ich über Sachen reden, über die ich nie mit inem anderen Mädchen reden würde. Ich würde mich viel zu sehr schämen. Aber dir kann ich's ja sagen: Ich hab mich total in Veronika verliebt."

Ich mußte meine Mundwinkel auf ihrem Weg nach unten aufhalten, damit sie mich nicht verrieten. Blitzartig versteinerte ich vollständig.

„Weißt du", fuhr er fort, während er mit der Gabel kleine Kuhlen in seinen Reis drückte, „schöne Mädchen wie Veronika schüchtern mich total ein, wenn ich sie sehe. Ich hab ständig Angst, was Blödes zu sagen oder zu tun, wenn sie dabei sind."

Keine Sorge, Kleiner, ich auch.

„Sie hat so schöne Haare."

Stimmt.

„Sie hat so ein tiefes, volles Lachen."

Ja, davon kriege ich auch immer eine Gänsehaut.

„Außerdem hab ich immer Angst, ich könnte mich nicht beherrschen und würde sie gleich einfach anfassen."

Jetzt reichte es mir.

„Weißt du, Peter, ich schreibe morgen eine Lateinarbeit. Ich schlage vor, du kommst am Samstag in den Pub, wo wir uns treffen, und ich stell dich Veronika vor. Zufrieden?"

Er grabschte nach meiner rechten Hand, drückte sie schmerzhaft und bekam feuchte Augen.

Weichei. Ich hasse dich.

„Du bist toll, Ulli. Ich beneide Vero um so eine Freundin. Du bist mir auch nicht böse, daß ich dich darum bitte?"

Der windelweiche Blick aus seinen Dackelaugen waberte über den Tisch.

„I wo, kann ich doch verstehen."

Du bist nicht der erste, mein Lieber. Bitte hinten anstellen. Ich will hier raus.

Natürlich waren die beiden achtundvierzig Stunden später ein Paar. Von da an mußte ich mich in Veros Nähe schwer beherrschen, um ihr meine Enttäuschung und Eifersucht nicht zu zeigen, wobei ich nicht einmal wußte, auf wen ich eifersüchtiger war. Vero war so glücklich, Peter strahlte unausgesetzt, und ich plante, in Buer vom höchsten Hochhaus zu springen, damit ich auch ja richtig tot war.

Statt dessen trank ich. Ich konnte inzwischen locker zehn Alt verdrücken, ohne viel davon zu merken. Langsam gewöhnte ich mich an die Rolle und fing an, sie zu genießen. Ich wollte keine Liebe mehr. Ich wollte nur noch trinken. Außerdem fand ich, daß dieses ganze verliebte Getue sowieso nur was für Idiotinnen war. Bürgerliche Glücksphantasien, die mit den wahren Herausforderungen des revolutionären Kampfes nichts zu tun hatten.

Nach den Sommerferien suchte ich die Nähe zu denen, die im vergangenen Schuljahr hängengeblieben waren, den Wiederholerinnen. Die soffen, rauchten und machten blau, wo sie nur konnten. Den Respekt, den die anderen ihnen zollten, verschafften sie sich durch Faulheit, Frechheit und die bloße Tatsache, älter zu sein. Denn hängenzubleiben war für die anderen, die die Schule brav durchzogen, eine unvorstellbare Katastrophe. Ich war lediglich davon beeindruckt, daß sie Außenseiterinnen waren. Dazu rechnete ich mich auch. Wenn die schicke Martina auf ihren knallroten Plateauschuhen und in dem kaum handbreiten Minirock in die Klasse gewankt kam und ihre rotgefärbte, dauergewellte Lockenmähne schleuderte, war ich hingerissen. Daß meine Mutter solche Mädchen aus den Zechensiedlungen am Rande der Stadt, die zu allem Überfluß noch rauchten, haßte und für ordinär hielt, brachte mich noch mehr auf ihre Seite. Also qualmte ich, dackelte hinter ihnen her, wenn sie sich die totenöde Religionsstunde schenkten, und begann auch während der Schulstunden zu trinken. Ich fühlte mich dann einfach besser.

Der Größenwahn, der mich fest im Griff hatte, wenn ich angetrunken oder schlicht besoffen war, nahm mir den Druck, unter dem ich ansonsten ständig stand. Betrunken saß ich im Unterricht und träumte vor mich hin. Ich träumte davon, über Nacht aus der Stadt zu verschwinden und mich per Anhalter auf Weltreise zu begeben. Vielleicht würde mir dann das über den Weg laufen, was ich wirklich wollte, ohne daß ich bisher jedoch eine Vorstellung davon hatte, was es war. Insgeheim wußte ich, daß das, was ich wirklich fühlte, nicht herauskonnte – nicht in diesem Ruhrgebietsnest, nicht in dieser Familie, nicht in diesem Schneewittchensarg von Mädchengymnasium.

Jede Abwechslung war mir recht. Und so jubelte ich innerlich, als meine Klasse für zwei Wochen ins Schullandheim fahren sollte. Das Sauerland fand ich zwar in etwa so spannend wie eine

Religionsstunde, aber die Aussicht, aus dem Kontrollfeld meiner Mutter herauszukommen, war Gold wert. Und das absolute Sahnehäubchen waren die Lehrerinnen, die mitfuhren. Ines, meine Sportlehrerin – meine göttliche Sportlehrerin! – fuhr mit. Ich schwebte wie auf Wolken. Kurz vor der Abreise standen die drei jungen und eine ältliche Lehrerin vor uns und erklärten uns den Alltag im Schullandheim: die schönen Sportlehrerinnen Ines und Manuela, die herbe Musiklehrerin Brigitte mit den langen braunen Haaren und Frau Bückling, die Englischlehrerin mit dem Silberblick, die uns alle fürchtete wie wilde Krokodile.

Wir hatten Frau Bückling im vergangenen Schuljahr gnadenlos aufgezogen. Ihr Name, ihre altbackene Art, sich zu kleiden, ihr leicht schielender Blick – das war der Stoff aus dem wir spitze Waffen gegen sie formten. Zweimal war sie weinend aus der Klasse geflüchtet. Zuletzt hatten wir die hysterischen Ziegen der Klasse nach hinten gesetzt, einen Schuhkarton weißer Mäuse ausgesetzt und so getan, als wenn sie gar nicht da wären. Frau Bückling betrat also die Klasse, schrie kurz auf und kreischte: „Weiße Mäuse, Sie haben da eine weiße Maus auf Ihrem Pullover!“ Sie wies mit zitterndem Zeigefinger auf Martinas Brust. Die setzte ihr unschuldigstes Gesicht auf, sah an sich herunter, blickte wieder auf und zuckte die Schultern. „Frau Bückling, ich sehe keine Maus. Geht's Ihnen nicht gut? Vielleicht sollten Sie mal an die frische Luft gehen.“ Frau Bückling schnappte stumm nach Luft und sah hektisch von einer Maus zur anderen. Dann rannte sie hinaus. Wir sammelten blitzschnell alle Mäuse ein und verstauten sie wieder im Schuhkarton, den wir ganz unten im Klassenschrank verschwinden ließen. Wir atmeten erleichtert auf, daß uns keine entwischt war, denn sonst hätte uns Reginas Bruder, dem die Mäuse gehörten, sicher den Hals umgedreht. Dann brachen wir in wieherndes Gelächter aus. Nur die Mädchen, die sich ein bißchen vor Mäusen fürchteten, waren leicht bläßlich um die Nase und lächelten schwach.

Nachdem wir Frau Bückling erfolgreich in die Flucht geschlagen hatten, stürmten Regina und ich nach vorn, hoben die Klassenzimmertür aus den Angeln und lehnten sie so an den Rahmen, daß nicht zu sehen war, daß sie nicht in den Angeln hing. Währenddessen rieb Karin, deren Vater Mathelehrer am Jungengymnasium nebenan war und immer wieder verhinderte, daß sie von der Schule flog, obwohl Karin unbedingt in ein Internat wollte, auf einer Küchenreibe Kreidestücke klein und füllte den Tafeleimer mit Kreidepuder. Dabei tönte sie in die kreischende Menge: „Wenn ich dafür nicht fliege, muß ich die Penne anzünden!"

Als ein ganzes Paket Kreide in Staub verwandelt war, rannte sie mit ihrem Werk zu der wackeligen Tür, kletterte auf einen Stuhl und plazierte den Eimer vorsichtig oben auf der Kante.

„So", konstatierte sie, nachdem sie vom Stuhl heruntergesprungen war und sich den Staub von den Fingern geklopft hatte. „Soll die Alte mal angewackelt kommen." Sie ergriff den Stuhl und kehrte seelenruhig an ihren Platz zurück, setzte sich und verschränkte zufrieden die Arme vor der Brust. Allen war ein bißchen mulmig zumute. Aber keine hätte es gewagt, Karin zu widersprechen. Doch dann erschien nicht etwa die olle Bückling. Nein, der Direx stürmte an ihrer Stelle herein, stürzte im wahrsten Sinne des Wortes mit der Tür ins Klassenzimmer, und über seinen schwarzen Rollkragenpullover rieselte weißer Kreidestaub.

Wir alle erstarrten vor Schreck und nahmen schlagartig den Farbton der Kreide an. Drei Wochen lang mußten wir nachmittags antanzen und die *Ilias* lesen. Frau Bückling hatte gewonnen. Nie wieder spielten wir ihr einen Streich, und langsam kam sie mit immer erhobenerem Haupt in die Klasse.

Nun fuhren wir also weg, und die Lehrerinnen erklärten uns, daß die Klassensprecherin und ihre Stellvertreterin abends bei ihnen antanzen müßten, um den nächsten Tag zu besprechen. Ich würde also jeden Abend in Ines' Nähe sein können und sie fast für mich allein haben. Regina, meine Stellvertreterin, zählte nicht. Plötzlich liebte ich meine Rolle als Klassensprecherin.

Das war in den letzten Monaten nicht immer so gewesen. Irgendwie hatte sich in mir der Verdacht genährt, daß die anderen mich die letzten ein, zwei Male vor allem deshalb gewählt hatten, weil ich ja soviel Zeit hatte, mich um unsere Interessen zu kümmern, während sie ihre ganze Freizeit mit ihren neuesten Eroberungen verbrachten. Also schmeichelten sie mir vor jeder Wahl, erzählten mir, wie schlau ich sei und überhaupt, und wählten mich dann mit überwältigender Mehrheit. Sicher war das auch ehrlich gemeint. Doch mein verletzter Stolz und meine Verwirrung nährten mein Mißtrauen, und manchmal unterstellte ich allen anderen – Mädchen wie Jungen – nur das Übelste. Ich posierte vor dem Spiegel und schwelgte in Phantasien, wie ich es ihnen allen heimzahlen könnte. Ich wollte reich und berühmt werden, ich wollte zwanzig Pfund abnehmen und meine vorlaute Klappe gegen spöttisch-geheimnisvolles Schweigen eintauschen und eine Liebesdroge besitzen, die alle verrückt nach mir machte. Und dann wollte ich sie alle abweisen, so wie sie mich abwiesen. Und dabei packte ich für das Schullandheim. Mir gefiel der Gedanke, daß die anderen Mädchen ihre Schwärme nicht mitnehmen konnten. Endlich hatte ich sie wieder für mich allein – wenn auch nur zwei Wochen lang. Ich konnte Pause machen von meiner Verwirrung um meine Gefühle, von meiner nagenden Eifersucht, und vielleicht würden wir auch wieder soviel Spaß haben wie früher, als die Kerlejagd noch nicht angesagt war. Schade nur, daß Meral und Vero, die in der Parallelklasse waren, woanders hinfuhren.

Aber dafür schlief SIE unter einem Dach mit mir. Ines, meine Sportlehrerin mit den kurzen schwarzen Haaren, die immer nach Algemarin und Talkum duftete. Ich bekam eine Gänsehaut, wenn sie redete, und ich rette sie jeden Abend aus dem brennenden Bus. Und jetzt sollten wir zwei ganze Wochen zusammensein.

Meine Mutter wuselte dazwischen und versuchte immer wieder, mir riesige Unterhosen und warme Wollsocken in die Tasche zu schmuggeln. Ich war empört. Wollte sie allen Ernstes, daß ich mich bis auf die Knochen blamierte? In der letzten Zeit gingen wir uns nur noch auf die Nerven. Sie war sauer wegen meiner Schlampigkeit und weil ich so verrückte Klamotten wie Schlaghosen und riesige Männerhemden aus Flanell anziehen wollte. „Da siehsse aus wie 'n Kartoffelsack auf Wanderschaft." Ich war sauer, weil sie mich immer noch wie ein Kleinkind behandelte. Der Gipfel war ihre Forderung, stets meine Tür aufzulassen, damit sie mitkriegte, was in meinem Zimmer passierte. Ich hatte nämlich endlich ein Zimmer für mich allein. Katharina war ausgezogen, und Anna hatte deren Zimmer bekommen.

So saß ich also eines Nachmittags mit meinen Freundinnen in meinem Zimmer zusammen, hörte Cat Stevens, trank Tee und diskutierte darüber, ob wir die RAF unterstützen würden, als meine Mutter hereingestürmt kam, sich neben mich aufs Bett fallen ließ, meinen Kopf zwischen die Hände nahm, mir einen Kuß auf die Nase drückte und losplapperte: „Schätzken, rat ma, wer angerufen hat? Die Elli. Da hat die mir doch erzählt ..." Der Rest ging im Gedröhn unter, das mein rasendes Blut in meinen Ohren erzeugte. Da saßen wir und diskutierten über die RAF, und meine Mutter stürzte mit ihrem belanglosen Tratsch dazwischen. Ich war blamiert bis in die Steinzeit. Wie konnte sie mir das antun?

„Wollt ihr noch Kekse?" Wir quittierten ihre harmlose Frage mit Schweigen. Sie merkte, daß etwas falsch lief, rappelte sich hoch und murmelte: „Ich geh dann ma ..." Ich wünschte einfach nur, daß sie sich in Luft auflöste.

Es dauerte ewig, bis ich es wagte, wieder hochzusehen. Doch meine Freundinnen grinsten nicht. Nein, sie hatten einen mitfühlenden Ausdruck im Gesicht. Sie kannten diese Demütigungen von ihren Müttern. Doch ich war vorerst erledigt.

Diese Schullandheimfahrt bot mir eine Atempause von der Tatsache, daß mir mein Alltag zu klein geworden war und überall Risse aufwies. Die Mädchen aus meiner Klasse benahmen sich wegen dieser zweiwöchigen Reise in die Abgeschiedenheit eines gottverlassenen Nestes wie die aufgescheuchten Hühner. Die meisten schienen die Aussicht zu genießen, mal eine Pause von den coolen Posen einlegen zu können und sich mal richtig albern benehmen zu dürfen, ohne sich gleich vor Typen oder Erwachsenen zu blamieren.

Wildes Gekicher und Weingummi-Schlachten ließen dem hilflosen Busfahrer auf der Hinfahrt nur ein verächtliches „Weiber!" herausrutschen. Wir antworteten mit dem monotonen Singsang: „Bums! Da fiel die Flasche um, alles voll Petroleum!" und wiederholten diesen blödsinnigen Satz mit seiner noch stumpfsinnigeren Melodie ungefähr hundertmal. Martina mit den Plateauschuhen hatte einen schier unerschöpflichen Flachmann in der Tasche. Während wir also grölend wie volltrunkene Schalke-Fans im Bus herumtorkelten, kippten wir uns in einem fort den billigen Weinbrand hinter die Binde, den Martina, halb unter dem Sitz hängend, ständig aus der großen Aldi-Flasche umfüllte.

Als ich langsam heiße Ohren bekam, schob ich mir drei Kaugummis rein und stand plötzlich wie unter Zwang im Gang des Busses. Alle brüllten: „Bums! Da fiel die Flasche um ..." Ich schob Arme und Beine beiseite und wand mich langsam durch den engen Gang nach vorn. Meine Brust brannte, als würde ich etwas Scharfes einatmen. Jetzt bewegten sich meine Beine, als wären sie fremdgesteuert. Ich überließ meinen Kopf dem Suff und versuchte, nicht zu denken, weil ich wußte, daß mein Verstand garantiert verhindert hätte, was mein Bauch gerade tun wollte. Als ich schließlich aufwachte, saß ich neben Ines und grinste – grinste dümmlich knapp an ihr vorbei, weil mich ein

Blick in ihre Augen gesprengt hätte. Und wer hätte dann wohl die Sauerei aufgewischt?

Sie lächelte in meinen Augenwinkel. „Ach, wie schön. Jetzt habe ich Gesellschaft. Meine Kollegin ist ja auf Patrouille in dem Tohuwabohu, daß ihr da hinten anrichtet."

Sie redet mit mir. Jetzt sag schon was, du blöde Kuh. Mach's Maul auf, Trulla!

„Ja, ich dachte ..." Ja, was denn? Gerade saß ich doch noch in meinem Sündenfrei-Nirwana. „Ja, ich dachte, dann sind Sie nicht so allein hier." Na, großartig. Die Ansprache des Jahrhunderts. „Meine Eltern sind mit Ihren Eltern im gleichen Kirchenchor. Ist das nicht witzig? Das hab ich neulich von meiner Mutter erfahren."

Ich habe es nicht nebenbei erfahren. Im Gegenteil. Als ich mich im Kolpinghaus auf der Weihnachtsfeier des Chores gerade zu Tode langweilen wollte, hatte meine Mutter gesagt: „Guck ma, da sitzen de Eltern von deine Sportlehrerin, der Ines. Ich hab se noch gekannt, da hatt se lange Zöpfe und 'ne Zahnspange, und jetzt isse deine Lehrerin. Kinders, wie die Zeit vergeht ..." Ich schlich mich auf leisen Sohlen an ihre Eltern heran, glitt unauffällig auf einen freien Stuhl in der Nähe und reckte mein Ohr in ihre Richtung, um kein Wort zu versäumen, als sie von ihrer Tochter erzählten. „Unser Ines schwimmt für ihr Leben gern. Jeden Tach geht se ins Hallenbad ..." Ich war gleich aufs Klo geflüchtet, um den Schock zu verdauen. Sie ging jeden Tag schwimmen. Warum war ich ihr noch nie begegnet? Ich war Rettungsschwimmerin, und sie schwamm gern. Vielleicht würde ich sie bald dort treffen. Dann würde sie mit mir reden. Irgendeine andere Macht mußte noch herrschen, die uns beide zusammenführte. Warum sonst erfuhr ich, daß ihre Eltern im selben Chor waren wie meine? Von keiner anderen Lehrerin erfuhr ich auch nur ein klitzekleines privates Detail. Sie waren unerreichbar. Aber über Ines könnte ich alles herausfinden, wenn ich meine Eltern nur geschickt genug ausfragte, und ich wollte alles über sie wissen. Jede winzige Kleinigkeit würde ich aufsaugen, um diesen seltsamen Hunger in mir zu stillen. Ich hatte keine Ahnung, wohin das führen sollte. Aber es kribbelte am ganzen Körper, als ich auf dem Klo im Kolpinghaus saß und sie mir im Hallenbad vorstellte – wie ich sie zufällig am Rand stehen sah, während ich mühelos eine Rettungsübung vorführte.

„So?“ Sie schaute ein wenig distanziert.

Na, toll! Jetzt war ich ihr wohl zu nahe getreten. Konnte ich nicht schnell was absolut Geistreiches hinterherschieben? Aber ausgerechnet jetzt mußte der Alkohol mit voller Wucht in meinem Kopf ankommen. Plötzlich wackelten alle Bilder vor meinen Augen, und ich konnte meine Augäpfel nicht bewegen, ohne daß mein Magen sich mitdrehte. All mein Wagemut schrumpelte häßlich in sich zusammen. „Ich geh dann mal wieder an meinen Platz. Viel Spaß noch!“

Fehlte nur noch der Knicks.

Restlos zerknirscht und wütend auf mich selbst, torkelte ich an meinen Platz zurück. Bei der nächsten Runde Weinbrand nahm ich einen kräftigen Schluck und schmetterte lauter als alle anderen: „Bums! Da fiel die Flasche um ...“

Während der ganzen zwei Wochen im Schullandheim stellte ich mich nicht gerade geschickt an, sobald sie sich im selben Raum aufhielt. Irgendwie schienen meine Arme und Beine nicht mehr zu mir zu gehören, und mein Kopf war leer in ihrer Nähe. Also verlegte ich mich darauf, mich im Zimmer der Sitzenbleiberinnen herumzudrücken und mit ihnen um die Wette zu qualmen. Da das Rauchen auf den Zimmern strengstens verboten war, sprühten wir, sobald die Kippen ausgedrückt waren, eine Unmenge 8x4 im ganzen Zimmer herum, bis es in der Kehle kratzte. Beim Wandern latschte ich jedesmal lustlos vor mich hin und geierte auf jede Biegung des Weges, um hastig eine Zigarette zu rauchen. „Geselliges Beisammensein“ hieß der Tagesordnungspunkt im Programm, wenn wir abends im großen Aufenthaltsraum saßen, eine das Licht herunterdrehte und die drei Platten, die wir im Gepäck hatten, immer aufs neue heruntergenudelt wurden. Es gab keine Alternative mehr zu Dämmerlicht und Tanzen. Spielen war kindisch, saufen war verboten, lesen war öde. Blieb nur das übliche – aber ohne Jungs. Also tanzten im halbdunklen Aufenthaltsraum Mädchen mit Mädchen. Sie kicherten verlegen und stießen sich unentwegt an. Ich stand mit einer dicken Herbergstasse mit schwarzem Tee, der mit Rum aufgemotzt war, in einer Ecke und war krampfhaft damit beschäftigt, meine zitternden Hände zu beruhigen. Ich starrte die tanzenden Mädchen an. Die Lehrerinnen hockten an einem Tisch im hell erleuchteten Nebenraum, der mit einer Ziehharmonikawand zur Hälfte abgetrennt war, damit sie uns noch im Auge behalten konnten, aber auch ein bißchen Ruhe vor uns hatten. Mal sah ich die tanzenden Mädchen, mal die lachenden und schwatzenden Paukerinnen. Frau Bückling hatte sich schon schlafen gelegt, und die drei jungen Lehrerinnen hatten mindestens soviel Rum in ihrem Tee wie ich. Ab und zu entfalteten sie sich wie eine Blume, warfen die Köpfe nach hinten und lachten laut los, um dann wieder schnell die Köpfe zusammenzustecken. Ines' Augen glänzten glasig, und sie hatte hochrote Wangen. Auf der kleinen schummerigen Tanzfläche zwischen der Anrichte und den Tischreihen drehten sich kichernde Mädchenpärchen. Ich sog alles auf wie ein trockener Schwamm. Plötzlich stand Sabine vor mir. Sabine drehte auch eine Ehrenrunde, gehörte aber nicht zu den Kampftrinkerinnen und Blaumacherinnen. Sie war irgendwie anders und schien immer genau darauf zu achten, was sie sagte. Ich mochte sie sehr, hätte es aber nie gewagt, sie anzusprechen.

„Willsse nich auch ma tanzen?" fragte sie mich. Da war es wieder: dieses Kirmesgefühl. Mein Magen drehte Loopings.

„Wenne meins ...", schluderte ich hin, stellte die Tasse auf den nächstbesten Tisch und schlenderte hinter ihr her. Auf der Tanzfläche wankte ich steif von einem Bein aufs andere in der Hoffnung, daß sie es als Tanzen durchgehen lassen würde. Aber sie sah das anders.

„Hasse noch nie Klammerblues getanzt?" Sie schaute mich fragend an.

„Nö, ich hab da nich soviel von", warf ich so lässig wie möglich hin.

„Ach, Quatsch! Dat macht Spass. Du hast dat bestimmt nur noch nich richtich probiert."

Und schon legte sie mir die Arme um den Hals und schmiegte ihren Kopf an meine Schulter. „Baby, I'd love you to want me" hauchte Lobo, und ich hauchte fast mein Leben aus. Da war es wieder. Ich bekam keine Luft. Langsam legte ich meine bleischweren Hände um ihre Taille, stets darauf bedacht, nicht zu fest zuzufassen. Doch sie drückte meine Hände energisch an ihre Hüften. Da zerriß die Spannung. Ich ließ mich langsam in ihre Bewegungen fallen und schmiegte mich an sie. Sie schlang ihre Arme fester um mich. Jetzt spürte ich ihre Lippen an meinem Hals. Sie atmete etwas schneller. Ich schmiegte mich noch enger an sie, während wir uns immer weniger bewegten, bis wir regungslos auf der Tanzfläche verharrten. Meine Augen waren fest geschlossen, Bilder rasten hinter meinen Lidern vorbei. Küsse mit Sabine. Ich tanzte zu ihrer Musik. Alles fühlte sich so richtig an. Nie hatte mir Kopfschlagen eine so gute Benommenheit verursacht wie dieses Tanzen, mit Sabines Körper an meinem.

Sie riecht so gut. Sie ist so weich.

Die Musik war zu Ende, und Sabine wand sich langsam aus unserer Umarmung. Sie strich sich ihr welliges braunes Haar zurück, sah mich kurz an und senkte den Blick.

„Du hast ja schnell gelernt."

„Das ist mit dir ja auch nicht so schwer."

Ich steckte die Hände in die Taschen, weil ich keinen anderen Käfig für sie hatte. Mein Mut fiel zusammen wie Hefeteig bei

Durchzug. „Ich glaub, ich muß mal aufs Klo", konnte ich gerade noch murmeln und schlich hinaus, ohne auch nur einmal hochzusehen. Ich hatte Angst, daß ein fremder Blick alle Bilder in meinem Kopf verscheuchte. Die Luft draußen würde mich ernüchtern.

Als die Tür hinter mir ins Schloß fiel, wurde mir wieder leichter zumute. Es tat gut, die nachtkühle Hauswand im Rücken zu spüren. Ich starrte in den klaren Abendhimmel. So viele Sterne sah ich im Kohlenpott nie. Langsam klaubte ich die ramponierte Zigarettenschachtel aus meiner Jeans und zündete mir ein hakenkrummes Exemplar an.

„Das ist aber nicht gut für dich."

Keine Ahnung, wo sie hergekommen war. Sie mußte hintenrum gegangen sein. Das hatte mir gerade noch gefehlt. Ines. Nicht genug, daß mir von Sabine und dem hastig eingesogenen Nikotin ganz schwindelig war, jetzt zog mir Ines auch noch den Boden unter den Füßen weg. Schnell trat ich die Kippe aus. Ich brauchte beide Hände, um nicht an der Wand hinunterzugleiten.

„'tschuldigung, ich dachte, das Rauchen wär nur drinnen verboten."

Sie schüttelte lachend den Kopf. „Darum geht's doch gar nicht. Wir haben gar keine Lust, euch die ganze Zeit mit irgendwelchen Verboten zu verfolgen. Ich kann nur Rauchen generell nicht leiden. Es macht deine Kondition kaputt, und am Ende kannst du noch Krebs kriegen. Dabei wünsche ich dir eigentlich ein langes Leben." Sie lehnte sich direkt neben mich an die Wand und sah ebenfalls zum Himmel hinauf.

„Ich hatte gehofft, daß du durch diese Fahrt wieder mehr Anschluß an deine Klassenkameradinnen finden würdest. In der letzten Zeit habe ich dich in den Pausen meist allein gesehen. Aber bis jetzt bist du hier auch oft allein. Hast du irgendwelchen Ärger, oder bedrückt dich etwas?" Sie sah mich kurz an.

Ich ließ meinen Blick nicht eine Sekunde von dieser faszinierenden Sternenkulisse, die mir im Grunde gerade piepegal war, und antwortete: „Nö, ich hab kein Problem. Ich will nur meine Ruhe. Von diesem Rumgemache mit den Jungs halt ich nich viel. Die meisten sind total panne, finden Sie nich auch? Ich krieg mich schnell mit denen inne Wolle. Da geh ich Ärger lieber aus 'm Weg. Dat is besser so." Schweigend sahen wir in den Himmel.

„Du hast eben mit Sabine getanzt. Hat dir das Spaß gemacht?"

Ein Stich fuhr mir durch die Brust, und meine Füße zuckten. Sie wollten losrennen. Hilfe! Alle Alarmglocken in mir schrillten los. Mit wem redete ich? Mit der Lehrerin, die ihren Sozialen hatte? Oder redete ich mit Ines, mit der Ines, die mich verstand und die ich immer hinter der Lehrerin durchblitzen sah?

Vorsichtshalber entschied ich mich für die Lehrerin. „Ja, war ganz nett. Besser als den ganzen Abend rumstehen. Außerdem mochte ich das Lied."

„Hast du schon mal so mit einem Jungen getanzt?"

Das Eis, auf dem wir uns bewegten, wurde immer dünner. Ich ließ sie zappeln. Oder besser: Ich suchte krampfhaft nach der richtigen Antwort. Dabei kam es nicht auf die Wahrheit an, sondern darauf, wie ich mir dieses gefährliche Thema schnellstens vom Hals schaffte.

Ich versuchte es dennoch mit der Wahrheit: „Ich hab noch nie mit einem Menschen so nah getanzt – außer mit meinem Vater beim Walzer auf irgendwelchen Feiern. Ich bin nicht gerade scharf drauf, jemanden so dicht auf der Pelle zu haben."

Außer dich. Und Sabine vielleicht.

Eine gefährliche Pause entstand. Ich hätte alles gegeben, um ihre Gedanken lesen zu können. Blödsinnigerweise roch ich förmlich den Brandgeruch aus meinen Rettungsträumen. Aber die Frau, die neben mir stand, war meilenweit davon entfernt, mir um den Hals zu fallen. Oder nicht? Plötzlich spürte ich den sanften Druck ihrer Hand auf meiner Schulter. Speichel lief mir im Mund zusammen, und mir war zum Heulen.

„Du bist ganz schön durcheinander, nicht?"

Ich sah sie nicht an. Was sollte ich bloß tun? Plötzlich löste sich eine Lawine von Worten und quoll aus meinem Mund, während ich hilflos meine linke Schuhspitze in den Boden bohrte. „Alles ist durcheinander. Ich komm einfach nicht mehr so gut klar mit der Schule und mit meinen Freundinnen. Es ist, als hätten plötzlich alle 'ne neue Sprache gelernt, und nur ich hab gefehlt. Alle haben sie jetzt keine Zeit mehr und ziehen mit ihren Schnullis rum. Mir liegt das nicht, und ich kann auch nicht mit diesen Blödmännern reden. Das, was ich will, gibt's irgendwie nicht. Ich hab manchmal fürchterlich Schiß, daß ich nicht normal bin. Aber ich weiß ja gar nicht, was ich bin." Und plötzlich waren meine Augen voller Wasser, und ich mußte sie ansehen.

Da wandte sie sich langsam zu mir, nahm mich fest in die Arme und flüsterte leise: „Du magst Mädchen viel lieber als Jungen, nicht?"

Ich konnte nicht mehr denken, lag nur noch in ihren Armen, an ihrer weichen Brust, und heulte wie ein Kleinkind. Immer wieder zog ich den Rotz hoch, damit der nicht auch noch auf ihrem Pullover landete. Es reichte ja schon, wenn meine Tränen ihn durchnäßten.

„Weiß du, es geht nicht darum, ob du normal bist. Vielleicht bist du nur ein bißchen anders. Es gibt viele Mädchen, die andere Mädchen mehr mögen als Jungen. Bei einigen bleibt das dann immer so. Andere Mädchen interessieren sich aber auch erst viel später für Jungen. Du wirst es herausfinden."

Sanft schob sie mich ein wenig von sich und hob mit dem Finger mein Kinn an, um mir in die Augen sehen zu können. Ich versuchte krampfhaft, ihrem Blick auszuweichen, aber es gelang mir nicht.

„Aber du darfst dich nicht so verschließen. Das ist nicht gut für dich. Du wirst noch krank davon, hörst du?"

O Gott, sie hat feuchte Augen. Sie wird doch nicht auch noch heulen? Was mache ich bloß?

Doch sie nahm mich wieder in die Arme und flüsterte so leise, daß ich den Atem anhalten mußte, um sie zu verstehen. „Ich mag dich. Ich mag dich sehr, und es tut mir manchmal sogar weh. Du erinnerst mich daran, wie ich früher war. Ich konnte irgendwann mit niemandem mehr reden und fühlte fast nichts mehr. Ich war wie versteinert. Versprich mir, daß du mich nicht enttäuschst und nicht einfach bloß dichtmachst?“ Ihre Augen füllten sich mit Tränen. In meinen Tagträumen wußte ich immer genau, was ich zu tun hatte. Aber für das hier hatte ich keinen Plan. Ich wäre am liebsten weggelaufen, und gleichzeitig hätte ich sie am liebsten geküßt. Aber ich legte nur den Arm um ihre Hüften und stand starr da.

Wenn jetzt doch die Zeit stehenbliebe.

Wenn jetzt bloß niemand rauskommt und uns so sieht.

Wenn doch jetzt alle rauskämen und uns so sehen könnten.

Ich konnte gar nichts mehr denken. Ich konnte nur noch heulen und sie wahnsinnig lieben. Und innerlich zerreißen. Und auf der Stelle sterben.

„Ich mag Sie auch sehr“, krächzte ich, „und ich werd mir Mühe geben. Ich will überhaupt nicht dichtmachen. Es passiert einfach immer ganz von allein. Ich bin dann auch auf niemanden sauer, höchstens auf mich selbst.“

Wirres Zeug. Ich rede wirres Zeug. Hör auf zu reden, schimpfte ich mit mir. Aber es war zu spät. Ich konnte den Hahn nicht mehr zudrehen. Der Druck war zu groß. „Wenn ich Sie sehe, ist es auch nie so schlimm. In Ihrer Nähe fühl ich mich gut. Sogar sehr gut. Manchmal, wenn's mir so richtig dreckig geht, muß ich nur an Sie denken, und schon ist es besser.“

Sie wurde mit jedem Wort ein bißchen steifer in meinen Armen. Dann ließ sie mich los. Die Lehrerin kroch in ihr Gesicht zurück. Sie packte mich bei den Schultern und sah mir direkt in die Augen.

„Du mußt dir eine Freundin in deinem Alter suchen. Ich kann nicht deine Freundin sein, weil ich deine Lehrerin bin. Vergiß das nicht. Wenn du zuviel an mich denkst, ist das nicht gut für dich."

Plötzlich brannte mein ganzer Körper. Ich hätte sie treten können. „Und warum, zum Teufel? Warum können Sie nicht mit mir befreundet sein?" Meine Stimme wurde immer lauter. Ich konnte gar nichts dagegen tun. „Sie sind doch auch bloß wie die andern. Ich sag, daß ich Sie mag, und Sie erzählen mir, ich soll mir jemand anders suchen. Wen denn? Was ist denn so verkehrt daran, daß ich Sie mag? Was soll daran nicht gut sein?"

Ich will nicht heulen. Nicht jetzt.

„Schrei nicht so!" zischte sie. „Willst du, daß alle rausgerannt kommen?" Sie ballte die Hände und starrte einen Moment zu Boden. Dann schien sie sich wieder im Griff zu haben.

„Hör zu. Wir können das jetzt nicht ausdiskutieren. Ich schlage vor, du hilfst mir morgen beim Verlegen der Strecke für die Schnitzeljagd, und dann reden wir weiter. Einverstanden?"

Ich zuckte nicht einmal mit der Wimper.

„Einverstanden?" fragte sie eindringlich. „Hör zu, ich muß über all dies genauso nachdenken wie du, und glaub bloß nicht, du wärst die einzige, die gerade Angst hat. Ich habe auch Angst, und ich bin verdammt durcheinander." Fast unhörbar flüsterte sie: „Und ich will dich nicht verlieren. Dazu mag ich dich viel zu sehr, verstehst du? Gib mir bis morgen Zeit, ja?"

„Okay, bis morgen. Und bitte", wieder war dieser Kloß in meinem Hals, „bitte erzählen Sie niemand was davon. Wirklich niemandem."

„Worauf du dich verlassen kannst. Und du, du redest auch nicht darüber?"

Ich hob zwei Finger zum Schwur: „Eher würde ich tot umfallen."

Da lachte sie. „Mach das bloß nicht", erwiderte sie und knuffte mich in die Schulter. „Laß uns reingehen, du Vogel."

Sie zwinkerte mir zu, und wir gingen hinein. Sie huschte schnell an den Tisch ihrer Kolleginnen. Meine Schultern brannten lichterloh, dort, wo ihre Hände gelegen hatten, als sie mich umarmte. Meine Haut kribbelte, als würde ich in Sprudel baden. Ich mußte mich setzen, weil mir kleine gelbe Punkte vor den Augen tanzten. Alles hatte sich mit einem Schlag verändert. Als die Punkte langsam verschwanden, sah ich mich um. Die anderen Mädchen benahmen sich, als wenn nichts geschehen wäre. Für sie war das ja auch so. Aber ich, ich hatte geredet. Sie hatte mich angelächelt, und morgen, ja ... Morgen wollte sie mit mir sprechen. Vielleicht würde sie mich küssen. Wieder tauchten die gelben Pünktchen auf.

Plötzlich lief ich in einem Körper herum, der mir viel zu klein war. Gänsehaut überlief mich in Wellen. Am liebsten wäre ich aufgesprungen und hätte herausgetrötet: „Sie mag mich!" Statt dessen saß ich da und grinste blöde. „Baby, I'd love you to want me ... " Der Schlager ergab auf einmal Sinn.

Plötzlich ritt mich der Teufel, und ich schlenderte zu Sabine hinüber und sagte mitten in ihr verdutztes Gesicht: „Na, solln wir noch ma tanzen?"

Hastig sprang sie auf, lief knallrot an, und plötzlich war es an ihr zu murmeln: „Wenne meins ... "

Ich bot ihr meinen Arm an, wie ich es in alten Filmen gesehen hatte. Sie legte lächelnd ihre Hand darauf, und ich geleitete sie erhobenen Hauptes in die Mitte der Tanzfläche. Ich nahm sie fest in die Arme und schmiegte mich an sie. Mein Herz klopfte wild, weil ich mich fühlen konnte. Ich konnte fühlen, daß ich von meiner eigenen Wahrheit nicht mehr weit entfernt war. Das war es, was ich wollte – die tanzenden Mädchen, Ines und Sabine. Es war möglich, mir meine Träume zu erfüllen, und vielleicht war ich nicht das einzige Mädchen, die so fühlte. Die letzten Takte von Lobos Lied verklangen. Sabine und ich drehten uns weiter, unbeeindruckt von der Stille. Ein Knistern im Lautsprecher kündigte eine neue Platte an. „It never rains in Southern California". Jetzt konnte ich nicht mehr ruhig tanzen. Ich packte Sabine bei den Hüften und stampfte los wie bei einer Polka. Sabine machte kichernd mit. Wir flogen über die Tanzfläche, rempelten alle anderen an und kreischten wie die Kleinkinder. Erst hagelte es Protest. Doch dann fielen die anderen ein, und eine wilde Balgerei brach auf der Tanzfläche los. Irgendwann stolperten alle übereinander, und der ganze Hühnerhaufen von Rum besäuselter Mädchen verhedderte sich am Boden in einem riesigen Knäuel. Von der Musik war keine Spur mehr zu hören. Nur noch Gekreische, das immer deutlicher vom energischen Klatschen der Lehrerinnen übertönt wurde.

„Na, na, na, meine Damen!" schallte es aus der Ecke der Lehrerinnen, die nur mühsam ein Grinsen unterdrücken konnten. „Langsam, langsam. Nicht, daß sich eine verletzt." Ich wühlte mich erhitzt aus der Menge, setzte mich im Schneidersitz an eine Wand und strahlte Ines an, die breit grinsend am Rande dieses Chaos' stand. Sie war es auch, die nun vorschlug: „Wenn ihr schon nicht wißt, wohin mit eurer Energie, dann können wir ja Wettspiele machen. Mal sehen, wer gewinnt – wir Lehrerinnen oder ihr."

Ich schrie: „Gemischte Teams!", und die anderen Mädchen stimmten mir lauthals zu. Dafür fing ich mir einen warnenden Blick von Ines ein, den ich mit harmloser Miene ignorierte.

Mit einem Ruck sprang ich auf die Beine und krakeelte über das Gekreische hinweg: „Erste Disziplin: Dreibeinlaufen!"

Sabine stand blitzartig neben mir und brüllte nun genauso hemmungslos: „Freiwillige vor! Ich bin dabei!" Dafür erntete sie einige erstaunte Blicke, weil sie sonst eher zurückhaltend war. Ich linste kurz in die Ecke der Tennis-Clique, die sich nun leicht irritiert erhob und die teuren Röcke und Markenhosen glattstrich. Sie machten deutlich, daß sie zu fein waren, um mitzuspielen. Sie waren sich im allgemeinen für dreiviertel der Dinge, die uns anderen Mädchen Spaß machten, zu schade. Sie verkörperten die letzten „höheren Töchter" von Familien, die schon immer in

Geld geschwommen hatten, und ein paar neureichen. Sie hatten nie Zeit, weil sie immer gerade Tennisstunden, Klavierunterricht oder sonst was Schickes vorhatten. Ihre erbittertsten Gegnerinnen waren die Mädchen aus der Suzie-Quatro-Clique, die jetzt natürlich am lautesten rumpöbelten, wer denn mit welcher Lehrerin gegen wen antreten sollte. Sie waren fast alle aus den Zechensiedlungen oder den Hochhausgebieten am Rande der Stadt und trugen ihre Haare oben kurz und hinten lang wie ihr nicht einmal einen Meter sechzig großes Rockidol im Lederoverall. Für sie gab es vier wichtige Ereignisse im Jahr: Frühjahrskirmes, Sommerkirmes, Schützenfest und die Fußballsaison, das heißt, alle Heimspiele von Schalke 04 im Parkstadion, wo sie geschlossen in Block fünf standen, den blau-weißen Schal lässig um den Hals geworfen, und laut die Schlachtrufe mitgrölten.

Auf der Kirmes versammelte sich die ganze Mädchenbande am Autoscooter, und Saisonkönigin war diejenige, die von den mitreisenden tätowierten Schnauzbärten die meisten Freifahrten mit deren Arbeitsschlüssel abkriegte. Die Gewinnerin saß dann hocherhobenen Hauptes in ihrem Wagen und rammte kreischend alle anderen, während der Kirmestyp lässig in abgelatschten Cowboystiefeln auf dem Gummipuffer stand, der den Wagen vor Beulen schützte, und mit einer Hand die Stange umklammerte, die den Draht zum elektrischen Gitter an der Decke führte. Die anderen Mädchen standen kaugummikauend und mit gespielter Gleichgültigkeit, die Arme vor der Brust verschränkt, die Hüfte nach vorn geschoben und ein Bein schräg vor sich gestellt, am Rand. Jetzt war dieser ganze Haufen so besoffen, daß sie jeden Blödsinn mitgemacht hätten.

Die dritte Clique war zwar auch völlig blau, mußte aber trotzdem noch ein bißchen grübeln, ob sie da mitmischen sollte, denn diese Ladies waren eigentlich zu cool dafür. Sie hatten fast alle lange, glatte Haare mit Mittelscheitel und trugen Hippieklamotten und Peace-Zeichen an dicken Silberketten. Sie hingen in ihrer

Freizeit meistens mit Referendaren oder Studenten rum, tranken Tee zu Räucherstäbchenschwaden und diskutierten bei Cat Stevens und Leonard Cohen über die RAF und Atomwaffen. Trotzdem waren sie ab und an auch zu derben Späßen bereit – wenn sie bekifft oder betrunken waren. Da die Tennis-Clique in diesem Fall auf Distanz ging, waren die Hippies dabei, um den „Bürgerblagen" eins auszuwischen. Sie würden uns beide anfeuern, weil sie uns mochten: Ulli-„Nich am Bär packen" und die ruhige Sabine, eine hundertprozentige Suzie mit ihren Schlaghosen und dem superknappen, hautengen Ringelpulli.

Jetzt hatte sich auch die angesäuselte Martina, das Idol der Suzies, von ihrem Tisch erhoben, riß sich die Plateaus von den Füßen und lallte: „Ich auch!" Unser Team stand also fest. Die Lehrerinnen sahen sich mit gespielter Ergebenheit an, zuckten die Achseln und murmelten grinsend: „Okay!"

Regina zerrte ihren Gürtel aus den Laschen ihrer Jeans. Ich schnappte ihn mir und steuerte zielsicher auf Ines zu, die kaum merklich zurückzuckte.

Die Mädchen bildeten ein Spalier. Ich brachte Ines an den Start bei der Essensausgabe. Dann griff ich in den Besteckkasten und nahm mir einen Eßlöffel. „Und wer besorgt die Eier?" schrie ich in die Menge.

Regina sauste durch die Schwingtür in die dunkle Küche und stand wenige Augenblicke später mit drei rohen Eiern in der Hand vor den drei Wettkampfpärchen. „Der Hausdrache wird sich morgen beie Frühstückseier zwar verzählen, abba wen stört dat?"

Die Lehrerinnen versuchten noch einmal, streng zu gucken, weil sie vor der Hausmutter höllischen Respekt hatten, aber es mißlang ihnen.

Ich preßte mein Knie an Ines' Knie und zog den Gürtel fest darum. Behende zurrte Sabine das Bein von Manuela, der blonden kleinen Gymnastiklehrerin, an ihrem fest, und Martina nestelte etwas hilflos an der unverhohlen spöttisch grinsenden Musiklehrerin herum. Die Tennis-Clique, die gerade noch blasiert lächelnd bei ihrem Tisch herumgestanden hatte, hielt es nun doch nicht länger aus. Bemüht lässig schlenderten sie heran, während die Suzies schon Schalke geübt im Chor „Mar-ti-na!" brüllten. Regina blies einen Luftballon auf, und als Ines gerade ihren Arm um meine Hüften legte, während ich mit fahrigen Fingern das Ei auf dem Löffel plazierte, zerstach Martina den Ballon und gab damit den Startschuß. Fast wäre mir da schon vor Schreck das Ei vom Löffel gehüpft. Aber Ines packte zu, und wir spurteten los. Alles tobte jetzt. „Mar-ti-na!" „Ulli ... Ulli!" und „Bi-ne ... Bi-ne!" – meine Ohren rauschten wie der Fernseher bei Sendeschluß. Geschickt sein, ihr Knie an meinem, das Ei, das Ziel, die schreiende Menge. Morgen würde ich mit ihr die Schnitzeljagd vorbereiten. Sabines weicher Körper.

Ich liebe Ines. Ich liebe sie.

Sie fiel mir in die Arme. Wir hatten gewonnen. Regina nahm mir den Löffel und das Ei ab. Ines tanzte mit mir herum, Knie an Knie. Wir hatten gewonnen und sahen aus wie die Deppen. Es war mir scheißegal. Erst als sie uns voneinander losbanden, hörte der Rausch auf. Der Raum kam zurück, die Menge wurde wieder zu einzelnen Gestalten. Ich sah Martina mit Brigitte, der Musiklehrerin, kichernd auf halber Strecke liegen und die schweißglänzende Sabine, die sich noch immer an die kleine Gymnastiklehrerin klammerte, als wäre das Rennen nicht längst vorbei. Zu komisch. Ich prustete los. Ich explodierte. Und Ines neben mir krümmte sich vor Lachen. Tränen glänzten in ihren Augenwinkeln. Niemand konnte mehr einen klaren Gedanken fassen. Alle gackerten, kicherten, prusteten und steckten sich immer wieder gegenseitig an, bis uns langsam die Puste ausging. Ines sank japsend neben Martina und die Musiklehrerin, die es noch nicht wieder geschafft hatten, auf die Füße zu kommen. Ich ließ mich dicht neben Ines fallen. Langsam sanken immer mehr Mädchen zu Boden. Nur die Tennis-Clique war schon wieder an ihren Tisch zurückgekehrt und ließ die Köpfe auf die verschränkten Arme sinken. Tiefe Seufzer übertönten das leiser werdende Gegibbel. Da jammerte Martina plötzlich: „Scheiße, getz is meine ganze Wimperntusche verschmiert, und ich seh aus wie unsa Vatta unta Tage." Wieder prusteten alle los. Doch nach dieser letzten Lachattacke wurde es ruhig.

„Wißt ihr was, Mädels, ihr seid schwer in Ordnung", sagte die ausgestreckt daliegende Musiklehrerin Brigitte. Schwerfällig erhob sie sich, wankte an den Lehrerinnentisch und ließ sich auf einen Stuhl fallen. „Wir gönnen uns jetzt noch einen Schluck zu trinken, und dann machen wir uns mal vom Acker. Morgen ist ja auch noch ein Tag."

Ines lächelte mich an, erhob sich und gesellte sich zu ihrer Kollegin. Nacheinander rappelten sich alle vom Fußboden auf, sammelten ihre Tassen ein und kehrten an ihre Tische zurück. Ein paar Minuten später sah alles fast wieder so aus wie vor dem Rennen. Nur die roten Köpfe verrieten die vorangegangene Aufregung, und zum Tanzen hatte niemand mehr Lust.

Ich setzte mich zu Martina, Regina, Sabine und zwei weiteren Suzies. Martina langte unter den Tisch. „Gut, dat ich vorher den Sprit versteckt hab. Die Flasche wär bestimmt bei dem Sturz draufgegangen, und dann hätten sie mir nach Rum stinkende Splitter aus 'm Hintern ziehen können. Macht ma 'ne Mauer, damit ich nachgießen kann." Sabine, Regina und ich standen auf und stellten uns dicht nebeneinander, um Martina Deckung zu geben. „Fehlt nur noch, dat ihr euch die Hände vore Teilchen haltet, dann seht ihr aus wie die Schalker Jungs beim Freistoß." Wieder prusteten wir los. Martina schenkte den billigen Fusel großzügig aus. Dann schob sie jeder ihre Tasse hin, und wir lösten die Mauer auf und setzten uns. Wir redeten nicht mehr viel. Nur ab und zu murmelte eine: „Hasse die olle Brigitte gesehen? Sonst cool bis anne Haarspitzen un getz wie sonne wildgewordene Irre.“ Oder: „Morgen hat die kleine Sportpaukerin bestimmt überall blaue Flecken.“ Sabine zuckte nur bedauernd mit den Schultern. Um uns herum gingen immer mehr Mädchen schlafen. Nur wir hockten noch stumm zusammen und kippten uns Rum in die Birne. Der tat seine Wirkung. Mein Magen kribbelte, und Bettschwere sank in meine Glieder. Ich drückte mich schwerfällig hoch, hob kurz die Hand und warf Sabine einen flüchtigen Blick zu, die mich mit großen Augen ansah. „Mädels, ich geh poofen.“ Dann schlurfte ich in mein Zimmer. Waschen fiel aus. Ich wäre bestimmt ins Waschbecken gefallen, so breit war ich. Also nestelte ich mir die Kleider vom Leib und haute mich in der Unterwäsche ins Bett.

Ich spürte immer noch die Hitze von Ines' Körper an meinem und Sabines Atem an meinem Hals. Mir schoß der Gedanke durch den Kopf, daß Sabine vielleicht genauso fühlte wie ich. Doch dann schob ich ihn schnell wieder weg. Unmöglich.

Als ich nur noch den ruhigen Atem meiner schlafenden Zimmergenossinnen hörte, glitt meine Hand lautlos unter die Decke zwischen meine Beine. Dort war es heiß, dick und feucht, und mit angehaltenem Atem ließ ich meine Finger kreisen, bis ich lautlos, atemlos in meiner heißen Welle ertrank. Restlos glücklich fiel ich in tiefen, traumlosen Schlaf.

Blinded by the light

Am nächsten Morgen schmeckte mir das Frühstück nicht. Zwar bekam niemand von uns morgens problemlos das alte Graubrot und die widerlich süße, schon leicht eingetrocknete Erdbeermarmelade runter, und die ranzige Margarine ließen wir ohnehin angewidert stehen, doch das war heute nicht der Grund für meinen mangelnden Appetit. Meine Lustlosigkeit. Ich empfand alles als lästig, als zu langsam, zu zäh. Ich wollte so schnell wie möglich mit Ines in den Wald. Ich war nur froh, daß es so ungewöhnlich still war. Der aufgemotzte Tee am Abend zuvor hatte seine Spuren hinterlassen. Die Gesichter der meisten Mädchen waren aschgrau. Martina hatte es so übel erwischt, daß sie nicht mal geschminkt war und mit verquollenen, rotgeränderten Augen auf ihrem Stuhl hing. Sie aß keinen Happs und schüttete nur mechanisch den Blümchenkaffee in sich hinein. Als die ahnungslose alte Frau Bückling mit einem lauten „Guten Morgen, meine Damen!“ den Speisesaal betrat, erntete sie nur ärgerliches Gezischel. Mein Magen schien einfach voll zu sein. Unter anderen Umständen hätte mich das sehr gefreut, weil ich ewig zu dick war. Ich starrte also lediglich in meine Kaffeetasse und versuchte, so wenig wie möglich zu denken, als ein zusammengefalteter Zettel neben meine Hand segelte. Erstaunt griff ich danach, faltete ihn auf und las: „Kann ich mit dir reden? Sabine“. Hastig knüllte ich das Stück Papier zusammen und ließ es in meiner Hosentasche verschwinden. O Gott! Was soll ich jetzt tun? Ich muß reagieren. Was will sie von mir? Will sie mich anschnauzen? Ich hätte sie nicht so doll anfassen sollen. Was mache ich nur?

Mein Magen schmerzte, und mir wurde abwechselnd heiß und kalt. Ich sah hoch und ließ den Blick durch den Speisesaal schweifen. Sabine saß zwei Tische weiter und schaute mir direkt in die Augen. Keine Spur von Ärger, keine Wut, kein Ekel. Sie blickte mich offen und weich an.

Sie mag mich.

Eine fürchterliche Angst kroch in mir hoch.

Ist die verrückt? Sie kann mich doch nicht so ansehen! Ich kenne sie doch kaum. Wieso traut sie mir? Ich könnte sie verletzen, sie bloßstellen. Vielleicht will sie mich bloß verarschen. Oder sie hat mit den anderen eine Wette zu laufen, daß sie mich irgendwie reinlegen kann. Sabine ist gefährlich für mich. Das hier war nicht geplant. Warum passiert jetzt soviel auf einmal? Ich bin das nicht gewöhnt.

Bisher schien mein äußeres Leben wie eingefroren, und meine Tagträume regierten meinen Alltag. Und die konnte ich anhalten, wenn es brenzlig wurde, um die Handlung zu ändern. Das hier aber geriet mir außer Kontrolle. Ausgerechnet Sabine, die Unauffälligste von den Sitzenbleiberinnen. Ich wußte praktisch nichts über sie. Martina – ja, die aufgetakelte Martina würde niemand je übersehen. Oder Gabi, die eine ganze Flasche Weinbrand wegdrücken konnte, ohne umzufallen. Sabine hingegen versuchte lediglich, die Schule in den Griff zu bekommen. Ich hatte sie selten reden gehört, und in der Pause war sie meist allein. Sie mischte sich nie in die Diskussionen und beteiligte sich auch nicht am Tratsch. Ihr Haarschnitt – oben kurz und hinten lang – wies sie als Suzie aus. Aber sie gehörte nicht zum harten Kern. Während ich mit dem Kopf in der Räucherstäbchen-Fraktion hing und durch meine politische Arbeit von Referendaren und Kiffern umgeben war, die die Doors förmlich anbeteten, gehörte ich vom Bauch her zu den Suzies, schmachtete in meinen Tagträumen zu Smokie und kämpfte jeden Samstag um Ilja Richters *Disco*. Mich hatte das nie sonderlich gestört, stimmte es doch mit meinem allgemeinen Gefühl, eine Birne am Apfelbaum zu sein, überein, und meine große Klappe öffnete mir eigentlich fast alle Türen – außer zur Tennis-Clique, die ich mit den Argumenten der anderen Cliquen ablehnte: arrogante Kühe und „Bürgerblagen". Sabine dagegen war eigentlich mit niemandem wirklich zusammen und einfach nur still. Gerade das brachte mich alte Plaudertasche durcheinander. Ruhige Menschen verunsicherten mich, weil ich nicht wußte, was sie dachten, und eigentlich immer Schlechtes hinter ihrem Schweigen vermutete. Reden war meine Waffe. Ich zog mein Gegenüber immer mit einem Schwall von Worten auf die falsche Fährte, dorthin, wo mir niemand gefährlich werden konnte. Schweigende Menschen schienen immer zu beobachten, und ich wollte nicht beobachtet, nicht entdeckt werden. Deshalb war ich auch Sabine immer aus dem Weg gegangen.

Wie kommt sie jetzt dazu, ausgerechnet mir ihre Gefühle zeigen zu wollen?

Sabine wollte wissen, ob sie mit mir reden könnte. Ich kramte einen alten Kassenbon und einen Kuli aus meiner Hosentasche und kritzelte „Heute abend nach dem Essen“ darauf. Dann stand ich auf, schlenderte mit möglichst harmlosem Gesicht zu Sabine hinüber, warf ihr mit knappem Schwung den Zettel hin und trollte mich. Aus den Augenwinkeln beobachtete ich, wie Sabine das Stück Papier mit affenartiger Geschwindigkeit in ihrer Blusentasche verschwinden ließ.

„Blinded by the light …“ Leise vor mich hin singend, schlurfte ich zum letzten Tisch am Fenster. Ich ließ mich Martina gegenüber auf einen Stuhl fallen. „Na, Olle, Probleme?“

Langsam, als wollte sie verhindern, daß ihr die Augen herausfielen, hob sie ihren Blick von der stumpfen Resopalplatte und nuschelte mit rauher Stimme: „Ich hab nich ma mehr Bock auf meine Morgenkippe. Kannsse dir dat vorstellen?“ Dann starrte sie wieder in ihren trüben Kaffee.

„Jau.“ Ich verstand Martina heute morgen völlig. Es war schließlich alles andere als ein harmloser Tag. Martina war völlig fertig, und ich war total konfus. Was sollte ich jetzt bloß tun?

Martina war echt abgezockt und verschwendete keine Minute ihres Lebens an irgendwelche Pflichten. Sie machte blau, sie soff und scherte sich einen Dreck um ihre Zukunft. Ich, die ich immer kaum schlafen konnte, wenn ich eine Klassenarbeit zurückerwartete, und ständig darüber nachgrübelte, ob ich studieren sollte – ich bewunderte ihre Scheißegal-Haltung. Außerdem behandelten selbst die Mädchen Martina mit Respekt, die sie eigentlich bekloppt fanden. Es war schon seltsam, wie die anderen die bloße Konsequenz, die Martina ausstrahlte, anerkannten. Ich hingegen schlug mich ständig mit Zweifeln herum, die meine Mutter goß wie eine durstige Blume. Wenn ich sagte, ich fände es toll, Sport zu machen, fiel unser Mutter nur ein, zu fragen, ob man sich dabei auch nicht verletzen könnte. Wollte ich zu einer Party, fragte sie mich, ob ich auch eingeladen wäre. Sie wolle nicht, daß ich mich irgendwem aufdrängte.

Es war immer das gleiche. Ich sah meine Eltern, wie sie versuchten, wirklich alles richtig zu machen und nirgends anzuecken. Sie gingen ständig konform, riskierten nie auch nur das geringste und gaben ewig nach. Und ich mußte immer nur daran denken, daß beim Tauziehen das Wichtigste ist, nicht nachzugeben. Denn wenn man einmal den Halt verloren hat, wird man einfach weggezogen. Ich wußte nicht, wann meine Eltern den Boden unter den Füßen verloren hatten. Jedenfalls lenkten sie letztlich immer ein. So wie damals zum Beispiel, als wir umzogen und es darum ging, daß wir nicht auf dem Hof spielen durften, weil der Hausbesitzer was dagegen hatte. „Um des lieben Friedens willen" hatten meine Eltern nachgegeben. Damit waren sie die besseren Menschen. Darauf waren sie dann stolz. Und ich spielte eben nicht auf dem Hof. Es gab oft Situationen, wo sie zugaben, anderen gegenüber den kürzeren gezogen zu haben, aber die moralischen Sieger zu sein. Was zum Teufel nützte das? Ich wollte auf keinen Fall ewig bloß versuchen, es allen recht zu machen. Irgendwas paßte irgend jemandem doch immer nicht in den Kram, und dann war ich die Doofe. Die alte Tour. Deshalb guckten meine Eltern und ihre Freunde immer *Derrick*. Die Krimis spielten damals fast immer bei den Reichen, und Mutter konnte am Schluß sagen: „Da hamse dat ganze Geld und sind doch nich glücklich. Geld macht auch nich froh." Ich starrte dann meist wutentbrannt auf meine ausgetretenen Latschen und dachte, aber ich wäre trotzdem glücklicher, wenn ich schicke Schuhe hätte.

Langsam zweifelte ich auch daran, daß die, von denen meine Mutter annahm, daß sie nicht ruhig schlafen könnten, weil sie uns Unrecht getan hatten, wirklich schlecht schliefen. Sie setzten sich durch, und das tat ihnen gut. Der Gedanke, daß das wirkliche Glück erst im Leben nach dem Tod auf uns wartete, genügte mir nicht, um mich in diesem Leben zu ducken und treten zu lassen. Ich wollte jetzt schon ein Stück vom Himmel haben und hatte es satt, daß meine Mutter uns alle zur Musterfamilie für Moral und gutes Benehmen machen wollte. Wen interessierte das schon außer ihr? Es war ohnehin nie genug. Es war wie Beichten. Ich hatte gesündigt. Ich hatte gefehlt. Ich war klein und fehlerhaft. Ich haßte das. Einmal nur, einmal nur wollte ich toll, großartig und stolz sein. Einmal nur wollte ich in eine Boutique gehen und nicht verlegen von einem Fuß auf den anderen treten, während die hochnäsige Bedienung mich einfach ignorierte und sich mit ihrem gelangweilten Herumgeräume Zeit ließ. Ich wollte einen Laden betreten, der Verkäuferin mit hochgereckter Nase in die Augen sehen und prompt und aufmerksam bedient werden, statt erst mal auf meine Wichtigkeit getestet zu werden. Um ernst genommen zu werden, muß man sich wichtig machen. Nettsein reicht nicht. Die fiesen Leute kriegen alle Aufmerksamkeit, und die Netten werden nicht weiter beachtet. Ich hatte das Nettsein so satt. Die Jungen liefen den fiesesten Mädchen hinterher, als sei es eine besondere Auszeichnung, von den arrogantesten Tussen gequält zu werden. Die nettesten Jungen galten als totale Trottel. Und ich war so nett, daß jede und jeder meinte, allen Seelenmüll über mir auskippen zu können. Ich hatte sie alle in Verdacht, sich hinter meinem Rücken auszuschütten vor Lachen, weil ich so naiv war.

Ich hatte mich schon lange in meine bunte Innenwelt zurückgezogen, in der es diesen ganzen moralischen Mist nicht gab. Hier gewannen die Guten, wie im Western oder im Roman. Und da gab es keine Mädchen wie Sabine, die etwas völlig Unerwartetes von mir wollten. Auch verliebt zu sein war in meinen Tagträumen ganz einfach, ohne jedes Gefühl von Furcht oder Bedrohung. Doch in der Realität gab es da diese fiese Bangigkeit. Ich wollte nicht mit Ines allein sein. Dieses schreckliche Gefühl, mich wie eine Idiotin zu benehmen, mich zum Affen zu machen, zerfraß mich fast. Das sollte Liebe sein? Diese verdammte Angst, daß sich jemand über dich lustig machte? Ich wollte das nicht. Außerdem war Ines eine Frau. Ich wußte nichts darüber. Aber es mußte etwas irrsinnig Verbotenes sein. Es würde meine Mutter umbringen. All dieser ganze Quatsch von „Wir als Familie gegen den Rest der Welt“ würde nicht mehr hinhauen.

Mein innerer Kater war jedenfalls größer als Martinas Kater vom Saufen. Ich hätte liebend gern sofort mit ihr getauscht.

Da legte sich eine Hand auf meine Schulter, und eine sanfte Stimme hinter mir murmelte: „Gehen wir?“

Es war Ines, die mit mir in den Wald wollte. Helle Pünktchen tanzten vor meinen Augen, und mein Hals war wie zugeschnürt. Nichts würde mehr wie früher sein. Ich wollte mit ihr mitgehen. Ich wollte wegrennen.

„Okay, ich komme schon.“

Martina ignorierte uns. Sie hatte genug mit sich selbst zu tun.

Plötzlich schien mein Körper alles verlernt zu haben. Ich mußte mich auf jede noch so kleine Bewegung konzentrieren. Meine Hände zitterten, und meine Beine fühlten sich taub an. Alles erschien mir bedrohlich. Ich könnte mit dem Fuß hängenbleiben und einfach blöde auf die Schnauze fallen. Die Tasse könnte vom Tisch fallen, weil mein Arm sie herunterstieß. Mein Mund könnte den absoluten Müll verzapfen, weil mein Gehirn leer war.

Ich will all diese Gefühle nicht. Ich will nicht so hilflos sein. Was bringt das schon? Ich kann niemandem davon erzählen. Was sollte ich schon sagen? Ich bin in meine Sportlehrerin verliebt? Sie würden sich vor mir ekeln oder mich auslachen. Ich weiß nicht, was schlimmer wäre. Außerdem, wie soll das gehen? Wenn ein Junge sich in ein Mädchen verliebt, haben sie Sex miteinander, so wie sie es immer in den *Bravo*-Fotostories zeigen. Aber was sollte ich schon mit Ines machen?

Bilder zucken durch meinen Kopf. Bundesjugendspiele. Ihre

nackte Schulter mit Schweißperlen. Ihre Oberschenkel beim Volleyball.

Mir wird heiß. Sie geht vor mir. Ich setze einen Fuß vor den anderen. Meine Arme hängen wie dicke Stricke links und rechts an meinem Körper herunter. Ich kann nicht mal mehr „Vogel fliegt aus dem Käfig" spielen. Das geht sonst mühelos. Beim Zahnarzt. Oder wenn unser Mutter wieder mal ihre Litanei „Ich bin ja nur fürs Grobe. Keiner sieht meine Arbeit" abspult oder wenn mein Vater über „Die da oben, wir hier unten" redet – dann bin ich weg. Aber diese Situation hier hält mich gefangen. Ines plaudert ununterbrochen. Ich höre bloß Töne, die für mich keinen Sinn ergeben.

Einen Fuß vor den anderen setzen. Atmen. Nicht stolpern. Nicht weglaufen. Sie bewegt sich so leicht. Ihr scheint es kein bißchen schlecht zu gehen, während mir ganz elend ist vor Aufregung. Plötzlich werde ich wütend. Warum lassen sie mich denn nicht alle in Ruhe?

Ich kickte einen unschuldigen Stein ins Unterholz. Ines drehte sich erstaunt um.

„Was ist dir denn über die Leber gelaufen?"

Blöde Frage.

Sie band an jeder Weggabelung kleine blaue und rote Filzstreifen an die Äste. Zwei Farben für zwei Gruppen. Irgendwann würde sie sagen, daß wir uns trennen sollten, um die Gruppen auseinanderzuziehen. Bis dahin mußten wir miteinander geredet haben, sonst war die Chance verpaßt.

Das war doch albern. Ich trottete stumm hinter ihr her und wartete nur darauf, daß ich sie an der nächsten Weggabelung verlor. Was für ein blödes Bild für das, was ich wirklich empfand.

Plötzlich ging sie zum Wegrand, setzte sich ins Laub, streckte die Beine aus und sah mich erwartungsvoll an. Was sollte ich bloß sagen? Ich blieb wie versteinert stehen.

„Setz dich!"

Ich war froh, daß sie etwas sagte, und ließ mich neben sie plumpsen – in gebührendem Abstand. Dann klaubte ich ein Blatt vom Boden und zerpflückte es ganz langsam.

„Du bist ganz schön durcheinander." Sie nahm auch ein Blatt in die Hand.

Ich konnte bloß nicken.

„Weißt du, wenn du jedesmal ausrastet, wenn wir allein miteinander geredet haben, müssen wir das lassen. Gestern abend warst du ganz schön aufgedreht. Das Tohuwabohu auf der Tanzfläche hatten wir dir zu verdanken. Außerdem hatte ich den Eindruck, daß du die Teamaufstellung nur geändert hast, um mit mir zusammen zu starten."

Stimmt!

„Du hast ja gar keine Ahnung, in was für eine Bredouille du uns bringst, wenn du deinen Gefühlen jedesmal freien Lauf läßt." Sie sprang auf und stand jetzt bedrohlich vor mir.

Mit einem Satz war ich auf den Füßen und sah ihr ins Gesicht. „Wenn ich welchen Gefühlen freien Lauf lasse? Wenn ich nicht mehr nur der vernünftige Klassensprechertrottel bin? Ich hab doch mehr Schiß, meine Gefühle zu zeigen, als du dir vorstellen kannst. Ich hab überhaupt keine Ahnung, was mit mir los ist. Ich passe einfach nirgendwo hin. Daß ich ab und zu in deiner Nähe sein will, ist doch kein Verbrechen. Ich will doch überhaupt nix Dolles."

Scheiße! Jetzt heule ich schon wieder. Das hier ist einfach nur der Horror. Ich will das nicht!

„Spiel doch nicht die Naive!" Sie lachte auf. „Tu doch nicht so, als ob du keine Ahnung hättest."

Meine Knie gaben nach. Ich landete wieder auf meinem Hintern. Jetzt schluchzte ich nur noch blind vor mich hin. „Wenn ich irgendwas klar hätte, würde ich bestimmt nicht hier sitzen. Ich blick bei mir überhaupt nicht mehr durch. Du bist der erste Mensch, mit dem ich über mich rede, seit ich dreizehn bin."

Plötzlich war es ganz still. Nichts bewegte sich. Mir wurde mulmig, und ich sah hoch – in ihr fassungsloses Gesicht.

„Du weißt wirklich nicht, wovon ich rede, wie?"

Ich zerrupfte ein weiteres Blatt und murmelte: „Na klar weiß ich ungefähr, worum's geht." Ich hatte keine Ahnung, wovon sie sprach und kam mir ziemlich blöd vor. „Ich bin irgendwie anders und fliege nicht gerade auf Jungen. Wo ist das Problem?"

„Na, und hast du versucht, deiner Mutter davon zu erzählen?"

Ich zuckte zusammen. „Natürlich nicht. Die würde das absolute Drama machen."

„Aha", warf Ines mir triumphierend zu. „Du sagst es nicht, weil du weißt, daß das Probleme geben würde. Alle würden annehmen, sie könnten dich noch ändern. Aber für mich ist das viel gefährlicher. Du bist minderjährig. Du bist meine Schülerin. Man wird glauben, ich hätte dich dazu ermuntert. Und es gibt ein Gesetz, das mir den näheren Umgang mit dir verbietet."

Irgend etwas in mir explodierte und sprengte alle Hemmungen. Hinter meinen Augen blitzte es weiß vor Wut. Ich sprang auf und brüllte: „Toll, 'n Gesetz! Meine Mutter schwafelt immer von Sünde und den Nachbarn, die angeblich dagegen sind, wenn sie mir nicht sagen will, daß ihr was nicht paßt. Das krieg ich ja noch gebacken. Aber du – du kommst mir jetzt mit 'm Gesetz. Weißt du, wie ich das finde? Scheißfeige! Sag doch einfach, daß du mich nicht ernst nimmst, weil ich in deinen Augen noch 'n Kind bin, oder daß du mich nicht leiden kannst oder was auch immer – aber red verflixt noch mal *von dir.*" Das alles klang wie aus einem Film. Diese verdammte Angst kroch wieder in mir hoch. Ich hatte viel zu respektlos mit ihr geredet und sie obendrein wie in meinen Träumen geduzt. Sie würde mich zur Minna machen.

Warum ging das nicht – über Gefühle zu reden? Nie stimmte das Maß. Entweder konnte ich gar nicht darüber reden, oder es schoß heraus wie eine Wasserfontäne, weil ich zuviel angesammelt hatte. Mein ganzer Traum – der brennende Bus, ich als Heldin, sie als hilfloses Opfer – nichts stimmte mehr. Alles im Eimer. Klappe zu, Affe tot. Ich wollte sie gar nicht mehr ansehen. Es fühlte sich an, als sei sie in Sekundenschnelle häßlich geschrumpft. Und ich war häßlich geschrumpft. Wovon sollte ich jetzt träumen, wenn ich im Bett lag?

Mein Magen zog sich zusammen. Schließlich zwang ich mich, den Kopf zu heben und sie anzusehen.

Sie stand da und schaute mich an. Ihr Mund zuckte, und ihre Lippen bewegten sich sinnlos, lautlos. Schließlich kamen wieder Töne aus ihrem Mund. Wörter. Die Stille fraß mich nicht länger auf. „Hörst du mir überhaupt zu? Wir haben das falsch angefangen mit dem Reden. Ich habe jahrelang nicht mehr darüber gesprochen und du wohl noch nie. Manchmal dauert es quälend lange, bis man Worte für die eigenen Gefühle findet."

Ich hatte keine Ahnung, wovon sie sprach. Sie trat auf mich zu, hob die Arme und legte sie mir um den Hals. Dann zog sie mich langsam an sich. Mir blieb das Herz stehen. Das war doch mein Part. Alles war aus mir herausgesprudelt, und ich fühlte mich leer und erschöpft. Meine Nase roch sie, meine Brust spürte sie. Das war anders als im Traum.

„Dieses Gesetz gibt es wirklich", flüsterte sie. „Und wenn ich nicht dafür bestraft werden will, müßte ich dich darum bitten, ein Geheimnis mit mir zu haben. Das wäre falsch, und außerdem würde es dir schwerfallen, nicht darüber zu reden."

„Ich habe mehr Geheimnisse, als du denkst. Wem sollte ich es schon erzählen? Wer glaubt schon, daß ich ...? Und überhaupt – ein Geheimnis zu haben, ohne daß man in die Arme genommen wird, ist schlimmer, als ein Geheimnis zu haben, bei dem man in die Arme genommen wird."

Ihre Arme schlossen sich fester um meinen Nacken. Plötzlich fühlte ich ihre warmen Lippen auf meiner Haut. Ich konnte nicht mehr atmen.

Wir waren beide nüchtern. Sie würde es nie mehr zurücknehmen können. Kein „elende Sauferei". Ich würde es vor mir aber auch nicht mehr zurücknehmen können. Und sie würde bestraft werden. Ich wollte nur einen Kuß – klar und nüchtern, wach und lebendig. Nur einen. Nur einen einzigen Kuß.

Als hätte sie es gehört, streift ihr Mund meine Wange, meine Lippen. Sie küßt sachte mein ganzes Gesicht. Meine Augen gehen unwillkürlich zu. Ich brauche sie nicht, will nur fühlen. Ich kann doch gar nicht küssen. Es ist nicht wie mit den Jungen. Das hier will ich so sehr, daß ich einfach nicht weiß, wie es geht. Ich spitze die Lippen. Da küßt sie mich direkt auf den Mund. Alle Spannung weicht aus meinem Gesicht. Mein Bauch sprüht unzählige kleine Funken. Es ist das stärkste Gefühl, das ich jemals verspürt habe, hart an der Grenze zum Schmerz. Sie öffnet mit ihrer Zungenspitze vorsichtig meinen Mund, und ich fühle die samtige Weiche an meinen Lippen.

Ich kann das nicht, aber ich will es.

Sie schmeckt nach Kaffee und Bananenquark.

Ich will nie wieder die Augen öffnen. Ich will für immer küssend in diesem Wald stehen und Wurzeln schlagen.

„Halt die Welt an, stopp die Zeiger der Uhren – die schönen Stunden mit dir sollen niemals vergehen ..." Kitsch. Schlager.

Ich ertaste mir mit meiner Zunge ihren weichen Mund. Das alles gibt es in den Tausenden von Stunden vor dem Einschlafen nicht. Es ist wie eine heiße Welle, breitet sich in mir aus. Ich schmiege mich enger an sie. Könnte ich sie doch mit meiner Haut umschließen und sie überall fühlen. Meine Oberschenkel liegen wie eine eingerollte Katze um meine heißfeuchte Höhle zwischen den Beinen. Meine Knie scheinen immer weicher zu werden, weil alle Kraft in diesen immer wilder werdenden Kuß fließt.

Da knackte es laut hinter ihr. Augenblicklich wurde ihr warmweicher Körper zu Beton, und ihre Hände schnellten vor, stießen mich von sich. Sie wirbelte herum und starrte in den Wald.

Ein Ast hatte sich gelöst und war zu Boden gefallen. Meine Arme, meine Brust, mein Bauch fühlten sich an wie eine Wunde, von der man brutal das Pflaster gerissen hatte.

Sie wich meinem Blick aus und murmelte: „Gott, hab ich mich erschrocken! Das ist ja noch mal gutgegangen."

Was? Das ist noch mal gutgegangen? Diesen Schmerz nennt sie gut? Sie muß verrückt sein.

Mein Bauch wollte weiterküssen, meine Hände wollten sie verprügeln, und mein Kopf wollte bloß noch abschalten und vergessen. Ich wollte nur noch hier weg.

Mein Mund fragte: „Warum stößt du mich zurück? Warum?"

Doch der Zauber war geplatzt. Sie sah mich nur starr an. Sie schien meilenweit entfernt zu sein, obwohl sie nur einen Schritt zurückgetreten war.

„Das kannst du nicht machen!" schrie ich. „Du kannst mich nicht da rausholen und wieder reinschmeißen in diese Kälte, dieses Alleinsein."

Sie guckte entgeistert: „Was meinst du?"

Sie weiß es nicht. Sie versteht es nicht. Soll sie mich doch in Ruhe lassen. Das kann sie nicht machen – mich umarmen und dann wieder wegstoßen.

Sie zupfte sich einen Zweig von der Hose. „Laß uns weitergehen. Es tut mir leid. Ich habe einen Fehler gemacht. Ich hätte das nicht tun sollen", flüsterte sie. Sie drehte sich um und ging den Weg hinunter.

„Mach doch deinen Scheiß alleine! Ich komm auch ohne dich klar! Du bist auch nur so 'ne feige Kuh!" Ich rannte in den Wald, weg von ihr, weg von allem. Erst als ich völlig aus der Puste war, ließ ich mich japsend auf den Waldboden fallen.

Was war passiert? Sie hatte mich geküßt. Aber sie hatte Muffensausen. Es war auch nicht anders als im Studienwerk. Sie war nüchtern – und deshalb war ihre Zurückweisung viel schlimmer auszuhalten, viel schlimmer als bei meinem Schwarm Barbara.

Bei ihr hatte ich wenigstens noch den Moment des Aufwachens genießen können. Aber das hier war gleich vorbeigewesen. Am liebsten wäre ich jetzt nach Hause gefahren.

„Ulli? Ulli, wo bist du?"

Sollte sie sich doch die Seele aus dem Leib brüllen. Die blöde Kuh. Diese Frau hatte nichts mit meinen Träumen zu tun. Sie war es nicht, die ich gerettet hatte. Die da würde ich in dem brennenden Bus verrecken lassen.

All dieses verfluchte Chaos mußte ein Ende haben. Wer zwang mich denn, diesen ganzen Mist an mich rankommen zu lassen? Auf mir rumtrampeln zu lassen? Niemand. Ich würde jetzt mitspielen in diesem elenden Affentheater. Vielleicht war gerade das mit erwachsen sein gemeint – feige sein und nach außen hin mitspielen. Der Rest bliebe unbeschadet in meinem Kopf. Ines würde ich es zeigen.

„Hier bin ich. Ich komme." Langsam rappelte ich mich auf und schlurfte in Richtung der Rufe. Ich wühlte mit meinen Füßen das Laub auf. Kleine Käfer huschten davon.

Der werde ich es zeigen.

„Gott sei Dank. Da bist du ja. Wo hast du denn gesteckt?"

Die blöde Kuh tut, als wenn nichts passiert wäre. Kann sie haben. „Ich dachte, ich hätte was gehört. Machen wir jetzt weiter?"

Das Spiel konnte beginnen. Sollte sie doch sehen, was sie davon hatte.

„Du, hör mal ..." begann sie.

Aber ich gab ihr keine Chance. „Schon gut, lassen Sie uns weitermachen. Sonst kriegen Sie noch *Schwierigkeiten.*" Ich ließ mir das letzte Wort spöttisch auf der Zunge zergehen.

„Du, so war das ..."

„Stop! Sie müssen nichts sagen, Frau Lehrerin. Ich hab schon kapiert. Wo müssen wir jetzt lang? Ich geh rechts, und Sie gehen links. Wir treffen uns dann am Sessellift, richtig?"

Ihr Mund zuckte. „Okay, laß uns weitermachen."

Ich riß ihr die roten Filzstreifen aus der Hand, vermied es aber, ihre Finger zu berühren. Dann stapfte ich den Weg hinunter.

Während ich die Streifen an Zweigen festband, ratterten meine Gedanken. Ich hatte etwas falsch gemacht. Träume gehörten nicht in den Alltag. Ich würde meinen Kopf jetzt so sortieren wie meine Eltern unseren Kühlschrank. Da wir nie gut bei Kasse waren, gab es Fächer mit Aldi-Sachen für uns und Fächer mit guten Sachen für Besuch. Ich würde es umgekehrt machen. Für außen gab es meine billigen Sachen und für innen die guten. Meine Freundinnen fanden, daß ich einen Freund haben müßte? Ich würde in den Sommerferien mit der DLRG zum Rettungswachdienst an die Ostsee fahren. Da würde ich mir einen Freund suchen. Und ich würde mich in die Schülerzeitungsarbeit stürzen wie eine Wahnsinnige. Nachts würde ich mich in meine Innenwelt verkrümeln, aber ich würde keinen Gang mehr nach außen buddeln, damit mir wieder irgend jemand meine Träume kurz und klein schlug.

Der Nachtisch wurde auf großen Blechtabletts hereingetragen. Während alle den pappigen Eintopf in sich hineingestopft hatten, hatte ich so viel Wut im Bauch, daß ich nicht einen Bissen runterkriegte. Ich mußte irgendwohin mit meiner Wut, sonst brachte ich heute noch jemanden um. Und als die Tabletts mit dem Nachtisch kamen, hatte ich eine Idee, wie ich Dampf ablassen konnte. Vanillepudding mit Himbeersoße. Oder Erdbeersoße. Jedenfalls rot.

„Wat is datten hier?“ fragte eine laut.

„Eiter mit Blut!“ brüllte ich in den Raum und fühlte mich augenblicklich besser, als spitze Schreie um mich herum erklangen. Dann wurden die ausgeteilten Puddingschälchen unauffällig zu mir hingeschoben. Ich zählte acht Portionen.

„Zucker ist schlecht für die Kondition, und zuviel essen macht dick. Na dann: Erst essen wir deins, und dann ißt jeder seins.“

Alle glotzten mich verwundert an – bis auf eine. Die guckte an ihrem Lehrerinnentisch auf ihren Lehrerinnenteller und war für mich nur noch ein Wurm. Dann schnappte ich mir den Eßlöffel und schaufelte den Pudding in mich hinein. Fressen wie ein Schwein tat gut. Die anderen drei Lehrerinnen schauten mißbilligend zu mir herüber, und die Tennis-Clique machte keinen Hehl daraus, daß sie mich für eine wildgewordene Kakerlake hielt. Mein Gesicht wurde klebrig, Pudding pappte gelblich-rot um meinen ganzen Mund. Alle starrten mich schweigend an.

„Du hast da wat am Mundwinkel", schallte Reginas unterkühlter Kommentar durch die Stille, und alle brüllten los vor Lachen.

„Danke", gab ich ohne eine Miene zu verziehen zurück, griff zum Zipfel des Tischtuches und wischte mir damit über das Gesicht.

Da beugte sich Regina zu mir herüber und flüsterte mir ins Ohr: „Bisse sicher, datte noch richtich tickst?"

Ich nickte bloß, weil ich den Mund voller Pudding hatte und mir über die Antwort selbst nicht ganz im klaren war.

Davon geht die Welt nicht unter

Die Magenschmerzen hatten nach Portion sechs begonnen und waren bei Nummer acht kaum noch auszuhalten gewesen. Aber ich hätte mir lieber die Zunge abgebissen, als aufzuhören, bevor ich nicht alles restlos verputzt hatte. „Verrückt darf man sein, man muß bloß konsequent sein", war Opas ständiger Kommentar gewesen. Jetzt konnte ich den ganzen Nachmittag im Gras liegend vertrödeln, während die anderen diese alberne Schnitzeljagd machen mußten. Wenn mich nur nicht immer die Ameisen gebissen hätten.

Es hatte mal Zeiten gegeben, da hätte ich mich über die brennende Ameisensäure auf meiner Haut gefreut. Das hätte bewiesen, daß es eine Verbindung zwischen meiner Haut und mir gab. Ich hatte *Raumschiff Orion* gesehen. Dabei war ich den ersten Aliens begegnet. Sie hießen Frogs und bestanden nur aus hellem Licht, das in den Konturen menschlicher Gestalten leuchtete. Immer wenn sie auftauchten, schwoll die Musik so unheimlich an, bis ich vor Spannung kaum noch hinsehen konnte.

„Die Kleine ist jetzt groß genug, und wat soll sie denn sonst allein machen, wenn wir alle vorm Fernseher hocken?" war Opas Kommentar gewesen, und ich hatte ihn wieder heiß und innig geliebt, obwohl ich ihm etliche Tage zuvor die Freundschaft gekündigt hatte, weil er meine Mutter immer so drangsalierte.

Opa hatte den Fernseher mitgebracht, als er zu uns zog. Dadurch hatte er uns Enkelinnen auf seine Seite gebracht. Opa trank heimlich, pochte stumm mit der Gabel auf den Teller, wenn meine Mutter ihm nicht schnell genug das Essen aufgab, und er aß Leberwurstbrote mit Senf, was ich ekelig fand. Er brüllte meine Eltern an, und er paffte Zigarren, die nach Hundepipi rochen, aber er hatte den Fernseher mitgebracht.

Also saß ich im Kreise der ganzen Familie vor *Raumschiff Orion*, und um nicht jedesmal aufzuschreien, wenn die außerirdischen Frogs kamen, biß ich immer auf den Rand der dicken Steinguttasse. Hätte ich meine Angst gezeigt, hätte es geheißen: „Dat is nichts für dich! Dafür bisse noch zu jung", und ich hätte nicht weitergucken dürfen. Als wieder mal drei Frogs durch die Gänge des Raumschiffes glitten, löste sich mit einem dumpfen Knack ein Stück vom Rand der Tasse. Und plötzlich wußte ich, was los war. Ich konnte nicht von dieser Welt sein. Da ich aber alles andere als so durchsichtig und strahlend wie die Frogs war, mußte ich ein Roboter sein. Ich wußte, wonach ich suchen mußte. Es würde genügen, wenn ich irgendwo die Haut aufschlitzte. Ich probierte es am Knie, weil ich hoffte, daß es dort nicht so weh tun würde. Doch da war nichts zu sehen. Kunststück. Dort saß die Kniescheibe. Die befindet sich bei Robotern natürlich an derselben Stelle. Also ritzte ich mir den Unterarm auf. Auch keine Drähte. Ich versuchte es an den verschiedensten Stellen. Nichts zu machen. Sie mußten tiefer liegen. Auf jeden Fall war ich nicht das Kind dieser Eltern und nicht die Schwester dieser Monster. Ich war in diese Familie eingeschleust worden, um die Menschen und ihre Sitten und Gebräuche zu beobachten. Ich sammelte Informationen, bis sie mich wieder abholten.

Nun lag ich im Gras vor dem Schullandheim und hatte alle Informationen gespeichert. Zwar war ich inzwischen größer und wußte, daß ich kein Roboter war. Aber würde ich die Geschichte weiterspinnen und wäre ich ein Roboter, der Informationen über die Menschen in eine andere Welt tragen sollte, würde es mir verflixt schwerfallen, ihr Verhalten zu erklären. Ich wüßte nicht einmal, ob ich sie für gut oder böse halten sollte. Schließlich hatten die Motive für ihr Handeln oft mit der Angst vor Blamage oder der Furcht, allein dazustehen, zu tun. So entschieden sie sich meistens dafür, das zu machen, was alle anderen wollten oder was man von ihnen erwartete. Alle schienen ständig eine Genehmigung zu brauchen, um überhaupt etwas tun oder sagen zu können. Die, die sich meine Eltern nannten, lebten ein absolutes Genehmigungsleben. Eigentlich hatte ich sie noch nie Dinge tun sehen, ohne daß sie dafür die Bestätigung anderer Menschen gebraucht hätten. So funktionierte die ganze Familie: Nach außen wurde nur das gezeigt, von dem man sicher war, daß es akzeptiert werden würde.

Als der Zweite Weltkrieg vorbei war, wurde meine Mutter achtzehn Jahre alt. Wäre ich sie, wäre ich jetzt im vorletzten Kriegsjahr, dem Jahr, in dem die Bomben auf das Ruhrgebiet fielen.

„Und dann standen wir vorm Nichts."

Wenn sie das sagt, will sie, daß ich das ganz furchtbar finde. Ich schaue dann immer auf den Boden, weil ich es gar nicht furchtbar finde. Ich hätte dann nämlich die Chance, mit allem, was ich in die Hand nähme, etwas Neues zu schaffen. Und ich hätte für alles, was ich nicht schaffte, die Rechtfertigung: „Wenn der Kriech nich gekommen wär ..."

Es gibt Abende, da sitzen sie mit Freunden im Wohnzimmer zusammen und spielen das „Wenn der Kriech nich gekommen wär ..."-Spiel. Da wäre der Lehrer Professor, der Arbeiter Lehrer, der kleine Ingenieur ein großer Bauunternehmer geworden. Sie hätten es alle geschafft. Sie haben die Latte hoch gelegt, und jetzt sollen wir, ihre Kinder, da rüberspringen. Sozusagen die Wiedergutmachung an ihre Generation. Keine Frage, ob wir das Abitur schaffen! Und meine älteste Schwester, noch in die Aufbaujahre der neuen Republik hineingeraten, schafft eine glänzende Lehre. Sie braucht noch kein Abitur.

„Ihr werdet mit 'm goldenen Löffel gefüttert, also legt auch goldene Eier", scheinen sie alle zu gackern.

Am besten ist ein Medizinstudium für den Sohn und eine Banklehre für die Tochter.

„Mein Junge wird Doktor, und unsere Tochter ist Abteilungsleiterin bei der Sparkasse."

Ich habe keine Ahnung, was ich werden will. Aber ich will ehrliche Antworten.

„Ich hab ja nichts dagegen, datte 'n bißken engere Hosen trägst, aber unser Omma ..."

„Im Prinzip könnsse genauso lange draußen bleiben wie die Veronika, abba ich kann nu ma nich schlafen, wenne nich in deinem Zimmer bist ..."

All das muß ich mir übersetzen. Ich muß die wahre Bedeutung herausfiltern. Meine Mutter spricht in verkleideten Sätzen. Ich muß darunter ihre wahren Gefühle suchen. Wenn sie sagt: „Der Geburtstach war ja ganz nett", dann ist das ‚ja' ein Indiz für den fehlenden Komma-aber-Satz: „der Kaffee war lauwarm" oder „die Frau Soundso hat 'ne freche Bemerkung gemacht" oder ...

Ich habe meine Tante einmal gefragt, warum meine Mutter so verdreht redet. Da hat sie mir erzählt, wie die Wahrheit in der

Nazi-Propaganda und den Gerüchten ersoffen ist. „Eine Frau kam heulend inne Schuhmacherei von deinem Opa. Sie stand mitten im Laden und hat immer wieder geschluchzt: ‚Mein Mann arbeitet im Konzertlager und will sich darum dat Leben nehmen.' Wir haben alle angenommen, dat da Musik gemacht wurde. Aber warum sich der umbringen wollte …? Klar ist eines Tages der Sozi von nebenan wechgewesen. Da haben aber alle gesacht, der hätte wat Schlimmes angestellt und wär geflohen. Und als ich inne Straßenbahn auf ‚Heil Hitler!' gesacht hab, ‚Soller sich doch selber heilen', hätten se mich auch fast wechgebracht. Nur mit Bitten und Betteln und weil er 'n kriechswichtigen Betrieb hatte, hat der Opa es geschafft, daß ich bleiben durfte." Dann sah sie mir in die Augen und sagte: „Stell dir vor, all dat wär noch nich passiert und jemand käm zu dir und würde dir ins Ohr flüstern: ‚Die Juden werden gar nich im Osten angesiedelt. Die werden da ermordet – und nich nur die.' Würdste dat glauben wollen? Würdste glauben wollen, dat in deinem Land Hunderte von Menschen, die nichts getan haben, erschossen werden? Dat würdste nich glauben können und erst recht nich, wenne fuffzehn, sechzehn bist. Und dann fallen die Bomben auf deine Stadt, und du rennst in 'n Keller, und ausm Radio röhrt die Leander: ‚Davon geht die Welt nich unter.' Und dann kommen die sogenannten Sieger, schleppen dich in 'n halb ausgebombten Kinosaal, stehen mitte Gewehre inne Gänge und achten drauf, datte hinsiehst. Sie zeigen Filme ausse KZs, von Leichenbergen und geöffneten Massengräbern. Dir wird schlecht, aber du mußt sitzenbleiben. Du hast keine Ahnung gehabt, dat die Gerüchte wirklich wahr waren. Du hast die ganze Zeit Angst und Hunger gehabt und nie genuch geschlafen. Und dann brüllen se: ‚Ihr Deutschen seid Mörder! Ihr habt es alle gewußt und nichts dagegen unternommen!' Da wirsse entweder ganz still, oder du hast einfach keine Meinung mehr. Du traust dich einfach nich."

Mir waren damals Tränen über das Gesicht gelaufen, und zum

ersten Mal taten mir meine Eltern, und das, was ihnen passiert war, furchtbar leid.

Meine Eltern haben ihre Erfahrungen ganz unterschiedlich verarbeitet. Mein Vater sagt selten etwas Persönliches oder Politisches in der Öffentlichkeit. Er erzählt Geschichten – harmlos und mit viel Natur. Die Vögel waren schließlich genausowenig in der Partei wie er. Wenn es um Politik geht, reizt er mich bis zur Weißglut, indem er herablassend lächelt und sagt: „Du wirst schon merken, datte dich vorn Karren spannen läßt. Dat sind doch allet linke Spinner, und du glaubst denen ihre Propaganda auch noch." Für ihn haben allein die Wirtschaftbosse recht. Die machen schließlich Geld, und „Geld lügt nich". Er fordert Konsequenz. „Wenne gegen Atomkraft bist, dann betreib doch 'n Fernseher mit 'm Dynamo und tritt beim Glotzen inne Pedalen." Ich hasse seine Selbstzufriedenheit. Er glaubt, er habe den Durchblick, weil er niemandem mehr glaubt. Er war Soldat und kennt die Wahrheit. Wenn aber nur im Krieg die Wahrheit über die Menschen ans Licht kommt, dann gibt es im Frieden nur Lügen und Propaganda. „Drückeberger" nennt er junge Männer, die den Kriegsdienst verweigern.

Meine Mutter hat immer eisern geschwiegen, wenn es um den Krieg ging. Erst später, als wir größer waren, ließ sie uns an ihrer Verwirrung teilhaben. Sie hatte den Ausbruch des Krieges erst gar nicht mitbekommen, weil sie mit dem Bund Deutscher Mädchen auf Fahrradtour war. „Mit dem BDM konnte ich zum ersten Mal Ausflüge machen und wat erleben. Ich war als Mädchen doch sonst zu Haus eingespannt." Erst auf der Heimfahrt erzählte ihnen ein Bauer am Wegrand, daß sie sich sputen sollten, um nicht zwischen die Truppentransporte und Nachschubwagen zu geraten. Lange Zeit spielte sich der Krieg für meine Mutter nur am Volksempfänger ab. Lebensmittel wurden knapp. Ein Kriegsgefangenenlager wurde am Rande der Stadt gebaut, um die Industrie mit Arbeitssklaven zu versorgen. Straßenbahnen und Busse wurden von Frauen gefahren. Jahrelang gab es nur alte und kranke Männer ringsum, oder Verwundete kamen auf Heimaturlaub und sprachen kaum ein Wort. Fast alle jungen Frauen hatten Bilder von ihren Verlobten in Uniform. Ab und zu fiel einer, und die Braut oder Witwe war manchmal kaum älter als zwanzig. In der Kirche schnitten die Nazis die Glocken ab, und dann wurde sie geschlossen. „Da war für mich Schluß mit dem Pack." Erst als die Allierten nächtelange Angriffe auf das Ruhrgebiet flogen, als stundenlange Bombenangriffe mit ohrenbetäubendem Lärm, rieselnder Putz bei jedem Einschlag und Stromausfall im Bunker zum Alltag wurden, wuchs ihre Angst und der Wunsch, all das möglichst bald vergessen zu dürfen. „Ich bin vonne Nazis um meine Jugend betrogen worden, und meine Nerven sind kaputt. Ich kann Angst und Kummer einfach nich mehr aushalten." Weil kein Gedanke nach diesem Horror mehr wahr ist, sie keinem Menschen mehr glauben kann, kämpft sie hartnäckig um ihr schönes Zuhause. Die Gardinen müssen zum Sofa passen und das Sofa zu den Nachbarn, die auch so eines besitzen – nur teurer, weil wir ja weniger Geld haben. Und weil wir weniger Geld haben, ist auch das billigere Sofa eigentlich zu teuer für uns. Deshalb gibt es billige Blutwurst in der Woche und am Sonntag, wenn Besuch kommt, den passenden Braten zum Sofa. Und auf dem Sofa die passenden Kinder. Es ist wichtig, daß jemand sagt, wie schön alles aussieht. Dann ist das „Wenn der Kriech ..." nur noch halb so schlimm.

Also habe ich die Wahrheit nicht gefunden. Ich könnte den Außerirdischen niemanden nennen, der in diesem Land verantwortlich ist. Der letzte Verantwortliche war Hitler, und der war für alles verantwortlich. Der Rest bestand aus Befehlsempfängern. „Ich hab nur meine Pflicht getan." Vielleicht noch Goebbels. Der Herrenmensch mit dem Klumpfuß. Dann lachen immer alle. Krüppel wurden auch vergast. Aber wen interessiert das schon? Außerdem ist Goebbels auch tot. Alle Schuldigen sind tot. Der Rest hat einen „Persil-Schein“, reingewaschen durch die Alliierten. Die haben schließlich auch die alten Nazis wieder auf hohe Posten gehievt, wenn sie ihnen nützlich waren. In diesem Staat leben also Leute, die es geschafft haben, Leute mit Geld, Leute, die durch Buckeln auch zu Geld kommen wollen, Penner, die es nicht geschafft haben, und linke Spinner.

„Weltverbesserer“, höhnt mein Vater.

So wie die Baader-Meinhof-Bande. Die Rote Armee Fraktion. Revolutionäre, die Bomben legen. Ich bewundere sie insgeheim, weil sie gegen die Geldgeier sind. Aber seit einer Straßensperre, bei der mir ein Polizist ein Maschinengewehr an den Kopf gehalten hat, nur weil ich neben einem langhaarigen Freund meiner Schwester saß, sage ich das nicht mehr laut.

Ich finde Mao Tse-tung besser. Er hat ein ganzes Volk befreit, und er schreibt Gedichte. Ich weiß nicht, ob die Leute von der RAF Gedichte schreiben. Sie sitzen in Einzelhaft. „Aus Sicherheitsgründen.“ Wessen Sicherheit? Ich taste mich an die Anti-Atomkraft-Bewegung und die Kriegsdienstverweigerer heran. Doch eigentlich wäre ich gern revolutionärer. Aber was würde meine Mutter dazu sagen? Sie würde vermutlich krank werden.

Wenn sie sich Sorgen macht, wird sie krank.

„Siehsse, getz hasse deine Mutta wieder Kummer gemacht. Die kricht die ganze Nacht kein Auge mehr zu.“

Mein Vater, der abends völlig k.o. nach Hause kommt, steht immer hinter ihr, weil sie sonst viel länger zetern würde, als wir Kinder maulen könnten. Wenn wir Besuch haben, ist sie entzückend. Alle lieben sie. Vor Gästen würde sie sich nie eine Blöße geben. Man ist glücklich und zufrieden. Das ist wichtig. Man hat die Bomben überlebt. Da wird man doch jetzt keinen Grund zum Jammern haben. Außerdem ist eine glückliche Familie das Allerwichtigste. Der Vater sorgt für das Geld, und die Mutter erzieht gute Kinder.

„Nun lach schon, Kind!“

Zu Hause angekommen, fällt die Maske.

„Niemand achtet meine Arbeit. Imma muß ich euch die Brocken hinterherschleppen. Ich bin hier am Placken, während de Damen durche Weltgeschichte juckeln. Will man ma Hilfe, seiter so am Rumdrömmeln, dat ich et hätte auch alleine machen können.“

Nur-Hausfrau. Nie im Leben werde ich als Nur-Hausfrau zu Hause bleiben. Ich räume dann mit zusammengebissenen Zähnen mein Chaos auf und bete, daß sie endlich still ist. Das Telefon schrillt, sie flitzt hin und zwitschert los. „Ach, schön, datte anrufs ...“ Mit ihr zu streiten heißt, immer gegen ein Heer scheinbar feindlicher Personen zu kämpfen.

„Siehsse, dein Vatta und ich haben et so schwer gehabt, dat wir heute keine Nerven mehr für Kummer haben. Ich kann Aufregung nu ma nich vertragen. Und wenn ich dich jetzt in diesem Hippiezeuch rumlaufen lasse, geht doch gleich dat Telefon, und die Omma is dran. Die macht mir die Hölle heiß, bis ich die Nacht nich schlafen kann. Du kenns doch dieset Nest. Jeder tratscht über jeden. Dat landet schneller beie Omma, alsse kucken kanns. Willsse dat?“

Dann kribbelt regelmäßig mein Brustkorb, und mein Magen schnürt sich zusammen. Aber bevor sie wieder stundenlang jammert, gebe ich nach.

„Um des lieben Friedens willen.“

Ich weiß nicht, wer dann Frieden hat. Vermutlich sie. Ich schimpfe noch stundenlang vor mich hin. In ganz schlimmen Momenten wünsche ich mir, daß sie beide, Mutter und Vater, tödlich verunglücken und ich schlagartig ein Waisenkind bin, nur um diesen Druck loszuwerden. Und dann bin ich mir selbst unheimlich, weil ich so einen fiesen Wunsch habe.

Es gibt also keine einfache Wahrheit, und der Lebensstil ist auch nicht echt, weil alle Geldsorgen haben und trotzdem weit über ihre Verhältnisse leben. Ich blicke nie durch, ob die Leute den ganzen Krempel, den sie andauernd kaufen, wirklich brauchen. Vieles haben sie, weil die Nachbarn das auch haben, weil man dieses oder jenes eben brauche. Ich bin mir nicht mal sicher, ob meine Mutter tatsächlich orangefarbene Übergardinen und Pril-Blumen auf den Küchenkacheln mag.

In den Momenten, in denen ich meine Eltern liebe, denke ich, daß sie so sind, weil sie es schwer hatten und manchmal noch haben. In den Momenten, wo ich sie hasse, halte ich sie für blanke, fiese Erpresser, die sich bei mir holen, was andere ihnen gestohlen haben. Mein Vater holt sich die Bestätigung, daß er den Durchblick hat. Er erklärt seine Frau zum Gral seines Glücks, den er stets gegen jede Vernunft verteidigt, selbst gegen seine eigenen Kinder. Er demonstriert Härte, damit auch wir hart werden und uns nichts so leicht umhaut. Er sagt so gut wie nie: „Dat hasse gut gemacht." Wir könnten ja den Höhenflug kriegen und uns auf unseren Lorbeeren ausruhen. Er erklärt höchstens anderen Menschen, daß er stolz auf uns ist. Ich bin Weltmeisterin darin, herauszufinden, ob er etwas Gutes über mich erzählt hat, indem ich Tanten und Onkel ausfrage.

Meine Mutter will glücklich sein, weiß aber nicht, wie das geht. Und so denkt sie, Glück gibt es nur, wenn alles perfekt ist. Da nie etwas perfekt ist, wird ihr Kampf ums Glück immer verbissener. Sie kann sich stundenlang darüber aufregen, daß die Soundso am Abend zuvor fies über ihre neue Wohnzimmerlampe gelästert hat. Fünf Stunden Gelächter und gute Laune für die Katz. Es zählen nur die paar Sekunden, in denen die blöde Pappnase ihre dumme Bemerkung über die Lampe losgelassen hat. Oder im Urlaub, wenn alle anderen Familienmitglieder ängstlich darauf bedacht sind, alles so perfekt wie möglich einzufädeln, damit unser Mutter einmal sagt: „Nee, wat is dat schön hier." Punkt. Kein Aber. Doch wir wissen längst, das da noch was hinterherkommt. „... aber die Bohnen sind ja kalt. Ich meine, dat

Fleisch is auch eher lau. Dat hat bestimmt aufm Buffet gestanden. Sind doch sonst kaum Gäste da. Da könnte man ja erwarten, dat wenichstens dat Essen ’n bißken flotter kommt. Aber schön is die Aussicht ja. Nur kann ich kalte Bohnen gar nich vertragen. Und dann kann ich heute nachmittach nich spazierengehen, weil et wieder so drückt. Wird mir richtich uselich von. Aber die Ausflugslokale nehmen et ja nich so genau. Wär schon schöner gewesen, wenn dat mit dem Essen getz auch noch gestimmt hätte. Dat verdirbt einem ja den guten Eindruck. Ich jedenfalls ess die Bohnen nich. Wär ja noch schöner ...“

Ich bin kein Roboter, und ich lebe in dieser Familie mit der Hippieschwester, die eine echte Sensation an der Schule ist, weil sie so klug ist, und mit der tüchtigen, „patenten“ Schwester, die eine glänzende Lehre hingelegt hat, verlobt ist und demnächst heiratet. Was soll ich da schon noch Großartiges tun? Die Glühbirne erfinden? Statt dessen schreibe ich Geschichten, laufe Lehrerinnen hinterher, gelte als die totale Schrulle und wimmele Gott und die Welt mit meinem „Nich am Bär packen“ ab. Großartig. Ich bin ungefähr so normal wie ein Hammerhai auf der Rollschuhbahn. Ich darf nicht anders sein. Ich wäre der letzte Dreck. Meine Mutter würde permanent vor Kummer krank sein, und mein Vater würde das alles für blanken Unsinn halten. Am liebsten würde ich abhauen. Aber ich kann nicht weg. Nicht jetzt. Vielleicht kann ich nach dem Abitur verschwinden. Aber nur, wenn meine Mutter davon keinen Herzinfarkt bekommt.

Wie kriegen die die Streifen in die Zahnpastatube? Wie machen die die Zahncreme da rein, so daß immer exakte rote und weiße Streifen herauskommen? Verdammt, ich sollte jetzt lieber zuhören und diese dämliche Tube wieder auf die Spiegelablage legen. Was hat Sabine gesagt?

Die Worte rutschen mir immer weg. Ich hätte mich nicht auf dieses Gespräch einlassen sollen. Eigentlich bin ich doch schon von der Pleite mit meiner lieben Lehrerin bedient. Die Puddingaktion hat mich träge gemacht, und meine Gedanken vom Nachmittag hätte ich mir mal lieber aufschreiben sollen, denn jetzt ist Sabine da und fegt sie alle weg.

„Ich konnt gestern nacht nicht schlafen. Ich mußte immer an dich denken. Seit wir zusammen getanzt haben, gehst du mir nicht mehr ausm Kopf. Du bist toll. Das wußte ich schon lange. Aber jetzt trau ich mich, dir das zu sagen."

Großartig! Ich und toll. Was denkt die sich denn? Ich war noch nie toll und werde es nie sein. Wie kommt sie bloß darauf? Macht sie sich über mich lustig? Sitzen ein paar Mädchen in den Klokabinen und lachen sich 'nen Ast über meine Blödheit? Außerdem hockt mir eine verdammte Angst im Nacken. Ich bin hier diejenige, die rumschmachtet. Ich bin völlig von der Rolle. Wie soll ich denn jetzt mit ihr umgehen? Wenn sie weiterredet, wird sie es morgen bereuen. Und dann wird sie sich schämen, wenn sie mich sieht. Wenn sie sich dann schämt, wird sie mich überall lächerlich machen, damit ich nicht über sie quatschen kann. Ich will das nicht.

Plötzlich sehe ich sie ganz anders. Ich merke, wie in mir der Respekt vor ihr abblättert. Aber das finde ich ungerecht von mir. Da liegt die Zahnpastatube, und ich muß wissen, wie die die Farben voneinander trennen. Manchmal glaube ich, ich bin nicht mehr bei Trost.

„Sabine, du kennst mich doch gar nich richtig. Ich bin echt nichts Besonderes. Ich fand dat gestern auch lustig. Aber mehr auch nich, verstehsse? Ich würd dir schon nach einer Woche aufn Keks gehn. Ich würd dir ohne Ende dat Ohr vollabern, ich lese einen Schmöker nach dem andern oder hänge bei der Schülerzeitung rum. Ich bin echt nich besonders aufregend. Außerdem steh ich überhaupt nich auf Ringelpiez mit Anfassen. Gestern war ich 'n bißken besoffen. Deshalb hab ich so 'n Halligalli gemacht." Warum erzähle ich denselben Quatsch wie Barbara an jenem Morgen im Gesamteuropäischen Studienwerk? Alles Lüge.

Sabines Augen werden ganz dunkel. Jetzt senkt sie den Blick. Sie scheint sich brennend für ihre Fingernägel zu interessieren. Sie knibbelt an ihrer Nagelhaut herum. Ich komme mir vor wie ein Schwein. Ich will mich nicht so mies fühlen. Langsam werde ich wütend. Warum muß sie noch mehr Unruhe stiften? Was gibt ihr das Recht, mir so etwas zu sagen?

„Is schon gut." Sabines Stimme ist ganz rauh. „Hab schon verstanden. War auch nich so gemeint. Ich fand dat eben gestern ganz lustig. Aber is schon okay."

Sie wendet sich um und geht. Sie macht die Waschraumtür ganz leise hinter sich zu. Warte! brüllt es in mir. Aber ich bekomme keinen Ton heraus. Ich stehe da wie aus Stein und habe Angst.

Ich habe ihr weh getan. Das wollte ich doch gar nicht. Jetzt ist diese ganze schöne Klassenfahrt eine einzige Tortur. Wenn ich Ines sehe, geht es mir mies, und wenn ich Sabine sehe, fühle ich mich beschissen. Warum kann ich nicht einfach Ines vergessen und mit Sabine zusammensein? Wenn die Wirklichkeit wie ein tollwütiger Hund um sich beißt, verziehe ich mich lieber wieder in meine Gedanken. Da kann ich auch mal was ins Unreine denken, bis es stimmt. Aber das hier ist ein Alptraum. Ich brauche ein Leben wie aus der Zahnpastatube – Realität und Traum säuberlich voneinander getrennt.

Sailing

„Die Gummistiefel packsse am besten ganz unten in 'n Koffer. Die nehmen soviel Platz wech." Meine Mutter rennt die ganze Zeit in meinem Windschatten hinter mir her und kommentiert jeden Handgriff, während im Hintergrund Rod Stewart aus meinem Radio röhrt: „I am sailing ..." Alle Kleidungsstücke, die ich in den Koffer stopfe, holt sie noch einmal heraus, um sie neu zusammenzulegen. Als wenn jemand meinen Koffer inspizieren würde, wenn ich ankomme! Ich fahre schließlich nicht zum Bund, sondern zur Rettungswache an die Ostsee.

„Und dasse mir nich jede Nacht Remmidemmi machst! Du hast schließlich am nächsten Tach Dienst und mußt dich konzentrieren. Nich, daß wegen dir ein Mensch ertrinkt."

„Nee, Mutta, ich pass schon auf."

Wie eine Gebetsmühle spule ich diesen Satz alle fünf Minuten ab. Es geht dabei gar nicht um den Inhalt. Es ist eher wie ein Abschiedsritual. Sie muß mich zum ersten Mal allein zu fremden Leuten reisen lassen und will nicht, daß ich sie blamiere. Es hat mich schon immer gewundert, wieviel Wert sie auf das Urteil von Leuten legt, die sie gar nicht kennt und vermutlich auch nie kennenlernen wird. Wenn ich Caroline von Monaco wäre und sie Grace Kelly, könnte ich ihre Sorgen ja verstehen. Aber wenn ich Caroline wäre, würde ich auf einer Yacht im Mittelmeer rumschippern und nicht am Ostseestrand auf sonnenmilchfettige Touristen aufpassen. Außerdem müßte ich meinen dämlichen Koffer nicht selbst packen. Eine Zofe würde um mich herumwuseln und auf meine Anweisung hin für jeden Anlaß die passenden Sachen zusammensuchen. Um so blöde Kleinigkeiten wie Kamm und Seife müßte ich mich gar nicht erst kümmern. Ich bin aber nicht Caroline, und so wird zum fünften Mal der Kulturbeutel aufgemacht, nachgesehen, ob Zahnbürste und Shampoo drin sind, und er fahrig wieder zugemacht.

„Und widersprich dem Wachleiter nich dauernd. Der weiß bestimmt, watter tut, und du has noch gar keine Ahnung von solche Sachen. Nich, datte wieder die Oberschlaue spielst. Und ruf an. Nich, dat wir tagelang am Rad drehen vor Angst. Du weißt, dat ich sonst kein Auge zumache."

Langsam klingt das eher wie Knasturlaub, statt wie Ferien. Noch zwölf Stunden, und ich sitze im Zug. Mein Herz klopft wie wild. Ich hatte noch gar keine Gelegenheit, über Barbaras Brief nachzudenken. Das würde ich dann im Zug tun.

„Ich hab mich verliebt. Er heißt Bernhard ..." Da habe ich den Brief zusammengefaltet und erst mal in die Tasche gesteckt. Ich hatte keine Lust auf diesen Kloß im Hals. Jetzt bleibt nichts mehr übrig von meinen Träumen. Sabine sieht immer nur mit traurigem Gesicht weg, wenn ich ihr in der Schule begegne, und Ines ist sachlich und kühl im Unterricht. Sie verläßt am Ende der Stunde gleich die Sporthalle und grüßt mich nur von weitem. Irgendwie ist mein Leben ins Schleudern geraten. Meral und Vero sind ständig mit ihren Mackern unterwegs, und ich ätze nur noch rum. Es ist, als könnte ich gerade noch die Spur halten und würde in der nächsten Kurve garantiert rausfliegen.

Ich muß mir einen Freund suchen. Ich werde es allen zeigen.

„Hallo, Erde an Tochter. Wat stehsse hier rum und träumst, wie wenne nichts zu tun hättest? Welche Trainingsanzüge nimmsse getz mit? Nur die mit dem Schriftzug vonne DLRG oder auch die andern? Du mußt doch die ganze Zeit im Dienst deine DLRG-Sachen tragen. Dann brauchsse für die Freizeit noch wat Sauberes. Und wasch gefälligst ab und zu. Datte bloß tächlich frische Socken trächst, muß ich ja woll nich erwähnen. Deine Kameraden müssen dich ja nich erst riechen, bevor se dich sehen."

Wenn ich es nicht besser wüßte, dann würde ich glauben, ich wäre sieben Jahre alt. Ein schlichtes „Du schaffst das schon, und viel Spaß!" hätt's auch getan. Was ich so bescheuert finde, ist, daß sich Eltern immer aussuchen, wann sie einen für ein Wickelkind und wann sie einen für erwachsen halten. Jetzt rollt sie die Strümpfe doch wieder auf und zieht sie zu einem Ballen zusammen. Wie ich das hasse, wenn dann alle Gummis ausgeleiert sind und die Socken wie ein Wulst um die Knöchel hängen. Nicht genug, daß ich total langweilig aussehe und ein paar Pfunde zuviel auf den Rippen habe. Nein, ich werde auch noch in kurzen Hosen mit DLRG-Kapuzenpulli dastehen und weiße Würste um meine Knöchel haben. Warum bleibt die Uhr heute bloß stehen? Im WDR jammern die Hot Chocolate „So you win again ...“. Wenn ich doch schon weg wäre!

„Und schreib der Omma ma 'ne Karte. Sie hat dir schließlich zwanzich Mark für die Ferien gegeben.“

Großartig! Für diese zwanzig Mark kann ich einen Abend weggehen. Also: für Oma eine „Schönes Wetter heute, und so nette Leute“-Karte. War's das? Natürlich nicht.

„Kind, setz dich ma zu mir.“ Meine Mutter unterbricht abrupt ihr geschäftiges Gerenne, setzt sich feierlich auf die Bettkante und klopft einladend mit der Hand neben sich. Ich ahne, was jetzt kommt.

Sie sieht mich ernst an, greift sich meine Hände und legt los: „Kind, eins musse dir hintere Ohren schreiben, wenne getz allein wechfährst.“ Sie rutscht unbehaglich hin und her. „Als wir, dein Vatta und ich, geheiratet haben, waren wa beide noch völlich unerfahren. Aber wir haben zusammen allet, wat nötich war, entdeckt. Ich schwör dir, du verpaßt nix, wenne nich zu früh mit diesem ... du weißt schon ... anfängst. Et is nu ma so, dat die, die früh damit anfangen, irgendwann schwanger sind und Kinder kriegen. Und dann kriegen Kinder Kinder un et is für Mutter un Kind nicht gut. Du könntest deine Schule nich zu Ende machen, ganz zu schweigen vom Studieren. Und dann hättesse Wut auf dieset Kind, weil et dein Leben ruiniert hat. Und was willsse machen, wenn der Mann deiner Träume dich zwar liebt, aber lieber 'ne unberührte Frau heiraten will? Dann hättesse dir allet selber kaputtgemacht. Wenne dich einma wechgeworfen hast, dann is Schicht im Schacht.“

Ich glaub's ja nicht! Sie meint jedes Wort davon ernst. Ich bin fassungslos. Wenn meine Eltern wenigstens Heuchler wären, dann könnte ich sie verachten. Aber die beiden sind wirklich konsequent. In meiner ganzen Klasse sind vielleicht noch vier oder fünf Mädchen Jungfrau, und ich zähle dazu. Meine beiden besten Freundinnen nehmen seit Jahren die Pille, und ich rede gerade mit meiner Mutter, die Sex für „sich wechwerfen“ hält. Manchmal glaube ich, meine Eltern sind mit der Zeitmaschine aus dem Mittelalter in unsere Zeit gebracht worden. Wenn meine Mutter jetzt noch wüßte, wovon ich träume, wäre echt der Teufel los.

„Und wenne zuviel trinkst, weisse nich mehr, watte tus, und ein rücksichtsloser Junge könnte dat ausnutzen. Versprich mir, datte keinen Blödsinn machst.“

„Versprochen!“ Das war ja nicht schwer. Ich würde auf jeden Fall nichts tun, was ich für Blödsinn hielt.

Ich will ein Fisch im Wasser sein

Ich liebe Zugfahren. Es ist absolutes Niemandsland. Manchmal, wenn ich zu meiner Tante in die Ferien geschickt wurde, durfte ich sogar allein mit dem Zug reisen. Dann habe ich mir immer eine ganz neue Lebensgeschichte ausgedacht.

Einmal war ich mit einer netten alten Frau im Abteil. Der habe ich erzählt, meine Eltern wären reich, aber vernünftig. Deshalb dürfte ich nicht ins Internat zurückfliegen, sondern müßte den Zug nehmen, damit ich kein Snob würde. Ich wäre mit ihnen zum Reiten in Amerika gewesen. Jetzt würde ich mich aber wieder auf mein eigenes Pferd freuen und auf meine beste Freundin, die Baronesse von Hohenstein. Die Frau hatte bloß gelacht. Aber ich dachte nur an meine Dolly-Bücher. Mein sehnlichster Wunsch war nun mal, aus unserem Familienchaos rauszukommen und wie Dolly in einem Internat zu leben.

Jetzt wäre ich gern auf dem Weg zu einer Universität, zu meiner eigene Bude, so wie meine Schwester, die im Oktober mit dem Studium anfängt. Nie mehr die Kontrolle, wann ich nach Hause komme. Nie mehr peinliche Szenen, wenn ich Besuch habe. Und ich kann meinen Kram erledigen, wann ich will. Das wäre einfach phantastisch. Aber jetzt habe ich wenigstens ein paar Wochen Ruhe. Das Herz schlägt mir bis zum Hals, wenn ich daran denke. Ich habe nur eine große Klappe, wenn ich Leute kenne. Allein vor lauter fremden Leuten zu stehen, macht mit eine höllische Angst. Und ich kenne wirklich niemanden dort. Es war der letzte freie Platz in dieser Wache, und ich habe einfach zugesagt.

„Ich schaff das schon“, hatte ich rumgetönt. Manchmal könnte ich mir das Maul zunähen. Seit gestern abend ist mein Magen wie zugeschnürt, und ich habe keinen Bissen mehr heruntergekriegt. Das Abteil ist stickig. Fünf Leute, unzählige Gerüche und ein vollgestopftes Gepäcknetz, aus dem jede Minute ein Koffer herunterzustürzen droht. Gemütlich. Ich steige über die verknoteten Beine eines jungen Paares, das sich an den beiden Gangplätzen gegenübersitzt. Ich nehme zumindest an, daß sie ein Paar sind, weil der Mann, der sich so auf seinem Sitz lümmelt, daß er gerade noch mit dem Po auf der Kante hängt, seine ausgestreckten Beine zwischen die Beine der kerzengerade sitzenden Frau unter ihren Sitz geschoben hat. Auf einem Tempotaschentuch auf ihrem Schoß liegen Orangenschalen, und er lutscht genüßlich die geschälten Fruchtstücke. „’tschuldigung!“ Ein alter Mann blättert in einer Illustrierten und sieht gar nicht erst auf. Ihm gegenüber strickt eine alte Frau ein winziges Jäckchen aus pinkfarbener Wolle, das bestimmt für ihr Enkelkind bestimmt ist. Ich nehme mir den letzten Platz im Abteil und freue mich wie eine Schneekönigin, daß es der Fensterplatz in Fahrtrichtung ist. Mir gegenüber hockt ein Typ mit blauen Ringen unter den Augen und einer abgetragenen schwarzen Lederjacke, der hektisch an seiner selbstgedrehten Zigarette saugt. Die vorbeihuschende Landschaft, der beißende Qualm, mein Hunger, den ich wegen des Pfropfens im Hals nicht beseitigen kann, und die Müdigkeit geben mir den Rest. Letzte nacht habe ich kein Auge zugemacht. Immer wieder fällt mein Kopf zur Seite, und mein Mund fühlt sich pelzig an. Ich trällere in meinem Kopf „Ich will ein Fisch im Wasser sein, im flaschengrünen tiefen See ...“

Da steht der Typ, der mir gegenüber sitzt, auf einmal auf, grinst mich an und beugt sich zu mir hinunter. Er bringt sein stoppeliges Gesicht dicht vor meines, hält mir die Zigarettenschachtel unter die Nase und hustet: „Hier, nimm dir eine. Ich weiß, daß du immer in den Pausen rauchst. Außerdem weiß ich, daß du nicht ins Internat fährst. Du fährst an einen gefährlichen Ort. Du kennst keine Menschenseele dort. Und ich komm dich da besuchen.“ Ich bin total entsetzt und will ihm antworten. Aber es geht nicht. Ich kann mich nicht bewegen. Ich kann auch nicht sprechen. Ich kann nur dasitzen und leise jammern. Mein Mund ist so trocken. Alles tut mir weh, besonders mein Nacken. Plötzlich reißt die Außenwand des Zuges weg. Eiskalter Wind fährt mir ins Gesicht und will mich aus dem Zug zerren. Ich falle, ich werde nicht vom Fahrtwind aus dem Zug gesogen, sondern stürze in einen Abgrund ...

„Fräulein, Sie fallen ja fast vom Sitz“, dröhnt es. Der Raum schnurrt zusammen, und der Qualm wabert um meine Nasenspitze. Ich schlage die Augen auf. Der Typ mir gegenüber hat nur ein einziges Streichholz gebraucht, seit ich mich in diesem Abteil niedergelassen habe. Er steckt sich eine Kippe an der anderen an. Ich spüre Speichel in meinem Mundwinkel. Sämtliche Knochen und besonders mein Nacken schmerzen. Ich muß geschlafen haben – und zwar mit offenem Mund und zur Seite fallendem Kopf, und vermutlich habe ich auch noch gejammert. Es ist mir so peinlich, daß ich puterrot werde. Ich schlucke mühevoll mit trockenem Hals und ledrigem Mund. Ich fühle mich absolut schrecklich. Wenigstens hat der alte Mann unterdessen das Fenster aufgemacht. Jetzt zieht es wie Hechtsuppe. Ich krame umständlich meine Thermosflasche mit Tee aus dem Rucksack, schraube sie mit zittrigen Händen auf, gieße mir ein und gönne mir erst einmal einen tiefen Schluck. Der Tee ist lauwarm. „Damitte dir nich den Mund verbrennst." Noch zwei Stationen bis Neustadt. Dann habe ich das hier schon mal überstanden.

Der Bus nach Grömitz ist voll. Ich bekomme nur noch einen Stehplatz am Fenster gegenüber dem Ausstieg, lasse mich todmüde auf den Koffer sinken und lehne mich an die Wand. In jeder Linkskurve laufe ich Gefahr, samt Koffer vornüberzukippen. Inzwischen bin ich vor Erschöpfung in die „Scheißegal"-Phase eingetreten. Ab und zu werfe ich durch den Wald von Beinen einen Blick durch die Scheiben der Tür. Plötzlich sehe ich einen schmalen, silbrig-grauen Streifen. Die Ostsee. Meine Müdigkeit ist wie weggewischt. Aufregung krabbelt mir in alle Glieder. Ich springe von meinem Koffer auf. Das Meer. Nichts hatte ich mir mehr ersehnt, wenn wir mit der Familie mal wieder durch die Berge kraxelten, mir die Füße weh taten und ich von dem ewigen Geröll und dem „Nein, wie erhaben die Berge doch sind ..." meiner Mutter die Schnauze voll hatte. Dem Meer galt meine Sehnsucht, seit ich *Robinson Crusoe* gelesen hatte. Ich verpaßte keinen Film, der am Meer spielte, und verfolgte gebannt Jacques Cousteaus Reisen mit der „Calypso", seinem Forschungsschiff. Die geheimnisvollen Wale waren immer schon Tiere, die mich faszinierten. Sie sind so gigantisch, daß sie an Land an ihrer eigenen Masse ersticken würden. Doch wenn ich sie auf der Mattscheibe durch das Meer gleiten sehe, wirken sie so schwerelos und elegant, und sie können wundervoll singen.

„Grömitz! Endstation – alles aussteigen!"

Ein Junge hilft mir, den riesigen Koffer aus dem Bus zu wuchten. Ich soll mich in der Rettungsstation dort drüben beim Kurhaus melden. Mein Magen knurrt aufdringlich vor Hunger, und um mich herum sind ungefähr dreißig Grad im Schatten. Hilft nichts. Ich aste den Koffer hoch und wanke einen schmalen Pfad entlang. Etwas zurückgesetzt von der Strandpromenade sehe ich die Glastür mit der Aufschrift „Rettungsstation der DLRG", auf die ich nun zusteuere. Mein Herz hüpft mir gleich aus der Brust.

Ich schnüffele kurz an meinen Achseln. Oje! Ich stinke nach Schweiß. Ich klopfe leise. Nichts rührt sich. Ich klopfe lauter. Da schmettert eine fürchterlich laute Frauenstimme: „Herein, zum Donnerwetter!"

Ich bin wie versteinert. Was ist denn das für ein Drachen? Fast mechanisch drücke ich die Klinke herunter und schiebe mich, den Koffer hinter mir her zerrend, in einen weißen Raum mit Metallmöbeln wie im Krankenhaus – eine mit dunkelgrünem Kunstleder bezogene Liege, ein Regal voller Verbandszeug und Medikamenten, drei große Schränke und ein riesiger Schreibtisch mit einem Funkgerät darauf, an dem eine massige ältere Frau in weißer Schwesterntracht sitzt und mir ihr Bulldoggengesicht zuwendet.

Das ist ein schlechter Film. „Ich ..." verdammt, ich kriege kein Wort raus. Husten. „Ich bin Ursula Möller und soll mich hier zur Rettungswache melden."

Die Miene der Bulldogge hellt sich auf und verwandelt sich in das freundliche Gesicht einer gutmütigen Krankenschwester. Sie steht auf und eilt auf mich zu, ergreift mit festem Griff meine ausgestreckte Hand und schüttelt sie, daß mir fast das Kleingeld aus der Hose fällt. Krampfhaft halte ich meine Oberarme an den Körper gepreßt.

„Ich bin Schwester Hermine. Ich bin in den nächsten Wochen für dich zuständig, genau wie der Wachleiter, der gerade auf Streife am Strand ist. Du kannst dich erst mal hierher setzen. Ich nehme an, daß deine normale Hautfarbe nicht kreidebleich ist. Wann hast du das letzte Mal was getrunken?"

Während sie so vor sich hin dröhnt, schiebt sie mich langsam zur Liege und drückt mich auf die Kante hinunter.

„Ich hab im Zug ein bißchen Tee getrunken."

„Na, das klingt ja nicht gerade, als wenn das gereicht hätte." Sie holt eine Flasche Sprudel aus einem Kasten hinter dem Schreibtisch, gießt ein Glas voll und drückt es mir in die Hand.

„Trinken!“ befiehlt sie.

Toll. Jetzt bin ich meinen persönlichen Wachhund namens Mutter los und habe statt dessen Bulldogge Hermine am Hals.

Sie pflückt mir das leere Glas aus der Hand, füllt es erneut und drückt es mir wieder in die Hand. Dann wischt sie mit einer fahrigen Bewegung durch die Luft. Das soll wohl heißen, daß ich es austrinken soll. Ich tue, was sie mir befiehlt. Bloß nicht aufmucken, solange ich noch nicht weiß, woran ich bin. Sie greift zum Hörer des Telefons auf ihrem Schreibtisch, wählt, wartet und brüllt dann in die Muschel: „Eure Verstärkung aus dem Kohlenpott ist da! Kommt mit einer Handkarre für ihren Koffer und holt sie ab. Aber dalli! Dann kann sie heute abend noch mit auf eure Butterfahrt.“ Sie wirft den Hörer grußlos auf die Gabel. Ob sie glaubt, daß zuviel Freundlichkeit zu schweren Krankheiten führt? Dann wendet sie sich mir wieder zu. „Du wirst gleich von einer Kameradin abgeholt und zum Quartier gebracht. Dort machst du dich frisch, packst aus und gehst dann mit ihr mit. Die Wache macht heute eine Butterfahrt. Da kannst du dann alle kennenlernen. Wir sehen uns morgen früh um halb neun zum Appell. Auf der Fahrt heute abend lernst du auch deinen Wachleiter kennen. Der wohnt nicht in der Pension, sondern in einem Wohnwagen auf dem Zeltplatz. Er wird dir sagen, was du zum Wachantritt brauchst. Übrigens“, jetzt sieht sie mir streng in die Augen, „wenn ich halb neun sage, meine ich halb neun und nicht fünf nach oder zehn nach. Haben wir uns verstanden?“ Ich nicke stumm.

Da klopft es. Ein Mädchen, vielleicht zwei, drei Jahre älter als ich, kommt herein und grinst mich an. Sie ist zierlich, aber viel kräftiger als ich. Ihre Muskeln zeichnen sich an den nackten braunen Armen deutlich ab, und sie hat schulterlanges blondes Haar und leuchtend blaue Augen, die sich deutlich von ihrem braunen Gesicht und den dunklen Sommersprossen auf ihrer Nase abheben. Sie trägt einen orangefarbenen Trainingsanzug mit dem blauen DLRG-Schriftzug über der Brust. Ihre braunen Füße stecken in hellblauen Gummisandalen. Ich mag sie auf den ersten Blick.

Sie geht auf den Drachen zu, gibt ihm die Hand und sagt: „Tag, Schwester Hermine."

Wieder erheitert sich die Miene der Bulldogge, und sie lächelt sogar: „Moin, Ellen. Hattest du einen schönen freien Tag?"

Ellen sprudelt los: „Und wie! Wir waren im Heidepark und sind mit jedem einzelnen Karussell gefahren, aber ich verrate nicht, wer von unseren unerschrockenen Kampftauchern nach dem fliegenden Teppich gekotzt hat."

Die Miene der Schwester wird wieder geschäftig. „Es freut mich, wenn ihr Spaß hattet. Aber es ist nicht nett, wenn du schadenfroh bist. Hier ist eure Verstärkung – Ursula", sie weist auf mich. „Das ist Ellen. Sie wird dich jetzt ins Quartier bringen. Ellen, sorg dafür, daß Ursula mit zu eurer Butterfahrt kommt. Und", sie hebt drohend den Finger, „wenn gleich die anderen von den Wachtürmen kommen, werde ich ihnen das gleiche sagen: Egal, was ihr heute abend anstellt – Wachantritt ist pünktlich wie immer, und ich nehme keine Rücksicht auf Alkoholmißbrauch. Und wehe, morgen fällt jemand aus. Dann ist Schluß mit lustig. Verstanden?"

Ellen lacht: „Zu Befehl, Chef!" Sie salutiert, und die Schwester guckt streng. „Nein, jetzt mal im Ernst. Wir Mädchen passen schon auf die Jungs auf. Wir wollen doch nicht Strafdienst schieben und stundenlang Sand von Ferngläsern pinseln."

Die Schwester grinst gutmütig und wischt wieder mit der Hand durch die Luft. „Genug geplaudert. Raus hier mit euch."

Ellen ist kleiner als ich und drahtig. Neben ihr komme ich mir vor wie ein Teddybär. Wir laden meinen Koffer auf die Karre und marschieren los. Ellen kann nicht einfach geradeaus gehen. Mal springt sie auf die kleine Mauer, die die Promenade vom Strand trennt, mal hüpft sie zu einem Boutique-Schaufenster und posiert aufgeblasen wie ein Pfau. Während sie so herumhampelt und ich mich mit der Karre abplage, plappert sie unausgesetzt und schüttet mir einen Sack voll Namen über den Kopf, warnt mich vor den Annäherungsversuchen des Soundso, stöhnt über die altkluge Art der Soundso, ahmt die komische Gangart des Soundso nach. Ein Brei aus Müdigkeit und Erschöpfung bappt in meinem Kopf und verhindert, daß ich mir etwas merken kann. Ich bin verschwitzt und schüchtern. Also nicke ich immer bloß und versuche, nicht allzu dämlich aus der Wäsche zu gucken. Aber ich zweifele sehr daran, daß mir das gelingt, zumal mich die Ereignisse auf der Promenade auch nicht unberührt lassen. Ich bin zum ersten Mal in meinem Leben an der Ostsee, zum ersten Mal in einem Seebad. Und so starre ich fassungslos auf dieses Wirrwarr von Imbißbuden, Sonnenhüten, Sandburgen und Strandkörben. Meine Nase juckt von der Salzluft und von kaltem Pommes-Fett. Das T-Shirt klebt mir feucht am Körper, und ich beneide alle, die in Schlappen und Badeklamotten herumschlurfen. Es ist seltsam. Drehe ich den Kopf nach links, sehe ich eine ganz normale Einkaufsstraße. Drehe ich ihn nach rechts, blicke ich direkt auf den Strand, wo die Menschen dicht an dicht im Sand liegen oder in Strandkörben herumlümmeln. Phantasien von einsamen Stränden kommen hier erst gar nicht auf. Ein bißchen enttäuschend, dieser Rummel, wenn ich an meine Meeresromantik denke. Aber ich bin hier und kann alles ohne das Gemecker meiner Eltern entdecken, und das zählt mehr als die ganzen Ängste, die mich zuvor geplagt haben.

Ich habe es geschafft, schießt es mir durch den Kopf. Ich bin wirklich allein an die Ostsee gefahren und werde jetzt vier Wochen lang hier Rettungsschwimmerin sein.

Plötzlich will alles in mir Purzelbäume schlagen und kreischen. Ellen scheint nichts davon zu bemerken, sie plappert und gibbelt und kaspert unentwegt herum. Sie ist richtig süß.

Ich spüre, daß ich hier ein Abenteuer erleben werde.

Der Koffer ist ausgepackt, ich bin geduscht und kribbelig. In einer halben Stunde werde ich zu meinem Ausflug mit der ganzen Wachmannschaft abgeholt. Irgendwie habe ich dieses „Ich hab was vergessen"-Gefühl, das mich zu Hause ständig noch mal nachsehen läßt, ob ich meinen Schlüssel und mein Portemonnaie eingesteckt habe. Es macht mich hibbelig, daß mir nichts vertraut ist. Ich wohne mit Ellen in einem Zweibettzimmer. Erst wußte ich nicht, wo ich meine Sachen hinpacken sollte, ohne Ellen zu stören. Dann hatte ich Hemmungen, mich auszuziehen, während sie unausgesetzt plaudernd auf dem Bett saß, und ich fühlte mich auch nicht besser, als sie locker hinwarf: „Mußt dich dran gewöhnen, dich vor anderen auszuziehen, denn nach der Wache soll immer alles sehr schnell gehen, weil wir noch ein bißchen was vom Abend haben wollen. Dann knubbeln sich alle in der engen Mannschaftsdusche." Ach du Schande! Sie schien mein Unbehagen zu bemerken und trollte sich in den Frühstücksraum der kleinen Pension, in die uns die Kurverwaltung einquartiert hat. Alle Rettungsschwimmerinnen und -schwimmer, die nicht mit dem Zelt oder dem Wohnwagen anreisen, werden in kleinen Pensionen untergebracht, die gerade nicht ausgebucht sind, hatte mir Ellen erklärt. „Warum die nicht ausgebucht sind, wirst du schon merken. Bruchbude ist manchmal noch geschmeichelt. Wir haben Glück. Unsere Pensionswirtin ist bloß alt und mag nicht mehr renovieren. Das ist den Urlaubern nicht fein genug. Aber für uns und Familien, die auf den Pfennig gucken müssen, reicht's. Von den anderen Gästen kriegen wir gar nichts mit. Die pennen noch, wenn wir frühstücken, und abends sind wir meistens sowieso unterwegs."

Jetzt sitze ich hier auf meiner Bettkante in diesem Zimmer, das nach „Irischer Frühling" und schlechtgelüfteten Betten riecht, und weiß nicht, was ich anziehen soll. Wenn meine Ankunft gleich mit dem Wachdienst zusammengefallen wäre, dann hätte ich einfach meine DLRG-Klamotten anziehen können. Aber gleich bei einem Ausflug mitzumachen hieß, Gefahr zu laufen, danebenzuliegen – zu brav, zu aufgedonnert, zu schlampig oder Gott weiß wie auszusehen. Jeans, ja, Jeans sind nie verkehrt. Aber welches Sweatshirt? Das mit der Comic-Figur ist vielleicht zu niedlich. Das mit dem Biker drauf ist vielleicht zu prollig. Die Bluse ist definitiv zu artig. Also ziehe ich das rote Jeanshemd an. Das wird ja wohl kein Problem sein.

Verdammt! Immer habe ich davon geträumt, mal ganz allein zu verreisen, und jetzt habe ich schreckliches Heimweh und Sehnsucht nach Meral und Vero.

Memme! Ach, wat soll's, bißken Verlust is immer! Wird schon schiefgehen.

„Trink am besten 'ne Cola mit 'nem Schuß Rum. Die Cola ist gegen die Übelkeit, und der Rum ist gegen den Schwindel.“ Der Wachleiter – „für dich Herbert“ – macht ein amüsiert-besorgtes Gesicht.

Ich hänge wie ein Sack voller Peinlichkeit hilflos über der Reling und kotze mir die Seele aus dem Leib. Warum habe ich bloß diese fettige Wurst auf leeren Magen gegessen? Und als ich den Kartoffelsalat verdrückt habe, überlief mich schon beim Essen eine Gänsehaut. Aber ich wollte Ellen nicht widersprechen, die mit wichtiger Miene meinte: „Du kannst bei dem Seegang heute nicht mit leerem Magen auf einen Kutter steigen.“ Dann hatte sie mir diese Wurst mit dem pappigen Salat aufgenötigt.

Seegang? Ich hatte keine Ahnung, was das für mich heißen würde. Dunkel schwante mir zwar, daß ich alte Landratte mich da eventuell blamieren könnte. Aber darüber konnte und wollte ich nicht nachdenken, während mir die Wachmitglieder vorgestellt wurden. Namen schwirrten mir um den Kopf. Ich nahm jede Hand, die mir hingestreckt wurde, und drückte sie freundlich. Ab und zu murmelte ich: „Ulli, freut mich auch.“ Mehr brachte ich nicht heraus, und merken konnte ich mir vor Aufregung beim besten Willen niemanden. Es waren auf jeden Fall verdammt wenige Mädchen dabei, und die klammerten sich meist an einen Jungen, als wenn sie nicht allein stehen könnten. Ich glaube, ich bin neben Ellen das einzige Mädchen ohne Freund. Na toll! Ich fühlte mich gleich wie zu Hause. Trotzdem waren sie alle sehr nett zu mir. Bis auf mich kommt die ganze Wachbesetzung aus Süddeutschland, und für meine Ohren haben sie einen putzigen Dialekt. Die meisten von ihnen wohnen auf dem Campingplatz. Dazu hätte ich auch Lust gehabt. Bevor ich es noch ausgesprochen hatte, wagte sich einer vor, schüttelte mir mehr als kräftig die Hand und dröhnte: „Du kommst morgen nach der Wache zu uns auf den Campingplatz und ißt mit uns zu Abend. Ich bin Michael, und du fragst dich einfach zu mir und meinem Cousin Martin durch." Dann trat er von einem Bein aufs andere und schien nicht mehr zu wissen, wohin mit seinen Armen. Er wirkte wie ein großer Teddybär, dem man einen unanständigen Witz erzählt hat. Er strahlte fast schon etwas Rührendes aus mit seinen breiten Schultern, den muskulösen Armen und dann diesem schüchternen Blick. Dunkle Haare fielen ihm zottelig in die Stirn, und sein dunkler Schnauzbart zog sich über die Mundwinkel nach unten. Aber wache grüne Augen blitzten unter diesem dunklen Haarwald hervor, und seine vollen Lippen waren zu einem breiten Grinsen verzogen. Sein blau-weiß kariertes Hemd war weit aufgeknöpft, und dunkle Haare kräuselten sich auf seiner Brust. Die Jeans wurde wohl nur noch von den Nähten zusammengehalten, so abgetragen und durchscheinend war der Stoff.

Seine riesige rechte Hand reckte sich mir unter dem aufgekrempelten Hemdsärmel entgegen, während er die andere Hand hinter dem Rücken verbarg. Ich nahm sie, erwiderte seinen Händedruck und lächelte ihn wortlos an. Er wurde schlagartig puterrot. Irgend etwas an ihm rührte mich, weil er versuchte, den Macho zu spielen, aber gleichzeitig lustig und freundlich war. Außerdem war er älter als die anderen Bubis von der Wache und genoß bei allen Respekt. Immer wieder hörte ich: „Michael, erzähl mal ..." Und dann packte er bereitwillig Anekdoten aus dem Wachalltag aus.

Allmählich entspannte ich mich. Ich spürte genau, daß sich Michael ins Zeug legte, um mich zu beeindrucken. Eine Stimme in mir empörte sich: Unsinn, gib nichts drauf! Der tut sich bloß wichtig. Eine andere Stimme zischelte: Genieße es! Hier bist du nicht der dufte Kumpel. Probier doch mal aus, wie das ist, wenn ein Typ sich für dich als Mädchen interessiert. Außerdem kannst du dich ruhig geschmeichelt fühlen, wenn sich so ein Junge ins Zeug legt, um dich zum Lachen zu bringen. Also lachte ich mich schier kaputt und kokettiere ein bißchen herum. Jetzt wußte ich, daß ich Spaß in diesen Ferien haben würde – und ich würde ausprobieren, wer ich sein konnte, wenn noch niemand ein vorgefertigtes Bild von mir hatte.

Doch je weiter wir uns vom Festland entfernten, desto höher wurden die Wellen. Wenn der Kutter auf den Wellenberg hinauftuckerte, ging es noch. Aber wenn er mit der Nase voran in das dunkle Tal klatschte, gab mein Magen mir Pfötchen. Der Wachleiter ließ mich diskret allein.

Als meine Gesichtsfarbe zu natogrün mutiert ist, steht plötzlich Michael neben mir, macht ein betrübtes Teddybär-Gesicht und drückt mir ein Glas in die Hand.

„Cola-Rum. Das hilft. Bei jedem Absturz ein Schlückchen, und der Magen kriegt sich wieder ein."

Ich nicke stumm und murmele dann: „Hat Herbert auch schon gesagt. Geht schon. Danke. Du kannst mich ruhig allein lassen." Ich will auf keinen Fall vor seiner Nase kotzen. Das wäre grauenhaft. Er schleicht geknickt davon. Dafür hangelt sich der Wachleiter auf dem schwankenden Kahn wieder zu mir. Wenig feierlich übergebe ich nun den Rest der Wurst und des Salates dem Meer. Gischt spritzt mir erfrischend ins Gesicht, und der Wachleiter streichelt beruhigend meinen Rücken. Toll! Links und rechts neben mir sehe ich noch andere Gestalten hilflos über der Reling hängen, und ich bin erleichtert. Wäre ich die einzige, hätte ich in derselben Nacht noch meine Sachen gepackt und wäre heimgefahren.

Da krächzt es aus den Schiffslautsprechern: „Liebe Passagiere! Aufgrund der S-turmwarnung“– er s-tolpert wirklich über den s-pitzen S-tein, wie beim Ohnsorgtheater! – „ist es uns nicht möglich, den dänischen Hafen anzulaufen. Wir werden also abdrehen und zurückfahren. Wir bitten Sie, möglichst unter Deck zu bleiben und sich festzuhalten. Voraussichtlich wird sich unser kleiner Ausflug um zwei S-tunden verlängern.“ Alle stöhnen auf.

„Da hast du ja einen heftigen Einstand.“ Michael steht hinter mir. „Na, geht's denn wieder?“ Ich nicke wenig überzeugend. Dann klammern wir beide uns stumm an die Reling. Ich bin total betrunken und fühle mich völlig hohl. Die schwarze Nacht schmeckt nach Salz, und langsam gewöhnt sich mein Körper an dieses Rollen. Ich gehe in die Knie, wenn das Schiff ächzend den Wellengipfel erklimmt und drücke sie durch, wenn wir hinabstürzen. Dadurch wird es ein wenig erträglicher. Es ist schön, daß Michael jetzt hier steht. Schön und ungewohnt. Morgen werde ich zum Abendessen auf den Campingplatz gehen.

If you think, you know how to love me

Mein Kopf ist kaputt. Er muß kaputt sein, sonst könnte er nicht so weh tun. Ich werde mich heute nicht bewegen. Nicht für hundert Mark. Der Wecker allein muß bleibende Schäden angerichtet haben, so hat er in meinem Kopf gewütet.

Da höre ich Ellens Stimme aus der Ferne: „Du kannst gern ein paar Aspirin von mir haben. Ich hab 'ne Großpackung. Du nimmst drei und wartest zehn Minuten. Solange bin ich sowieso im Bad. Dann ist alles schon viel besser.“

Wie in Trance schluckte ich die Tabletten und kippte ein Glas Wasser hinterher – noch nie im Leben hatte ich so einen schrecklichen Durst. Dann lasse ich mich wieder in die Kissen sinken und leide still vor mich hin. Ellen hüpft aus dem Zimmer. Ich genieße das Alleinsein. Langsam beginnt das Aspirin zu wirken. Das Hämmern im Kopf klingt aus, und zurück bleibt ein pappiges Gefühl. Mein erster Wachtag, und ich darf mir nichts anmerken lassen, sonst verspeist mich Schwester Hermine zum Frühstück.

Ich sitze mit Ellen in dem kleinen Frühstücksraum mit den verschossenen Blümchentapeten. Ein Berg von Brötchen türmt sich vor uns auf. Die Zimmerwirtin, eine kleine, gutmütige alte Frau mit nicht zu überhörendem norddeutschen Dialekt, schleppt auf einem riesigen Tablett Wurst und Käse in rauhen Mengen an.

„Ihr müßt gut essen, Deerns, damit ihr Wind und Wetter s-tandhaltet."

Im Kofferradio auf der Schleiflack-Schrankwand hauchen 10 CC „I'm not in love". Das Aspirin hat gewirkt, und plötzlich verspüre ich mordsmäßigen Hunger und fange an, fast mechanisch Brötchen in mich hineinzustopfen, bis ich fast platze. Ellen grinst nur mit vollen Backen.

„Du hast wohl lange nichts Ordentliches mehr gegessen, wie?" Ich nicke nur. „Paß auf, in den nächsten Tagen wirst du von der Seeluft und der Umstellung nur noch Kohldampf haben. Steck dir immer was zu essen ein. Aber wir werden alle total verwöhnt von den Grömitzern. Die respektieren unseren Job und wissen auch, daß wir nur ein paar Pfennige am Tag bekommen. Also, wenn du zum Bäcker willst, laß immer deine DLRG-Klamotten an. Dann geh rein und bestell dir mit ernstem Gesicht ein Stück Kuchen von gestern. Sie packen immer eine ganze Tüte Kuchenreste ein und schenken sie dir. Dann machst du ein „Liebes-Mädchen"-Gesicht, sagst artig dankeschön und marschierst raus.

Beim Metzger zieht die Show genauso. Du siehst", sie lehnt sich zurück und verschränkt genüßlich die Arme hinter dem Kopf, „der Job hier hat auch seine rosigen Seiten."

Je näher wir der Rettungsstation kommen, desto kribbeliger werde ich. Ellen plappert vor sich hin. Plötzlich bleibt sie stehen, wendet sich mir zu, sieht mich an und grinst.

„Michael ist der begehrteste Typ auf der ganzen Wache. Was haben diverse Damen nicht schon unternommen, um ihn rumzukriegen. Alles für die Katz. Und dann kommst du, zeigst ein bißchen Rehaugen, lachst wie ein Glöckchen, und unser Teddy tanzt. Mach dich auf Eifersuchtsdramen und Gezischel gefaßt. Die anderen Mädchen haben sich zwar schon die zweite Wahl geschnappt, das heißt aber nicht, daß sie dir dieses Prachtexemplar gönnen. Kompliment übrigens. Mein Typ ist er ja nicht. Eher Martin, sein Cousin ..." Sie seufzt. „Aber Michael ist wirklich total nett."

Dann schlendert sie weiter, als wenn nichts wäre. Ich könnte jetzt locker die Flucht ergreifen. Als wir um die Ecke biegen, stehen Martin und Michael schon da. Der schmächtige Martin mit dem Lausbubengesicht sieht aus wie ein Kind gegen den durchtrainierten bärtigen Michael. Sie sind die ersten. Ausgerechnet!

„Guten Morgen, meine Damen." Beide machen einen albernen Hofknicks, und das Blut schießt mir ins Gesicht. Ellen kichert. So was Blödes.

Ich hauche förmlich: „Guten Morgen."

Michael kommt auf mich zu, legt zutraulich den Kopf schief und grinst mich an: „Na, hast du einen Kater? Ganz schön blöd, daß ausgerechnet an deinem ersten Tag an der Ostsee Sturm war und du auf einen Kahn mußtest."

Ich komme mir vor wie ein knotiges Stück Holz. „Ist nicht so schlimm. Ellen hatte Aspirin. Beim nächsten Mal trinke ich garantiert nicht so viel. Aber danke der Nachfrage." Jetzt muß ich grinsen. Michael grinst zurück, und das gefällt mir. Ich sonne mich in dem Gefühl, etwas Besonderes zu sein.

Als die anderen nach und nach eintrudeln, stehen Michael und ich, Ellen und Martin wie selbstverständlich zusammen. Ich sehe mir im Geiste das Bild von außen an und bin stolz darauf, nicht linkisch allein herumzustehen. Doch ich merke schon bald, daß Ellen gar nicht so verkehrt gelegen hat. Ab und zu fühle ich die stechenden Blicke von anderen Mädchen der Wache auf mir. Das weckt aber eher meinen Trotz.

Schwester Hermine ist die letzte. Sie schmunzelt zufrieden, als sie die Wachmannschaft vollzählig antrifft. Herbert zwinkert uns zu, tritt vor und meldet zackig: „Rettungswache Grömitz vollzählig angetreten! Keine besonderen Vorkommnisse. Bei der gestrigen Seeschlacht ist niemand über Bord gegangen, und auch sonst gibt es keine Verluste." Alle prusten los, und Schwester Hermine winkt ab.

„Scheint ja Spaß zu machen, so 'ne alte Fregatte zu veräppeln. Aber jetzt mal ernst." Sie kommt auf mich zu, legt mir ihren mächtigen Arm um die Schultern und donnert: „Wer nimmt denn jetzt Ursula in seine Turm-Mannschaft auf?"

Herbert lächelt verschmitzt und sagt: „Ich hatte da schon eine Anfrage von Turm fünf. Denen ist ja durch Abreise der dritte Mann abhanden gekommen. Das wollten wir durch Tauschen ausgleichen. Aber heute morgen haben sie nun um Verstärkung aus dem Kohlenpott gebeten."

Ich spüre giftige Mädchenblicke auf mir. Ich, das Mauerblümchen. Schlagartig weiß ich, wer mich angefordert hat. Und da spricht Herbert es auch schon aus. „Turm fünf: Michael und Martin Friedmann und Ursula Möller." Mein Herz rast. „Bring die Jungs auf Trab und setzt ihnen keine Flausen in den Kopf."

Als die Ausrüstung ausgeteilt wird, bin ich immer noch ganz weggetreten. Michael steht neben mir und überprüft die Liste „Trage, Fernglas, Funkgerät, Decke, Megaphon ..." Er legt alles sorgfältig zurecht. „... Verbandskasten." Er grinst zufrieden.

Alle Turmbesatzungen stehen aufgereiht auf dem Vorplatz. Hermine schreitet ihre Truppen ab, meckert hier ein bißchen, zupft dort ein bißchen. Dann tritt sie zurück, mustert das Gesamtbild und schmettert: „Abmarsch! Funkgeräte einschalten und Funkdisziplin halten. Wir sehen uns heute abend wieder."

Jetzt habe ich Angst, gräßliche Angst. Es tut gut, einmal auf der anderen Seite zu stehen – zu den umschwärmten Mädchen zu gehören. Aber ich will um keinen Preis mit Michael allein sein. Nur mühsam kann ich mich selbst beschwichtigen. Das hier ist keine Verabredung, sondern die Rettungswache. Martin ist dabei. Du wirst schon die richtigen Worte finden.

Während ich in meinen inneren Monolog versunken bin, zupfe ich an meinem Trainingsanzug herum, und die beiden Jungs schleppen die Trage über die Promenade in Richtung Wachturm. Ich schlüpfe kurz aus mir heraus, und finde es ungewohnt, wie sie sich abrackern und ich nebenher trotten darf. Bisher war ich immer der dufte Kumpel, der wie ein Junge behandelt wurde. Und nun spielen die beiden Kavalier. Langsam werde ich ruhiger. Was soll schon passieren? Ich sollte es einfach genießen, mal ein bißchen umschwärmt zu werden.

„Na, froh, mit uns aufm Turm zu sein?" fragt Michael unbeholfen. Ich spüre, daß er gern mit mir reden will, aber Hemmungen hat, weil er fürchtet, sich zu blamieren. Das beruhigt mich, denn damit bin ich nicht die einzige, die nicht weiß, wie sie sich verhalten soll.

„Ja, ich freu mich wirklich. Denn, ehrlich gesagt, dachte ich, ich hätte mich gestern fürchterlich blamiert mit meiner Seekrankheit."

Martin lacht laut auf. „Du hast ja keine Ahnung, was hier schon alles passiert ist. Uns hat es eher leid getan, daß das so ein Reinfall war mit dem Schlingerkahn. Übrigens, mir war genauso kotzübel."

Der Knoten ist geplatzt. Plötzlich plappern wir alle drei los und lassen uns kaum gegenseitig ausreden. Martin macht Faxen, Michael erklärt jede Kleinigkeit unserer Arbeit mindestens dreimal, und ich schildere in allen üblen Einzelheiten meine Anreise.

Als wir am Turm ankommen, ist es, als würden wir schon seit Wochen zusammen Dienst schieben. Irgend etwas ist anders. Die beiden haben eine andere Art, mit mir zu reden. Während die Jungen mich sonst wie ihresgleichen behandeln, sind Martin und Michael bemüht, mich zu beeindrucken. Sie wollen mir gefallen. Es ist ein tolles Gefühl.

Wir breiten unsere Gerätschaften aus und bringen unsere Taschen im Strandkorb unter, der uns als Sitzgelegenheit und gleichzeitig als Stauraum für private Dinge dient. Ich lächele. Ab und zu zwinkere ich Michael zu, dann wieder erwische ich mich dabei, wie ich mich ein bißchen in Szene setze, und ich werde mit einem verstohlen-bewundernden Blick von ihm belohnt. Ich genieße, wie er verlegen wegsieht, als ich meinen Pullover ausziehe, um eine Trainingsrunde zu schwimmen. Es macht mich kribbelig, wie er rasch die Hand wegzieht, wenn er zufällig meinen Arm berührt. Er begehrt mich. Das ist neu. Mir ist mulmig, aber ich genieße es. Meine Eitelkeit wächst, und ich merke, wie der Wunsch, mit ihm zu flirten, alles andere verdrängt. Ich kann mich nur schwer auf meine Arbeit konzentrieren. Statt auf das Wasser zu gucken, linse ich vom Turm herunter und beobachte, wie sich ein Mädchen mit unschuldigem Augenaufschlag ihren vermeintlich umgeknickten Fuß von Michael versorgen läßt und ihn dabei anhimmelt. Seine trainierten Oberarme strahlen Kraft aus. Diverse Mädchen drücken sich in der Nähe des Turms herum, um sich Michael zu angeln. Sie ziehen ihr Bikinioberteil bis knapp an den Rand ihrer Brustwarzen herunter und räkeln sich in den Strandkörben, wenn er Patrouille läuft. Doch er bemerkt es kaum, winkt mir immer wieder zu und beeilt sich, zurückzukommen. Ich könnte schreien vor Freude. Da unten läuft ein richtiger Mann herum, der nicht schrullig, häßlich oder linkisch ist und irgendwelche Witze auf meine Kosten machen muß, um sich toll zu fühlen. Viel hübschere Mädchen als ich himmeln ihn an, aber er hat nur Augen für mich. Ich winke stürmisch zurück. Er trinkt pantomimisch aus einem imaginären Glas und malt ein Fragezeichen in die Luft. Ich nicke heftig. Er rennt zur Promenade, und ich hefte meinen Blick auf die flirrende Ostsee, die in der Mittagshitze von Menschen nur so wimmelt. Auf dem Weg hierher hat Michael mir erzählt, daß mittags die gefährlichste Zeit sei, weil viele sich an den Imbißbuden mit fettigem Fisch und Pommes vollstopften, eiskalte Cola oder gar Bier in sich hineinschütteten und dann ins doch recht kalte Wasser gingen, um sich abzukühlen. Dabei komme es nicht selten zu Kreislaufzusammenbrüchen oder Herzinfarkten. Aus irgendeinem Kofferradio kiekst Maggie Mae „My Boy Lollipop". Ich behalte einen übergewichtigen Mittfünfziger im Auge, der mit hochroter Birne und schweißglänzender Glatze, auf der ein saftiger Sonnenbrand prankt, ins Wasser tapst. All meine privaten Gedanken verschwinden, und ich starre gespannt auf den Mann.

„Na, fleißig?" Ich erschrecke mich fast zu Tode.

„Schleich dich nie wieder so an!" zische ich.

Michaels Hand auf meiner Schulter zuckt zurück. Augenblicklich bereue ich meinen scharfen Ton. Ich drehe mich um und sehe ihn an. „Tut mir leid. Ich wollte das nicht so hart sagen. Aber ich bin irrsinnig schreckhaft."

Er legt den Kopf schief und sagt sanft: „Wohl schlechte Erfahrungen gemacht?"

Ich muß schlucken. Für den Bruchteil einer Sekunde schießt mir das Bild meines betrunkenen Onkels durch den Kopf und verschwindet wieder in dem dunklen Loch, in das ich es verbannt habe, und ich genieße die Behutsamkeit und Sensibilität, die Michael mir gegenüber zeigt. Er bemüht sich, mich zu verstehen, weil ihm etwas an mir liegt. Ich habe einen gigantischen Hunger danach. Damit er es nicht sieht, starre ich wieder auf meinen Todeskandidaten, der inzwischen bis zu seinem vorgewölbten Bauchnabel im Wasser steht. Ich zeige auf ihn und erkläre: „Der Kerl ist rot wie eine Tomate, glänzt vor Schweiß und will jetzt ins Wasser. Ich warte bloß, bis er umfällt." Michael legt mir jetzt beide Hände auf die Schultern. Sie brennen auf meiner Haut.

„Eine blöde Zeit. Vier Augen sehen mehr als zwei. Ich leiste dir 'n bißchen Gesellschaft."

Das kann ja heiter werden, schießt es mir durch den Kopf, wie soll ich mich jetzt bloß konzentrieren? Tapfer setze ich wieder mein Beobachtungsraster zusammen, das ich über meinen Turmabschnitt gelegt habe, um mich in dem Menschenwirrwarr zurechtzufinden, und zähle, ob noch alle Köpfe über Wasser sind.

Langsam bekomme ich Genickstarre, weil ich es nicht wage, mich zu rühren. Da lehnt Michael sich sanft gegen die Rückenlehne meines Stuhls, und ich lasse meinen Kopf langsam gegen seinen harten Bauch sinken. Ich fühle mich geborgen, sicher. Es ist ein wunderbares Gefühl. Jetzt könnte die Zeit stillstehen. Keine Spur von „Nich am Bär packen" ...

Da schallt es von unten herauf. „Darf ich die Romanze da oben mal stören? Da ich nur zwei Hände habe, hier aber drei Verletzte stehen, wäre ich ganz dankbar, wenn sich jemand von euch mal herunterbemühen könnte."

Martin klingt ziemlich genervt. Mir schießt das Blut in den Kopf. Etwas zu spüren ist eine Sache, es ausgesprochen zu hören, eine andere. Ich will aufspringen. Aber Michael drückt mich sanft in den Stuhl zurück. „Eigentlich wollte ich dir ja nur die Cola bringen." Er bückt sich und drückt mir eine inzwischen lauwarme Flasche in die Hand. „Ich geh schon. Bleib du hier und gewöhn dich an den Strandabschnitt. Es lohnt auch, sich die Gesichter einzuprägen. Die meisten Leute haben feste Strandkörbe und kommen jeden Tag wieder. Es ist leichter, wenn du sie kennst." Dann wendet er sich ab und klettert hinunter.

Ich verspüre Stiche in der Brust. Er ist erst auf halber Strecke nach unten, und ich vermisse ihn schon. Hab ich mich etwa verliebt? Unsinn! Ich greife energisch nach meinem Fernglas und richte meine ganze Empörung auf einen Surfer, der Anstalten macht, in die Badezone zu kreuzen. Als er nun tatsächlich die Bojen, die den Beginn der Badezone signalisieren, überfährt und mitten in die Schwimmerinnen und Schwimmer hineinkreuzt, springe ich auf, schnappe mir das Megaphon und brülle: „Hier spricht die DLRG. Verlassen Sie sofort die Badezone! Sie gefährden Menschenleben. Wenn Sie dieser Aufforderung nicht nachkommen, sehe ich mich gezwungen, unser Boot zu rufen." Der Surfer zeigt mir den Mittelfinger, dreht aber ab. Mein Herz klopft wild. Ich habe schon öfter zu Hause auf meiner Rettungswache am Kanal durch das Megaphon gesprochen, aber noch nie habe ich vor so vielen Menschen meine Stimme so laut gehört. Am liebsten wäre ich im Erdboden versunken, doch statt dessen stehe ich hier oben wie auf dem Präsentierteller. Ich sehe kurz nach unten zu Martin und Michael. Beide recken den Daumen nach oben und grinsen anerkennend. Ich sacke auf meinen Stuhl zurück.

Da krächzt das Funkgerät. „Wachleiter an Turm fünf. Warum habt ihr das Megaphon benutzt? Wachleiter Ende." Ich bin ganz verdattert. Die Funkordnung rattert mir durch den Kopf. Ich greife mir den Apparat, drücke auf die Sendetaste und melde: „Turm fünf an Wachleiter. Surfer kreuzte in die Badezone. Habe Verwarnung ausgesprochen und ihn aus der Gefahrenzone gewiesen. Turm fünf Ende." Nach ein paar Sekunden rauscht es wieder. „Wachleiter an Turm fünf. Du kannst ruhig ein wenig entspannter reden und vielleicht sogar in ganzen Sätzen. Funkdisziplin heißt in erster Linie, die Frequenz nicht mit privaten Gesprächen zu blockieren. Wachleiter Ende."

„Rettungsstelle an Turm fünf. Die Meldung war korrekt und knapp. Könnten sich andere mal eine Scheibe abschneiden. Rettungsstation Schwester Hermine Ende."

Ups. Hoffentlich stehe ich jetzt nicht als Streberin dar. Jetzt, wo Michael ein Auge auf mich geworfen hat, will ich nicht noch weiter auffallen und mir eventuell sogar Feindinnen in der Gruppe machen.

Herbert bringt drei Becher Kaffee und drei Stücke Streuselkuchen in einem Pappkarton mit, als er bei seinem Routine-Rundgang an unserem Turm vorbeikommt. Ich merke erst beim Anblick des Kuchens, daß ich Hunger habe. Ich war so mit meinem Wachdienst und meinen Gedanken an Michael beschäftigt, daß ich alles andere vergessen hatte. Erst jetzt fällt mir auf, daß ich noch nicht einmal zum Klo mußte.

Michael sitzt auf dem Turm, ich ziehe mit leichter Übelkeit einem schreienden kleinen Mädchen einen Glassplitter aus dem Fuß, gieße eine desinfizierende Lösung darüber und verbinde die Wunde. Herbert beobachtet mich dabei. Das verunsichert mich, aber ich lasse mir nichts anmerken. Schließlich sind meine Sanitätskünste noch frisch, weil ich den Kurs erst wenige Monate zuvor absolviert habe. Martin wandert zwischen den Sonnenhungrigen umher und schaut nach dem Rechten und natürlich auch nach den schönen Mädchen. Wenn er dabei einen Blick auf Ellen an Turm vier werfen kann, ist das ein gewollter Zufall, wie er mir gestanden hat. Insgeheim bin ich froh, daß wir alle etwas zu tun haben. So kriegt Herbert hoffentlich nicht mit, daß es zwischen mir und Michael knistert. Als ich fertig bin, klopft er mir auf die Schulter. „Gut gemacht. Ich will ja nicht den Kaffeeklatsch verhindern, aber das Mädchen muß zur Rettungsstation getragen werden. Schwester Hermine muß sich die Wunde ansehen. Sie ist zu tief.“ Ich sehe enttäuscht von ihm zu Kaffee und Kuchen und wieder zurück.

„Na gut“, er wendet sich an die Kleine, die immer noch ab und zu aufschluchzt, und nimmt sie auf den Arm. „Na, kleines Fräulein, willst du noch einen Moment hier sitzen und dich von dem

Schreck erholen, bevor dich die beiden Rettungsschwimmer in rasantem Tempo auf der Bahre über die Promenade tragen?" Die Kleine steckt den Daumen in den Mund und nickt stumm. „Wo ist eigentlich die Mutter? Nicht genug, daß wir ständig verlorene Kinder bei ihren gleichgültigen Eltern abliefern müssen. Jetzt schert es sie nicht mal mehr, wenn sich die Kinder verletzen. Grausam ..."

Als hätte sie es gehört, stürzt eine Frau auf uns zu, wedelt wild mit den Armen und schreit: „Was ist mit Marlene passiert? Was hat sie denn?" Sie reißt Herbert das Kind aus den Armen und drückt ihre verstörte Tochter an sich wie eine Gliederpuppe. Das Mädchen heult vor Schreck noch einmal kräftig auf. Kaffee und Kuchen hake ich ab. Martin eilt zu Hilfe, als er das laute Weinen hört, und nickt Herbert kurz zu.

Herbert wendet sich an mich: „Erklärst du der Mutter kurz, was geschehen ist? Dann bringst du das Kind mit Michael zu Schwester Hermine und meldest ihr, was geschehen ist und wie du das Mädchen behandelt hast. Martin geht auf den Turm und ich bleibe hier, bis ihr wiederkommt. Ich besorge danach auch frischen Kaffee."

Einen Seufzer kann ich mir dennoch nicht verkneifen, bevor ich mich an die Mutter wende. „Ihre Tochter ist barfuß auf der Promenade herumgesprungen, hat sie mir erzählt. Dabei ist sie in eine Glasscherbe getreten. Ich habe die Wunde versorgt. Wir wollen jetzt sicherheitshalber noch die Schwester in der Rettungsstelle einen Blick darauf werfen lassen."

Ich lache die kleine Marlene an und zwinkere ihr zu. Zum Dank bekomme ich ein winziges, tränenglitzerndes Lächeln zurück. Dann wende ich mich wieder an ihre Mutter. „Es wäre besser, Sie würden Ihrer Tochter ein Paar Schlappen oder Gummilatschen anziehen, wenn sie auf die Promenade geht. Wir sammeln zwar stets Glas und andere gefährliche Gegenstände ein, aber bei einer solchen Menschenmenge, wie sie hier Tag für Tag vorbeizieht, kommen wir kaum nach." Die Mutter nickt eifrig. „Sie können ruhig hierbleiben. Wir sind in spätestens zwanzig Minuten mit Ihrer Tochter zurück, und Marlene war bisher ja auch ganz tapfer, nicht?" Die Kleine nickt stolz.

„Gut, das mache ich. Mein Mann geht gerade spazieren, und unser Sohn tobt auch noch hier irgendwo im Sand rum. Es ist nicht leicht mit zwei Kindern in diesem Gewimmel. Ich will ihn nicht so lange aus den Augen lassen. Ich komme also in zwanzig Minuten wieder her. Tschüs, mein Spatz." Sie drückt ihrer Tochter einen Kuß auf die Wange und geht.

Marlene sieht ihr gebannt hinterher. Bevor sie noch in ängstliches Geschrei ausbrechen kann, rufe ich: „Michael, ab geht die Post! Eine Passagierin will im Affenzahn die Promenade hinunterdonnern."

Michael springt mit gespielter Eile auf und hangelt sich die Eisenleiter hinunter. Martin steht bereit, und nachdem Michael von der Leiter gesprungen ist, turnt er wie ein Äffchen hoch und wirft sich auf den Stuhl. Michael packt die kleine Marlene, wirbelt sie einmal im Kreis herum und brüllt: „Tatütata!", bevor er sie auf der Trage absetzt. Wir schnappen uns die beiden Enden der Trage, heben sie mit einem Ruck hoch, tröten: „Tatütata!" und rasen los. Ein kieksiges Jauchzen von Marlene ist unser Applaus, und Herbert murmelt grinsend: „Vorsicht, bitte!" Dann sind wir auch schon im Laufschritt auf der Promenade unterwegs. Es ist, als würde sich alle Spannung zwischen uns ein Ventil in dieser Situation suchen, denn wir rasen bei dieser grausamen Hitze, als wäre der Teufel hinter uns her, und einige Touristen schauen erschrocken auf. Sie erwarten wohl, einen Verletzten zu sehen, der zwischen Leben und Tod schwebt. Statt dessen sehen sie ein quietschvergnügtes Mädchen, die ihren verbundenen Fuß wie eine Trophäe in die Luft reckt. Aus Enttäuschung über die entgangene blutrünstige Sensation rufen einige: „Unverantwortlich, diese Rettungsschwimmer!"

Ich sehe Michaels Rücken vor mir. Er ist braun und muskulös. Ich genieße es, seine kräftige Figur ungestört betrachten zu können, während er behende durch die Menge schlüpft und die Sänfte mit der kleinen Marlene dabei geschickt an allen Hindernissen vorbeimanövriert. Ich folge ihm mühelos bei jedem Richtungswechsel. Das Mädchen spürt unsere Harmonie und genießt die Show mit unverschämtem Vergnügen.

Kurz vor der Rettungsstation bremst Michael ab und bleibt stehen. Er sieht über die Schulter und sagt: „Tief Luft holen, und dann gehen wir vorschriftsmäßig und gesittet. Und du", er sieht Marlene mit einem Augenzwinkern an, „petzt nicht bei der Schwester, daß wir so gerannt sind, okay?" Das Mädchen nickt und hebt zur Bekräftigung zwei Finger zum Schwur. Dann setzen wir uns wieder in Bewegung. Gemessenen Schrittes biegen wir auf den Vorplatz ein. Schwester Hermine, über Funk vom Wachleiter informiert, wartet schon in der Tür auf uns. Mir bricht kurz der Schweiß aus bei der Vorstellung, wir wären im Affenzahn um die Ecke geschossen. Sie hätte uns den Kopf abgerissen. Ich mache kurz Meldung. Mit einem Lächeln tritt Schwester Hermine an das Mädchen heran. Sie scheint uns vergessen zu haben. Sie nimmt die Hand der Kleinen und fragt sie sanft: „Hast du dir sehr weh getan?" Das Mädchen nickt und schluckt. „Du kommst jetzt mit hinein, und wir sehen uns die Sache mal an. Dann bekommst du ein Eis als Medizin gegen den Schreck. Einverstanden?"

„Ja!" Die Kleine sieht Schwester Hermine voller Vertrauen an.

Ich bin überrascht und gerührt, den Drachen Hermine so sanft und einfühlsam zu sehen. Heute morgen noch hätte ich geschworen, daß die Schwester kleine Kinder zu Tode erschrecken würde. Doch hier steht sie nun, der Alptraum aller Rettungsschwimmer, die einen Fehler gemacht haben, und verzaubert die Kleine. Als hätte sie meine Gedanken gelesen, wendet sie sich resolut an uns: „Tragt sie rein, und hebt sie auf die Liege. Dann wartet ihr draußen, verstanden?"

Wir gehorchen aufs Wort und hocken uns dann auf das Mäuerchen vor der Rettungsstation. Es ist eine ruhige Ecke, und ich genieße die Pause vom Gewimmel am Strand. Michaels Nähe ist mir intensiv bewußt. Angenehmer Schrecken. Er spielt mit seinen Händen. Ich wage es nicht, ihn anzusehen. Wir reden nicht. Wir sind vom Laufen noch ein bißchen außer Atem. Vielleicht aber auch, weil wir so nah beieinander sitzen.

„Das hat doch Spaß gemacht, nicht?" bricht er nach einer Weile das Schweigen.

„Ja, stimmt. Die ganze Zeit am Strand herumzuhocken macht mich ganz kribbelig. Ich bin sonst immer in Bewegung."

„Ich auch."

Dann fällt uns beiden nichts mehr ein.

„Einen schönen Ring hast du da." Er greift nach meiner rechten Hand.

„Och, ist doch nichts Besonderes. Den hab ich zur Kommunion bekommen."

„Trotzdem hübsch."

Er läßt meine Hand nicht wieder los. Wir rühren uns nicht, als könnten wir das Gefühl verscheuchen, wenn wir uns bewegten. Dieser starke Kerl hält meine Hand so zärtlich-leicht. Ich könnte heulen vor Rührung, tue es aber nicht. Da hören wir Schwester Hermines Schritte auf die Tür zukommen. Blitzartig ziehe ich meine Hand weg und springe auf. Auch Michael ist in Null Komma nichts auf den Beinen. Keine Sekunde zu früh. Schwester Hermine steht im Türrahmen.

„Wer hat den Verband gemacht?"

Mir rutscht das Herz in die Hose. „Ich."

„Prima, weiter so." Schwester Hermine verzieht keine Miene, und ich fühle mich, als hätte ich das Bundesverdienstkreuz gekriegt.

„Ihr könnt die Kleine zurückbringen."

Wortlos bringen wir Marlene zum Turm zurück. Die Berührung zwischen Michael und mir war so eindringlich, daß wir beide innerlich den Atem anhalten. Das Mädchen lutscht derweil zufrieden an ihrem Wassereis, das Schwester Hermine aus ihrem Kühlschrank hervorgezaubert hat.

Als wir Marlene bei ihrer Mutter abgeliefert haben und endlich bei Kaffee und Kuchen sitzen und mit Herbert über alberne Geschichten lachen, scheint die Spannung verflogen zu sein. Ich sehe Michael nicht an. Es macht Spaß, mit Herbert und Martin, der oben auf dem Turm sitzt und ab und zu etwas herunterbrüllt, herumzualbern. Aber Michael gegenüber habe ich das Gefühl, als müßte ich etwas verbergen.

Als Herbert schließlich seine Inspektionsrunde fortsetzt, bleiben Michael und ich stumm nebeneinander im Strandkorb sitzen und starren vor uns hin. Nach einiger Zeit fragt er leise: „Hab ich was falsch gemacht?"

Ich schrecke zusammen. „Wie kommst du denn darauf?"

„Seit wir die Rettungsstation verlassen haben, hast du kein Wort mehr mit mir geredet. Ich wollte dir nicht zu nahe treten, als ich deine Hand genommen habe. Ich konnte einfach nicht anders." Seine Stimme wird immer zittriger. Plötzlich tut es mir furchtbar leid, daß ich so abweisend gewirkt haben muß.

„Nein, es war doch schön. Weißt du, ich bin das nicht gewöhnt, und wenn ich etwas schön und aufregend finde, hab ich immer Angst, daß sich jemand über mich lustig macht oder daß jemand bemerkt, daß mich etwas beschäftigt. Und Herbert war doch hier. Der sähe das sicher nicht so gern, wenn wir hier am Turm abgelenkt sind, und am Ende verlegt er noch einen von uns."

„Da bin ich aber beruhigt. Weißt du, ich würde mir lieber selbst eine Ohrfeige geben, als dich zu verschrecken. Mach dir wegen Herbert keine Sorgen. Wir sind Freunde, und er weiß, daß er sich auf mich verlassen kann." Er spielt wieder mit seinen

Händen und zögert, bevor er weiterspricht. „Du kommst doch heute abend zum Campingplatz? Ich koche auch. Das ist billiger, als in der Pension zu essen – und leckerer", beeilt er sich nachzuschieben, um seiner Bitte die Dringlichkeit zu nehmen.

Mein Herz rast. Ich muß ihn einfach ansehen. „Ich komme gern, wirklich, und ich freu mich schon darauf."

Da springt er auf, johlt laut und macht einen Flickflack, der einen verdutzten alten Mann ins Straucheln geraten läßt, als Michaels großer Zeh um Haaresbreite an seiner Nase vorbeisaust. Mein Gott, da wirbelt ein schöner, lieber und sensibler Kerl wie ein Brummkreisel durch den Sand, nur weil ich heute abend zu ihm komme! Ich mag ihn wirklich. Er ist so anders als diese rücksichtslosen Pickelheinis von der Schule und nicht so dämlich wie der schöne Peter. Und er mag mich, so wie ich bin. Ich kann es gar nicht fassen.

„Kann mich mal jemand ablösen?" schallt es vom Turm. „Am besten schickst du mir mal den Verrückten hoch, bevor der zur Gefahr für die Allgemeinheit wird", zwinkert mir Martin aus luftiger Höhe zu. Dann kraxelt er steif die Leiter hinunter. Er muß mehr als zwei Stunden oben gesessen haben und ist vom konzentrierten Beobachten ganz verspannt. Die um das Metallgerüst des Turmes verzurrte Segelplane hält den böigen Wind, der ungehindert vom Meer hereinweht, nur unzureichend ab, so daß sich Martin jetzt vor Kälte auf die Finger bläst. Michael steigt beschwingt die Leiter hoch.

Martin dehnt und reckt sich; dann läßt er sich neben mir in den Strandkorb plumpsen. „Was haste denn mit dem gemacht? So kenn ich den gar nicht. Micha ist sonst eher zurückhaltend bis verschlossen, und mit seiner Pflichterfüllung hat er echt 'nen Tick."

Ich merke, wie mir die Röte ins Gesicht steigt. „Wieso? Ich hab gar nichts gemacht."

„Ja, sicher. Und ich bin der Papst."

Ich fühle mich unbehaglich. Was soll ich dazu sagen? Warum überhaupt alles zerreden?

„Aber ich kann ihn ja verstehen. Du bist schließlich sehr nett und nicht so eine gnadenlose Schnepfe. Er steht nämlich nicht auf dumme Mädchen."

Was für ein Tag. Gestern noch war ich die Kopffüßlerin, der dufte Kumpel, die Intelligenzbestie, und heute springt ein schöner starker Mann über den Strand, weil ich zum Essen komme, und sein Cousin sagt, daß so etwas wie ich nicht unattraktiv wie ein Lexikon ist und daß ich mich nicht dumm stellen muß, um toll gefunden zu werden. Meine Gedanken und Gefühle überschlagen sich. Martina würde jetzt sagen: „Ich glaub, ich dreh am Rad."

Als wir zum Feierabend zurückgerufen werden und in der Station unsere Ausrüstung reinigen und verstauen, kriege ich kaum noch etwas mit, und auf Fragen von Ellen antworte ich fast mechanisch, bis sie ziemlich genervt nachhakt: „Was ist denn passiert? Hab ich dir was getan? Sag's lieber gleich. Schließlich wohnen wir auf einem Zimmer, und es wäre doof, wenn wir uns nicht verstehen."

„Ach, Ellen, ich bin gerade ein bißchen durcheinander. Das hat überhaupt nichts mit dir zu tun. Im Gegenteil, ich bin froh, mit dir auf einem Zimmer zu sein, weil ich dich sehr nett finde."

Ellen strahlt mich an. „Danke gleichfalls." Sie stößt mir mit dem Ellenbogen in die Rippen. „Außerdem ahne ich, warum du so durcheinander bist. Darf ich raten? Du mußt unbedingt heute abend auf den Campingplatz?"

Ich nicke verdutzt. Woher weiß sie das bloß?

„Wer das nicht mitgekriegt hat, hat Tomaten auf den Augen. Dann laß uns doch zusammen gehen." Ihre Stimme rutscht drei Oktaven höher. „Martin hat mich ebenfalls zum Abendessen eingeladen. Toll, was?"

Ich kann nicht anders. Ich muß sie einfach in die Arme nehmen. Wir halten uns ganz fest. Zum ersten Mal, seit diese Verwirrung um Mädchen und Jungen angefangen hat, fühle ich mich wohl in den Armen eines Mädchens. Wir sind Komplizinnen. Wir sind beide in einen Jungen verliebt. So ist das also. Es ist toll.

Wir beeilen uns, unsere Ausrüstung zu reinigen und pinseln hektisch den Sand, der sich während der Wache in alle Ritzen verkrümelt hat, von Ferngläsern, Funkgeräten und Verbandskästen. Aber wir sind zu schluderig und fallen zweimal bei Schwester Hermines Prüfung durch. Also weiterpinseln. Die Zeit scheint zu kriechen. Die Jungen sind schon beim Duschen. Angehimmelt werden macht süchtig, und so finde ich es öde und langweilig ohne Michael. Nur Ellens aufgeregtes Geschnatter lenkt mich ein bißchen ab.

Als wir endlich vor Schwester Hermines strengem Blick bestanden haben, rasen wir in die Pension, duschen, zerren all unsere Klamotten aus dem Schrank und ziehen uns ungefähr hundertmal um, bis wir uns gefallen. Wir putschen uns gegenseitig hoch, bis wir glauben, vor Aufregung den Verstand zu verlieren.

Wird er mich küssen? Was mache ich dann? Wird mir das gefallen? Parfum oder nicht? Mag er das vielleicht nicht, weil er keine Schnepfen mag? Soll ich nicht doch lieber einen Rock anziehen, oder ist das zu fein für den Campingplatz?

„Findest du nicht, daß ich zu groß bin für Martin? Ich kann ja flache Schuhe anziehen. Nicht, daß er sich unwohl fühlt."

Und alle zwei Minuten: „Wie spät ist es?"

In Schlüpfer und BH, mit den Zahnbürsten im Mund und weißen Pfefferminzschaumbärten, walzen wir zum scheppernden Klang von Ellens Cassettenrecorder durch das enge Zimmer und grölen: „Nights in white satin, never reaching the end ...", bis wir keuchend auf unsere Betten fallen. Ich fühle mich großartig.

Um halb acht machen wir uns auf den Weg. Es ist ein Fußmarsch von einer halben Stunde am Strand entlang. Die frische Luft tut unserer Aufgedrehtheit gut. Wir werden ruhiger. Eingehakt schlendern wir die Promenade entlang. Das war also das Geheimnis. Ein Mädchen konnte einer anderen dann nahe sein, wenn beide in einen Jungen verliebt waren. Das kannte ich nicht. Ich genieße Ellen, die sich bei mir eingehakt hat, und die Aussicht darauf, von Michael bewundert und begehrt zu werden. Ich spüre Ellens Erregung. Sie krabbelt mir in den Bauch.

Wir sind da. Noch einmal holen wir tief Luft, zupfen unsere Klamotten zurecht, überprüfen gegenseitig unser Haar. Dann betreten wir Arm in Arm den Campingplatz. Mir bleibt gleich das Herz stehen. Wir gehen an zwei großen Campingwagen vorbei. Einer davon muß Herbert gehören. Ellen zieht mich mit sich. Sie war schon einmal hier. Ich folge ihr unsicher.

Das Ganze ist ein Fehler. Ich muß erst noch mal nachdenken. Was werden die anderen denken? Es ist mein zweiter Tag hier. Vielleicht halten sie mich für ein Flittchen. Ich kann nicht einfach zu einem solchen Typen gehen. Ich bin größenwahnsinnig. Gestern war ich noch der coole Kumpel, und heute soll ich einen Freund haben? Das geht doch gar nicht. Klar wollte ich wissen, wie es ist, nicht immer die „Nich-am-Bär-packen"-Ulli zu sein. Aber sich gleich den schönsten Kerl der Wache zu angeln? Blödsinn.

„Schön, daß ihr da seid. Das Essen ist gleich fertig." Michael strahlt wie ein kleiner Junge. Vor uns steht eine einladende Tafel. Auf einem weißen Campingtisch liegt ein blau-weiß kariertes Tuch, das ich verdächtige, ein Geschirrtuch zu sein. In der Mitte des Tisches thront ein Joghurtbecher mit Wiesenblumen, die nur ein bißchen die Köpfe hängen lassen. Eine Kerze ragt aus einem kunstvoll geformten Alu-Bällchen empor. Vier Plastikteller mit Plastikbesteck vervollständigen das Bild. Die Jungs führen uns zu den beiden Campingstühlen und hocken sich selbst auf umgedrehte Bierkisten. Der Campingkocher steht gefährlich schief auf dem unebenen Boden neben Michael.

„Wollt ihr ein Bier?“ fragt Martin und langt, ohne die Antwort abzuwarten, in den Haufen Bierflaschen neben sich. Wir nicken beide nur stumm. Michael nimmt unsere Teller und lädt uns Bratkartoffeln mit Speck auf. Mir wird schlecht vor Hunger und Aufregung, und ich greife erst mal zur Bierflasche, um mich zu beruhigen. Das Bier prickelt mir die Kehle hinunter, und nur Augenblicke später wird es ruhig in meinem Kopf, und eine wohlige Wärme durchströmt mich.

Die anfängliche Verlegenheit verschwindet bald hinter aufgekratzter Fröhlichkeit. Allmählich locken wir mit unserem ausgelassenen Gekicher den halben Campingplatz herbei. Ich lerne den Rest der Wachmannschaft, den ich nur flüchtig morgens und abends gesehen habe, näher kennen. So heißt der finstere Brummbär mit dem Vollbart von Turm eins Oliver, ein Charmeur mit Fassonschnitt und Goldkettchen um den gebräunten Hals. Seine durchtrainierte Figur betont er durch einen etwas zu engen Fallschirmseide-Trainingsanzug, dessen Jacke bis zum Bauchnabel aufgezogen ist und den Blick auf seine dicht behaarte Brust freiläßt. Er küßt mir formvollendet die Hand und bietet mir mit gespieltem Ernst seinen Schutz an, falls der „Wüstling“ Michael zudringlich werden sollte. Michael fordert ihn daraufhin zu einem Duell mit Knackwürstchen heraus. Michael bestimmt Martin zu seinem Sekundanten, der für ihn die Würstchen kontrolliert, und Oliver wählt Herbert. Olivers Freundin Gitti, eine dunkelhaarige Schönheit, die sogar Bügelfalten in ihrem Trainingsanzug hat, grinst spöttisch. Alle anderen bilden einen Kreis, und die beiden Streithähne schwingen die Würstchen mit wachsendem Ernst. Ellen und ich lachen uns fast scheckig.

Immer mehr Mädchen von der Wache gesellen sich zu uns und stiften die anderen Jungen an, sich einzumischen. Am Ende herrscht ein heilloses Chaos aus Würstchenschwingern, Handtuchpeitschern und anderen merkwürdigen Kämpfern. Und ich sitze mittendrin und werde gemocht. Alle wissen, wer mich eingeladen hat, und weil sie Michael mögen, haben sie auch mich selbstverständlich in ihre Gemeinschaft aufgenommen. Doch noch sind mir die Gesichter fremd. Ellen ist mir bislang am nächsten, und wir sehen uns ab und zu an. Ich bin ganz lebendig. Michael streckt immer wieder seinen Kopf aus dem Gewühl und wirft mir warme Blicke zu.

Der ist richtig verknallt in mich, glaube ich. Verrückt.

Am Ende hocken alle Kämpfer lachend und keuchend auf dem Boden, und wir Mädchen klatschen und johlen anerkennend. Die meisten Jungs krabbeln in die Arme ihrer Freundinnen. Zum Schluß sitzen nur Martin und Michael verlegen in der Mitte. Sie sehen so süß aus mit ihren roten Köpfen – wie kleine Jungen. Ich winke Michael herbei. Als er vor mir steht, tapst er verlegen von einem Bein aufs andere. „Komm mal her. Du hast dir eine Umarmung verdient." Ich stehe auf und nehme ihn in die Arme. Er zittert ein bißchen und riecht nach Salzluft und Duschgel. Nur ein Hauch von Schweißgeruch. Davor hatte ich am meisten Angst – daß ich ihn nicht würde riechen können. Aber es ist nicht so. Es ist merkwürdig, zu fühlen, wie hart sein Körper ist. Das Herz klopft mir bis zum Hals, und mir fällt ein, daß wir nicht allein sind. Ich lasse ihn los, und wir stehen mit hängenden Armen voreinander und sehen uns an. Da habe ich diesen riesigen, starken Kerl vor mir, und er schaut mich verliebt an. Ich könnte ihm jetzt furchtbar weh tun, und er würde sich nicht mal wehren. Solche Augen habe ich noch nie bei einem Mann gesehen. Kurz schießt mir Sabines Bild durch den Kopf. Aber ich wische es weg.

Wieso riskiert er das? Ich könnte ihn doch verletzen und bloßstellen.

Er rührt mich bis in die hintersten Winkel meiner Seele. Ich werde dir nicht weh tun. Nicht, wenn du mir nicht weh tust.

Ich glaube, ich bin verliebt. So muß das jedenfalls sein.

„Sollen wir ein Stück spazierengehen?“ Er fragt nicht, er bittet. Ich nicke nur. Niemand hält uns auf. Wir gehen einfach. Kaum sind wir außer Sichtweite, nimmt er meine Hand. Wir gehen mit gesenkten Köpfen eine ganze Weile den fast menschenleeren Strand entlang. Dann zieht er mich zu einem verlassenen Strandkorb, der nicht abgeschlossen ist. Wir setzen uns, Hand in Hand. Wieder habe ich ein bißchen Angst. Aber er legt mir nur ganz vorsichtig den Arm um die Schultern. Daß ein solcher Bär von Mann so zart sein kann, hätte ich nicht gedacht. Ich kannte ja mehr diese Schulterschläger. Michael aber geht mit mir um, als sei ich sehr verletzbar. Dafür liebe ich ihn, glaube ich. Ich kuschele mich an seinen warmen Körper, fühle mich geborgen. Die Sonne ist schon verschwunden, und das Restlicht färbt das Meer bleigrau. Es ist fast windstill, und die Wellen laufen leise im Sand aus. Fast ist mir nach Weinen zumute. Da beugt sich Michael langsam zu mir herüber. Ein kleiner Schrecken zuckt durch meinen Bauch. Er sucht meine Lippen, und ich hebe sie ihm entgegen.

Wenn er bloß nicht hastig wird oder harte Lippen macht wie die anderen Blödmänner.

Aber er berührt meine Lippen ganz weich, streift sie sanft. Auf einmal will ich mehr. Ich biete ihm meinen halbgeöffneten Mund.

Bitte stich mich nicht mit einer harten Zunge.

Doch er tastet nur ganz vorsichtig mit seiner Zungenspitze. Mir kullern Tränen aus den Augen. Ausgerechnet jetzt! Erschrocken weicht er zurück. „Hab ich dir weh getan?“ Seine Augen sind weit aufgerissen.

Ich schlucke ein paarmal, bevor ich reden kann. „Nein, im Gegenteil. Es tut sehr gut …“ ... nicht verletzt zu werden, füge ich in Gedanken hinzu. Er braucht noch nicht alles zu wissen. Ich schmiege mich in seine starken Arme, lasse mich fallen und küsse ihn, könnte ihn küssen für eine Ewigkeit. Alles in mir schreit: „Halt mich fest! Wärme mich! Tu mir nicht weh!“

Es ist nicht wahr. Der Bär will doch angefaßt werden. Michael ist groß und stark, und er zittert, wenn er mich anfaßt. Ich will nicht mehr unglücklich sein. Ich will keine Angst mehr haben, anders zu sein. Das letzte Licht ist verschwunden, als ich die Augen wieder öffne. Es ist stockdunkel, und nur das leise schleifende Geräusch, daß die Wellen erzeugen, wenn sie sich auf den Sand schieben, durchbricht die Stille. Wie im Film.

„Die anderen vermissen uns bestimmt schon." Ich weiß nicht, warum ich das sage. Aber irgendwie ist der Rausch vorbei, und mir ist ein bißchen unheimlich. Was ist, wenn er jetzt mehr will?

Er räuspert sich und steht langsam auf. „Du hast recht. Wir sollten zurückgehen. Die anderen werden sowieso schon frotzeln. Das wird Oliver sich nicht entgehen lassen." Er lacht mich an. Michael ist nicht gefährlich. Ich greife behutsam nach seiner großen Hand. Vielleicht wache ich auf, wenn ich eine heftige Bewegung mache. Er scheint das gleiche zu fühlen, denn er zieht seine Hand sanft aus meiner und legt mir sachte den Arm um die Schultern. Mein Arm gleitet um seine Hüften. Ich ziehe mit den Füßen Spuren durch den Sand, die die Wellen wieder verwischen werden. Etwas Erstaunliches ist passiert, und doch bleibt alles, wie es war. Ich kann es kaum glauben. Wir bleiben stehen und küssen uns. Ich verstehe seine Körpersprache. Die Umarmung läßt mich schmilzen. Ich bin nicht mehr fremd, habe nichts zu verbergen. Niemand kann uns etwas anhaben.

Am Durchgang zwischen Strand und Campingplatz sehen wir eine unförmige Gestalt im Dunkeln. Michael hält mich zurück.

„Wer ist da?" ruft er laut.

Nach einem kurzen Zögern hören wir: „Martin, wer sonst." Plötzlich teilt sich die Figur in zwei menschliche Silhouetten. Michaels Arm um meine Schultern entspannt sich, und wir gehen auf die beiden Gestalten zu.

Es wäre mir nichts passiert, weil er bei mir ist. Er hätte mich beschützt. Wahnsinn!

Martin und Ellen zeichnen sich immer deutlicher ab, als wir uns nähern. Martin grinst von einem Ohr zum anderen. „Na, da hatten wir ja wohl das gleiche vor?"

Michael brummt ärgerlich: „Halt du mal lieber die Klappe, du Schürzenjäger."

Ich weiß, daß ich puterrot geworden bin. Ellens Anblick tröstet mich. Sie ist nicht minder verlegen. Dann lachen wir beide los, und Ellen keucht zwischen zwei Lachanfällen: „Gut, daß wir zusammen auf einem Zimmer sind. Wir können dann noch über die beiden plaudern, wenn wir einschlafen."

Erschrockener Protest. Ellen hakt sich bei mir ein, und wir gehen alle vier Arm in Arm zurück zum Campingplatz. Oliver hat es sich am Tisch bequem gemacht und sieht uns verdutzt an. Mit so viel Harmonie hat er wohl nicht gerechnet. Aber dann fängt er sich wieder. Gegen vier Leute traut er sich dann doch nicht, pampig zu werden. So schmollt er nur: „Was 'ne öde Party heute. Wenn jetzt immer alle turteln gehen, krieg ich vor Kummer 'ne Säuferleber. Gitti hält schon ihren Schönheitsschlaf, und ich langweile mich zu Tode. Wollt ihr das?"

Ellen und ich stürzen uns auf den unglücklichen Oliver und drücken und trösten ihn, bis er hilflos quiekt: „So war das nicht gemeint. Setzt euch und benehmt euch wie anständige DLRG-Kameraden und trinkt einen mit mir." Doch ich bin auf einmal furchtbar müde und möchte lieber allein sein, um in meinem Kopf ein wenig aufzuräumen.

„Wäre es sehr blöd, wenn ich jetzt heimgehe? Ich bin noch ein bißchen angeschlagen von der Sturmfahrt und meinem ersten Tag auf der Wache. Damit mich Schwester Hermine morgen überhaupt diensttauglich nennt, müßte ich eigentlich mal schlafen."

Michael, der sich gerade in einen der Campingstühle hat fallen lassen, springt sofort wieder auf. „Ich bring dich natürlich nach Hause."

Ellen sieht Martin an. „Ich bleibe noch ein bißchen." Martin strahlt.

„Ach, Michael, ich will keine Spielverderberin sein. Bleib doch hier. Ich finde schon allein heim."

Michael sieht mich gekränkt an. „Glaubst du, ich würde dich jetzt allein die finstere Promenade entlangschicken? Kommt nicht in Frage. Ich hol nur meinen Autoschlüssel." Er verschwindet in einem der Zelte.

Ich weiß nicht, was ich sagen soll. „Na dann", stottere ich, „viel Spaß noch. Bis morgen."

Ellen ist ganz verlegen. „Ist es auch wirklich okay?"

„Klar."

Oliver zwinkert mir zu. Das gefällt mir nicht. Er hat Hintergedanken. Ist es falsch, zu Michael ins Auto zu steigen? Quatsch. Er kommt aus dem Zelt, nimmt wie selbstverständlich meine Hand, und wir gehen zu einem alten Mercedes auf dem Parkplatz. Michael schließt zuerst die Beifahrertür auf und öffnet sie für mich. Wie im Film. Dann erst geht er auf seine Seite und steigt ein.

Wir fahren in die dunkle Nacht. Ich lehne mich zurück und komme mir in diesem Augenblick wirklich wie Caroline von Monaco vor. Da biegt er plötzlich von der Landstraße zu den dunklen Strandparkplätzen ab. Alles in mir wird zu Stein.

Nein, tu das nicht. Tu nicht, was alle Jungen machen. Halt jetzt nicht an, faß mich jetzt nicht an. Bitte. Ich will einmal keine Angst haben. Bitte.

„Warum bist du hier abgebogen?" Ich höre meine eigene Stimme kaum.

„Weil es eine Abkürzung zum Ortskern ist. Warum sonst?" Er sieht kurz zu mir.

„Ach, nichts", kriege ich gerade noch raus.

Ulli, beruhig dich. Er ist kein Schwein, kein Idiot und kein verklemmter Triebtäter. Du hast einfach mal Glück. Ist das etwa verboten?

Während ich noch beruhigend auf mich einrede, halten wir vor der Pension. Er stellt den Motor ab und schaltet das Licht aus. Wie feinfühlig. Er ist großartig. Heftig falle ich ihm um den Hals.

„Du bist toll. Fast gar nicht wahr."

Er drückt mich: „Womit habe ich denn das Kompliment verdient?"

Ich halte ihm kurz den Mund zu, küsse ihn auf die Stirn und dann auf die Lippen, presse mich an ihn. Ich will mit ihm zusammensein. Ich will nicht mehr denken, sondern nur noch genießen. Dann reiße ich mich los. „Gute Nacht. Schlaf gut. Ich freu mich schon auf morgen."

„Soll ich dich mit dem Auto abholen?"

„Nein, das lohnt sich doch nicht, die paar Meter."

„Sehe ich dich dann vor der Arbeit eine Minute allein?"

Er macht ein unwiderstehliches Dackelgesicht.

„Sollen wir morgen früh zusammen joggen?"

Er strahlt. „O ja, ich hol dich um halb acht ab."

Ich drücke ihm noch einen Kuß auf den Mund und schlüpfe dann aus dem Auto. „Halb acht an der Rettungsstation. Bring deine Badehose mit. Vielleicht können wir zur Abkühlung 'ne Runde schwimmen."

Dann laufe ich schnell ins Haus. Hoffentlich hat er meine letzte Bemerkung nicht mißverstanden. Ach, was soll's. Ich muß aufhören, so einen prüden Scheiß zu denken, und die Stimme meiner Mutter im Kopf mal zum Schweigen bringen.

Wie soll ich jetzt schlafen? In meinem Kopf geht es zu wie in einem Mixer. Alle Bilder purzeln durcheinander und vermengen sich. Ich schalte das Radio ein und drehe den Ton ganz leise. „Bridge over trouble water" hauchen Simon & Garfunkel. Michael ist wahr und lebendig. Kaum zu glauben. Ich bin verliebt in einen echt netten Kerl. Und ich habe ihn geküßt.

Er joggt morgen früh mit mir, und deshalb muß ich jetzt schlafen. Aber wo ist der Knopf zum Abschalten meiner Gedanken?

Ich knipse meine Nachttischlampe aus.

„... music was my first love and it will be my last ..." Zu Hause bedeutet dieses Lied Trost und Trotz. Jetzt macht es mir eine Gänsehaut. Es ist wunderschön und überhaupt nicht traurig. „... so if you think, you know how to love me ..." Er weiß es. Er macht nicht alles kaputt mit irgendwelchen Plattheiten. Ein erwachsener Mann, der stark genug ist, weich zu sein. Was will ich mehr? Nur für einen Moment schießt mir das Bild von Sabine durch den Kopf, und ein heißer, unangenehmer Blitz zuckt durch meinen Bauch. Sie macht mir angst. Das, was sie will, macht mir angst.

„Mein Freund heißt Bernhard", hat Barbara aus Münster geschrieben. Morgen werde ich ihr schreiben: „Mein Freund heißt Michael." Ihrer ist bestimmt wieder so ein Friedenszottelbart mit Wollpullover. Michael ist ein richtig starker Typ. Die Augen fallen mir zu. Meine Arme sind bleischwer, als ich das Radio abschalte und die Weckzeit um eine Stunde vorstelle.

Eine grausige Alarmglocke schallt über das matschige Feld, über das ich flüchten will. Aber ich kriege die Beine nicht aus dem Schlamm gezogen. Rufen kann ich auch nicht. Hört ja niemand, wenn diese grauenhafte Glocke schrillt. Das Feld verblaßt. Die Glocke schrillt weiter. Meine Beine sind nicht mehr naß und kalt, sondern warm.

Ich kann mich bewegen. Dann öffne ich die Augen und liege im Pensionszimmer. Hastig drücke ich auf den Abschaltknopf des Weckers.

„Bist du wahnsinnig? Es ist sieben Uhr. Ich bin seit genau zwei Stunden im Bett. Willst du mich umbringen?" Ellen klingt wie ein knurrender Hund.

„Schlaf ruhig weiter. Ich gehe mit Michael joggen. Wir sehen uns dann bei der Wache."

„Au Backe. Dich hat's aber erwischt, wenn du dich zu so was aufraffst. Dann viel Spaß, und stirb nicht beim Laufen."

Hastig wasche ich mich, packe meine Tasche für den Tag und ziehe mir meine zivilen Trainingsklamotten an. Dann schleiche ich die Treppe hinunter. Mist! Ich habe mich nicht beim Frühstück abgemeldet. Ach, das kann Ellen machen. Essen, wer denkt schon ans Essen, wenn alles so aufregend ist?

Zwanzig nach. Ich muß mich beeilen. Es ist dunstig, und der Ort mit seinen roten, geduckten Backsteinhäusern ist völlig still. So muß es im Winter sein, wenn der Touristenspuk vorbei ist. Wunderbar. Michael und ich werden zu den wenigen gehören, die jetzt wach sind. Unsere Gefühle werden nicht im allgemeinen Geschnatter untergehen.

Ob er wirklich da ist? Vielleicht hat er verschlafen.

Aber da steht er. Mein Herz macht einen Sprung. Ich laufe auf ihn zu, falle ihm in die Arme. Wir küssen uns, als hätten wir uns Wochen nicht gesehen. Er streichelt meinen Rücken, bis das leichte Frösteln, das die feuchte Kälte des Morgens über meine Haut kriechen läßt, verschwunden ist. Wärme, Geborgenheit. Nicht denken.

„Komm, wir laufen."

Er läßt mich los. Langsam setzen wir uns in Trab. Stumm laufen wir an der Wasserkante entlang. Der feuchte Boden federt wie dickes Moos. Mein Herzschlag wird jetzt wieder regelmäßiger, die Bewegungen werden rhythmisch. Wir laufen im Gleichtakt, wie ein Wesen.

Nicht mehr allein.

Ich schwitze. Mir ist heiß. Die Schritte werden automatisch.

Er läuft mit mir.

Ab und zu sehen wir uns an, grinsen.

Er will nicht nur rumknutschen und mich ins Bett kriegen. Ich kann wirklich etwas mit ihm unternehmen.

„Einen Endspurt und dann eine Runde schwimmen?" keucht er.

Ich nicke, und er rast los. Ich kann mithalten, wenn auch nur mit Hängen und Würgen. Als ich beim besten Willen keine Kraft mehr habe, lass ich mich einfach in den Sand fallen. Augenblicklich fällt er auch um, robbt zu mir, reißt mich in seine Arme und wälzt sich mit mir im Sand. Ich mache mit. Immer wilder. Haare, Kragen, Schuhe – in alles dringt der Sand ein. Irgend etwas Wildes bricht in mir aus. Ich suche seinen Mund, küsse ihn, bis meine Zähne an seine stoßen. Auch er wird immer drängender. Wir reiben uns aneinander, und seine Hand gleitet unter meinen Trainingsanzug und streichelt meine Brust. Mir verschlägt es den Atem. Ich rolle mich von ihm weg.

„Nicht. Warte, bitte."

Er liegt keuchend auf dem Rücken und breitet die Arme im Sand aus. „Tut mir leid, aber es ist einfach mit mir durchgegangen. Noch nie wollte ein Mädchen mit mir wirklich das machen, was sie gesagt hat. Immer war alles nur ein Vorwand, mit mir ins Bett zu gehen. Und dann will ich nicht. Du bist anders, und plötzlich will ich selbst. Du bist die erste. Es geht mir gut, wenn du in meiner Nähe bist. Aber wenn du nein sagst, werde ich dich nicht bedrängen. Vertrau mir. Ich hab mich auch noch nie so schnell verliebt. Ich bin ganz durcheinander."

Während er redet, krabbele ich durch den Sand zurück in seine Arme. Er ist stark. Er ist weich. Und er hört mir zu.

„Ich vertraue dir." Ich will es.

Wir bleiben still liegen, bis unser Atem einigermaßen ruhig geht.

„Laß uns schwimmen."

Er drückt sich hoch und streift seine Trainingsjacke ab. Dann dreht er mir den Rücken zu, zieht hastig seine Schuhe und seine Hose aus und wetzt nackt ins Wasser. Als er bis zur Hüfte mit den Zähnen klappernd in der träge schwappenden Ostsee steht, ruft er: „Komm schon!"

Jetzt bin ich verlegen. Hastig zerre ich mir meine Sachen herunter und spurte ins Wasser.

„Laß uns bis zur Boje und zurück schwimmen."

Ich weiß, daß ich ihn jetzt besser nicht in die Arme nehme. Irgendwie sind wir zu nackt.

Als wir warm eingepackt wieder am Strand hocken, bin ich entspannt und glücklich. Wir halten Händchen. Es stimmt alles, so wie im Film.

„Wo kommt ihr denn schon her?" Herbert entwirrt sichtlich genervt eine Rettungsleine. Hastig lassen wir unsere Hände los.

Michael antwortet: „Wir waren ein bißchen joggen und eine Runde schwimmen."

Herbert sieht verdutzt von seiner Arbeit auf und schaut mich an: „Er hat dich echt dazu gebracht? Der Kerl ist nämlich nicht zu bremsen. Er hat bisher aber noch kein Opfer gefunden. Respekt. Oder ...", er greift sich theatralisch ans Herz, „ ... alles nur aus Liebe?"

Ich winke ab. „Ich jogge wirklich gern. Dann wird der Kopf wach und so ..." Ich werde rot.

Herbert sieht wieder auf sein sinnloses Tun. Die Rettungsleine war wohl nicht mehr zu retten. „Na, schaden tut's nicht. Aber wenn ihr jetzt mit Martin zusammen das Überfliegerteam werdet, versetze ich euch vielleicht nächste Woche aufs Boot. Dann kann Michael seinen neuen Bootsführerschein nutzen."

Michael springt johlend über den Vorplatz der Rettungsstation. „Klasse! Super!"

Herbert stoppt ihn: „Ich sagte, vielleicht. Aber Ulli taugt ja wohl gut als drittes Besatzungsmitglied. Also, stellt euch drauf ein. Aber vorerst kein Wort zu den anderen. Ich will kein böses Blut."

Letzteres ist sicher auf die gemünzt, die um die Ecke gebogen kommen. Die jetzige Besatzung des Bootes hat wirklich etwas Unnahbares und Arrogantes, und ihre Hochnäsigkeit paßt Herbert offensichtlich nicht in den Kram. Er ist der Wachleiter und hat bei der Einteilung das letzte Wort. Im Funkverkehr hörte sich das aber nicht so an, wenn er das Team zum Auslaufen bewegen wollte. War es nicht eine „echte Notlage“, wollte die Besatzung lieber, daß sich die Rettungsschwimmer abstrampelten. Dafür fuhren sie leidenschaftlich gern Streife. Ich halte mich da lieber raus. Soweit ich das mitgekriegt habe, war bisher noch kein Mädchen auf dem Boot eingesetzt. Doch für mich gibt es einen magischen Satz, der mich sofort zu Höchstleistungen antreibt: Ein Mädchen kann das nicht! Allein die Tatsache, daß noch nie eine Frau für das Rettungsboot eingeteilt wurde, reizt mich schon. Seit der Ankunft ist es mein Traum gewesen. Dieser Tag scheint noch besser zu werden als der vorherige.

Martin hängt bleich im Strandkorb und stöhnt: „Kann ich heute mal ’n bißchen auf der Reservebank bleiben? Ich bin irre müde. Ich laufe lieber Strandstreife, das hält wach.“

„Besonders, wenn du Ellen sehen kannst“, schiebt Michael hinterher. Martin reagiert saurer als erwartet. „Ihr habt gut reden. Ihr hängt hier den ganzen Tag zusammen, und ich bin das fünfte Rad am Wagen, und Ellen sitzt gute hundertfünfzig Meter weiter ... Ist doch wahr.“

Wir schweigen betreten. Ich will nicht, daß sich jemand in meiner Nähe wie ein Außenseiter fühlt. Um ihn zu trösten, erzählt Michael ihm vom Boot. Da strahlt Martin.

„Ehrlich? Wir alle drei auf dem Boot und Einsätze fahren bei Wind und Wetter?“

Michael nickt grinsend. Dann sinkt Martin wieder mit finsterer Miene in den Strandkorb zurück. „Acht Stunden keine Ellen. Scheiße.“

„Vielleicht kann sie ja zu Turm eins, dann kannst du bei Bereitschaft immer zu ihr. Du hörst einfach mit ihr den Funk ab, und wenn wir gerufen werden, spurtest du rüber. Ulli und ich machen schon das Boot startklar. Hauptsache, du versteckst dich, wenn Herbert zum Turm kommt. Dann merkt kein Mensch was davon. Die anderen von Turm eins weihen wir einfach ein und bestechen sie mit einem Kasten Bier. Einverstanden?"

Da hellt sich Martins Miene wieder auf.

Ich klettere erleichtert auf den Turm. Der Himmel ist bedeckt, und ein kalter, böiger Wind läßt die Ostsee aussehen, als habe sie selbst eine Gänsehaut. Nur ein paar fröstelnde Gestalten drücken sich zu dieser frühen Morgenstunde in ihre Strandkörbe. So kann ich meine Gedanken auf Reisen schicken.

Zu Hause bin ich die kleine schrullige, leicht dickliche Intelligenzbestie, die abends nie länger raus darf als der Dackel von nebenan. Für die Jungen war ich ungefähr so interessant wie der Brockhaus im Ledereinband. Wenn ich auch nur einen Tick besser war als andere, hieß es gleich Streberin oder Klugscheißerin. Soweit zu daheim. Jetzt bin ich noch keine Woche in Grömitz, habe den liebsten Kerl der Wache – den einzigen richtigen Mann, die anderen sind ja noch kleine Jungs – als Freund, und dem Wachleiter gefällt es, daß ich ehrgeizig bin, und ich darf wahrscheinlich demnächst als erstes Mädchen auf das Rettungsboot, und Ellen behandelt mich wie ein richtiges Mädchen. Sie tuschelt mit mir über Martin und Michael, als wäre es selbstverständlich, daß ich da mitreden kann. Es ist, als wären all die alten Krusten von mir abgesprungen, die mich im Kohlenpott so häßlich machten. Sicher, in mir ist das alles noch längst nicht so glatt, wie es von außen aussieht. Aber wie sollte es so schnell auch? All dieses Wirrwarr mit Ines und Barbara. Das waren Gefühle, die mich bloß in Schwierigkeiten brachten und über die ich keine Kontrolle hatte. Die schalteten alles in mir aus, und alles war bedrohlich. Jetzt stimmten wenigstens die Äußerlichkeiten. Michael ist in mich verknallt und ich wohl in ihn. Vielleicht ist er mir auch nur ein bißchen fremd, weil ich so selten mit Jungen zu tun habe. Das wird schon alles werden, und jetzt sollte ich lieber aufpassen, bevor dieser Surfer noch am Horizont verschwindet, weil er nicht wenden kann.

You've lost that lovin' feeling

Ich weiß es genau. Heute abend wird es passieren. Noch länger kann ich mich beim besten Willen nicht herausreden. Ich habe weder meine Tage noch Kopfweh, und ich kann auch nicht länger darauf herumreiten, daß die Luftumstellung mich müde macht. Gestern hat er mir wieder unter den Pullover gegriffen. Ich bin vor Panik fast gestorben. Aber es war auch aufregend. Ich bin einfach zu prüde. Ellen hat längst mit Martin geschlafen. Sie meinte zwar, daß es noch nicht so toll war, aber daß es bestimmt bald besser wird. Martin jedenfalls sei nach zwei Atemzügen fertig gewesen, und sie wäre sich ganz komisch vorgekommen. Nachher hat er Ellen erst einmal zehn Minuten nicht angesehen, so verlegen war er. Das sind ja schöne Aussichten. Er hat gesagt, es hätte daran gelegen, daß er sich so darauf gefreut und es deshalb nicht hätte hinauszögern können. Ich habe immer mehr das Gefühl, daß ich mich nicht mehr davor drücken kann. Das Blöde ist nur, daß es mir anfangs immer total gut gefällt, angefaßt zu werden, aber dann schaltet sich mein Kopf ein, und irgendwie wird alles ganz fremd, und seine Berührungen kommen mir falsch vor, und dann ist alles vorbei. Ich würde am liebsten weglaufen. Aber gestern habe ich ein bißchen zuviel getrunken. Ich habe große Sprüche gemacht und Michael gereizt. Langsam habe ich meinen Rock immer höher gezogen. Ich weiß nicht, aber es gefällt mir, wenn er so fassungslos wird. Er sieht dann ganz hilflos aus. Ich würde ihm am liebsten sofort alles geben, was er will – einfach damit es ihm gutgeht. Aber bis jetzt ging es nicht. Irgendwas war immer falsch. Wie in meinen Träumen, wenn ich nicht in der Stimmung bin, ein Happy-end zu erfinden. Aber heute, heute wird es klappen. Auf der Wache hat er mich so lieb gebeten, auf dem Campingplatz zu übernachten, daß ich nicht nein sagen konnte. Fast eine Stunde hat er herumgedruckst und gesagt, es wäre wegen unserer Feier, weil wir doch die Bootswache bekommen haben. Aber ich weiß, daß er nicht länger warten will.

Ellen hat gesagt: „Was gibt's da noch zu überlegen? Der ist heillos in dich verknallt und du in ihn. Ihr knutscht in jeder freien Minute rum, und er kann in deiner Nähe nicht mehr in Badehosen herumlaufen. Was willst du denn noch?"

Alle erwarten es jetzt von mir, und ich weiß vermutlich bloß nicht, wie man ja sagt. Na, heute werde ich es lernen. Ich werde ein bißchen Bier trinken. Das hilft mir immer, den Kopf leerzufegen. Irgendwie macht mich das Trinken auch immer wild, und ich kann dann leichter jemanden an mich heranlassen. Michael hat es verdient. Er ist so lieb, und er verwöhnt mich sehr. Ich fühle mich geborgen in seiner Nähe. Wenn er mich küßt, mache ich die Augen zu und genieße nur. Alle sind so nett, wenn sie uns zusammen sehen. Nur ein paar Mädchen gucken giftig. Aber selbst das tut mir gut, und ich habe das Gefühl, als würden einige Wunden langsam heilen. Deshalb sollte ich auch meine Ziererei aufgeben.

Ich dusche und creme meinen ganzen Körper ein. Ich ziehe die schickste Unterhose an, die ich besitze, und den BH, den ich heute morgen durchgewaschen habe.

„Ellen, komm mal schnell und sag mir, ob ich besser die andere Bluse anziehen soll."

Langsam werde ich panisch.

Ellen kommt reingestürzt. „Kannst du mir mal verraten, warum du so brüllst? Nicht genug, daß ich dir sturmfreie Bude lasse, um dich aufzumotzen, und mich in diesem muffigen Frühstücksraum rumdrücke. Nein, du reißt mich auch noch aus der hochinteressanten Lektüre, ob Caroline von Monaco nun einen Freund hat. Meinst du, unsere allseits verehrte Vermieterin liest wirklich all diese Klatschblättchen? Oder lassen die Gäste diesen Schund da? Man kriegt ja Hirnerweichung von dem Schwachsinn."

„Hat sie denn, die Caroline?" Ich kann mir die Frage nicht verkneifen.

„Klar, hat sie. Wenn ich so stinkreich wäre, hätte ich an jedem Finger zehn."

Eigentlich wüßte ich gern, wer der Typ ist. Aber ich habe gerade andere Sorgen. Außerdem käme ich mir blöd vor, weiterzufragen, weil Ellen sich ja gerade über diese Blättchen aufgeregt hat. Caroline hat also auch einen Freund.

Ellen tritt zwei Schritte zurück, zieht die Stirn kraus und verkündet: „Wenn ich nicht sicher wäre, daß Ihr Eure Unschuld schon längst verschleudert habt, würde ich glauben, edles Fräulein, Ihr wolltet zu Eurer Hochzeitsnacht schreiten."

Schlagartig bin ich puterrot.

Ellen guckt mich entgeistert an. Dann stottert sie: „Du meinst ...? Ey, tut mir leid. Das hab ich nicht gewußt. Du, ich hab das nur so dahergesagt. Ehrlich! Kann ja keiner ahnen. Nicht, daß ich was dagegen hätte. Im Gegenteil. Aber ich kann mir das nicht vorstellen, weil ich selbst so dämlich war, so früh ... Ach, Scheiße, ich red mich noch um Kopf und Kragen. Und Michael ist ja auch wirklich ein lieber Kerl. Der hat das schon verdient." Sie kichert. „Und der wird auch nicht schlecht gucken."

Dann lachen wir beide, bis ich anfange zu drängeln: „Laß uns mal gehen, sonst ziehe ich mich noch tausendmal um, und dann brauchen wir gar nicht mehr loszuziehen. Ellen, tu mir nur einen Gefallen: Spar dir deine eindeutig zweideutigen Kommentare heute abend. Wir sind beide fürchterlich aufgeregt, Michael und ich, da brauchen wir nicht noch das Gefeixe vom halben Campingplatz."

Sie stemmt empört die Hände in die Hüften: „I wo, was glaubst du denn, wer ich bin? Ich kann schweigen wie 'n Grab."

„Na ja, auf deinem Friedhof spukt es manchmal schon heftig", kann ich mir nicht verkneifen. Ellen weiß, daß sie jetzt besser nicht nachhakt.

„Willst du noch einen Schluck?“

Ich habe keine Ahnung, ob der nächste Schluck der berühmte Tropfen ist, der mein Faß zum Überlaufen bringt. Vielleicht hätte ich doch nicht ganz soviel trinken sollen. Aber ich bin so irrsinnig aufgeregt. Michael hat sich den ganzen Abend wie ein aufgescheuchter Hahn benommen. Er ist um mich herumgetänzelt und hat mir ständig ein Bier angeboten, eine Jacke gereicht, mir ein Kissen in den Rücken gestopft. „Der Stuhl ist doch so hart.“ Kurz: Wer noch nicht wußte, daß heute ein besonderer Abend war, hat es spätestens an seinem Getue gemerkt. Da machten die eindeutig zweideutigen Blicke von Ellen, ihr Getuschel mit Martin und sein anschließendes breites Grinsen den Kohl auch nicht mehr fett. Sogar Herbert hatte etwas gemerkt und mit spitzbübisch-harmlosem Gesicht gefragt, ob Michael mich noch heimfahren könne, wo wir beide doch soviel getrunken hätten.

Michael – ganz Diplomat – hat nur verdattert geguckt und gefragt: „Wieso heimfahren?“ Es war dann für den Bruchteil einer Sekunde still. Das hatte gereicht. Eigentlich hätte ich gleich gehen sollen. Ich kam mir vor wie eine versteigerte Kuh und war so wütend, daß ich hätte heulen können. Allen war klar, was Sache war. Nur ich wußte immer noch nicht genau, ob ich es nun wollte oder nicht. Und jetzt schien es kein Zurück mehr zu geben. Jetzt war alles so vorprogrammiert. Da war überhaupt kein Platz mehr für meine Zweifel.

Allmählich kehrt Stille auf dem Platz ein. Sie sind fast alle in ihren Zelten und Wohnwagen verschwunden. Nur Ellen und Martin sitzen noch da und knutschen. Michael scheint plötzlich genauso ratlos zu sein wie ich. Das versöhnt mich ein bißchen. Er hat jetzt wieder dieses „Kleiner-Junge-Gesicht“ und sieht mich fragend an.

„Sollen wir schlafen gehen?“ frage ich schließlich, weil mir diese Spannung langsam auf die Nerven geht. Er nickt eifrig. Ellen und Martin kichern unterdrückt. Aber jetzt ist es mir egal. Michael nimmt meine Hand und führt mich zu seinem Zelt.

„Hab alles rausgeräumt, die ganzen Vorräte und so. Riecht aber ein bißchen nach nassen Socken. Hab schon gesprüht ..." Er murmelt in einer Tour vor sich hin. Es scheint ihn mehr zu beruhigen als mich.

Das Zelt ist klein und wird von einer Doppelmatratze ausgefüllt, um die zusammengeknüllte Klamotten liegen. Doch die Matratze ist ordentlich mit einer Decke überzogen, auf der wie eine große Bettdecke ein Schlafsack liegt, dessen Reißverschluß ganz aufgezogen ist. Ich krabbele ins Zelt, ziehe die Schuhe aus und lege mich auf den Schlafsack. Michael folgt mir und läßt sich vorsichtig neben mir nieder. Wir liegen ausgestreckt nebeneinander, die Hände hinter dem Kopf verschränkt, und schweigen.

Er ist es, der schließlich den Mund aufbekommt: „Seit einer Woche stelle ich mir vor, wie du in meinem Zelt liegst, und jetzt weiß ich nicht, wie ich anfangen soll."

Wir lachen beide los, und ich nehme ihn in die Arme und sage beduselt: „Ich auch nicht." Ich schließe die Augen und streichele ihn einfach. Er entspannt sich in meinem Arm, erwidert meine Berührungen. Es ist, als würde ich ihn trösten. Da streicht er vorsichtig über meinen Po. Meine Haut glüht. Ich will angefaßt werden. Seine Hände gleiten in meine Bluse, über meinen BH, und dann hebt er vorsichtig meine Brust heraus. Er zieht mich langsam aus.

Mit rauher Stimme flüstere ich: „Du auch."

„Dann zieh mich aus."

Ich streife ihm das T-Shirt über den Kopf. Der Körper, den ich heute morgen beim Schwimmtraining gesehen habe, hat plötzlich eine ganz andere Bedeutung. Neugier wabert durch meinen bierbenebelten Kopf. Doch bei seiner Hose zögere ich. Ich sehe, daß sie stramm sitzt. Aber ich kann das nicht. Ich habe ihn noch nie so gesehen. Gut, neulich in der Schwimmhalle, in der Umkleide, gab's diese Wölbung da vorne in seiner Badehose. Ich habe sein Teil – wie soll ich es nur nennen? – sogar schon einmal in die Hand genommen. Im Auto. Da hatte er auch zum ersten Mal seine Finger in mir. Ich habe schier den Verstand verloren. Aber es war doch ein himmelweiter Unterschied, ob wir uns nur anfaßten oder ob er in mir sein würde. Wir waren beide mehr bei uns selbst als miteinander. Aber heute wird es anders sein. Plötzlich bin ich nicht betrunken genug. Ich habe Angst. Da beginnt er, mich am ganzen Körper zu küssen. Ich möchte nur allzu gern an nichts denken und nur noch an den Stellen leben, wo er mich küßt. Meine Haut wird immer empfindlicher. Als er meine Brust leckt, vergesse ich, wo ich bin, ich stöhne, werfe den Kopf hin und her wie zu Hause im Bett, wenn ich mein Zimmer vergessen will, und winde mich. Das scheint ihn verrückt zu machen. Während er mich küßt, zerrt er sich keuchend die Hose runter, und zum ersten Mal liegt sein erregtes Teil an meinem Oberschenkel. Wieder dieser Schrecken. Aber ich kann jetzt nicht mehr zurück. Außerdem muß ich es wissen.

Es ist nicht besinnungslos. Nein. Gedanken und Bilder fetzen durch meinen Kopf. Barbara und ihr Getue am Morgen, nachdem wir zusammen waren, Sabines traurige Augen, Ines, wie sie im Wald steht, und meine Mutter. Immer wieder meine Mutter. Verdammt, ich will das nicht! Ich bin erwachsen. Ich brauche euch alle nicht. Michael, der liebt mich wenigstens. Der schämt sich nicht für mich, hält mich nicht für einen Freak. Er ist der einzige, der das hier darf. Er grabscht nicht einfach wie mein Onkel, drängt mich nicht, ihn anzufassen. Er hat eine ganze Woche gewartet. Und er denkt nicht schlecht über mich. Seine Finger wandern tastend über meinen Körper, streicheln mich überall. Er versucht, in mich einzudringen. Es geht schwer, tut weh.

Er stöhnt: „Du bist ein bißchen aufgeregt, nicht?"

„Wieso?"

„Na, weil du nicht so – wie soll ich sagen – nicht so feucht bist.

Vielleicht liegt's ja auch am Bier."

Ich habe keine Ahnung, wovon er redet. Da nimmt er verstohlen ein bißchen Spucke und reibt sie auf meine Lippen. Jetzt gleitet er müheloser hinein. Einen Moment brennt es fürchterlich. Dann wird der Schmerz dumpfer. Er küßt mich, nimmt mich fest in die Arme.

O Gott, jetzt passiert es. Und ich werde es nie mehr rückgängig machen können. Und das, was wir tun, wird das Tollste in meinem Leben sein. Jetzt werde ich selbst erfahren, was die anderen schon erlebt haben.

Er stößt immer schneller in mich hinein. Ein Kribbeln steigt in meinen Bauch. Ich will nicht denken. Wenn er tief eindringt, tut es weh.

„Bitte, nicht so tief, bitte."

Er wird langsamer, zieht sich ein bißchen zurück. Schweißperlen bilden sich auf seinem Rücken. Er riecht wie nasses Laub, wird wieder schneller und schnauft, stöhnt. Seine Rückenmuskeln spannen sich an. Nichts scheint ihn mehr aufhalten zu können. Er ist nicht mehr bei mir. Er ist nur noch bei sich. Ich bekomme Angst, daß er mich vergißt und mir schrecklich weh tun könnte, ohne es zu merken. Da rast er plötzlich los, stößt immer schneller und heftiger in mich. Und dann wird sein ganzer Körper steif, er röhrt rauh auf wie ein Hirsch im Wald und bricht zusammen.

Gewichtig und weich, als hätte er keinen Muskel im Leib, liegt er auf mir. Das Atmen fällt mir schwer. Er ist völlig schutzlos, schweißgebadet. Ich schließe ihn in die Arme.

In mir ist völlige Stille.

Es ist kein Wunder geschehen. Meine Gedanken sind nicht geschmolzen, wie ich erwartet hatte. Ich habe die ganze Zeit auf mich heruntersehen können. Auf mich und auf ihn. Es ist nicht das Wahnsinnsding, als das die anderen Mädchen es beschrieben haben. Ich bin enttäuscht.

Dieses große Geschenk, dieses wunderbare Erlebnis – alles Lüge. Alle schneiden auf. Reine Angeberei.

Die Tränen bemerke ich erst, als sie über meinen Hals laufen. Da fühlt sie auch Michael, der sich zutraulich in die Beuge zwischen Hals und Schulter gekuschelt hat.

Er schreckt hoch, sieht mich mit großen Augen an und fragt zaghaft: „Hab ich dir weh getan?"

Plötzlich schäme ich mich für meine Gedanken. „Nein, es ist nur ... es ist alles ganz neu für mich."

Sein Schrecken weicht einer absoluten Entgeisterung. Er stützt sich auf die Ellbogen, zieht sich ganz vorsichtig aus mir zurück, rutscht von mir herunter und sieht auf meinen Bauch und zwischen meine Beine. Blut. Überall klebt Blut. Es ist richtig viel, stelle ich erstaunt fest.

Jetzt wird er bleich. „Du warst noch Jungfrau!" flüstert er. „Du warst wirklich noch Jungfrau!" Er nimmt mich in die Arme, als wollte er mich trösten. Es tut so gut. Und jetzt heule ich wirklich hemmungslos.

Er küßt mein Haar. „Du liebst mich wirklich. Du mußt mich lieben, wenn du bis jetzt gewartet hast."

Er ist gerührt. Er ist wirklich gerührt. Und ich heule. Ich heule, weil ich mich jetzt „weggeworfen" habe, weil ich an meine Mutter denke, weil ich mich ärgere, daß ich an sie denke, weil ich Barbara, Sabine und Ines vor Augen hatte, weil ich gedacht habe, es wäre toll, und dabei war es aber einfach bloß fremd. Ich heule, weil ich jetzt alles weiß und doch nicht schlauer bin und weil ich ein Puzzleteil bin, das nie paßt – nicht einmal jetzt, wo es doch so wichtig wäre.

Er wiegt mich sachte in den Armen, als würde er alles verstehen. Aber er hat keine Ahnung, was in mir vorgeht. Wie sollte er auch? Kein Mensch könnte darauf kommen, daß ich an Mädchen denke, während ich mit einem Jungen schlafe. Er weiß nichts davon, und er darf es auch nicht erfahren. Niemals. Niemand darf es erfahren. Ich habe ein Geheimnis mit ihm. Aber ich habe auch immer noch ein Geheimnis mit mir – mit mir ganz allein. Er ist so gut zu mir, und er hat so viel Vertrauen zu mir, daß er sich mir mit seinen Gefühlen ausgeliefert hat. Ich darf ihn jetzt nicht enttäuschen. Hätten wir bloß nicht miteinander geschlafen. Dann würde ich immer noch glauben dazuzugehören. Aber das hier macht mir keinen Spaß. Ich gehöre wohl doch nicht dazu.

Als hätte er meine Gedanken gelesen, flüstert er mir ins Ohr: „Das erste Mal ist immer verwirrend und nicht so schön. Das kommt noch. Sei nicht traurig. Wir versuchen es ganz langsam. Hätte ich gewußt ... also, hätte ich geahnt ... ich hätte es anders gemacht. Ehrlich."

Seine Worte beruhigen mich, und die Stimme in mir wird leiser. „Du hast recht. Ich bin ein bißchen erschrocken. Sollen wir jetzt schlafen? Wir müssen früh raus. Ich geh mich nur kurz waschen."

Fröstelnd suche ich meine Sachen zusammen, schlüpfe unbeholfen hinein, winde mich aus dem Zelt und stolpere über den dunklen, stillen Platz. Im Waschraum zerre ich mir hastig die Sachen vom Leib, drehe die Dusche auf und stelle das Wasser so heiß, wie ich es gerade noch aushalten kann. Ich wasche mich gründlich, schrubbe mich überall. Ich fühle mich so klebrig. Das Blut muß weg. Ich nehme die Brause aus der Halterung, gebe ein bißchen kaltes Wasser dazu und spüle meine ... wie soll ich sie nennen? Mein Teilchen, wie Regina immer sagt? Jetzt muß ich einen Namen dafür finden, weil ich doch nicht mehr Jungfrau bin. Vagina, wie es im Biounterricht hieß? Der Name bleibt mir fremd – wie das „Teilchen" mir fremd bleibt. Ich lasse das heiße Wasser hineinlaufen, spüle es gründlich aus. Dann hänge ich die Dusche wieder ein, drehe das kalte Wasser zurück und winde mich unter dem viel zu heißen Strahl. Erst als ich krebsrot bin, höre ich auf. Ich rubbele mich trocken. Jetzt geht es mir besser.

Erleichtert ziehe ich mich an und schleiche zum Zelt zurück. Ich schlüpfe hinein. Michael sieht mich träge an. Ich ziehe mich bis auf das Unterhemd und die Unterhose wieder aus. Er sagt nichts. Er nimmt mich fest in die Arme. „Geht's dir auch gut?"

„Jaja. Mach dir keine Gedanken." Dann drehe ich mich um und kuschle mich mit dem Rücken an seinen Bauch. Er legt die Arme um mich. Mir wird kalt. Ich ziehe mir den Schlafsack bis unters Kinn. Nach ein paar Atemzügen schnarcht Michael leise. Ich bin hellwach. In meiner Brust ist ein harter Kloß. Da dringt aus einem der Zelte leise Roberta Flacks Stimme. „You've lost that lovin' feeeling ...", und meine Tränen kullern warm in den Schlafsack.

Das graue Licht der Morgendämmerung, dringt schon durch die Zeltwände, als ich endlich einschlafe. Das Denken hatte ich mir da schon seit Stunden verboten. Es fiel mir schwer, aber ich hatte viel zuviel Angst, daß er, so dicht an mich geschmiegt, meine Gedanken lesen könnte. Er hat nicht verdient, daß ich so traurig bin, und er soll nicht wissen, daß meine Verliebtheit durch diesen Abend fast verschwunden ist. Schließlich liegt es an mir. Glaube ich. Oder an allen, die so einen Wirbel darum machen. Vielleicht wird es ja noch.

Cold as Ice

„Na, habt ihr? Mir kannst du's doch erzählen."

Ellen quengelt. Ich hasse Quengeln. Außerdem will ich eigentlich nicht darüber reden. Insgeheim bin ich auch böse auf sie, weil sie so ein Gewese darum gemacht hat. Schließlich hat sie mitgedrängelt. Aber ich kann sie ja verstehen. Ich wäre auch neugierig.

„Ja, wir haben. Zufrieden?"

„Und, wie war's? Laß dir doch nicht jedes Wort aus der Nase ziehen."

„Es war schön, sehr schön sogar. Zufrieden?"

„Bloß nicht so viele Details! Ich könnte ja rot werden." Sie schrubbt ärgerlich ihre Zähne über dem breiten Betonbecken im Waschraum des Campingplatzes.

„Ellen, hör mal. Ich kann darüber nicht so gut reden, okay?"

Sie sieht mich an, legt den Kopf schief und nickt: „Okay. Irgendwann wirst du's mir sowieso erzählen. Solange gebe ich dir Zeit." Dann sieht sie prüfend in den riesigen Spiegel über dem Becken, kneift in ihren kleinen Bauch und murmelt: „Ich werde immer fetter von der Pille. Nimmst du auch die Pille?"

„Nein, wieso?"

„Also nehmt ihr Kondome. War das nicht peinlich, so beim ersten Mal?"

Mir wird heiß. „Wir haben nichts genommen. Gar nichts."

Ein Kind. Ich will keins.

„Ihr habt *was*?" Ellens Stimme ist verdammt laut.

„Mensch, brüll doch nicht so! Es war doch das erste Mal. Da kann doch gar nichts passieren."

Ellen wirft ihre Zahnbürste ins Becken. „Du bist ja noch naiver, als ich dachte. Es kann *immer* passieren. Hörst du, *immer*. Das darfst du nie vergessen. Am besten nimmst du die Pille."

Ich zittere wie Espenlaub. Ellen nimmt mich in die Arme. „Es ist bestimmt nichts passiert. Du hattest ja noch vor ein paar Tagen deine Periode. Bestimmt. Ehrlich, da kann gar nichts passiert sein. Michael ist ein Idiot. Der hätte daran denken müssen. Für ihn war es bestimmt nicht das erste Mal. So ein Idiot."

Ich winde mich schniefend aus ihren Armen. „Laß Michael in Ruhe. Der hatte doch genauso 'nen Bammel wie ich."

„Wenn die Kerle nichts auf die Reihe kriegen, kümmern wir uns eben drum. Ich geh heute mit dir in die Apotheke. Du willst ja schließlich deine Chancen im Kinderlotto nicht erhöhen, nicht wahr? Und jetzt putz dir die Nase, wasch dir das Gesicht, und dann machen wir einen Triumphzug über den Platz. Schließlich sehen dich die anderen heute morgen zum ersten Mal mit der Zahnbürste. Angriff ist die beste Verteidigung."

Ich drehe den Wasserhahn weit auf, schöpfe mit beiden Händen kaltes Wasser und schütte es mir ins Gesicht. Das tut gut. Dann rubbel ich mich trocken, greife in die ausgebeulte Tasche meiner Trainingshose und ziehe ein zerknülltes Taschentuch heraus. Ich schnaube kräftig hinein, bis meine Nase ganz frei ist, und stopfe das Taschentuch wieder in die Hose. Dann hole ich einen kleinen Kamm aus meinem Kulturbeutel und kämme energisch meine Haare nach hinten. Ich sehe zu Ellen, die anerkennend nickt. Wir stopfen unser Waschzeug in die Kulturbeutel und klemmen sie uns unter den Arm. Ellen hakt sich bei mir unter, und wir marschieren hocherhobenen Hauptes zu den Zelten unserer beiden Galane, wie meine Omma sagen würde, zurück. Ich fühle mich absolut schrecklich und drücke die Schultern durch. Ich lächle mich über den Platz.

Jetzt erst mal frühstücken. Ich bin bestimmt nicht schwanger. Mutter, verschwinde aus meinem Kopf.

„Ich habe einen Bärenhunger."

„Bravo, Ulli, das nenne ich Kampfgeist." Ellen drückt mir einen Kuß auf die Backe, und ich fühle mich zum ersten Mal seit gestern wieder einigermaßen gut.

Der Strand füllt sich langsam, und ich entspanne mich, um mich auf meine Arbeit konzentrieren zu können. Ich habe schon seit ewigen Zeiten nicht mehr ein so anstrengendes Frühstück hinter mich gebracht. Keine Geste, keine Bewegung war selbstverständlich. Alles war so gewichtig. Michael hat sich bei jeder Kleinigkeit entschuldigt, und mir war die ganze Zeit, als müsse ich mich durch einen zähen Brei kämpfen. Tatsache war, daß ich mit ihm geschlafen hatte. Ich fragte mich andauernd, ob ich in seinem Ansehen gesunken war, weil ich nachgegeben hatte. Er hatte es zwar gewollt, aber es gibt immer noch das Bild von dem Flittchen in meinem Kopf. Seine Scheu verstand ich nicht ganz. Waren es meine Tränen vom Vorabend? War er enttäuscht? Wir hatten keine Minute allein. Andauernd schien jemand was mit Michael oder Martin zu besprechen zu haben, und ich fühlte mich angestarrt. Sah man es mir an, daß ich meine Unschuld verloren hatte? Ich fühlte mich gräßlich ausgeliefert, nackt. Aber Michael schien auch angeschlagen zu sein. Ich wußte genau, daß ich würde anfangen müssen zu reden. Er schien es nicht zu können.

„Sollen wir zu Fuß zur Wache gehen?" fragte ich Michael, als es Zeit wurde.

Eifrig nickte er, und fünf Minuten später waren wir auf dem Weg. Ich wagte den Vorstoß: „Warum bist du so bedrückt?"

Er spielte mit seinen Händen. Das kannte ich schon. Er war verlegen. „Ja, ich mache mir Sorgen, ob ich vielleicht was falsch gemacht habe. Ich hatte mir das alles ganz anders vorgestellt. Du hast so – wie soll ich sagen? – so wenig glücklich gewirkt. Ich wollte, daß es was ganz besonders Schönes für uns wird. Und jetzt denke ich, ich habe alles falsch gemacht."

Hilfe! Was sollte ich jetzt bloß sagen?

„Ich glaube, es liegt nicht an dir. Ich hab so viel Tolles darüber gehört, ohne es selbst bisher ausprobiert zu haben. Dadurch hab ich es mir natürlich ganz anders vorgestellt. Jedenfalls hab ich entschieden zu viele Kitschfilme gesehen", ich grinste ihn schief an, „sonst hätte ich gar nicht erst damit gerechnet, daß ein ganzes Streichorchester in so ein kleines Zelt paßt."

Er lachte. Gott sei Dank. Ich blieb stehen, wandte mich ihm zu und sah ihm in die Augen. „Laß mir ein bißchen Zeit, ja? Ich bin ein bißchen verdreht. Wenn du wüßtest, wie ich erzogen worden bin, würde dich gar nichts mehr wundern. Ich sage nur, meine Mutter erwartet, daß ich als Jungfrau in die Ehe gehe."

Er streichelte sanft meine Wange, und ich schmiegte mich in seine Hand. „Ich verstehe. Es ist ja nicht so schlimm. Ich bin ja blöd, weil ich vermutlich auch das Streichorchester im Zelt hören wollte. Wir haben Zeit, okay? Vergiß nicht, daß ich eine ganze Menge für dich tun würde. Fast alles."

Na, dann laß mal sehen ... „Ehrlich? Fast alles?" Er nickte ernst. Wir setzten unseren Weg fort. Ich steckte scheinbar grübelnd den Zeigefinger in den Mund. „Also, zuerst möchte ich eine Puddingschnecke vom Bäcker, und dann möchte ich, daß du Purzelbäume unter dem Turm schlägst – direkt vor den Augen deiner schmachtenden Verehrerinnen." Das war ein Witz. Doch er stürzte wie von der Tarantel gestochen los und sauste zum Bäcker. Ich folgte ihm und protestierte halbherzig.

Als wir bei den anderen an der Wachstation anlangten, war die alte Leichtigkeit fast wiederhergestellt. Doch wir wußten beide, daß wir uns noch auf dünnem Eis bewegten.

Ich hoffe nur, daß wir einen ruhigen Morgen haben. Denn ich bin furchtbar müde. Mein Körper ist müde. Aber meine Gedanken und meine Enttäuschung bedrücken mich noch viel mehr.

Ich schaffe es nicht. Warum bin ich innerlich bloß so leer und kalt? Michael legt mir die Welt zu Füßen, und ich trampel bloß achtlos darauf herum. Stefan Sulke mault aus einem Radio am Strand: „Ich hol dir keine Sterne mehr vom Himmel, die liegen nachher doch nur bei dir rum." Und ich fühle mich schuldig.

Es wird nicht besser. Sex macht mir einfach keinen Spaß. Egal, was Michael anstellt, meine Lippen bleiben trocken, und mein Kopf produziert Bilder und Traurigkeit. Diese verdammte Grenze. Es macht mir Spaß, ihn anzumachen. Es ist aufregend, wenn er so drängend wird, daß er alle Vorsicht verliert. Ich streichele ihn bei der Mannschaftsbesprechung unter dem Tisch, bis er mich unter verlegenem Gemurmel an die Hand nimmt und nach draußen zieht und wir es im Stehen hinter dem Kurhaus treiben. Ich steige zu ihm unter die Dusche. Immer wieder drehe ich den Spannungspegel hoch. Doch das einzige, was mich reizt, sind das Verbotene und die wenigen Momente, in denen ich in seinen Augen und an seinem Körper sehe, daß ich ihn ganz in meiner Macht habe. Aber immer wenn er sich anspannt, wenn er schneller wird und seine Befriedigung ihn mir gegenüber achtlos macht, werde ich wieder kalt. Nur total betrunken hält die Erregung etwas länger an.

Gestern habe ich einmal alles vergessen und Funken sprühen sehen. Aber es war die brenzlige Situation, in der wir steckten, die mich mitriß. Ich hatte ihn beim Mittagessen in einer Kneipe unter dem Tisch immer mehr bedrängt, bis die Gabel in seiner Hand so zitterte, daß er nicht mehr weiteressen konnte. Dann sind wir mit dem Auto zum Campingplatz geheizt. Ich habe ihn unausgesetzt gereizt, so daß er kopflos durch die idyllische Landschaft raste. Ich wurde feucht bei dem Gedanken, daß wir durch seine halsbrecherische Fahrerei umkommen könnten. Dann zerrte er mich mehr oder weniger unsanft über den Campingplatz. Seine Trainingshose verbarg nur notdürftig seine Erregung.

Ich zuckte zusammen, als einer der Campingplatz-Bewohner, den wir vom Sehen kannten, hinter uns herrief: „Was macht ihr denn hier? Gar nicht im Dienst heute?"

Wir drehten uns verlegen um. Michael erwiderte mit rauher Stimme: „Wir wollen uns nur kurz ausruhen."

Der Mann grinste. Er wußte genau, was los war. Es war mir schrecklich peinlich – und es machte mich an. Wir stolperten zum Zelt. Michael zerrte sich kurzatmig den Trainingsanzug runter und krabbelte in Unterhosen ins Zelt. In BH und Schlüpfer kam ich hinterher. Er war gröber als sonst, warf mich auf den Rücken, nestelte den BH auf, zerriß meine Unterhose und schob seine nur hastig herunter. Dann murmelte er tonlos: „Knie dich hin und beug dich nach vorn."

Ich tat es. Da hörte ich leise Schritte am Zelt und sah einen schwachen Schatten auftauchen. Der Mann belauschte uns.

Sünde. Etwas Verbotenes. Es erregte ihn sicher. Ich fühlte mich bloßgestellt, aber es machte mich an.

Michael bekam nichts davon mit. Er nestelte mit zitternden Fingern ein Kondom aus der Verpackung, stülpte es über sein steifes Glied und nahm mich einfach, ohne Vorspiel und ohne meinem Kopf Zeit zu geben, sich einzuschalten und mir Bilder zu zeigen, die ich nicht sehen wollte. Unsere einzige Berührung: er in mir. Kein schwerer Körper auf mir, kein heißer Atem an meinem Hals. Nur die reine Reibung in mir. Und der Mann lauschte. Eile, Verbotenes. Sünde. Die Raserei. Eine gigantische Hitze breitete sich in mir aus. Ich trieb ihn mit meinen Hüftbewegungen an, hörte mich selbst stöhnen. Er wollte nicht schreien – am hellichten Tag mitten auf dem Campingplatz. Doch ich wollte es. Ich wollte all dieses Verruchte.

Verboten. Sünde. Flittchen.

Ich schrie, und er hielt mir erschrocken den Mund zu. Wir fielen einfach zur Seite. Michael schmiegte sich an meinen Rücken.

Ich fühlte mich augenblicklich wie der letzte Dreck.

Ich wäre gern allein gewesen. Ich mochte nicht mit ihm reden und fror schrecklich.

„Laß uns zum Turm zurückgehen."

Ich sah ihn nicht an, sondern streifte mir meine Sachen über und krabbelte wortlos aus dem Zelt. Am liebsten hätte ich sofort geduscht. Aber dafür war keine Zeit. Zum Glück benutzten wir jetzt Kondome. Verwirrt und still zog auch er sich an, und wir gingen stumm und ohne uns an den Händen zu fassen zurück zum Strand.

Martin, der sich wegen unserer Verspätung aufspulen wollte, blieb stumm, als er uns sah.

Ich murmelte: „'tschuldigung", und kraxelte auf den Turm.

Wir haben immer noch nicht darüber geredet. Michael wird von Tag zu Tag verbissener und stummer. Wir gehen unsanft miteinander um. Er will aufbrechen, was mich so starr gefangen hält. Ich will nur, daß er beim Sex nicht auf mich achtet, weil ich ihm nichts bieten kann, wenn er mir in die Augen sehen will. Wir lieben uns nicht mehr, wir kämpfen. Angst schnürt mir die Kehle zu. Michael wird immer gereizter.

Letztens hat er im Auto die Cassette von Foreigner eingelegt und immer wieder „Cold as Ice“ gespielt und dabei stur nach vorn gestarrt. Irgendeine Gefahr scheint in der Luft zu liegen. Etwas muß passieren. Ich weiß nur nicht, was.

Light my Fire

Da ist es. Unser Boot. Eine ganze Woche mußten wir warten, bis Herbert die andere Besatzung losgeworden ist. Erst als der Bootsführer abgereist war, konnte er die anderen beiden auf die Türme schicken. Sie maulten und gifteten uns an. Aber sie mußten sich an die Anweisungen des Wachleiters halten. Ab heute sind Martin, Michael und ich die neue Bootsbesatzung.

Ich bin furchtbar stolz und kann die Verwirrung und Traurigkeit, die mich seit Tagen quält, endlich einmal für ein paar Stunden vergessen. Auch Michael strahlt wie ein kleiner Junge. Martin kann es nicht erwarten, daß wir auslaufen. Er steht schon im schwankenden Boot und wühlt in der Ausrüstung herum. Das Boot ist weiß und rechteckig. Bug und Heck sind gleich breit. Am Heck sitzt ein mächtiger Motor, der aussieht, als würde er es mit hohem Wellengang locker aufnehmen können. Es hat eine lange Handpinne, die es ermöglicht, bei schwerer See zu zweit das Ruder zu halten. Hinten und in der Mitte gibt es Sitzbretter über die ganze Breite, unter denen in großen weißen Kästen Rettungsleinen, Decken und Erste-Hilfe-Material verstaut sind. Vorn am Bug ist eine breite Plattform, auf der ein Rettungsschwimmer stehen und Ausschau halten kann. Von der Bootswand, die dem Kai zugewandt ist, hängen orangefarbene Tampen, die wie längliche Apfelsinen aussehen und verhindern, daß das Boot an der Hafenmauer entlangschrammt. Der Regen platscht uns auf die Köpfe und tropft uns in den Nacken. Vor lauter Aufregung haben wir die Kapuzen der gelben Ölanzüge nicht übergezogen. Wind und Wetter sind uns heute schnurzegal. Wer friert schon, wenn ein echtes Abenteuer anfängt? Die Wellen schwappen, gebrochen von der schmalen, ins Meer ragenden Hafenmauer, halbherzig an den Kai, und das Boot schwankt wie ein besoffener Seemann. Nach meiner Jungfernfahrt auf dem Butterdampfer am ersten Tag bin ich noch ein bißchen skeptisch.

„Mist, daß wir bei diesem Wetter nicht ein bißchen Streife fahren können, um uns einzugewöhnen", mault Michael.

Als hätte er es gehört, funkt Herbert uns an: „Wachleiter an Rettungsboot. Zwischen Turm sieben und acht treibt ein Surfer auf seinem Brett offensichtlich hilflos am Rand der Badezone. Er hat wohl die Windstärke unterschätzt. Surfer und Brett bergen und in den Hafen bringen. Wachleiter Ende."

„Bootsführer verstanden. Wiederhole: Surfer zwischen Turm sieben und acht bergen. Bootsführer Ende."

Michael genießt es offensichtlich, sich als Bootsführer zu melden. Er befiehlt knapp, während er das Funkgerät in der wasserdichten Hülle unter seinem Ölzeug verschwinden läßt: „Macht das Boot startklar." Ich hüpfe an Land und löse die vordere Leine vom metallenen Poller und werfe sie ins Boot. Dann springe ich an Bord, ziehe die Tampen ein und verstaue sie im Boot. Martin hat unterdessen die Heckleine gelöst und ist auch an Bord gesprungen.

„Ulli greift sich die Leine am Bug. Martin hält mit mir das Ruder."

Martin sieht ihn enttäuscht an, sagt aber nichts.

Ich habe den aufregendsten Job. Durch den breiten Bug, der die Bergung erleichtert, geht das Boot bei größerem Seegang vorn leicht hoch. Also muß jemand breitbeinig auf dem Bug stehen, die Leine fest um die von Arbeitshandschuhen geschützten Hände gewickelt, und die Bootsschnauze bei jeder Welle mit seinem ganzen Gewicht runterdrücken. Ich habe es schon manchmal vom Turm aus gesehen, und es erinnert mich immer an Voltegieren auf einem Wildpferd. Begeistert strahle ich Michael an, und er strahlt zurück. Wir genießen jeden Moment, in dem unsere Unsicherheit und diese unausgesprochenen Gefühle in den Hintergrund treten.

„Also los!“ brülle ich den beiden zu und wickele die Leine fest um meine Hände. Michael leiert den Motor an, und wir laufen langsam aus. Im Hafen ist meine Aufgabe noch ein Kinderspiel. Doch kaum haben wir die Mauer ein paar Meter hinter uns gelassen, stürzen sich die Wellen auf mich wie eine hungrige Meute Wölfe. Der Wind ist zu einem ohrenbetäubenden Tosen angewachsen. Das Boot bockt und bäumt sich auf. Immer wieder gehe ich in die Knie, um Kraft zu sammeln, bevor wir den Wellengipfel erreicht haben. Dann – für einen winzigen Moment – starre ich von oben auf der weißen Gischtkante, dem Gipfel der sich überschlagenden Welle, mit Entsetzen in einen flaschengrünen Abgrund, der wie erstarrtes Glas glänzt, und vor mir richtet sich die nächste graugrüne Wellenwand auf. Das Boot schießt über die Kante und sackt in die Tiefe. Die Gischt sticht mir mit tausend Nadeln ins Gesicht. Dann kämpft sich das Boot mit heulendem Motor den nächsten Wellenberg hinauf, und ich stemme meine Beine auf den Bug, um die Bockigkeit der See aufzufangen, die das Boot ins Trudeln bringt. Erst bleibt mir vor Panik die Luft weg. Doch dann packt mich eine irre Freude. Ich kreische bei jedem Absturz, um die Spannung loszuwerden. Achterbahn fahren ist kalter Kaffee dagegen. Meine Arme brennen, und meine Hände werden taub. Meine Beine spüre ich kaum noch vor Anstrengung. Manchmal löse ich kurz eine Hand von der Leine, um mir das Wasser aus dem Gesicht zu wischen. Ich spüre das Salz auf meiner Zunge. Der Wind brüllt mich an, und ich brülle zurück. Endlich muß ich die Tür zu den düsteren Gedanken nicht mehr zuhalten. Ich kann gar nicht mehr denken. Keine Verliebtheit schafft das, was dieses Meer mit mir macht. Es gibt keine Zeit mehr. Nur Raserei.

Plötzlich blitzt etwas Weißes in der zerklüfteten Wasserlandschaft auf. Ein Segel. Dann ein Brett, auf dem ein schwarzglänzendes Wesen hin- und herfällt wie ein Sack. Als wir näher kommen, sehen wir, daß der Surfer sich wie ein Embryo zusammengerollt hat, als könne ihn in dieser haltlosen Hölle nur der Mutterleib retten. Hoffentlich ist er nicht bewußtlos. Einen so großen Kerl ohne seine Mithilfe in das fast unmanövrierbare Boot zu hieven ist kaum zu schaffen. Und wir wollen uns bei unserem ersten Einsatz schließlich nicht blamieren.

Da. Er rührt sich. Er ist wohl nur unterkühlt und versucht, eingerollt ein bißchen Körperwärme zu halten, um nicht zu erfrieren. Eine Windbö reißt sein Brett hoch. Er klammert sich verzweifelt an die Fußhalterungen. Mit meinem ganzen Gewicht versuche ich, das Boot auszubalancieren, damit Michael die Position halten und ich den Surfer an Bord ziehen kann. Zum ersten Mal sehe ich mich um. Martin und Michael sind in ihr gelbes Ölzeug eingemummelt und klammern sich an das Ruder. Es muß Schwerarbeit sein, denn sie sind beide hochrot im Gesicht. Ich löse eine Hand von der Leine und strecke sie dem zitternden Typen auf seinem schwankenden Surfbrett entgegen.

„Komm, faß an. Wir holen dich hier raus!“ brülle ich.

Er sieht hoch und brüllt zurück: „Verschwindet, ich komm allein zurecht!“

Ich traue meinen Ohren nicht.

„Was hat er gesagt?“ brüllt Michael.

„Er will keine Hilfe.“ Ich zucke mit den Achseln.

Michaels Gesicht färbt sich fast lila. Er reißt das Ruder rum und will abdrehen.

„Halt! Bleibt hier! Ich komm ja mit!“ Der Surfer streckt beide Hände aus.

Eigentlich habe ich gar keine Lust, diesen blöden Hirsch zu retten, der lieber ersäuft, als seine Mannesehre zu verlieren. Oft werden wir Rettungsschwimmerinnen und -schwimmer, wenn wir diese waghalsigen Idioten erreicht haben, um sie herauszufischen, mit flapsigen Bemerkungen wie „Hätte ich auch allein hingekriegt" wieder weggeschickt. Ein Dankeschön scheint sie augenblicklich zu kastrieren. Also bin ich bei der Rettung dieses Meistersportlers auch nicht mehr das Zartgefühl in Person, als er sich beim Hereinziehen bewußt hängenläßt. Doch ich kann ihn beim besten Willen nicht allein an Bord hieven. Martin überläßt Michael das Ruder, krabbelt durch das schlingernde Boot zu mir und packt mit an. Gemeinsam zerren wir den Gekenterten halb ins Boot. Morgen sind seine Handgelenke sicher grün und blau.

Er jammert leise, und ich schreie ihm ins Ohr: „Jetzt heb mal dein Knie hoch und hilf mit, sonst hast du die Oberschenkel auch noch blau. Stell dich nicht so an, du stahlharter Kerl."

Er funkelt mich wütend an. Dann fällt ihm etwas ein. „Mein Brett! Holt mein Brett raus! Das war teuer. Ich mach euch haftbar, wenn es beschädigt wird."

Ich sehe Martin an. Auf mein Augenblinzeln hin lassen wir für den Bruchteil einer Sekunde los. Das Großmaul jault auf. Dann packen wir wieder zu. Wir betten ihn auf den Boden, und Martin klemmt ihn sich zwischen die Beine, weil er wegen des schwergängigen Ruders keine Hand frei hat, um ihn festzuhalten. Ich lege eine Decke über das zitternde Bündel. Augenblicklich saugt sie die Gischt auf und legt sich um den Surfer wie grauer Schlamm. Er protestiert nicht mehr. Er ist zahm geworden.

Mir brennen alle Glieder, und ich bin froh, als wir mit dem Boot wieder im Hafen angelangt sind und ich wieder festen Boden unter den Füßen habe. Meine Knie zittern. Martin und Michael schaffen den völlig erschöpften Surfer an Land. Als er auf der Trage festgezurrt ist, nimmt mich Michael in die Arme, drückt mich und flüstert mir ins Ohr: „Gut gemacht, Matrose.

Du warst einsame Klasse. Ich schätze, dein Abendbrot müssen wir dir füttern, und morgen kannst du vor Muskelkater nicht mal mehr kriechen. Laß uns den Idioten zu Schwester Hermine bringen, und dann duschen wir erst mal heiß." Ich nicke nur. Martin klopft mir stumm auf den Rücken.

Das heiße Wasser löst langsam die Spannung in meinen Schultern, und ich lehne mich erschöpft an die Kachelwand. Auch wenn ich beim Sex vielleicht nicht viel empfinden kann – ich bin nicht kalt. Das Meer kann mich erregen und mir Glücksgefühle schenken, wie ich sie noch nie verspürt habe. Es war egal, ob ich meine Beine noch spürte vor Anstrengung oder ob meine Hände schmerzten. Diese Wellenberge, der tosende Wind und das prickelnde Gefühl auf der Haut, wenn die Gischt mein Gesicht peitschte, das war es, was mich wirklich anmachte, auch wenn ich eine halbe Stunde heiß duschen mußte, um die Kälte aus meinem Körper zu vertreiben.

Ich muß mit Michael reden. Ich muß ihm sagen, daß es mir leid tut. Nein. Ich muß etwas sagen, das ihm nicht weh tut. Oder ich lass das hier einfach so weiterlaufen. Wenn ich zurück nach Gelsenkirchen fahre, erledigt sich die Geschichte mit ihm von allein. Dann kann er sich eine Freundin suchen, die etwas davon hat. Trotz der Dusche spürte ich die Tränen auf meinen Wangen.

Wenn ich keinen Sex will, kann ich ihm auch nicht nahe sein. Ich tue ihm nur weh. Mir werden die Umarmungen fehlen, sein Schutz. Aber wenn ich mich zusammenreiße, können wir hier noch eine schöne Zeit haben. Ich gebe ihm, was er will. Und was ist schon dabei, ein bißchen zu stöhnen? Wenn ich die Augen schließe, geht es ja auch. Vielleicht machen das viele Frauen so, und nur wenige haben wirklich was davon. Vielleicht haben nur Männer etwas davon.

Vielleicht, vielleicht! Mir platzt noch mal der Kopf. Warum zum Teufel gibt es Tausende von Büchern über die Liebe? Vielleicht, weil sie das Verworrenste ist, was es gibt, und alle nach dem Happy-end suchen.

Noch nie war mir so trostlos zumute wie jetzt. In fünf Minuten läuft der Zug ein, und ich werde mich endgültig von Michael und Martin verabschieden müssen. Martin rennt die ganze Zeit auf und ab, macht Faxen, plappert und fragt zum hundertsten Mal, ob ich etwas zu trinken in meinem Rucksack habe, bis ich denke, es mit Schwester Hermine höchstpersönlich zu tun zu haben. Seit Ellen heute morgen abgefahren ist, benimmt er sich wie ein Clown, damit er nicht heult. Michael klammert sich nur stumm an meine Hand und steht mit hängenden Schultern da. Wir hatten es schön in den letzten Wochen. Als ich mich passiver verhielt und ihn nicht ständig um den Finger gewickelt habe, entspannte sich unser Verhältnis. Es wurde wieder richtig schön. Michael wurde wieder froh und ausgelassen. Vielleicht war ihm das mit diesen erotischen Experimenten auch unheimlich. Wir waren mehr wie gute Freunde, die ab und zu miteinander ins Bett gingen. Überhaupt hatten wir in der ganzen Truppe viel Spaß. Wir waren eine Gemeinschaft auf Zeit, und das ließ alle freundlich und nachsichtig miteinander umgehen. Sie würden mir alle auf ihre Weise fehlen. Selbst Schwester Hermine war in der letzten Woche aufgetaut und hatte hin und wieder einen Witz gemacht.

Bei ihrer Abschiedsrede glänzten ihre Augen feucht, und sie war behäbig von einem Bein aufs andere getreten. „Auch wenn ihr eine anstrengende, renitente und respektlose Bande seid, werde ich euch vermissen. Ihr seid gute Rettungsschwimmer."

Alle haben gestrahlt und waren wahnsinnig stolz. Wir hatten zusammengeworfen und ihr ein großes Gemeinschaftsfoto von uns geschenkt. Ihr kullerten Tränen über die Wangen, als sie es annahm und meckerte: „Das sieht euch ähnlich – die paar Kröten, die ihr hier verdient habt, schmeißt ihr für so 'ne alte Schachtel raus. Danke!"

Ellen lieh sich von mir ein Taschentuch, und ich nahm den Ärmel meines Trainingsanzugs, um meine Tränen wegzuwischen.

Am letzten gemeinsamen Abend saßen Martin, Ellen, Michael und ich stumm auf dem Campingplatz, Bierflaschen in den Händen und dudelten immer wieder „Light my fire“ von den Doors.

Und nun soll ich nach Gelsenkirchen-Buer zurückfahren. Zurück zu meinen strengen Eltern mit ihren hohen moralischen Ansprüchen, zurück in den Schneewittchensarg, zurück zu „Nich am Bär packen“. Mein Hals ist wie zugeschnürt.

„Auf Gleis fünf hat nun Einfahrt ...“

Ich empfinde rein gar nichts mehr.

Michael dreht sich zu mir um, sieht mich mit feuchten Augen an und murmelt: „Und du schreibst mir, Ehrenwort!?“

„Ich schwöre es bei unserem Boot.“

Ich wische ihm verstohlen die Tränen aus den Augen. Meine eigenen halte ich zurück. Michael drückt mich heftig an sich, als wolle er mich nicht mehr loslassen.

„Ich komm dich besuchen. Ehrlich.“

Martin hüstelt laut. „Kinder, macht mal voran. Sonst ist der Zug weg, und wir müssen in zwei Stunden noch mal das gleiche Drama mitmachen.“

Da läßt Michael mich los, schnappt sich mein Monstrum von Koffer und wuchtet es in den Zug.

Ich hauche Martin noch einen Kuß auf die Wange. Er windet sich verlegen und murmelt: „Bist ’n echt duftes Mädchen.“

Er hat nicht Kumpel gesagt. Das ist eben der Unterschied zu Buer. Jetzt heule ich doch noch.

Ich klettere in den Zug. Michael zwängt sich vor mir hastig durch den vollen Gang, ergattert einen Fensterplatz für mich und stemmt den Koffer ins Netz. Er küßt mich noch einmal auf den Mund und drängelt sich dann aus dem Waggon – keine Sekunde zu früh, denn der Schaffner läßt die Türen schließen, und der Zug rollt an.

Da stehen sie beide auf dem Bahnsteig und winken, die beiden nettesten Jungs, die ich je kennengelernt habe. Sie laufen noch bis zum Ende des Bahnsteigs mit. Ich lasse mich auf den verkratzten roten Sitz fallen, vergrabe mein Gesicht in der Jacke, die ich als Kissen zusammengeknüllt habe, und weine. Ich weine um sie, weine um mich, um die Freiheit, die ich dort hatte, weine darum, daß die Liebe nicht halb so toll ist, wie ich gedacht habe, weine um die Berührungen, die ich nun nicht mehr bekommen werde. Ich weiß nicht, ob ich jemals aufhören werde zu weinen.

Doch als wir im Gelsenkirchener Hauptbahnhof einfahren, sind alle Tränen geflossen. Ich habe meine Gefühle wieder zugedeckelt und kann meine Mutter müde anlächeln.

„Kind, wat bisse braungebrannt! Müde siehsse aus. Habt ihr etwa die letzten Nächte durchgefeiert?" Ich sage besser nichts, denn sie liegt gar nicht so falsch.

Mein Vater klopft mir auf den Rücken. „Gut siehsse aus. Und wir haben auch nichts Nachteiliges gehört. Aber du hast 'n bißken zugenommen."

Es hätte mich auch gewundert, wenn nur Komplimente gekommen wären. Trotz allem freue ich mich, sie zu sehen.

„Na, hasse nette Leute um dich gehabt?"

Und dann murmele ich die wohl größte Untertreibung meines Lebens: „Jau, ganz in Ordnung."

Im Auto erzählt unser Mutter ohne Punkt und Komma, was in den letzten Wochen alles passiert ist. Sie erzählt von Menschen, die mich nicht interessieren, und von deren Problemen, die mich auch nicht interessieren. So reicht es, wenn ich ab und zu sage: „Ja, wirklich?" Dann hänge ich weiter meinen Träumen nach.

Jetzt fahren Michael und Martin in dem alten Mercedes über die Autobahn nach Hause. Ich bin wieder in Buer, stülpe meine Aufmerksamkeit nach innen, um mich mit der unangenehmen Situation nicht beschäftigen zu müssen. Ich träume von Martin und Michael und habe damit wieder ein Schlupfloch gefunden.

Ausgerechnet Bratkartoffeln hat unser Mutter zu meiner Ankunft gemacht. Hätte sie gewußt, daß Bratkartoffeln mit Spiegeleiern das Highlight von Michaels Kochkünsten bildeten, dann hätte sie sich vielleicht was anderes überlegt. Mein Kopf brummt vor seelischer und körperlicher Erschöpfung.

„Erzähl doch ma. Man muß dir ja alles ausse Nase ziehen."

Sie wäscht Geschirr ab, wischt hier über eine Arbeitsplatte, putzt dort Fingerabdrücke von den Hängeschränken. Ich weiß nicht, warum ich es sage. Es kommt einfach zwischen zwei Gabeln Bratkartoffeln heraus, weil ich zu müde bin, mir etwas weniger Wichtiges einfallen zu lassen.

„Ich hab einen Freund."

Plötzlich ist es zum ersten Mal seit meiner Rückkehr still.

„Du hast *was*?"

Meine Mutter sieht mich entgeistert an. Also denkt auch sie, daß ich keinen Freund haben kann.

Jetzt packt mich der Trotz. „Er heißt Michael, kommt aus Stuttgart und ist drei Jahre älter als ich. Er ist Automechaniker und furchtbar nett, und er will mich besuchen kommen."

Wieder ist es still. Mein Vater schraubt an der Brotmaschine herum. Unser Mutter legt ihr Geschirrtuch weg, trocknet sich die Hände an der Schürze ab und setzt sich mir gegenüber an den Küchentisch.

„Wie lange kennsse ihn?"

„Seit dem ersten Tag. Wir haben am selben Turm und später zusammen auf dem Boot gearbeitet. Er war der Bootsführer."

„Ach, deshalb hasse immer so viel von dem erzählt. Ja, konnsse dich denn gut mit dem unterhalten? Ich meine, wenn er Automechaniker ist, dann hatter doch sicher kein Abitur, oder?"

Ich traue meinen Ohren nicht. Ich erzähle, daß ich einen Freund habe, und sie fragt nach seinem Abitur. Nur mühsam kann ich mich beherrschen, nicht gleich loszubrüllen. Also flüstere ich: „Wat soll dat denn heißen? Er ist sehr klug. Er war einer der Besten dieser Wache, sonst wär er ja wohl kaum auf dat Rettungsboot gekommen. Wir haben uns glänzend verstanden, wenn du dat meinst."

Sie windet sich unbehaglich auf ihrem Stuhl und versucht, mich zu beschwichtigen: „So ein Urlaubsflirt is ja wat Schönes. Da merkt man die Unterschiedlichkeiten gar nich. Wenne erst mal studierst, wirsse ganz andere Menschen kennenlernen. In Grömitz war er eben 'n tüchtiger Rettungsschwimmer, und dat war bestimmt auch sehr beeindruckend. Aber ob du auffe Dauer eine gleiche Ebene mit ihm gefunden hättst ... Na, is ja auch egal, wo er doch so weit wech wohnt."

Jetzt reicht's. Ich knalle die Gabel auf den Teller, so daß die fettigen Bratkartoffeln in alle Himmelsrichtungen fliegen, und rase aus der Küche, die Stimme meines Vaters im Nacken: „Frolleinchen, so nich! Du kommst sofort zurück und wischt die Schweinerei auf und entschuldigst dich bei deiner Mutter. Sie meint es doch nur gut mit dir."

Da war es wieder, dieses Kribbeln in der Brust. Der Dünkel, die blöden Vorurteile. Sie wissen nichts über ihn, aber er ist nicht gut genug für mich. Niemand ist gut genug. Und morgen geht die Schule wieder los. Ich habe zu nichts mehr Lust. Ich packe den Koffer nicht aus. Das ist zu endgültig.

Get up, stand up

Der Schulanfang ist zum ersten Mal wirklich aufregend. Diesmal habe auch ich etwas zu erzählen. Mal prahle ich von dramatischen Rettungsaktionen, mal von den stürmischen Bootsfahrten. Und meinen Freundinnen gegenüber natürlich von Michael. Sie sind nicht wenig erstaunt. Veronika und Meral wollen natürlich gleich ein Foto sehen.

Vero schaut es sich nur kurz an und gibt es mir gleich wieder zurück. „Der ist mir viel zu alt, und der sieht so männlich aus. Ist nicht mein Typ."

Ich bin sauer und kann mir nicht verkneifen anzumerken: „Peter wirkt ja eher jungenhaft. Ich steh aber mehr auf richtige Männer." Da rauscht sie beleidigt davon.

Meral findet ihn ganz schön mit seinen Muskeln. „Nicht schlecht, der Typ. Den würde ich auch nicht von der Bettkante schubsen. Und – wo ist der Haken? Redet er ab und zu Müll oder säuft er zuviel?"

„Nee, kein Haken. Er ist sehr lieb und aufmerksam, und er gibt kein Stück an. Einfach irre." Mein Herz macht einen Sprung vor lauter Schwärmerei.

„Alle Achtung! Dafür, daß du nicht in Übung bist, dir 'n Kerl zu angeln, ist der Fang richtig gut ausgefallen." Meral klopft mir anerkennend auf die Schulter.

Der Ton mir gegenüber ändert sich. Ich kann jetzt mitreden. Doch als ich nach Wochen immer noch fast ausschließlich von Michael erzähle, gehe ich den anderen allmählich mächtig auf die Nerven. Über mein mieses Verhältnis zum Sex rede ich jedoch nicht. Lieber würde ich mir die Zunge abbeißen. Eigentlich müßte ich wenigstens Meral davon erzählen, weil sie Erfahrung hat und mir vielleicht helfen könnte. Aber ein Knoten im Magen verhindert immer wieder, daß ich davon anfange. Ich bluffe einfach mit, wenn die anderen von den Orgien mit ihren Mackern schwärmen, und finde mich zum Kotzen.

Langsam verliere ich den Spaß an diesem Gerede über Sex und wende mich wieder meiner politischen Arbeit zu. Doch wenn ich dann auf meinem Bett liege, den Geruch von Räucherstäbchen in der Nase und Bob Marleys „Running away" im Hintergrund höre, geht mir ein Gedanke nicht mehr aus den Kopf: Wenn das mit dem Sex einfach ein riesiger Schwindel ist, welchen Sinn hat es dann, das Ganze so aufzubauschen? Es konnte nur einen Grund geben: Die Leute sollten in ihren romantischen Träumen ersaufen und aus lauter Frust, daß die Wirklichkeit nicht halb so schön ist, kaufen, fressen, saufen und Fernsehen glotzen. Nur so halten alle still, und die Regierung kann machen, was sie will.

„Habt ihr das heute morgen in den Nachrichten gehört? Die haben den Schleyer entführt!“ Grußlos stürzt Rob, der sich mit einem englischen „R“ aussprach, eigentlich Robert hieß und der neue Oberguru unserer gemeinsamen Schülerzeitung mit dem Max-Planck-Gymnasium war, in unsere Redaktionsräume im Keller des Jungenbaus.

„Wer is'n Schleyer?“ wagt Jürgen zu fragen, und die restlichen acht Redakteurinnen und Redakteure, mich eingeschlossen, stöhnen genervt auf.

„Das Ausbeuterschwein, den Ex-Nazi kennst du nicht?“ bläst sich Rob auf.

Ich bin heilfroh, daß ich vor einem halben Jahr den Artikel über ihn im *Spiegel* gelesen habe. Ich hasse die blasierten Auftritte von Rob, dem Oberklugen, der sein Wissen doch nur von seinem großen Bruder an der Bochumer Uni hat. Robs Bruder ist dort im Asta eine große linke Nummer. Einmal hat Rob mir unter dem Siegel der Verschwiegenheit erzählt, daß sein Bruder auch Kontakt zu Abgetauchten aus der RAF hat. Ich bin fast gestorben vor Aufregung – ich würde doch zu gern mal jemanden von denen treffen und über die Revolution diskutieren. Aber mir sitzt die Angst vor der Polizei, die hektisch jeden verfolgt, der nur darüber redet, heftig im Nacken.

Alle scharen sich jetzt um Rob und lauschen ihm. „Paßt auf, Schleyer ist der Arbeitgeber-Präsident und damit der Anführer der Ausbeuter. Eine total symbolische Tat von der RAF also, ihn zu entführen. Wir müssen was darüber schreiben.“

Ein Schlag trifft mich im Magen. Ich räuspere mich und melde mich vorsichtig zu Wort: „Findest du das richtig? Wir sollten erst mal sehen, was daraus wird. Und du weißt, daß die vereinigte Schülerpresse beim letzten Treffen beschlossen hat, sich mehr auf die schülerspezifischen Probleme zu beschränken, sonst werden zu viele Ausgaben von den Direktoren eingezogen, und davon hat niemand was. Wir haben schließlich nicht mehr 1968. Was nutzt es uns, wenn wir vom Direx verboten werden? Du weißt, wie zur Zeit alle durchdrehen, wenn's um die RAF geht. Da *muß* der Direx auf Druck der Eltern und der Schulbehörde reagieren."

Rob springt auf. „Typisch, erst 'ne große Klappe von wegen die Revolution auch an die Schulen tragen und dann im entscheidenden Moment den Schwanz einziehen."

Jetzt werde ich aber sauer: „Erstens, Mister Oberschlau, hab ich keinen Schwanz und kann ihn also auch nicht einziehen. Zweitens müssen wir abwarten, was aus der Entführung wird. Wenn die den Schleyer umbringen, bricht wieder die große Betroffenheit aus, und wir sind dann die pietätlosen Polit-Idioten. Dann grillen uns die Junior-Heinis von der CDU in ihrem Blättchen, und wir können anschließend wieder in der WAZ lesen, daß die Schulen von Kommunisten unterwandert werden. Die blasen zur üblichen Gespensterjagd mit allen Schikanen. Ich habe auch die Faxen dicke, wenn's um die Kommunistenhetze geht. Aber wenn sie uns das Maul stopfen, können wir für die Schülerschaft auch nix mehr ausrichten. Ich bin Schulsprecherin, und da würde ich gern noch ein bißken was hier vor Ort verändern. Ich bin echt kein Bangebüx, aber wenn ich an die Bullen denke, geht mir die Muffe. Wer jetzt das Maul zur RAF aufmacht, den stecken sie in 'nen Knast und schmeißen den Schlüssel weg."

Alle nicken stumm. Rob rennt wutschnaubend raus.

Wir schaffen es zwar noch, unsere Redaktionssitzung fortzusetzen, aber ich werde das verdammte Gefühl nicht los, daß wir Feiglinge sind – und zwar allesamt.

Das Gefühl legt sich auch die ganzen nächsten Wochen nicht, in denen Schleyer verschwunden bleibt. Jeden Abend gibt es betroffene Kommentare von Politikern in der *Tagesschau.* Plötzlich wird dieser Typ, den selbst mein Vater für einen fürchterlichen Ausbeuter gehalten hat, von allen nur bedauert, und die Politiker schwingen Reden darüber, was für ein prima Kerl er sei. In unserer Kneipe diskutieren alle darüber, ob die RAF ihrer Linie, Unschuldige und Mitglieder der Arbeiterklasse zu verschonen, untreu geworden ist, indem sie die Bewacher von Schleyer erschossen hat. Doch die meisten finden, daß diejenigen, die so eine „Schlüsselfigur des Kapitals“ bewachen, nun mal mit dem Risiko leben müßten. Mir ist die ganze Diskussion unheimlich. Ich will weder, daß einfache Fahrer und Bewacher abgeknallt werden, noch möchte ich, daß aus Schleyer ein Unschuldslamm und Märtyrer wird. Klar will ich, daß die Gefangenen aus Stammheim befreit werden. Es gibt genug Informationen aus Uni-Kreisen darüber, daß die politischen Gefangenen wie Tiere gehalten werden, obwohl Helmut Schmidt immer betont, daß die Gefangenen – er nennt sie nie „politisch“ – fast schon privilegiert seien und in ihren Zellen Fernsehen, Radio, Bücher und Zeitschriften haben.

Zum ersten Mal verstehe ich meinen Vater, der sagt, ich solle mich vor jeglicher Propaganda hüten und lieber nach der Wahrheit suchen. Alle haben eine eigene Version der Ereignisse. Und ich blicke kaum noch durch.

Seit ich von der Ostsee zurück bin und all meine Illusionen von Liebe und Glück in tausend Stücke zersprungen sind, beschäftigt mich, warum in dieser Gesellschaft so vieles um das angebliche Liebesglück zwischen Mann und Frau und die heile Familienwelt kreist. Nivea wirbt mit einer strahlenden Familienidylle am Strand, Tilly tunkt die Hände von Frauen in Palmolive, damit sie weiter für die ganze Bande abwaschen können, die Hausfrau, die kein Lenor für die Wäsche ihrer Lieben verwendet, wird von ihrem schlechten Gewissen verfolgt. Und alle sind erst glücklich, wenn das Ehepaar zufrieden strahlt und die Kinder fröhlich lächeln. Du mußt als Frau einfach einen Mann begehren, ihr beide müßt glücklich sein und ein Mädchen und einen Jungen haben, die nett anzusehen und artig und fleißig sind. Gelingt dir das nicht, machst du was falsch. Du bist schuld, sagt die Werbung, behaupten die Politiker und predigen die Priester von den Kanzeln. Diejenigen, die nicht so sind, halten besser die Klappe, damit ihre Fehler nicht auffallen, und passen sich an. Also schweige auch ich besser oder prahle mit den anderen Mädchen zusammen rum.

Mein Dilemma ist nicht meine Privatangelegenheit. Doch wie soll ich herausfinden, was ich brauche, wenn alles so festgelegt ist? Ich kann nicht glauben, daß dieses bescheuerte Spiel von allen mitgespielt wird, und die, die da nicht mitmachen, muß ich finden. Ab und zu lese ich im *Spiegel* von der Frauenbewegung. Zwar zieht das Blatt die Aktivistinnen durch den Kakao, wo es nur geht, aber ich lese zwischen den Zeilen, daß mir gefällt, was sie wollen. Sie wollen die Rolle der Frau in dieser Gesellschaft verändern und wehren sich gegen die Machos. Ich finde das toll, weiß aber nicht, wie ich an mehr Informationen rankommen soll. Immer wieder nehme ich mir vor, mal nach Bochum an die Uni zu fahren. Aber allein traue ich mich nicht, und meine Freundinnen haben keine Lust dazu. Die Studenten würden bestimmt alle merken, daß ich eine Schülerin bin und noch zu Hause wohne. Das kann ja jeder schon allein an meinen spießigen Klamotten sehen. Ich darf ja nicht anziehen, was ich will. In meinem Depot im Fahrradkeller habe ich ein paar Klamotten versteckt wie das übergroße Flanellhemd und den Rollkragenpulli von meinem Vater und die Jeans, die ich aus der Mülltonne, in die meine Mutter sie geworfen hatte, gerettet habe, die mit dem großen Loch am Knie und dem eingenähten Riesenschlag. Ich könnte mich ja im Keller umziehen wie abends, wenn ich ausgehe. Aber bei meinem Pech sitzt bestimmt jemand aus dem Kirchenchor meiner Eltern in der Straßenbahn nach Bochum und verpfeift mich. Dabei wüßte ich so gern mehr über die Emanzen und die revolutionären

Bewegungen und die RAF. Die Leute von der RAF wollen jedenfalls die ganze Gesellschaft umkrempeln und einen sozialistischen Staat und die Gleichberechtigung von Frauen und Männern. In ihren Reihen gibt es jede Menge Frauen, gefährliche Frauen. Immer mehr Artikel erscheinen über diese gefährlichen Frauen. In einem steht, sie würden Anschläge machen, bevor sie ihre Tage bekommen, weil Frauen dann unzurechnungsfähig wären. Ich habe zwar Bauchweh und Seelenschmerz, wenn ich meine Kirmes kriege, aber ich kann nicht behaupten, daß ich deswegen schon mal jemanden umbringen wollte.

Offenbar sind die Frauen so gefährlich, daß sie diejenige, die das meiste zu sagen hatte, umbringen mußten. Ulrike Meinhof. Als ich letztes Jahr von ihrem Tod las, zögerte ich keine Minute, zu glauben, daß sie ermordet wurde. Damit war mein Vertrauen in diese Demokratie nachhaltig erschüttert. Sie können töten, wen sie wollen. Wer immer auch diese „sie" sind. Mir machte das damals schon angst, aber ich war zu durcheinander, um groß darüber nachzudenken. Doch jetzt, wo ich langsam aufhöre, die Schuld für alles nur bei mir zu suchen, wird mir immer klarer, daß diese paar Revolutionäre von der RAF eine echte Bedrohung für die Jägerzaunidylle in diesem Staat sind. Meine Geschichte von den beiden Schwulen auf dem Schützenfest kam nicht von ungefähr. Die Mehrheit von Spießern verteidigt ihre Auffassung von Idylle, und wenn es sein muß, auch mit Gewalt. Niemand darf diesen Staat, die bürgerlichen Tugenden oder das Erfolgsdenken in Frage stellen, sonst läuft er oder sie Gefahr, von rechtschaffenen Bürgern vernichtet zu werden. Es steht ein richtiger politischer Plan dahinter. Die RAF bringt mit ihren Anschlägen die ganze selbstzufriedene Politikerbande durcheinander. Warum sonst werden die paar Leute so massiv mit Straßensperren, Fahndungsplakaten und Wohnungsdurchsuchungen bekämpft? Da muß doch mehr dran sein, als man uns sagt. Polizei und Politiker scheinen richtig aus der Fassung geraten zu sein. Manchmal kann ich gar nicht glauben, daß die RAF aus nur so wenigen Personen besteht, weil der Staat so tut, als hätte er tatsächlich eine ganze Armee gegen sich. Die Regierung scheint Angst zu haben, daß die Bürger und Bürgerinnen sich nicht mehr sicher fühlen, und wer unsicher ist, haut nicht mehr sein ganzes Geld auf den Kopf. Und Geldausgeben ist das einzige, was hier noch zu zählen scheint. Dazu braucht man brave Hausfrauen und schwer schuftende Familienväter und bis zur Bewußtlosigkeit brave Kinder. Alles, was da nicht reinpaßt – Hippies, Studenten, wilde Ehen, wilde Frauen –, muß irgendwie mit der RAF sympathisieren. Und das ist verboten.

Deshalb fühlen sich alle bedroht, wenn etwas über Emanzen im Fernsehen kommt. Mein Vater hält sie alle für frustrierte Ziegen, die keinen Kerl abgekriegt haben. Meine Mutter findet es unanständig, daß sie öffentlich ihre Büstenhalter verbrannt haben und jetzt „ungehalten“ herumlaufen. Außerdem wären viele von denen „andersrum“. Dieses „Andersrum“ brennt mir immer ein Loch in den Schädel. Ich kann dann einfach nicht mehr weiterdenken.

Heute nacht hat die GSG 9 die Passagiere der entführten Lufthansa-Maschine befreit, und in Stammheim sind die drei wichtigsten Anführer aus der RAF, Andreas Baader, Gudrun Ensslin und Jan-Carl Raspe, „tot aufgefunden“ worden. Irmgard Möller liegt schwerverletzt im Krankenhaus. Überall herrscht die totale Siegerstimmung. Die Männer aus der GSG 9 sind „unsere Helden“. Der Tod der Gefangenen in Stammheim wird bejubelt. Ein starker Staat. Die Regierung kann alles, wenn sie will.

In zwei Monaten werde ich achtzehn Jahre alt in einem Staat, in dem es ballernde Helden und tote Widerstandskämpfer gibt. Rob redet nicht mehr davon, dazu etwas in der Schülerzeitung zu schreiben. Alle in der Redaktion sind geschockt.

Die können also auch anders.

Langsam begreifen wir, daß wir unser Leben verlieren können, wenn wir für die Revolution in Deutschland kämpfen wollen. Ich dachte bisher, daß der moralische Druck der schlimmste sei. Aber jetzt weiß ich, daß da noch mehr lauert. Wenn du den Herrschenden zu gefährlich wirst, dann stecken sie dich in den Knast. Bist du dann immer noch nicht still, wird dein Selbstmord inszeniert. Von der allgemeinen Jubellaune wird mir schlecht, und ich krame wieder das Blatt mit Kafkas Text „Auf der Galerie" heraus.

Da sitzt ein unglücklicher Mensch in einem glitzernden Zirkus mit einer grazilen Reiterin auf einem wunderschönen Pferd, einem stolzen Direktor, einer munter aufspielenden Musikcombo und einem begeisterten Publikum. Doch der Held der Geschichte sieht nur eine schwindsüchtige Reiterin auf einem entkräfteten Pferd, das vom grausamen Direktor mit Peitschenhieben durch die Arena getrieben wird. Dazu schrillt die Band schräg, und das Publikum brüllt grausam. Diese Geschichte ist mein neuer Talisman. Und ich bin nun aus ganz anderen Gründen wieder an dem Punkt, wo ich nur noch „Nich am Bär packen" sagen kann. Immer wieder plagt mich die Vision, daß die, die vor dem *Blauen Bock* sitzen, plötzlich aus ihren verschossenen Wohnzimmergarnituren aufspringen und sich mit haßverzerrten Gesichtern auf die Jagd machen, um die zu erlegen, die ihre Ruhe stören.

Zur Direktübertragung von den Trauerfeierlichkeiten für Hanns Martin Schleyer müssen wir Mädchen aus der Oberstufe in die kleine Aula vor den Fernseher. Der konservative Flügel des Lehrerkollegiums hat sich durchgesetzt und die Einwände der Referendare mit der Frage abgeblockt, ob sie etwa mit den Terroristen sympathisierten. Diese Frage stopft im Moment so ziemlich jedes Maul. Also müssen wir unserer „Staatsbürgerpflicht" nachkommen und das Bauernopfer, besser das Arbeitgeberopfer, betrauern. Mir ist schon den ganzen Morgen mulmig. Heuchelei ist das letzte, wonach mir im Moment ist. Hat Schmidt etwa nicht seinen Freund über die Klinge springen lassen? Und jetzt will er eine salbungsvolle Rede darüber halten? Die Stammheimer sind tot. Wir haben neue Superhelden von der GSG 9.

An jeder Getränkebude stehen arbeitslose Kumpels, Ergebnis der letzten Zechenschließungen, umklammern ihre Bierflaschen und schwadronieren mit der Schmidt-Mütze auf dem Kopf in schmutzig-karierten Hemden mit Pollunder, wie man „dat ganze linke Gesockse einsperren und anne Aabeit kriegen sollte. Auf unsere Helden von der GSG 9, prost! Gerti, mach noch ma zwei Helle un zwei Kurze für den Kall-Heinz un mich."

Ich habe auf all das keine Lust. Müde hänge ich in meinem Stuhl und hoffe, diese Beerdigungsshow irgendwie zu überstehen. Aber als ich die Löckchen von Scheel und sein betroffenes Gesicht sehe und zum x-ten Male das verhärmte Gesicht von Frau Schleyer, halte ich die Verlogenheit nicht mehr aus. Ich springe auf und rase hinaus.

Mein alter Deutschlehrer aus der Unterstufe, der unsere unfreiwillige Andacht bewacht, wirft mir hinterher: „Das gibt einen Verweis, das ist dir doch wohl klar!"

Doch ich bin froh, als ich draußen endlich frische Luft atmen kann. Wenn ich nicht wüßte, daß ich in den Herbstferien meine Schwester in Marburg besuchen werde, würde ich eingehen. Ich werde das Gefühl nicht los, daß mir dieses Nest zu klein geworden ist. Ich bin froh, daß ich im Frühjahr nach dem Abitur abhauen kann.

Ich weiß jetzt, daß es mir nicht reicht, in meinen Träumen zu leben, allein, und den Alltag nur zu erdulden. Ich weiß, daß meine Wünsche nicht einfach nur unnormal sind und ich mich bloß anzupassen brauche, um diesen „Fehler" wettzumachen. Das, was mir in dieser Gesellschaft widerfährt, ihre Verlogenheit und Heuchelei, das ist verkehrt. Ich weiß, daß es Gruppen und einzelne Menschen gibt, die gegen dieses System ankämpfen, gegen diese Form von Normalität, und die anders leben wollen. Ich kann sie nur in diesem spießigen Ort nicht finden. Und dafür mache ich mein Umfeld verantwortlich. Meine schwatzenden Freundinnen, meine ängstlichen Eltern, ihre stockkonservativen Freunde – sie alle verhindern, daß etwas Neues in dieser Stadt passieren kann. Alle Menschen werden auf ein Bild festgenagelt, daß sich nie verändert, solange man hier lebt. Ich weiß spätestens seit der Ostsee, daß ich noch jemand anders sein kann. Ich kann ein begehrenswertes Mädchen sein. Diese ganzen Gedanken treiben mich zur Weißglut, und ich verliere immer öfter die Beherrschung und brülle und tobe und handele mir Ärger ein.

Break on through

„Bitte faß meine Platten nicht an!" Meine Schwester klingt streng wie eh und je, als sie mir ihre Bude zeigt. Und doch höre ich auch den Stolz auf ihr neues Zimmer heraus. Anna wohnt in einer Wohngemeinschaft in einem windschiefen Haus am Berg, der zum Marburger Schloß hochführt. Mein Herz hat wie wild geklopft, als der Zug endlich in den alten Bahnhof einlief, denn das letzte Stück der Strecke zeigt eine Stadt wie aus dem Märchenbuch. Irgendein Riese schien im Mittelalter einen Sack voll kleiner Fachwerkhäuschen über einem Hügel ausgeschüttet zu haben. Zum Schluß hat er dann eine Ritterburg obendrauf gesetzt. Eine Studentenstadt wie in dem Film *Die Feuerzangenbowle.* Nur ein paar häßliche, unterschiedlich hohe Hochhäuser verstellen den Blick. Meine Schwester stand in einer Breitcordhose und einem weiten Pullover auf dem Bahnsteig. Mit ihrer runden Nickelbrille sah sie aus wie eine richtige Studentin. Ich freute mich wie wild, sie wiederzusehen.

Katharina war ja schon längst ausgezogen und verheiratet, und als dann auch noch Anna wegging und ich mit unseren Eltern allein dahockte, war die Wohnung plötzlich sehr leer. Ich fing an, meine beiden Schwestern zu vermissen.

Komisch, als sie noch zu Hause wohnten, habe ich sie heiß und innig gehaßt. Meistens hatten wir Krach über Kleinigkeiten. Wir gingen uns gehörig auf die Nerven. Ich war immer die kleine Kröte oder der lästige Krümel. Ich fand sie beide arrogant. Anna war mir zu schlau und ordentlich, Katharina hat mich zuviel rumkommandiert. Aber als sie weg waren, bekam ich die ungeteilte Aufmerksamkeit unserer Eltern zu spüren, und die ist kaum auszuhalten. Sie sind so im Training, drei Mädchen zu erziehen. Jetzt prasseln ihre Lebensweisheiten geballt auf mein schmales Haupt nieder. Und wenn ich ehrlich bin, vermisse ich die Gespräche mit meinen Schwestern, ihre Ratschläge, ihre Musik ... Die Wohnung ist mir jetzt meist viel zu still. Da hilft auch nicht die Blasmusik aus Mutters Küchenradio. Doch die Begeisterung über unser Wiedersehen vergeht mir, als meine Schwester mir die Benimmregeln um die Ohren haut. Es ist wie in alten Zeiten. Ich soll sie in ihrer neuen WG nicht blamieren, zum Beispiel durch peinliche Anekdoten von zu Hause. Ich soll nicht in ihren Sachen rumschnüffeln und keine altklugen Sprüche klopfen. Obwohl ich genervt bin, ist es mir doch auch vertraut. Ich habe sie wirklich sehr vermißt.

Meine Schwester schläft auf einer großen Matratze, die breit genug für zwei ist und auf einem selbstgebauten Podest liegt. An allen Wänden klettern alte Weinkisten, gefüllt mit Büchern, hoch. In einer Ecke wuchert ein wilder Wald aus Grünpflanzen. Ein langes, breites Brett auf Böcken, das die halbe Fensterfront ausfüllt, dient als Schreibtisch. Eine richtige Studentenbude. Toll. Bald werde ich auch Studentin sein. Ich werde endlich das lernen können, was ich will, und keine kleinkarierten Lehrer vor mir haben, denn Professoren sind bestimmt nicht so blöd.

Hoffe ich. Anna studiert Psychologie, ein Numerus-Clausus-Fach. Ab jetzt wird sie sich immer besser in den Verwicklungen der Seele auskennen, und meine Angst, daß man ihr bald nichts mehr erzählen kann, ohne daß sie rausbekommt, was wirklich dahintersteckt – so im Gefühlsbereich –, wächst. Da ich zur Zeit selbst durch meine Gefühle nicht durchblicke, fürchte ich, daß sie mehr sieht, als mir recht ist. Und doch habe ich den Drang, mit ihr über mein inneres Chaos zu sprechen. Ich bin die kleine Schwester und stehe damit immer auf zwei Skiern, die auseinanderstreben, so daß ich auf die Nase falle. Einerseits bewundere ich Anna und möchte ihr alles erzählen. Auf der anderen Seite glaube ich, daß sie alles, was ich denke und empfinde, schon hinter sich hat. Wenn ich mir vorstelle, jemand käme mit schönster Regelmäßigkeit an und würde mir unangenehme Dinge erzählen, die ich gerade mit Hängen und Würgen hinter mich gebracht habe, wäre ich auch nicht begeistert.

Aber sollte ich meine Gefühle mit meinen Eltern besprechen? Unmöglich. Meine Eltern kommen aus einer anderen Zeit. Sie sind mir überhaupt keine Hilfe. Aber meine Schwester, die war immer schon lebendig und mittendrin. Sie hatte schon in Buer viele Freundinnen und Freunde. Die Menschen lieben sie, weil sie vieles versteht und klug ist. Sie hatte schöne Männer um sich herum, und selbst ihre Freundinnen waren klug und nett. Sie konnte mit ihnen sehr intime Dinge besprechen, schien Geheimnisse mit ihnen zu haben. Sie rennt offensichtlich nicht so verdreht und verwirrt herum wie ich. Vielleicht will ich ihr gerade deswegen immer so viel erzählen, weil ihre Antworten wie ein Ariadnefaden sind, der mich wie Theseus aus dem Labyrinth meiner Gefühle in die Realität führt.

Und so liegen Anna und ich abends mit müden Füßen auf ihrem Bett. Wir sind mindestens drei Stunden bergauf und bergab gelaufen, haben uns die ganze Altstadt, das Schloß und die Uni angesehen. Anna hat mir erzählt, daß die häßlichen Hochhäuser, die ich vom Zug aus gesehen habe, die Geisteswissenschaften beherbergen. Das fand ich total lustig. Da sitzen also ausgerechnet die Menschen, die großen Wert auf Ästhetik legen, in Gebäuden, die diese schöne alte Stadt gründlich verunstalten.

Meine Schwester hat sich in den zwei Monaten, die sie hier ist, schon richtig ortskundig gemacht. Das paßt. Wenn sie etwas tut, dann richtig. Also hat sie mir viel über Marburg und die Uni erzählt und später von ihrem Studium, und ich habe auch ohne Punkt und Komma gequasselt, über unsere Eltern gemeckert und von der Schule berichtet. Und alles mögliche kommentiert. Immer, wenn wir etwas sahen, sagte ich: „Das sieht aus wie ..."

Irgendwann reichte es Anna, und sie fragte mich: „Kannst du die Dinge nicht einfach mal ansehen? Mußt du sie immer mit irgendwas vergleichen? Sieh einfach nur hin. Bewerte nicht alles und jedes."

Ich wußte erst nicht, warum sie so genervt war. Doch dann wurde mir klar, daß unsere Eltern auch immer alles bewerteten und mit Etiketten versahen. Dinge, Gedanken, Gefühle sind gut oder schlecht. Sie sind nicht einfach da, sondern sie sind erlaubt oder nicht erlaubt, anständig oder unanständig, schön oder häßlich. Das, was mich zu Hause so maßlos anödete, machte ich nun hier in Marburg selbst. Ich war völlig zerknirscht und hielt erst mal die Klappe. Wir gingen schweigend nebeneinander her. Am Weg stand eine Blume. Einfach eine Blume. Ein junger Mann ging an uns vorbei. Er hatte lange Haare, trug weite Cordhosen und ein weites Hemd, und er hatte eine abgetragene Ledermappe unter dem Arm. Ein Mann. Vielleicht ein Student. Vielleicht auch nicht. Er sah mich kurz an. Vielleicht sah er nicht eine kleine Schülerin in doofen Klamotten, die man sowieso nicht ernst nimmt. Vielleicht sah er einfach ein Mädchen. Meine Schwester hatte recht.

Anna legte mir den Arm um die Schultern und meinte: „Na, so schweigsam? Ich wollte dich nicht so anfahren. Aber ich dachte, ich sag es dir mal."

Plötzlich flogen die Gedanken schwerelos wie im Weltraum durch meinen Kopf und eckten immer wieder an. Die Schwerkraft liegt in den Urteilen. Wenn sie weg sind, hat nichts einen

Halt. Aber was soll ich tun, wenn Freund und Feind aufgelöst sind? Bin ich vielleicht gar nicht so tolerant, wie ich immer denke? Sind die Eltern vielleicht nicht nur verbohrt? Brauchen sie vielleicht die Sicherheit der Urteile, um sich zu orientieren? Ich grübelte mich durch die engen Gassen und vergaß fast meine Schwester, bis sie mich anstupste. „Wir sind da."

Dann stiegen wir die ausgetretenen Treppen zu ihrer Wohnung hoch. In der Küche, die der Eingangstür gegenüber lag, saß ein langhaariger Typ mit angezogenen Knien auf einem wackeligen Stuhl an einem riesigen alten Holztisch. Er kiffte. Ich hütete mich, etwas dazu zu sagen. Kiffen kannte ich von diversen Parties. Die wirklich coolen Leute auf den Keller- und Schulparties kifften im Vorgarten und hörten abgedrehte Musik. „Break on through" von den Doors oder „Rebel Rebel" von David Bowie.

Einmal habe ich es auch probiert. Bei einer Party, auf die ich durch Zufall geraten war, irgend jemand, der irgend jemanden kannte, der Doro kannte, die ich aus der Kneipe kannte, schleppte uns mit. Sie fand in einem alten Reihenhaus in einer Zechensiedlung statt, in dem nur Studenten und Hippies wohnten. Im Keller rauchten sie Gras aus der Wasserpfeife, im Parterre warfen sie Pillen ein, und im ersten Stock gab's einfache Joints. Ich probierte alles – zunächst mit wenig Erfolg.

Doro zerrte an meinem Arm und zischelte immer: „Nicht so viel. Hör doch auf! Du wirst aus den Latschen kippen."

Doch ich merkte nichts. Dann wurde ich müde und ungefähr dreizehn Tonnen schwer. Ich ließ mich im Keller auf ein Matratzenlager fallen. Jimmy Hendrix' Musik floß in meine Ohrmuscheln, rann an der Innenseite meiner Stirn entlang, tropfte in meinen Hals, glitschte über meine Rippen, sprudelte auf meinem Zwerchfell, erhitzte sich in meinem Bauch, tropfte wie heißes Blut aus meinem Schoß und lief mir an der Innenseite der Schenkel zu den großen Zehen, um dort zu verdampfen. Alle Knochen verdampften mit, und ich lag als Hülle in einem See aus grellen

Tonfäden, die wie Seegras hin- und herschwankten. Die Augen mußte ich offen lassen, sonst wäre ich schräg nach unten in einen dunklen Kamin gezogen worden.

Dann erschien Doro plötzlich am Ende eines langen Tunnels und rief: „Laß uns bloß gehen, bevor du kotzen mußt. Was mach ich bloß mit dir?"

Ich grinste sie an und lallte: „Mit mir schwimmen, aber nackt mit Jimmys Sound im Körper."

Sie zerrte mich von der Matratze hoch. Dreizehn Tonnen. Ich bewunderte sie, erzählte ihr von Jimmy und den Tönen, meinen Rippen und daß ich sie küssen wolle, um ihr auch dieses Feeling zu geben. Sie schleppte mich aus dem Haus und die Straße hinunter, um mich nach Hause zu bringen. Dann standen wir auf der Kreuzung De la Chevallerie-Straße. Vierspurig, mit Grünstreifen, wo früher die Straßenbahn gefahren war. Verlassen lag sie im orangefarbenen Licht der Bogenlampen. Ich konnte LKWs aufhalten, weil ich dreizehn Tonnen wog und unverwundbar war. Also breitete ich die Arme aus und brüllte: „Kommt her, ihr mickrigen Bergelaster mit 'm Erdreich ausse Zeche. Versucht doch, mich umzunieten. Ihr klaut die Steine ausse Erde, um anne Kohle zu kommen. Ich bin die Rächerin der zerstörten Erde. Jeder Erdrutsch, jeder Riß in 'nem Gebäude, jede abgerutschte Straße is eure Strafe, ihr Kroppzeuch!"

Dann stürzte ich zu Boden, weil meine Beine dreizehn Tonnen nicht unbegrenzt halten konnten. Ein Taxi raste auf mich zu. Doro zog mich schreiend von der Straße. Sie schleppte mich nach Hause, brachte mich ins Bett und ging. Meine Eltern waren zum Glück für zwei Tage verreist. Ich war also allein in der Wohnung, die plötzlich keine Ecken mehr hatte. Mein Zimmer war ein dunkler Ballon, der mal anschwoll, um dann wieder gefährlich zu schrumpfen. Ich wimmerte vor Angst und Erschöpfung, weil ich doch die Augen nicht schließen konnte, damit ich nicht in den Kamin fiel. Ich fühlte mich jämmerlich.

Am nächsten Morgen, als ich immer noch in dem inzwischen hellgrauen Ballon saß, rief ich Vero an, die Drogen haßte. Ich heulte und jammerte so erbärmlich, daß sie mir keine Standpauke hielt. Sie kam, zerrte mich aus dem Bett, ging mit mir im Flur auf und ab, flößte mir Zitronensaft ein, damit ich wieder munter wurde, und laberte mich voll. Als meine Eltern nach Hause kamen, waren sie erschrocken über mein gräßliches Aussehen. Ich murmelte etwas von „schlechte Pizza gegessen" und verzog mich in mein Zimmer.

Deshalb lief mir ein Schauer über den Rücken, als ich den Mitbewohner meiner Schwester kiffend am Tisch hocken sah. Ich hatte keine Lust, etwas dazu zu sagen. Anna offensichtlich auch nicht, denn sie schob mich hastig weiter. Vermutlich hatte sie Angst, ich würde es zu Hause ausplaudern.

Abends aßen wir mit drei Leuten aus der WG Spaghetti mit Tomatensauce. Ich sah kaum hoch und sagte auch fast nichts, weil ich Angst hatte, mich zu blamieren.

Erst jetzt, als wir nach einem endlosen Tag auf Annas Bett liegen, bin ich richtig froh. Leonard Cohen nuschelt: „Lover, lover, lover come back to me ...", als ich ihr von meinem Freund Michael erzähle.

„Hast du ihm geschrieben?" fragt sie.

Ich bin verlegen. „Ja, zweimal. Aber es ist komisch. Es ist irgendwie nicht mehr so wie im Urlaub. Es ist 'n bißchen schwierig."

„Schreibst du Barbara aus Münster noch? Von der hast du doch soviel erzählt, als wir uns zuletzt gesehen haben."

Ein Stich jagt mir durch die Brust. „Ich glaub nicht, daß sie was von mir hören will. Sie ist frisch verliebt. Ich hab ihr nach dem Urlaub einen Brief geschrieben. Aber sie hat noch nicht geantwortet. Irgendwie ist sie mir so fremd geworden. Es ist alles so verworren. Ich bin ständig wütend und könnte um mich schlagen. Und dann wieder hab ich gar keine Lust zu leben. Michael und die Wache waren toll. Aber ich hatte auch ein schlechtes Gewissen, weil ich nicht soviel für ihn empfinden konnte wie er für mich. Ich glaube, daß er manchmal ganz schön enttäuscht war."

Wir sehen uns nicht an. Ich höre nur ihre leise Stimme: „Warum bist du denn so durcheinander?"

Ich merke es erst gar nicht, aber aus meinen Augen kullern Tränen: „Ich empfinde nichts so, wie ich es mir vorgestellt habe. Es ist so, als hätte mir jemand etwas Wunderschönes versprochen, das in Wirklichkeit dann ganz klein und häßlich ist. Alles, was so als Glück propagiert wird, kommt mir vor wie eine Riesenlüge. Fernsehreklame oder wenn unser Mutter von dem richtigen Mann anfängt oder meine Freundinnen in der Schule, wenn sie immer erzählen, wie phantastisch ihre Typen sind – alles ein einziger riesiger Bluff. Und ich hab zumindest den Teil mit der herzergreifenden Liebe geglaubt."

Anna tätschelt mir sachte die Schulter. „Mach dir keine Gedanken. Das wird bestimmt alles noch. Und es ist sicher auch nicht einfach, jetzt, wo du allein zu Hause bist und unsere Eltern ganz andere Vorstellungen vom Leben haben. Aber es dauert ja nicht mehr lange. Dann gehst du auch. Und wenn du nicht mehr soviel auf andere guckst, weil du dein eigenes Leben hast, findest du viel schneller das, was zu dir paßt."

„Vielleicht hast du recht."

„Bestimmt, glaub mir. Das wird schon. Und jetzt gehen wir besser schlafen. Ich hab morgen früh ein Seminar. Kann ich dich bis dreizehn Uhr allein lassen?"

„Natürlich! Ich bin doch kein Kleinkind!"

Aber mulmig ist mir doch bei der Vorstellung, mit den Leuten ihrer WG allein zu sein. Was ist, wenn ich mich blöd anstelle? Aber jetzt bin ich zu müde, um mir darüber groß Gedanken zu machen.

Als der Wecker schrillt, ist es, als hätte ich überhaupt nicht geschlafen. Ein Blick auf das Zifferblatt reicht, um mir zu zeigen, daß ich ein Recht dazu habe, mich so zu fühlen. Es ist gerade mal acht Uhr. Und ich dachte, Studenten können immer ausschlafen. Für Psychologie-Studentinnen scheint das nicht zu gelten. Meine Schwester wälzt sich müde aus dem Bett. „Frühstückst du mit mir?“

Großartig. Ich muß nicht allein mit denen von der WG frühstücken. „Ja, gern.“

Sie schlurft aus dem Zimmer und läßt die Tür weit offenstehen. Ich lasse mich noch einmal zurück in die Kissen sinken und schaue in den Flur. Da geht die Tür schräg gegenüber auf, und eine nackte, schlanke Frau mit kurzen blonden Haaren huscht fröstelnd aus dem Zimmer und stolpert in Richtung Bad. Mir schießt vor Verlegenheit das Blut in die Wangen. Das muß die sein, die gestern abend nicht da war. Anna hat erzählt, sie sei Sportstudentin und sie würden nicht so gut miteinander auskommen. Und sie hätten auch ein paar ideologische Probleme. Aber zum Glück sei die andere selten daheim, und weil sie Sport und Deutsch fürs Lehramt studieren würde, liefen sie sich an der Uni auch so gut wie nie über den Weg. Das war alles, was ich über die Flitzerin erfahren hatte.

Plötzlich geht die Tür erneut auf, und noch eine nackte Frau, diesmal mit schwarzen Haaren, huscht aus dem Zimmer. Zwei Frauen, beide nackt. Mir bricht der Schweiß aus. Die eine hat bei der anderen übernachtet. Aber ohne Nachthemd? Vielleicht ist das bei Studenten so. Und wenn nicht?

Ich kriege keine Luft mehr und kann mich nicht rühren. Ich hätte nicht hierherkommen sollen. Ich will wieder heimfahren.

Hinsehen soll ich. Ich soll nicht interpretieren. Hol endlich Luft, Ulli!

„Du liegst ja immer noch im Bett. Willst du dich nicht waschen?“

Meine Schwester rubbelt sich ihre kurzen Haare trocken.

Ich soll ins Bad gehen? Niemals! „Das Bad ist doch besetzt. Da ist doch deine Mitbewohnerin noch drin. Ich kann mich ja fertig machen, wenn du weg bist. Eilt ja nicht."

Anna lacht. „Du kannst ruhig reingehen. Das ist hier nicht so kompliziert wie zu Hause. Die beiden duschen noch. Das dauert aber auch nicht ewig, falls du dich genierst."

Ich kann mich nicht beherrschen: „Die beiden? Sind das auch Schwestern?"

Anna dreht sich zu mir um und sieht mich entgeistert an: „Wieso? Nein, die sind ein Paar. Jana ist lesbisch. Die andere ist ihre Freundin."

O Gott! Jana heißt sie, und sie ist lesbisch. Anna sagt das, als wäre nichts dabei – als wäre das ganz normal.

Meine Stimme klemmt. Ich hüstele sie frei: „Wer ist denn deine Mitbewohnerin? Die blonde oder die dunkle?"

Wieder wendet Anna sich mir zu und sieht mich an. Dann merkt sie, was los ist: „Du hast sie aus dem Zimmer kommen sehen, nicht wahr? War das komisch für dich?"

Ich kann nur nicken. Anna kratzt sich das Kinn. „Vielleicht hätte ich es dir erzählen sollen. Aber ich habe dazu eigentlich keinen Grund gesehen. Für mich ist das auch nicht anders als mit Männern. Mir geht nur auf die Nerven, daß sie aus allem eine Frauenfrage macht. Sie ist Feministin und interpretiert alles nur aus der Sicht der Frauen. Das ist mir zu radikal. Da gibt's dann immer Krach. Ist das die erste Lesbe, die du bewußt mitkriegst?"

Ich zittere wie Espenlaub. Meine Hände sind schweißnaß. Bilder von Sabine und Ines schießen mir durch den Kopf. Wieder nicke ich und murmele: „Ist total neu für mich, ehrlich. Ganz komisch. Ich kann mir das nicht vorstellen."

Zumindest nicht ohne Alk. Und ohne Probleme. Doch hier? Kein Problem, kein Verstecken. „Sie sind ein Paar." Wahnsinn.

„Frühstücken die auch jetzt?"

Anna sieht mich leicht verärgert an: „Willst du nicht mit Lesben frühstücken? Ich dachte, du wärst nicht so kleinkariert."

Ich stottere: „Darum geht es nicht, wirklich. Ich weiß nicht, wie ich mich verhalten soll. Vielleicht sage ich was Blödes. Ich hab doch noch nie so ein Paar getroffen."

Ich schwitze immer mehr.

Anna ist inzwischen angezogen, ihre Tasche ist gepackt, und sie steht erwartungsvoll vor dem Bett. „Keine Angst, die beiden frühstücken in ihrem Zimmer. Wir sind allein in der Küche. Die anderen müssen erst später los. Ich wußte gar nicht, daß du ein solcher Hasenfuß bist."

Ich bin beleidigt und blaffe zurück: „Bin ich auch nicht. Ist nur nicht meine Zeit, mich mit wildfremden Leuten zu unterhalten."

Ich krabbele aus dem Bett und schnappe mir meinen Bademantel, den ich zu meiner Erleichterung auf Geheiß meiner Mutter noch eingepackt habe. Irgendwie bin ich auf einmal ganz verschämt. Ich will nicht, daß mich eine von den beiden halbnackt sieht. Meine Schwester ist schon in die Küche geflitzt. Der Flur liegt endlos lang vor mir, und die Gefahr, einer von den beiden Lesben zu begegnen, ist riesengroß.

Ich bin doch wohl irre, daraus so einen Film zu machen.

Trotzig werfe ich meine Schultern zurück und stapfe los. Als ich den halben Flur hinter mich gebracht habe, geht die Tür vom Bad auf, und die Blonde kommt, nur mit einem Handtuch um die Hüften, heraus und steht mit zwei Schritten vor mir. Sie streckt mir die Hand entgegen, lächelt mich an und sagt: „Guten Morgen! Du bist bestimmt Ulli, Annas Schwester. Ich bin Jana, ihre Mitbewohnerin."

Ich erstarre zur Salzsäule, und Salzsäulen können nicht atmen. Ich will nicht auf ihre Brüste sehen, schaffe es nicht, ihr ins Gesicht zu blicken, und schaue deshalb auf meine Füße. Mühsam hebe ich die Hand, starre ihr dann in die Augen und murmele: „Guten Morgen, ja, ich bin Ulli."

Mein Kopf platzt gleich, weil sich das Blut darin staut. Jetzt wirkt Janas Lächeln ein bißchen amüsiert. Sie legt den Kopf schief, zieht ihr Handtuch hoch und bedeckt ihre Brüste. „Ich will dich mal nicht in Verlegenheit bringen. Bleibst du länger?"

Sag was, Ulli. Irgendwas Schlaues. „Eine Woche. Ich habe eine Woche Ferien."

Super. Und so sprachgewandt. Und ich gehe noch zur Schule. Ich kann mir ja ein Schild umhängen: „Kleine doofe Pennälerin auf Ferien."

„Fein, dann sehen wir uns bestimmt noch. Deine Schwester wartet sicher schon in der Küche. Sie ist immer sehr pünktlich. Wenn du also noch was von ihr haben willst, mußt du dich beeilen."

Damit verschwindet sie in ihrem Zimmer.

Das war also Jana, die Lesbe. Sie ist schön und stark. Sie hat ganz viele Muskeln an den Oberarmen. Ich dachte, echte ... Frauen, die so sind, denen könnte man das irgendwie ansehen, weil sie sich wie ein Mann zurechtmachen. Jana aber ist richtig schön. Sie sieht aus wie eine schöne Sportlerin. Wie meine Sportlehrerin.

Ich stolpere in die Küche. Anna stellt gerade ein Brettchen mit Aufschnitt auf den Tisch.

„Jetzt hast du Jana ja kennengelernt. Na, ging doch ganz gut."

Ich lasse mich auf einen Stuhl am Tisch fallen und starre auf meinen Teller. Meine Schwester setzt sich nachdenklich mir gegenüber und sieht mich an. Es ist kein Laut in der Küche zu hören.

„Was ist los mit dir, Ulli?"

Ich weiß nicht, wie ich es sagen soll. „Weißt du, ich dachte immer, das geht nicht – Mädchen und Mädchen. Ich hab noch nie erlebt, daß das ohne Katastrophe geht. Mal so angetrunken, ja. Aber sie sind ein Pärchen. Ich versteh so vieles nicht. Ich versteh nicht mal meinen eigenen Körper, geschweige denn meine Gefühle oder was ich will."

Anna legt ihre Hand auf meine. „Weißt du was, Krümel, ich geb dir mal ein Buch. Dann erfährst du wenigstens schon mal was über deinen Körper. Da kannst du bis heute mittag drin schmökern. Und dann gehen wir zusammen in die Mensa und vergiften diesen Körper mit Schlangenfraß, einverstanden? Leider muß ich jetzt los ..." Sie kommt um den Tisch herum zu mir, geht in die Hocke und nimmt mich in die Arme. Dann flüstert sie: „Hab nicht soviel Angst vor dem, was du fühlst. Mach es wie mit dem Gucken. Sieh erst hin, sieh genau hin. Es ist nicht so wichtig, ob es jemand für gut oder schlecht hält, sondern ob du es verstehst."

Dann geht sie, holt ihre Tasche, wirft mir ein „Tschüs, Krümel!" zu, und ich bin nicht einmal beleidigt, daß sie mich bei dem Spitznamen meiner Kinderzeit nennt, denn ich fühle mich wie eine unglückliche Dreijährige.

Mindestens eine halbe Stunde sitze ich zitternd am Küchentisch, unfähig, über den Flur zu Annas Zimmer zu gehen, weil SIE mir begegnen könnte. Ich fürchte es. Ich wünsche es mir. Ich will mit ihr reden und ihr aus dem Weg gehen. Doch schließlich komme ich mir reichlich blöd vor und flitze über den Flur, schlüpfe in Annas Zimmer und knalle die Tür zu. Ich kann zum ersten Mal, seit ich die beiden Frauen gegenüber gesehen habe, wieder durchatmen.

Schwer lasse ich mich aufs Bett fallen. Auf meinem Kissen liegt ein Buch. *Unser Körper, unser Leben.* Das war es also, das Buch, in dem ich schmökern sollte. Ein dicker Wälzer. Zögernd schlage ich es auf. Es ist anders als das Gesundheitsbuch meiner Eltern, in dem ich als Kind immer mit klopfendem Herzen geblättert habe, um mir den nackten Mann und die nackte Frau anzusehen.

Erst als mein Nacken steif wird, tauche ich wieder aus dem Buch auf. Ich muß raus an die frische Luft. Hastig packe ich den Wälzer in meinen kleinen Wollrucksack, suche nach dem Schlüssel, den mir meine Schwester gegeben hat, stopfe ihn in die Anoraktasche und renne aus dem Haus.

Mit klopfendem Herzen laufe ich die Straße bergauf, bis ich eine Lücke in der Mauer finde, die sich schon eine ganze Weile neben mir entlangzieht. Das rostige schmiedeeiserne Tor ist nur angelehnt. Dahinter erstreckt sich ein alter Friedhof mit knotigen Bäumen und bemoosten Grabsteinen, die schief aus einer dichten Grasdecke ragen. Vorsichtig betrete ich die Wiese, suche mir ein ruhiges Plätzchen unter einem großen Baum und lehne mich an einen Stein, der sich wie ein gotisches Fenster nach oben verjüngt. Die hebräischen Schriftzeichen hat die Zeit fast fortgewaschen. Wieder nehme ich das Buch zur Hand. Das Kapitel, das ich jetzt lesen will, kann ich nur allein unter freiem Himmel an mich heranlassen: *Lesbenlust – Lesbenlast – Lesbenliebe. Beispiele aus der BRD und den USA.*

Was ich lese, klingt nicht unproblematisch. Aber sie alle lieben Mädchen oder Frauen. Sie selbst scheinen keine Probleme mit der Erkenntnis zu haben, Frauen zu lieben. Ihr Umfeld aber macht es ihnen verdammt schwer. Es ist also fast nie einfach. Aber es geht. Sie hatten alle keine besonders guten Gefühle beim Sex mit Männern. Aber sie haben es ausprobiert. Immer wieder muß ich die Bilder anstarren von den Frauen, die sich lachend in den Armen halten. Es geht. Sie brauchen kein „Nich am Bär packen!".

Schöne Frauen. Sie sehen so anders aus mit ihren kurzen Haaren, ihren bequemen Klamotten. Keine Tussis. Wie meine Sportlehrerin. Ich zittere, drücke mich an den kalten alten Stein in meinem Rücken. Ich will auch eine Frau küssen, eine Frau lieben, so wie Jana. Ich muß unbedingt mit ihr reden. Tausend Fragen schießen mir durch den Kopf. Nur, wie rede ich mit ihr, ohne daß sie merkt, was mit mir los ist? Vielleicht kann ich so tun, als hätte ich eine Freundin, die das Problem hat. Ja, so mache ich es.

Ein Blick auf die Uhr sagt mir, daß ich mich höllisch beeilen muß, um Anna nicht warten zu lassen. Sie haßt es, wenn ich zu spät komme. Ich komme fast immer zu spät. Als ich aufstehen will, bin ich ganz steif. Meine Beine schmerzen, und die Füße kribbeln, als sie wieder aufwachen. Mühsam rappele ich mich hoch.

Und da merke ich es. Zur Sicherheit fasse ich kurz in die Hose. Es fühlt sich heiß und feucht an. Ich bin wie vor den Kopf geschlagen. Ich fühle mich kribbelig, als wäre ich verliebt. Aber dabei habe ich keine konkrete Person im Sinn. Es sind die Bilder von lachenden Frauen, die sich in den Armen liegen, diese kurzhaarigen Frauen. Es ist das Bild von einer Frau, die auf dem Bett liegt, eine andere Frau auf ihr, die ihr tief in die Augen sieht. Es ist der Ausdruck auf dem Gesicht dieser ersten Frau. Sie sieht aus wie Joan Baez, die ich immer besonders schön fand. Mir gefällt vor allem die Geschichte von Sarah und Diana aus dem Buch, die Angst voreinander hatten, aber dann miteinander zärtlich waren. Fast alle Frauen hatten Angst, aber sie überwanden sie. Und sie liebten sich – was immer das heißen mochte. Allein die Beschreibungen, wie sie sich angenähert haben, lassen mich glühen.

Ich will eine Frau anfassen. Ich würde gern so sein wie Jana: Studentin, nicht so verklemmt und mit einer Freundin.

Aber dieses Wort, dieses „Lesbe" – das klingt wie Schlangengezischel oder Geflüster hinter dem Rücken. Ich mag das Wort „schwul" auch nicht – das klingt wie feuchte braune Socken.

Mein Kopf brummt, während ich schnell zurücklaufe.

Anna wartet schon vor der Tür. „Gut, daß du kommst. Wir müssen gleich los, sonst ist die Schlange in der Mensa endlos. Sag mal, wie siehst du denn aus? Ist dir ein Gespenst begegnet, oder warum bist du so durch 'n Wind?"

Kann man es mir ansehen? Bloß nicht. Ich muß erst nachdenken und mit Jana reden. Vielleicht irre ich mich ja auch. Also erzähle ich meiner Schwester: „Ich bin auf dem alten Friedhof unter einem Baum eingeschlafen und hab was Irrwitziges geträumt. Ich war ganz konfus, als ich aufgewacht bin. Und dann hab ich auf die Uhr gesehen und festgestellt, daß ich mich ranhalten muß, um dich nicht warten zu lassen."

Sie schüttelt den Kopf: „Du tust ja so, als wäre ich eine gestrenge Ziege. Komm jetzt, bevor ich anfange, die Sträucher hier zu essen."

Sie deutet auf den Fliederbusch neben der Eingangstreppe.

Ich muß lachen: „Das kann ich nicht zulassen. Los, schwing die Hufe."

Wir traben den Berg hoch bis zum Beginn der Oberstadt, dann biegen wir nach rechts ab und nehmen die schmale Straße, die steil den Berg hinunterführt, vorbei an der juristischen Fakultät, vorbei am altehrwürdigen Gemäuer der Ur-Uni. In der Fußgängerunterführung steigt meine Aufregung.

Gleich werde ich auf Tausende von Studentinnen und Studenten treffen. Hoffentlich merkt niemand, daß ich noch nicht dazugehöre.

Doch Anna beruhigt mich. Die vielen Studenten wären alle so unterschiedlich. Ich würde mich noch wundern, was für seltsame Gestalten darunter wären.

„Im Mensa-Gebäude sind auch das Bafög-Amt, der Asta und verschiedene andere Büros. Es ist sozusagen das Zentrum für die meisten Studierenden. Da trifft man so ziemlich alle. Übrigens ist Jana im Frauenreferat vom Asta. Sie sitzt bestimmt unten im Frauencafé. Mittags treffen sich da die Frauen, die sich beraten lassen wollen – über Frauenthemen an der Uni, Kinderbetreuung und Frauenaktivitäten in der Stadt. Da können sich auch die ausquatschen, die in ihrem Fachbereich als Frauen diskriminiert werden."

„... die als Frauen diskriminiert werden". Ist es Diskriminierung, wenn dir Informationen vorenthalten werden und du deshalb glaubst, du wärst ein liebesunfähiges Monster?

Doch plötzlich bin ich viel zu sehr damit beschäftigt, mir alle, die uns entgegenkommen, genau anzusehen. Viele Männer haben lange Haare und tragen Jeans und weite Baumwollhemden. Sie sehen aus wie Rob. Andere stecken kurzgeschoren in feinen Oberhemden. Zwei von dieser Kategorie tragen schmale Bänder in drei verschiedenen Farben quer über ihre sich leicht wölbenden Bäuche.

Ich stupse Anna an: „Sag mal, was sind denn das für welche?"

Sie winkt ab und antwortet: „Ach die, die sind von einer schlagenden Verbindung. Das sind uralte Studentenclubs für reiche Typen. Die pflegen dort so männliche Tugenden wie saufen, rechtes Liedgut singen und sich als Mutprobe mit dem Säbel ins Gesicht hauen. Die Wunde, die dabei entsteht, wird sogar noch mit Salz bestreut, damit die Narbe gut zu sehen ist. Das nennt sich dann Schmiß. Daran kannst du sie später erkennen. Die meisten Juristen und Mediziner sind in so einer Verbindung. Viele von den alten Profs haben so ein Narbengesicht."

„Und was soll das Ganze?" frage ich verwundert.

„Die Verbindung hält über das Studium hinaus. Die, die fertig studiert haben, nennen sich alte Herren. Sie vermitteln ihren Schützlingen dann die Jobs. Also, wenn du Glück hast und deine Alten reich sind, kannst du dumm wie Bohnenstroh sein, wirst aber auf dem Internat zum Abitur geschubst. Bist du dazu zu blöd, bezahlt Papi fürs Abi. Dann gehst du an die Uni und trittst in die Verbindung ein. Dort gibt es Lernkreise, wo ältere Studenten dir das Pensum ins Hirn boxen. Bist du auch dazu zu blöd, wird der Professor, der zufällig ebenfalls in dieser Verbindung ist, zum Besäufnis eingeladen und plaudert zufällig das Klausurthema aus. Dann machst du deine Scheine, ohne einen Schimmer zu haben. Das Examen läuft dann nach demselben Muster. Und dann kommt der hoffnungsvolle Sprößling, immer noch so dumm, daß er brummt, zu einem alten Herrn in die Praxis oder Kanzlei, je nachdem. Ist er später zu blöd, sich selbständig zu machen, geht er in den Staatsdienst und wird Richter oder Amtsarzt. Keine Spur von Nachhilfestunden geben oder Zeitungen austragen, um das Studium zu finanzieren, wie bei uns beiden. Und so was sitzt dann zu Gericht über arme Schlucker oder entscheidet, ob jemand arbeitsfähig ist oder nicht. Ekelhaft."

Mir graust es: „Das ist ja deprimierend. Und das ist nur für Männer?"

Anna lacht. „Frauen haben da absolutes Hausverbot. Nur bei größeren Ereignissen werden sie als Klunker- und Klamottenständer mitgeschleppt, um den Erfolg ihres Gatten oder Verlobten zu bebildern.“

Mein Bild von der Uni als revolutionäre Keimzelle zerbröselt im Nu.

Als wäre es noch nicht genug, fährt Anna fort. „In der Nacht zum ersten Mai ist hier in Marburg die Hölle los. Oben am Schloß stehen die Verbindungsleute in Wichs, das heißt in voller Uniform, und grölen zu Ehren der Sonnwende das Horst-Wessel-Lied und alle Strophen des Deutschlandliedes und ziehen mit Fackeln zu ihren Verbindungshäusern. Auf dem Marktplatz sitzt das Volk und feiert den Tanz in den Mai, und vom Frauenzentrum aus ziehen die Feministinnen als Hexen verkleidet zum Markt und schmettern: ‚Wir erobern die Nacht zurück!‘ Manchmal prallen die Gruppen aufeinander, und dann gibt's was auffe Omme. Du siehst, um mit unsa Mutta zu sprechen, hier machse wat mit ...“ Sie haut mir auf die Schulter und lacht.

Schon wieder Frauen. Es gibt also ein Frauenzentrum. Wo lebe ich bloß? Mein Gefühl, betrogen worden zu sein, wird immer beißender.

In der Mensa herrscht heilloses Chaos. Erst stehen wir ewig für die Essensmarken an. Dann warten wir in der nächsten Schlange noch länger auf das Essen selbst. Hinter uns näselt eine Frau, die höchstens zwei Jahre älter ist als ich: „Ich fand das irgendwo total unfair, was die Meier-Fürbringer mit der These von Bernd gemacht hat. Das war total reaktionär und irgendwo autoritär.“ Dabei steht sie mit vorgeschobenen Hängeschultern da und streicht sich ihre mittelgescheitelte hellbraune Mähne hinter die Ohren, während sie mit der anderen Hand einen Bücherstapel an sich drückt. Ihre Jeans ist ausgeblichen, und das weiße Oberhemd, das sie trägt, ist groß wie ein Zelt. Ihre Zuhörerin läßt den

Kopf hängen, ohne sie anzusehen, und ihr Gesicht ist hinter dem dichten Vorhang ihrer dunklen Haare nicht zu erkennen. Sie schaukelt nur träge von einem Bein aufs andere. Das muß an den Jesus-Latschen liegen, die sie trägt. Davon tun mir auch immer die Füße weh. Auf ihrem dunkelroten Indienkleid mit den hellroten Elefanten, das an ihr hängt wie ein Sack, baumelt an einer langen silbernen Kette ein Sammelsurium von Anhängern, von denen ich nur das „Peace“-Zeichen kenne. Sie wirken so lässig und ernst. Toll.

Endlich sind wir an der Essensausgabe angelangt und nehmen die Metalltabletts entgegen. Ich bin mir nicht sicher, ob sich die Warterei gelohnt hat, weil das, was mir da entgegenriecht, nicht sehr appetitlich aussieht. „Bratwurst mit Mischgemüse und Stampfkartoffeln“. Da haben Dichter und Koch aber eng zusammengearbeitet, denn es braucht viel Phantasie, die Matschsubstanzen als Gemüse oder Kartoffeln zu identifizieren.

Zu allem Überfluß lasse ich das Tablett fast fallen, als Jana plötzlich wie aus dem Boden gewachsen vor uns steht. Sie grinst mich an. „Da muß ich ja nicht allein essen. Wie nett.“ Meine Schwester grinst säuerlich. Sie sind sich wirklich nicht grün.

Als wir endlich drei Plätze an einem der schmierigen weißen Tische gefunden haben, sitze ich Jana gegenüber. Ich habe gar keinen Hunger mehr, zwinge mir aber mühsam ein paar Happen hinein, um mir nichts anmerken zu lassen.

Anna fragt, wohl mehr um ein Gespräch anzuleiern, als aus echtem Interesse: „Hast du heute Dienst im Frauenreferat?“

Jana, die mit großem Appetit den Eintopf, den ich fast auch gewählt hätte, aus einer großen weißen Schüssel in sich hineinlöffelt, sieht hoch. „Ja, wir haben Erstsemesterinnen-Beratung. Willst du nicht auch mal kommen?“ fragt sie Anna provozierend.

Die winkt nur ab. „Keine Zeit. Ich hab die ganze Woche noch genug Streß, meinen Plan zurechtzurücken.“

Dann wendet sich Jana an mich.

Ich habe es geahnt.

„Du kommst im nächsten Herbst, nicht wahr?“

Ich nicke mit vollen Backen. Wie ungünstig.

Aber sie redet zum Glück weiter. „Vielleicht werde ich ja noch mal ins Frauenreferat gewählt. Dann triffst du mich bestimmt an, wenn du vorbeikommst. Wir machen ’ne Menge interessanter Sachen, sowohl hier im Asta als auch im Frauenzentrum.“

Jetzt bin ich rot angelaufen.

Ob sie etwas merkt? Ist es mir anzusehen, daß ich unbedingt mehr über Frauen, die anders sind, wissen muß? In Buer darf das niemand spitzkriegen, sonst bin ich geliefert.

„Ich komme bestimmt mal vorbei. Bei uns in Buer erfährt man eigentlich fast nichts über die Frauenbewegung.“

Ich beiße mir auf die Zunge. Großartig! Jetzt hält sie mich für eine dumme Dorfpute. Damit schinde ich bestimmt Eindruck, ich Rindvieh. Sie hat schöne Augen. Dieses Essen ist eine Tortur. Ich will hier weg.

Doch Jana nickt: „Das war bei mir auch so. Ich hab erst hier in Marburg mehr darüber erfahren. Aber dann war es wie eine Befreiung. Das meiste, was ich nicht verstanden habe, hat sich dadurch geklärt. Jetzt geht es mir endlich gut.“ Sie sieht auf ihre Uhr. „Oje, ich muß los. Schließlich will meine Freundin auch noch essen.“

Heißt „meine Freundin“ jetzt Geliebte oder nur Freundin? Mir ist ganz komisch bei dem Gedanken. Einerseits bin ich furchtbar neugierig, andererseits bin ich irritiert, wenn ich mir vorstelle, daß sie ihre Geliebte meint.

Nach einem Kaffee in der Cafeteria im Souterrain frage ich Anna: „Zeigst du mir mal den Asta?“ Ich komme mir ganz geschickt vor, weil ich das Frauencafé nicht erwähnt habe. Mein Herz klopft wie wild.

Anna zuckt mit den Schultern: „Klar, warum nicht?“

Wir gehen am Ausgang der Cafeteria rechts einen Plattenweg entlang, vorbei an wuchtigen Steintischen und -stühlen bis zum Ende des Gebäudes. Dann biegen wir wieder rechts ab und folgen dem Pfad mit den von der Witterung aufgeworfenen Betonplatten.

Da ist es. Auf einer riesigen Glasscheibe steht in transparenter lila Farbe „Frauencafé". Jana hockt mit dem Rücken zum Fenster auf einer alten Couch. Auf willkürlich angeordneten Sofas und Sesseln sitzen verschiedene Frauen, junge und ältere. Eigentlich habe ich damit schon alles gesehen, was ich hatte sehen wollen. Aber wir gehen weiter und betreten den Flügel mit den verschiedenen Gremien des Asta. Räume für ausländische Studierende, für Schwule, den Marxistischen Studentenbund, MSB Spartakus, den Ring Christlicher deutscher Studenten, RCDS, und ein paar andere Organisationen. Das ist also die Studentenvertretung. Mein Blick wandert verstohlen zur Tür des Frauencafés zurück. Ich würde zu gern hineingehen.

„Sollen wir mal reinsehen?" fragt Anna, die meinen Blick wohl doch mitbekommen hat.

„Nö. Ich bin ja noch gar keine Studentin. Außerdem stören wir Jana bestimmt."

„Okay, mir soll's recht sein. Ich kann sowieso nicht so gut mit diesen Frauen, weil die so verbohrt sind."

Mist! Jetzt habe ich die Chance vermasselt. Aber ich wäre bestimmt gestorben.

There's a light

Jetzt stehe ich wieder vor der Tür dieses Frauencafés, das sich anscheinend nicht verändert hat, und die Zeit zwischen heute und meinem ersten Besuch hier mit meiner Schwester im letzten Herbst schnurrt auf einen einzigen Moment zusammen.

Dabei habe ich ein aufregendes Jahr hinter mir. Ich konnte nicht mehr vergessen, was ich in Marburg über mich entdeckt hatte, als ich nach Buer zurückkam. War ich vorher schon manchmal wütend und aufbrausend gewesen, geriet dies nun zum Dauerzustand. Ich fühlte mich betrogen. Mir gingen meine Freundinnen auf die Nerven, wenn sie von ihren Typen schwärmten. Ich war sauer, daß sie so selbstverständlich über ihre Gefühle reden konnten und einfach davon ausgingen, daß es mich interessierte, interessieren mußte. Was hätten sie wohl gesagt, wenn ich ihnen erzählt hätte, daß ich in unsere Sportlehrerin verknallt gewesen war und nun jeden Abend von einer Lesbe aus Marburg träumte? Ich fühlte mich regelrecht belästigt. Und die Kerle taten mir bloß noch leid. Sie waren nicht nur dumm, sondern sie plusterten sich auch noch auf, als hätten sie wirklich was auf dem Kasten. Die schienen es nötig zu haben.

Ohne Rücksicht auf Verluste ging ich in Kampfstellung und baute manchmal ziemlichen Mist, wenn es um meine Freundinnen ging. So hatten mich Vero und Meral eines Tages eingeladen, mit ihnen und ihren neuesten Eroberungen herumzuziehen. Ich wollte nicht schon wieder nein sagen und verabredete mich mit ihnen um vier Uhr in der Eisdiele. Da ich eigentlich keine Lust hatte, das fünfte Rad am Wagen zu sein, erschien ich mit einer halben Stunde Verspätung.

Und da saßen sie: „Friede, Freude, Eiswaffel". Ich schleppte mir einen Stuhl vom Nebentisch heran und quetschte mich zwischen die Pärchen. Merals Schnulli ging ja noch. Den hatte ich schon mal gesehen. Er schwadronierte davon, wieviel er in der Welt herumgekommen sei.

„In Tunis, sach ich euch, isses so heiß, dat man mittachs nich baafuß laufen kann."

Nein, wie originell. Ich fragte mich, wer wohl allen Ernstes in einer solchen Stadt mittags barfuß in der Sonne rumlaufen will.

Veros Typ sagte keinen Ton. Er hatte helle Haare mit einem

Oben-kurz-und-hinten-lang-Haarschnitt. Um seinen Hals baumelte ein protziges Goldkettchen, und sein wildgemustertes Perlonhemd, kreischfarben und hauteng, war bis zum Bauchnabel offen. Sein rechter Arm hing lässig über der Lehne von Veronikas Stuhl. Der andere Arm lag halb auf dem Tisch. Er lümmelte sich mit vorgeschobenem Becken und weitgespreizten Beinen, die in superengen weißen Schlaghosen steckten, auf seinem Stuhl und spielte ununterbrochen mit einer Zigarettenschachtel. Bei seinem Gesichtsausdruck dachte ich, doof, aber lieb. Wo hat sie den bloß aufgegabelt?

Vero sah meinen Blick und hob das Kinn. Ich kannte diese Geste. Es hieß: „Ist mir doch egal, was du denkst."

Zicke, dachte ich.

Ziemlich laut unterbrach sie das Geschwafel von Merals Kerl: „Kennt ihr euch?" Sie zeigte auf Merals Begleiter. „Das ist Teddy."

Ich nickte kurz, er nickte zurück.

Ihr Arm wanderte zu mir. „Das ist Ulli."

Eine kleine Verbeugung im Sitzen.

„Und das ist", jetzt war der Schlaghosenpannemann dran, „Wolle, Teddys Freund."

Der tippte sich an seine gefönte Mähne, daß sein Goldkettchen schaukelte.

Wolle hieß diese Krone der Schöpfung also. Der Name paßte, stellte ich fest.

Als die Eisdiele um sechs Uhr schloß, war Teddy in Norwegen gelandet und nahm mit Worten fachgerecht einen Lachs auseinander.

Veronika und Meral hatten bis auf ein paar „Was du nicht sagst ..." und „Unglaublich!" fast nichts gesagt, und Wolle war stumm wie ein Fisch.

Teddy beschloß, wir sollten ins „Fuck" gehen. „Fuck" war eine Kneipe, die offiziell zwar „Lokal ohne Namen" hieß, aber die Stammgäste hatten den Laden so getauft, weil es der einzige

Schuppen in Buer war, wo man auch abgefuckte Leute treffen konnte. In den Augen aller Eltern war es das Sündenbabel schlechthin und in den Augen aller Rebellen – oder solcher, die es gern gewesen wären – das Paradies. Zwischen Studenten und Referendaren, die nicht wahrhaben wollten, daß sie keine Studenten mehr waren, tummelten sich Musiker, Bildhauer und Althippies.

Für uns Mädchen vom Gymnasium, die nicht zielstrebig auf eine Lehre bei der Sparkasse und einen Ehemann hinarbeiteten, war es der erste Ort, den wir nach der Schule heimsuchten, um auf ausgedienten Eisenbahnpolstern an schmierigen Holztischen Alt zu trinken und Backgammon zu spielen, während im Hintergrund J.J. Cale nuschelte oder die Doors ihre düsteren Songs spielten. „Fuck" war Kult, Image und Insel zugleich.

Teddy steuerte, Meral fest an der Hand führend, an der Spitze unserer kleinen Gruppe aufs „Fuck" zu. Wolle, dessen Perlonhemdarm um Veros Schultern hing, blieb plötzlich stehen, so daß ich fast auf die beiden Turteltauben aufgelaufen wäre.

„Wat is los?" fragte ich ärgerlich.

„Da krisse mich nich rein", bockte Wolle. „Meine weiße Hose is neu. Ich geh lieba mitti Veronnika im Kinno."

Ich traute meinen Ohren nicht. Meral prustete einmal kurz auf. Vero sah meine entgeisterte Miene, hörte Merals unterdrücktes Gekicher und wurde rot. Ich konnte nicht anders. „Wo gehsse mit Vero hin?"

Meral gackerte jetzt laut, Teddy funkelte sie ärgerlich von der Seite an, und der Pannemann wiederholte trotzig: „Ich geh mitti Veronnika im Kinno."

Vero war sauer. Da sie aber mit diesem Einstein noch was vorhatte, ließ sie ihre ganze Wut an mir aus.

Sie wandte sich an Wolle. „Entschuldigst du mich einen Moment? Ich muß mal kurz was mit Ulli klären."

Dann wand sie sich aus Wolles Umarmung, zerrte mich außer Hörweite und funkelte mich an: „Was soll das? Wolle ist Malocher und nicht der Hellste. Ich will ihn ja nicht heiraten, aber er ist nett. Findste das gut, ihn hier wie einen Trottel aussehen zu lassen? Ich denke, du willst immer die Arbeiterklasse befreien. Aber du hast ja nicht mal Achtung vor denen."

Bei mir brannte eine Sicherung durch, und ich konnte mich nicht mehr beherrschen. „Ich soll ihn blöd aussehen lassen? Der Typ *ist* die absolute Lachnummer. Der hat doch 'nen Fuchsschwanz an seiner Antenne und 'n tiefergelegtes Gehirn. Warum verplemperst du deine Zeit mit so 'nem Schwachkopf? Der blubbert schlimmer als Tegtmeier, und du machst einen auf Mausi. Ich fass es nicht." Ich hatte einfach Lust, sie zu beleidigen, ihr etwas heimzuzahlen, aber im Grunde wußte ich gar nicht was.

Natürlich hatte ich nichts gegen Malocher, überhaupt nicht. Das Theater, das meine Eltern veranstalteten, wenn es um „primitives Volk" und „Kohlenpottdeutsch" ging, fand ich blöd und snobistisch. Aber daß meine beste Freundin keine Zeit mehr für mich hatte, weil sie sie lieber mit diesem Dünnbrettbohrer verplemperte, machte mich rasend eifersüchtig.

Veros Sicherungen waren jetzt auch ausgeschaltet. „Was verstehst du schon davon? Du mit deiner mickrigen Fernliebe. Wer weiß, ob du überhaupt was mit dem Typen hattest oder ob du dir das alles bloß ausgedacht hast, um mitreden zu können. Ich jedenfalls hab's satt, mir dein hochnäsiges Geschwafel anzuhören. Ich hab's satt, daß du jeden Typen niedermachst, den ich mag. Peter ist ein Weichei, Wolle ein Idiot. Guck doch mal in 'n Spiegel und frag dich, warum dir die Typen aus dem Weg gehen."

Dann rauschte sie davon, schnappte sich die weiße Stoffhose samt Inhalt und zog ab.

Meral und Teddy sahen betreten zu Boden.

Ich hatte sie alle so satt. Ich hatte es satt, daß ich nichts erzählen konnte. Ich hatte es satt, daß Vero mit so einem Blödmann rumrennen konnte, ohne daß irgend jemand was sagte, ich dagegen meine Gefühle verstecken mußte. Ich hatte es satt, daß mich alle Mädchen bedauerten, weil ich keinen Freund hatte.

Ich hatte vor allem mich selbst satt, weil mir der ganze Zirkus noch was ausmachte und ich nicht darüberstand, geschweige denn den Mut hatte, mit jemandem über das alles zu reden.

Eine Woche lang mußte ich mich jeden Morgen zwingen, zur Schule zu gehen. Jeden Abend zog ich mir heulend Nina Hagen rein. „Wenn ich ein Junge wär ... " und „Unbeschreiblich weiblich". Ich hatte zu nichts mehr Bock. Vero hab ich einfach nur gehaßt. Das beruhte auf Gegenseitigkeit.

Doch dann hat Meral gesagt, daß sie es nicht mehr aushielte, dieses Hin und Her zwischen uns, und dabei hat sie geweint. Prompt haben Vero und ich auch geheult.

Drei Stunden haben wir geredet. Ich weiß nicht mehr, wie ich es geschafft habe. Aber ich habe kein Wort davon erzählt, wie es mir mit Mädchen und Frauen geht. Ich hatte einfach zuviel Angst, die beiden zu verlieren. Vero und ich haben uns zwar vertragen, aber die Mauer in mir blieb, und ich war total traurig, weil ich ihnen nicht vertrauen konnte, obwohl sie die wichtigsten Menschen in meinem Leben waren.

Sabine, ja, Sabine hätte mich vielleicht verstanden. Doch die Chance hatte ich verpaßt. Sabine war von der Schule abgegangen. Jetzt, wo ich ungefähr wußte, was mit mir los war, hätte ich so gern mit ihr geredet. Aber ich hatte es vermasselt, gründlich vermasselt, weil ich ihr gegenüber dicht wie eine vakuumverpackte Wurst gewesen war. Wenn ich daran dachte, wurde ich noch trauriger.

Noch einmal durchlebte ich schlimme Tage, als Ines mich nach dem Sport am Arm festhielt, um mit mir zu reden. Ich hatte schon lange keine Lust mehr, mit ihr allein zu sein. Von ihr fühlte ich mich ja am allermeisten im Stich gelassen. Sie hatte mir eingeredet, daß es besser wäre, solche Gefühle zu verschweigen. Sie hatte mich dazu gebracht, mich meiner Gefühle zu schämen. Doch jetzt wußte ich es besser. Einerseits wünschte ich mir, ich könnte ihr erzählen, daß es in Marburg offen lebende Lesben gab, und vielleicht würde sie dann nicht mehr vor sich selbst wegrennen. Andererseits dachte ich, daß sie alt genug war, selbst herauszufinden, wo Lesben lebten. Sie hatte doch viel mehr Möglichkeiten als ich kleine Schülerin. Aber ich war mir auch ziemlich sicher, daß sie als Lehrerin an diesem stockkonservativen Gymnasium Schwierigkeiten gekriegt hätte. Ich ging ihr jedenfalls aus dem Weg, weil sie auf mich wie ein beschlagener Spiegel wirkte, der nicht wagte, Zuneigung zurückzugeben. Sie war das einzige Leck in meinem Geheimnis, durch das etwas durchsickern könnte.

Und nun hielt sie mich am Ärmel meines Trikots fest und wollte mit mir reden. Widerstrebend blieb ich da. Wir setzten uns in den halbdunklen Geräteraum. Ich sah sie an.

Sie wand sich unbehaglich unter meinem Blick. Dann holte sie tief Luft. „Ich wollte es dir selbst sagen, bevor du es von anderen hörst. Ich werde heiraten. Mein zukünftiger Mann ist aus meinem Sportverein."

Für einen Moment zischte ein glühendes Eisen auf meiner Brust. Dann stieg eine gigantische Wut in mir hoch. Ich ballte die Fäuste, um ihr keine zu knallen.

„Warum erzählst du mir das? Ich bin bloß eine deiner Schülerinnen. Ich dachte, das hätten wir im Schullandheim geklärt. Schämste dich, weil du mich geküßt hast? Du mußt dich nicht mehr schämen. Jetzt bist du doch wieder normal. Aber paß auf, daß du nicht im Schlaf sprichst, sonst kriegen sie's doch noch raus, daß du eigentlich lieber mit Frauen zusammen wärst."

Ich sprang auf, baute mich vor ihr auf und sah ihr direkt in die Augen. „Ich verrate dir ein Geheimnis. Ich war in Marburg bei meiner Schwester. Dort gibt es Lesben." Ich konnte das Wort kaum aussprechen.

Ines zuckte regelrecht zusammen.

„Dort gibt's Frauen, die mit Frauen zusammen sind und sich nicht wie der letzte Dreck fühlen. Ich werde nach Marburg gehen, und du kannst hier in Buer weiter Theater spielen. Aber laß mich da raus, ja?"

Damit rannte ich aus der Sporthalle und stapfte in die Umkleidekabine, die bereits leer war.

Ich hätte sie erwürgen können. Warum zum Teufel mußte sie es mir unter vier Augen beibringen? Hätte es nicht gereicht, es vor der ganzen Klasse zu erzählen? Wollte sie mir noch einmal weh tun? Was sollte ich schon dazu sagen? Toll, daß du jetzt einen Mann heiratest, statt mich zu küssen und zu lieben? Was denkt die, wer sie ist?

Wütend zog ich mich um, stopfte mein Sportzeug in die Tasche, warf sie mir über die Schulter und stürmte aus dem Gebäude. Die Glastür, die ich hinter mir zuschmiß, klirrte verdächtig.

Ich hatte diese ganze bekloppte Stadt satt. Alle spielten Theater und ließen das wirkliche Leben außen vor. Feiglinge, alle miteinander. Ob dabei Menschen, die anders sind, vor die Hunde gehen, ist ihnen doch scheißegal. In ihrer Stadt gab es keine Homosexuellen, keine Obdachlosen, keine Schwarzen, keine Behinderten, keine Arbeitslosen, keine Säufer und was es sonst noch so an Unnormalen gab. Die Unnormalen zogen weg, versteckten sich oder nahmen sich das Leben. Nur so konnte sich der Rest seine heile Welt bewahren. „... 'n bißken Verlust is immer." Aber ohne mich.

Ich machte Ines den Sportunterricht mit uns zur Hölle. Ich wußte genau, daß das ungerecht war. Aber immer, wenn wir in der Sporthalle waren und sie irgendwas wollte, habe ich die anderen aufgewiegelt, sie nicht ernst zu nehmen. Ich habe sie mies gemacht, wo ich nur konnte. Als würde es mir von einem Dämon eingeflüstert. Dabei fühlte ich mich absolut schrecklich. Mein Magen tat weh, und eigentlich hätte ich mich am liebsten verkrochen. Ich verachtete sie, weil sie klein beigegeben hatte. Aber ich wußte auch, daß sie das genau so durchziehen mußte, wenn sie hierbleiben wollte. Aber wie wollte sie dann noch in den Spiegel sehen? Wenn ich in Buer bliebe, würde ich genauso werden. Ich würde nicht länger versuchen, glücklich zu sein, sondern nur leisetreten, um keine schlafenden Hunde zu wecken. Eigentlich ein Wunder, daß nicht alle verrückt wurden in diesem Nest. Ich hatte nicht vor, verrückt zu werden. Vermutlich wurden sie bloß nicht verrückt, weil sie dieses ganze Theater, das sie sich vorspielten, tatsächlich ernst nahmen und dann über alle ablästerten, die nicht so waren.

Wenn die Kirchenmafia nach dem Sonntagsgottesdienst in Trauben vor dem Dom zusammenstand und direkt nach dem „Ge-het hin in Frieden" erst mal kräftig Unfrieden stiftete, indem sie ihre Nase in Angelegenheiten steckte, die sie nicht das geringste angingen, wollte ich nur wegrennen. Ich hatte oft genug mitgekriegt, wie die braven Gemeindeschäfchen hinter dem Rücken einer ‚Abtrünnigen' die Köpfe zusammensteckten und zischelten: „Dat is nich richtich, wat die da macht. Der is auch noch verheiratet. Unmöchlich. Dat hättet zu unserer Zeit nich gegeben. Aber ich will mich da nich einmischen. Ich hab da nix zu gesacht, sach ich nur. Abba richtich is dat nich." Dann rümpften sie alle empört die Nasen. Es schien sie im wahrsten Sinne des Wortes zu befriedigen, denn anschließend sahen sie immer richtig heiter aus. Und bei der Sargnagel-Theorie packte mich immer besonders das kalte Grausen: „Die bringt ihre Mutta noch innet Grab. So ein Luder is 'n Sarchnagel für die Eltern. Ham se nich verdient, ham se dat ..." Ich wollte nicht eine Sekunde daran denken, wie sie über mich reden würden, wenn ich eine Freundin, eine spezielle Freundin hätte. Ich jedenfalls wollte mein Leben nicht damit verplempern, über andere Leute herzuziehen, nur um überhaupt noch Spaß zu haben. Ich wollte starke Gefühle von Liebe und Leidenschaft haben.

Zum Glück stürzten wir uns dann in die Abi-Vorbereitungen, die uns alle auf derselben Galeere schuften ließen. Themen wie Liebe und Freizeit rückten in den Hintergrund. Wir wollten alle nur heil durch das Abitur kommen. Manchmal herrschte in unserer Abi-Vorbereitungsgruppe eine Stimmung wie vor der verflixten „Männchen und Weibchen"-Zeit. Ich selbst war entspannter, wenn ich mit den anderen Mädchen zusammen war, jetzt, wo ich wußte, warum ich früher in ihrer Nähe immer so durcheinander gewesen war. Manchmal erwischte ich mich sogar dabei, wie ich sie ansah und mir überlegte, wie es wäre, wenn sie auch Mädchen mögen würden. In puncto Liebe fand ich jeden Tag verloren. Ich war schon achtzehn Jahre alt und hatte noch nie so richtig leidenschaftlich Liebe gemacht. Nun zu wissen, daß ich eine Frau lieben wollte, machte es nicht gerade leichter. In Buer kannte ich schließlich keine, die auch Frauen liebte und in die ich mich hätte verlieben können. Es war, als würde ich jeden Tag ein viel zu enges Kleid tragen. Aber ich hatte keine Lust, deshalb Trübsal zu blasen, und versuchte, mir die Zeit so leicht wie möglich zu machen, indem ich ständig auf Achse war.

Ich fuhr mit den anderen nach Bochum ins Studentenkino, um bei der *Rocky Horror Picture Show* mitzumachen. Ich brauchte eine Stunde, um mich in die strenge Magenta zu verwandeln. Unterwegs im VW-Bus sortierten wir unsere Requisiten, füllten die Wasserpistolen, teilten den Reis in Plastiktüten auf und grölten die Songs, die aus den Autolautsprechern schepperten. Fast immer heulte ich im Kino, wenn ich „Don't dream it, be-he-he it" sang. Kaum war das Licht im Kinosaal erloschen, bauten wir uns in den Gängen zwischen den Sitzreihen auf. Einige, die besonders gut gestylt waren, sprangen auf die Bühne vor der Leinwand. Und dann übernahmen wir die Show. Wir sangen alle Songs mit, warfen Reis bei der Hochzeitsszene, schossen mit Wasserpistolen, wenn Regen fiel, hielten Wunderkerzen bei „There's a light" über unsere Köpfe und tanzten „The Time Warp". Wenn das

Licht wieder anging, sah es im Kino aus wie auf dem Schlachtfeld, und wir waren völlig erledigt. Bei meiner zwölften Show tanzte ich den ganzen Film lang im Magenta-Outfit auf der Bühne, und ich war happy.

Doch das Tollste war der letzte Geburtstag von Kugel, mit der ich mich im letzten Jahr angefreundet hatte. Sie war so hoffnungslos romantisch, daß ihr Traumprinz erst noch gebacken werden mußte, und hatte deshalb wesentlich mehr Zeit für mich als Meral und Vero, die beide in festen Händen waren. Kugel hieß eigentlich Antje. Aber weil sie bei der Rückgabe einer Klassenarbeit jedesmal murmelte: „Ich geb mir die Kugel, wenn das wieder 'ne sechs ist", hatte sie ihren Spitznamen weg. Kugel hatte auch viele Träume und konnte stundenlang mit mir durch Luftschlösser wandeln. Sie war die beste Imitation von Marilyn Monroe, die es je auf Erden gab. Ihre Version von „Diamonds are a girl's best friend" war das Schönste, was ich je gesehen hatte. Sie beugte sich dabei ein bißchen vor und hauchte jedes Wort einzeln. Sie formte ihre Lippen zu einem wunderschönen Kußmund, und ihre Kulleraugen wirkten riesig. Ich verehrte sie fast dafür. Außerdem stand sie dazu, eine rührselige Romantikerin zu sein. Sie hatte dreimal *Love Story* gesehen. Beim ersten Mal war sie unvorbereitet und heulte zwei Packungen Tempos weg. Beim zweiten Mal war sie unglücklich verliebt und wollte ihren Kloß im Hals abheulen. Sie setzte sich an das Ende einer Sesselreihe direkt an der Saalwand, knüllte ihren Parka zusammen, drückte ihn an die Wand, legte ihren Kopf hinein und fing zum Erstaunen des restlichen Publikums schon bei der Werbung an zu weinen. Beim dritten Mal nahm sie Lippe, ihre Busenfreundin seit Kindertagen, und mich mit. Da sie sich diesmal nicht durch ihre Heulerei blamieren wollte, sang sie die ganze Zeit leise vor sich hin: „Plantschi is prima, Plantschi is 'ne Wucht, mit Plantschi macht das Baden Spaß …", bis wir ihr, selbst schon leicht verheult, das Maul verboten haben. Dann schluchzte sie hemmungslos mit uns mit.

Es war ihr Geburtstag. Eingeladen war der harte Kern, der in den letzten Wochen besonders eng zusammengerückt war, also Veronika, Meral und ich sowie Lippe als beste Freundin. Zu feiern gab es genug. Nicht nur Kugels Wiegenfest, sondern auch das drohende Abitur machte wahre Kampftrinkerinnen aus uns, und Kugel braute die beste und gefährlichste Erdbeerbowle der Welt. Ich pickte immer wieder die Erdbeeren aus der prickelnden Flüssigkeit, bis ich völlig flog und kaum noch reden konnte. Lippe lag nach einigen Biergläsern Bowle hilflos unter dem schicken Wohnzimmertisch, stieß mit dem Kopf immer wieder gegen die Glasplatte und murmelte: „Ich versuche aufzustehen, aber irgendwer drückt mir immer auf den Kopf. Idiot!“

Da brachte Veronika, die träge auf dem Sofa lag, den Vorschlag: „Wir schließen getz ’n Pakt. Die, die zuerst untere Haube is, muß allen andern je ’ne Kiste Sekt ausgeben.“ Alle hoben die Gläser, und ich brüllte los vor Lachen.

Lippe streckte mühsam ihren Arm unter dem Tisch hervor, zeigte mit dem Finger auf mich und lallte: „Die kricht nix mehr zu trinken. Die is ja besoffen. Nimma eine die Hand von meinem Kopp.“

Kugel, die immer Haltung bewahrte, blau oder nicht blau, zog ohne eine Miene zu verziehen den Glastisch weg, und Lippe rappelte sich mit einem „Na, wer sachtet denn?“ hoch.

Als sie endlich auf dem Sofa saß, wurden wir alle ernst und feierlich. Der Pakt war wie ein Versprechen, noch einmal zusammenzukommen. Uns war klar, daß dies einer der letzten Anlässe war, an dem wir zusammen saßen. Egal, ob wir mal Zoff miteinander hatten oder nicht, wir waren traurig und ein bißchen ängstlich, weil sich alles verändern würde. Zwar blieben bis auf mich alle in der Nähe. Sie gingen nach Bochum oder auch nach Münster, um nah beim Kohlenpott bleiben zu können, aber das Studium würde neue Freundschaften mit sich bringen, und unsere Verbundenheit würde langsam vergehen. Ich selbst hatte längst das Gefühl, mich zu entfernen. Ich wollte endlich herausfinden, wo ich hingehörte. Nach Gelsenkirchen-Buer und zu meinen Eltern jedenfalls nicht.

Seit meine Schwestern weg waren, wurde es immer anstrengender, dieses Familienleben. Meine Eltern waren es müde, aufgeregte junge Mädchen zu erziehen. Mein Vater hatte mir sogar direkt ins Gesicht gesagt, daß er die Nase voll habe von unseren ewigen Reibereien. Meine Mutter würde mich wohl mehr vermissen. Wir saßen nach der Schule immer bei einer Tasse Kaffee zusammen. Sie erzählte viel von ihrer Kindheit und Jugend, als wollte sie mir wie in alten Zeiten ihre verborgene Geschichte erzählen, mich vor dem Leben warnen. Ich selbst konnte nicht mehr soviel erzählen. Ich war viel zu sehr darauf bedacht, meine wahren Gefühle nicht zu verraten. Ich war nur noch auf der Durchreise. Es war quälend, in einer Umgebung zu sein, in der kein Platz für meine Gefühle war. Aber die Hoffnung, daß sich alles bald zum Besseren wenden würde, gab mir ein bißchen Gelassenheit. Endlich hatten meine Träume ein reales Ziel.

Als der Brief aus Marburg kam, saßen Meral, Vero, Kugel und ich gerade in meinem Zimmer, um für die Deutschprüfung zu büffeln. Meine Mutter legte mir den Umschlag aufs Bett. Sie sah traurig aus.

„Ich hab 'n heute morgen aus 'm Postkasten geholt und inne Schürze gesteckt. Und dann hab ich ihn ganz vergessen. Mach 'n schon auf. Er sieht aus wie der, den deine Schwester damals gekricht hat."

Für einen Moment tat sie mir furchtbar leid. All die Jahre hatte sie sich ausschließlich um ihre Familie gekümmert. Nun hatte meine Schwester Katharina gerade eine Tochter bekommen. Das süßeste Kind auf der Welt, fand ich als stolze Tante. Und auch Anna ging längst eigene Wege. Mein Vater war immer erschöpft, wenn er aus dem Büro kam. Er war nach jahrelanger Knochenarbeit als Dreher zum Einkäufer aufgestiegen, hatte diesen Job aber längst satt. Wenn man ihn im nächsten Jahr pensionierte, würden sie wirklich das letzte aus ihm herausgepreßt haben. Und nun würde auch ich noch gehen. Ich hoffte nur, daß sie beide dann noch eine schöne Zeit zusammen hatten.

Ich nahm den Brief aus Marburg und drückte ihn an mich, bis ich wieder Luft holen konnte. Dann riß ich den Umschlag auf: Ich hatte den Studienplatz in Germanistik und Sozialwissenschaften für das Lehramt an Gymnasien bekommen. Der Speichel lief mir im Mund zusammen. Ich war furchtbar aufgeregt.

Kugel platzte schließlich: „Wat steht drin? Haste ihn?"

Ich nickte. Für einen Moment war die Stimmung arg gedrückt.

Veronika meinte trocken: „Hoffentlich kommsse uns ma besuchen."

Jetzt wurde mir die traurige Seite erst richtig bewußt. Ich würde sie alle verlieren: die romantische Kugel, Vero mit ihrem ironischen Grinsen, unsere Vertrautheit miteinander, meine lange Freundschaft mit Meral, unsere Geheimnisse ... Mit einem Schlag wäre alle Nähe verschwunden. Ich kam mir so gottverlassen vor, daß mir ganz schwindelig wurde.

„Weißte, du wirst mir schon fehlen, du olle Schrulle", nuschelte Vero und drehte sich fahrig eine Zigarette. Sie würde Jura in Bochum studieren und sich in Buer eine eigene Bude nehmen. „Noch mal ziehe ich nicht in eine andere Stadt, nachdem mein Vater mich schon durch die halbe Welt geschleift hat", hatte sie erklärt, als wir zum ersten Mal über unsere Pläne sprachen.

Kugel kaute auf ihrer Unterlippe. Sie würde zwar auch Germanistik studieren, ging aber nach Münster, damit sie am Wochenende ihrer Mutter im Laden helfen konnte, und Meral würde Medizin studieren – in Bochum, weil ihr Vater sie in seinem Einflußbereich wissen wollte. Ich war die einzige, die so weit weg ging.

„Wir müssen mal darüber reden", murmelte Meral. „Wir haben uns lange genug davor gedrückt. Du wirst mir auch fehlen. Hausse vor irgendwat ab? Schließlich ist Germanistik kein

Numerus-Clausus-Fach. Du hättest ja auch hierbleiben können."

Ich vergewisserte mich, daß die Tür zu meinem Zimmer wirklich zu war. „Nee, mit euch hat dat wenig zu tun. Im Gegenteil. Ich werd euch wie verrückt vermissen." Ich mußte schwer schlucken. „Ihr wißt ja, dat meine Eltern sehr konservativ sind und ich hier nicht tun kann, was ich will. Vermutlich müßte ich weiterhin um halb elf zu Hause sein, und sie würden weiterhin alle Freunde unter die Lupe nehmen." Langsam wurde es mir zu blöd, mich bei diesem letzten großen Gespräch wieder in irgendwelche Ausflüchte zu verstricken. „Außerdem muß ich wat rausfinden, und zwar allein. Irgendwas geht mit mir vor, das ich noch nich richtig zu packen kriege und über das ich noch nicht reden kann. Ich kann euch nur soviel sagen: Meine Eltern würden umme Lampe fliegen, wenn sie's rauskriegen würden. Und wat ihr darüber denkt, weiß ich auch noch nich. Laßt mir einfach 'n bißken Zeit. Wenn ich's klar hab, werde ich schon drüber reden."

„Das klingt ja schwer geheimnisvoll. Und bisse sicher, dat du uns da raushalten mußt?" Vero sah ein bißchen gekränkt aus.

Ich grinste sie an und hob die Hand: „Ich schwör's bei meiner Schlampenehre."

Kugel summte mit zittriger Stimme „River of no return", bevor sie ihre Deutschmappe wieder aufschlug. Sie hatte wirklich ein goldenes Händchen für Dramatik.

Dann paukten wir weiter. Veronika hatte wohl am besten begriffen, wie sehr ich weg wollte. Aber selbst ihr, zu der ich jahrelang den besten Draht gehabt hatte, konnte ich von meinen Gefühlen nichts erzählen. Außerdem quälte mich die Frage, ob man erst eine Lesbe war, wenn man mit einer Frau geschlafen hatte oder nicht. Vielleicht bildete ich mir das auch alles bloß ein, und dann hätte ich sinnlos Chaos gestiftet.

Das Abitur war grauenhafter Streß, und ich blendete alles andere um mich herum aus. Bei der Abifeier erwachte ich wie aus einer Narkose. Morgens hatten wir noch einmal all unseren Frust abgelassen, als wir kurz vor der großen Pause in das geheiligte Lehrerzimmer im Parterre eindrangen. Wir kletterten durch die Fenster und bauten eine alte Anlage mit Boxen auf dem großen Konferenztisch auf. Dann legten wir eine Cassette ein, auf der abwechselnd Pink Floyd verkündeten: „We don't need no education“ und Nina Hagen brüllte: „Ich hab keine Lust, meine Pflicht zu erfüllen, für dich nicht, für mich nicht – ich hab keine Pflicht!“ Wir soffen Sekt und grölten mit. Nach und nach trudelten die Lehrerinnen und Lehrer ein. Während die Alten sich empört in einer Ecke versammelten und unseren sofortigen Rausschmiß aus ihrem Allerheiligsten diskutierten, gesellten sich die Jüngeren zu uns. Es war unser Triumph.

Später gingen wir in die Aula, um die offizielle Feier über uns ergehen zu lassen. Als Schulsprecherin hatte ich die Aufgabe, die Abschlußrede zu halten, und deswegen lag ich mit unser Mutter seit einer Woche im Clinch.

„Dasse uns dat antun mußt, kann ich nich verstehen. Du könntest es uns doch einma 'n bißken leichter machen an so einem wichtigen Tach“, zeterte meine Mutter, und ich blaffte zurück: „An *meinem* wichtigen Tag. Da geh ich hin, wie's *mir* paßt, Schicht im Schacht.“

Während nämlich die meisten Abiturientinnen in hübschen Kostümchen in Tarnfarben oder Altrosa erschienen, trug ich ein indisches Schlabberkleid. Und statt in Pumps und Seidenstrümpfen steckten meine nackten Füße in schwarzen Holzclogs. Meine Mutter saß also in der Aula und schämte sich von der ersten Sekunde an. Ich stand auf, polterte in meinen Clogs den Gang entlang und die Holztreppe zur Bühne hinauf. Auf der Treppe machte ich einen höllischen Krach, und innerlich sah ich meine Mutter bei jeder Stufe zusammenzucken. Als jedoch meine ironisch-bissige Rede bejubelt wurde, entspannte sich meine Mutter wieder. Sie machte ihr „Sie ist 'n schwieriges Kind, abba klug isse“-Gesicht.

Nach der Feier lagen wir Freundinnen uns in den Armen. Vor dem Schultor trennte sich dann unser gemeinsamer Weg, der uns tagtäglich im Schneewittchensarg und in unserer Freizeit zusammengebracht hatte. Jede weitere Begegnung mußte gewollt und geplant werden. Jetzt würde sich zeigen, was unsere Freundschaft künftig wert war, und das lastete schwer auf uns.

Ich absolvierte ein Praktikum bei einer kleinen Lokalzeitung, weil ich insgeheim hoffte, vielleicht doch Journalistin wie Ulrike Meinhof werden zu können, statt ausgerechnet Lehrerin. Doch zu Hause wurde dieses Ansinnen nicht gerade begeistert aufgenommen, denn Journalisten waren keine anständigen Menschen. Ich schrieb für mageres Zeilengeld über pensionierte Kumpels, die hundert wurden, Rentnerinnen, denen man die Heizung abgedreht hatte, und die Einweihung neuer Kindertagesstätten. Sternstunden waren das Wettkrähen beim Geflügelzüchterverein oder die Wahl des besten Riesenrammlers bei den Karnickelzüchtern. Die Frauen in der Redaktion waren für „Herz und Volk" zuständig, die Männer berichteten über Kommunalpolitik. Nach drei Wochen hatte ich die Faxen dicke und dachte nur noch an Marburg.

Running away

Endlich war es soweit. Bereits im Sommer war ich ein paar Tage in Marburg gewesen, um mich einzuschreiben und mir ein Zimmer zu suchen. Ich hatte Glück und fand auch eins. Viele Erstsemesterinnen und Erstsemester wohnten erst mal in Zelten auf dem Campingplatz, denn sowohl die Uni als auch der Rest der kleinen Stadt platzte aus allen Nähten. Ich war also total aus dem Häuschen über mein Glück, obwohl das Zimmer direkt an den Bahngleisen lag.

Es befand sich im ausgebauten Dachgeschoß eines Einfamilenhauses. Mein Vermieter war ein spleeniger Pädagogik-Professor, der sich mit der Jungenerziehung unter Makarenko in der UdSSR beschäftigte. Seine Frau war in der medizinischen Forschung tätig. Sie hatten drei Söhne, die wie die Miniaturausgabe ihres schrulligen Vaters aussahen. Ich hatte ein kleines Zimmer mit zwei Schrägen und eine winzige Küche, besser gesagt eine abgeteilte Kammer, in der gerade genug Platz war für einen kleinen Tisch mit Stuhl und ein Regal mit einem Zweiplattenkocher. Aber es war meine erste eigene Bude und damit der schönste Ort der Welt.

Meinen Eltern gefiel mein neues Reich auch, vor allem weil der Vermieter Professor war, und wir waren an einem Wochenende zusammen hingefahren, um es zurechtzumachen. Mein Vater wuselte geschäftig im Blaumann herum und hämmerte und bohrte und schraubte überall Regale und Haken an. Meine Mutter in ihrer Kittelschürze packte das bei Freunden und Verwandten zusammengestoppelte Geschirr aus dem Zeitungspapier, das sie in dicken Lagen um jeden Gegenstand gewickelt hatte, bevor er in einer der Kisten gelandet war. Ich spülte die Sachen und räumte sie mit ihr in die Schränke.

„Und putz regelmäßig. Nich, dat die Wollmäuse untere Tür durchkommen."

„Iß ab und zu auch ma Obst. In dem Mensa-Papp is ja nix Gesundes drin."

„Ruf bloß an, sonst geh ich ein vor Sorge."

„Den Mixer darfsse nich ins Spülwasser tun, dann isser kaputt."

Mir reichte es. „Mama, ich bin doch kein Kleinkind mehr! Wer schmeißt denn 'n Elektrogerät ins Spülwasser? Mach dir mal keine Sorgen."

Da ließ sie sich auf den Küchenstuhl fallen, zog ein Taschentuch aus der Kitteltasche und heulte los. „Jahrelang hat man die Blagen großgezogen, sich Sorgen gemacht, Nasen geputzt, geschimpft, wenn die Strumpfhose kaputt war, mit den Lehrern geredet und hatte nix anderes im Kopp. Und getz is allet vorbei. Aus. Ich bin reif für dat Alteisen. Is dat gerecht? Nich mal Rente krich ich dafür. Warum konnsse nich wenigstens in Buer bleiben? Anna und du nun hier und Katharina in Berlin. Alle ausgeflogen.“ Ich setzte mich betreten zu ihr und nahm sie in die Arme. Mein Vater war schon nach nebenan geflüchtet.

„Hömma, Mama, du warst gut. Du warst so gut, wie et deine Erziehung erlaubt hat, und du hast sogar wat dazugelernt. Aber jede von uns muß allein rausfinden, wo se hingehört. Wat hat die Omma immer gesacht? ‚Aus der Ferne hab ich dich gerne.‘ Und: ‚Wisse gelten, mach dich selten.‘ Wenn ich dann zu Besuch komme, müssen wir uns nicht mehr annerven wegen Musik und Klamotten und Freunden. Vielleicht is dat sogar schöner.“

Sie schniefte noch einmal laut. Dann stemmte sie entschlossen die Arme auf die Oberschenkel, drückte sich hoch und räumte weiter in der Küche herum. „Has ja recht. Wat hab ich da zu meckern? Jedes Junge verläßt dat Nest. Dat is der Lauf der Zeit. Und so ’n Kuckuckskind, dat einem imma auffe Tasche liecht und nich ausse Tür findet, will man ja gar nich.“

Als wir dann am Sonntagabend wieder in Buer auf der Couch saßen, waren wir wie betäubt.

Nach meinem letzten Arbeitstag bei der Zeitung brach schließlich auch der letzte Abend in Buer an. Als ich heimkam, saßen alle meine Freundinnen auf den gepackten Kisten. Zweifel, ob ich das Richtige tat, jagten noch einmal durch meinen Kopf. Ich würde sie alle furchtbar vermissen. Meine Eltern drückten beide Augen zu und ließen uns rauchen und Sekt trinken. Aus meinem alten Cassettenradio sang Bob Marley „Running away ... “. Wir machten angestrengt Witze und zwickten und kitzelten uns. Aber irgendwann war auch das zu schmerzhaft, und die anderen verabschiedeten sich.

„Mensch, Olle, du bist ’ne blöde Kuh. So wat Gutes wie uns findeste sowieso nich,“ stöhnte Vero und nahm mich in die Arme.

„Du alte Ziege. Ich hab doch Wimperntusche drauf und darf nich heulen“, meckerte Meral mit feuchten Augen, als sie mir einen Kuß auf die Wange gab.

„Nich ma Plantschi hilft jetzt“, heulte Kugel und zerknüllte ihr Taschentuch.

In dem Moment hätte ich am liebsten alles abgeblasen. „Macht, dat ihr rauskommt, bevor ich mich vergesse.“ Sie stolperten raus, und mir tat alles weh vor Kummer. Ich schlurfte zum Fenster.

Die drei quetschten sich in den Käfer von Meral, hängten Arme und Beine aus dem Fenster und fuhren laut hupend davon. Ich winkte, bis der Wagen um die Ecke verschwand. Dann setzte ich mich in meinem halb leergeräumten Zimmer auf das Bett. So müssen sich Fallschirmspringer kurz vor dem Öffnen der Tür fühlen.

Wir fuhren im Morgengrauen los und waren am späten Vormittag in Marburg. Wir luden die Sachen aus, und meine Mutter ging noch mal mit dem Putzlappen durch beide Zimmer. „Dat der Professor auch sieht, dat du aus gutem Hause komms.“

Dann gingen wir spazieren. Meine Schwester war nicht da. Sie streifte irgendwo durch Griechenland und würde anschließend noch jobben, weil das Bafög ja nie reichte. Ich würde mir auch zum nächstbesten Zeitpunkt einen Job suchen müssen. „Wenner studieren wollt, müßter wat dafür tun“, gab sich mein Vater immer pädagogisch. In Wahrheit aber hatten sie kein Geld für unser Studium und mußten sich jeden Pfennig abknapsen, den sie uns gaben.

Ich war ganz froh darüber, daß meine Schwester nicht da war, weil ich erst meine eigenen Fußstapfen sehen wollte, bevor sie wiederkam. Ich hatte auch nicht vor, weiter ihre kleine Schwester zu spielen. So wie wir schon auf der Schule getrennte Wege gegangen waren, würden wir es wohl auch in Marburg halten. Und bei dem, was ich vorhatte, war es ohnehin günstiger, allein loszuziehen.

An diesem Abend gingen meine Eltern und ich noch zu einem Griechen in der Oberstadt. Wir waren ziemlich überdreht, und der bevorstehende Abschied machte uns allen zu schaffen. Meine Mutter trank den Ouzo wie Fruchtsaft.

„Schmeckt wie Hustenbömmskes“, kicherte sie.

Mein Vater und ich warnten sie, aber sie war nicht zu bremsen. Als wir dann an die frische Luft kamen, wirkte der Anisschnaps erst richtig. Untergehakt wankte unser Mutter zwischen uns und trällerte wie ein Vogel, und wir lachten alle drei so, daß wir uns kaum auf den Beinen halten konnten. Wir lachten uns den ganzen Druck von der Seele. Meine Eltern schliefen dann selig schnarchend in meinem Bett, und ich lag in meinem Schlafsack davor.

Am nächsten Morgen fuhren sie. Meine Mutter weinte, mein Vater drückte mich ständig, und ich fühlte mich wie Blei. Doch als ihr Auto die Straße hinunterrollte, empfand ich auf einmal gar nichts mehr. Meine Mutter winkte. Ich winkte zurück. Mein Vater hupte. Dann waren sie weg. Ich war jetzt nicht mehr ihr Nesthäkchen. Gut so. Ich rannte die Treppe hinauf, knallte die Zimmertür hinter mir zu, warf mich aufs Bett und heulte.

Ich versuchte, mich zurechtzufinden, erkundigte mich nach den Terminen der Einführungsveranstaltungen meiner Fächer und sah mir die Bibliothek an. Ich ging jeden Mittag in die Mensa und anschließend in die Cafeteria. Ich schlenderte durch die Oberstadt und erkundete nach und nach auch die anderen Stadtviertel. Monatelang hatte ich mir das alles ganz toll vorgestellt. Allein zu sein, kein Gemecker zu hören, keine Vorschriften gemacht zu bekommen, tun und lassen zu können, was ich wollte.

Und nun fühlte ich mich erst mal einsam und konfus. Es war gar nicht so einfach, alles in Eigenregie zu organisieren. Ich war es gewöhnt, etwas zu tun, weil ich es mußte – oder weil es verboten war. Jetzt mußte ich für jeden Schritt und jeden Handgriff selbst den Plan haben. Manchmal war ich zum Schreien glücklich, und dann wieder fühlte ich mich absolut verlassen.

Ich studierte regelmäßig das schwarze Brett. Nach vier Tagen fand ich es: „Erstsemesterinnen-Beratung im Asta-Frauencafé, dienstags, ab 13 Uhr." Jana war mir noch nicht über den Weg gelaufen. Meine Schwester hatte mir am Telefon erzählt, daß sie aus der Wohngemeinschaft ausgezogen sei und jetzt in einer Lesben-WG wohne. So was gab es also auch.

Das war am Freitag. Am Samstag aß ich noch einmal in der Mensa. Am Sonntag gab's Ravioli von Aldi. Ich schaffte es, sogar die noch anbrennen zu lassen. Kochen mußte ich wohl erst lernen. Aber ich konnte es mir nicht leisten, in ein Restaurant zu gehen, nur weil die Mensa geschlossen war. Solange ich keinen Job hatte, fiel das Haushaltsgeld ganz schön klein aus.

Am Montag fand die große Einführung bei den Germanisten statt. Einschüchternde Massen drängten sich in einem viel zu kleinen Hörsaal. Viele sahen aus, als ob sie aus Lehrerfamilien kämen. Sie gaben sich wissend und redeten, als wären sie schon immer zur Uni gegangen. Ich fühlte mich wie ein blöder Malochertrampel und hielt die Klappe.

„Wat 'n Mist, hab ich doch meinen Kulli vergessen", schallte es hinter mir, und mir fiel ein Stein vom Herzen. Ich drehte mich um und fragte: „Kommsse auch aus 'm Kohlenpott?" Ein strahlendes Lächeln war die Antwort: „Jau, ich komm aus Essen. Und du?"

„Gelsenkirchen-Buer", lautete meine knappe Antwort.

„Ach watt, gleich umme Ecke. Setz dich doch." Und dann schnatterten wir beide ohne Hemmungen los. Jürgen hieß er und hatte gerade seinen Zivildienst hinter sich gebracht. Ihm war auch mulmig bei den vielen „Bürgerblagen". Innerhalb von fünf Minuten waren wir ein Herz und eine Seele. Nach der Veranstaltung zogen wir lästernd und völlig überdreht zur Mensa und danach zum Brunnen auf dem Markt, um unsere Begegnung zu feiern. Außerdem hatten wir beide an diesem Tag sowieso keine weitere Veranstaltung mehr. Es war eine Riesenerleichterung, daß ich nicht mehr allein war. Komisch bloß, daß ich so froh war, ihn zu treffen, wo ich doch den Kohlenpott fluchtartig verlassen hatte. Doch das hatte wohl mehr mit meinen Eltern, der tratschigen Nachbarschaft und den engen Moralvorstellungen zu tun – und mit meinem Gefühl, anders zu sein. Der Dialekt, die kumpelige Art und die Freundlichkeit fehlten mir doch.

Ich freute mich trotzdem, als ich abends wieder in meinem Zimmer war. Jürgen war nett. Aber war er wirklich so anders als die Typen, die ich kannte? Es interessierte mich schon noch, ob fremde Männer mich anders sahen als die Kerle in Buer. Doch eigentlich reichte mir das gescheiterte Experiment mit Michael. Eigentlich wollte ich etwas ganz anderes.

Unter dem Pflaster liegt der Strand

Und jetzt traue ich mich nicht hinein in dieses Frauencafé, obwohl es schon seit einer halben Stunde geöffnet ist. Noch ist niemand außer mir gekommen. Ich stehe hier blöd herum und tue so, als läse ich aufmerksam alle Anschläge über Asta-Beschlüsse, Demo-Termine und Versammlungen. Hinter der Tür höre ich Stimmengewirr und ab und zu Gelächter.

Da kommt eine Frau durch die Glastür zum Asta-Flügel. Auch sie bleibt zögernd vor der Tür des Cafés stehen.

Sie sieht sich um. „Willst du auch ins Frauencafé?"

Ich nicke nur stumm.

Nach einer kurzen ratlosen Pause ergreift sie wieder das Wort:

„Sollen wir zusammen reingehen? Vielleicht findest du das ja komisch, aber allein trau ich mich nicht so recht."

Mir fällt ein Stein vom Herzen, und ich strahle sie an: „Deshalb steh ich hier schon eine ganze Weile und tue so, als würde ich die Anschläge lesen. Ich hab's nicht allein fertiggebracht. Bist du auch neu hier?"

Sie nickt.

Ich strecke ihr die Hand hin. „Ich heiße Ulli. Und wie heißt du?"

Sie lächelt jetzt auch und gibt mir die Hand: „Bea. Ja, dann wollen wir mal."

Sie drückt entschlossen die Klinke herunter. Wir gehen hinein, und da sitzt sie. Jana. *Die* Jana. Meine Jana. Jana im Kreis von sechs anderen Frauen, die uns jetzt alle ansehen. Ich bin zu perplex, um etwas zu sagen. Ich habe es mir mindestens hundertmal vorgestellt. Aber jetzt stehe ich da wie angewurzelt und kriege kein Wort raus.

„Hallo, ich bin Bea, und das hier ist Ulli. Wir haben uns gerade vor der Tür getroffen. Wir sind beide Erstsemesterinnen."

Ich komme mir furchtbar dämlich vor und nicke nur. „Genau."

Da steht Jana auf, kommt auf mich zu und gibt mir die Hand. Sie sieht mich mit ihren wundervollen Augen an und sagt: „Schön, daß du gekommen bist."

Das denke ich jetzt auch.

Wir setzen uns in eine Couchecke direkt unter ein Plakat mit einer süßen Hexe auf einem Besen, die ihre Faust in die Luft reckt.

„Willst du Tee oder lieber Kaffee?" fragt Jana.

Ich werde rot. Zu blöd. „Ich trinke lieber Kaffee."

Ein Lächeln bringe ich dann doch zustande. Sie hat sich kaum verändert. Im linken Ohrläppchen blinkt ein goldener Ring. Ihre Haare sind kürzer. Aber sie ist noch genauso schön wie in meinen Träumen.

Jana steht auf und bemerkt: „Ich muß erst neuen Kaffee aufsetzen. Wir hatten gerade eine Vorbereitungsgruppe für ein Lesbenmusikfestival, und dabei ist schon eine Kanne drauf gegangen."

Sie hantiert an der Kaffeemaschine herum. Sie hat ein breites Kreuz und schmale Hüften. Ihr runder Po kommt gut zur Geltung, als sie sich über die Maschine beugt.

Ulli! Was fällt dir ein, über den Hintern einer Frau nachzudenken? Du bist wohl verrückt geworden. Meine Handflächen sind schweißnaß, und mein Herz rast.

Die anderen Frauen stecken wieder die Köpfe zusammen, und eine unterhält sich angeregt mit Bea, die gleichzeitig in einer Zeitschrift blättert. Ich fühle mich unbeobachtet genug, um mich ein bißchen umzusehen, und das tue ich jetzt wohl besser, bevor ich vor lauter Aufregung einen Herzschlag bekomme.

Trotz der architektonisch ungünstigen Bedingungen – weißer Beton und eine Fensterfront, wie bei allen Büroräumen im Mensa-Gebäude – haben die Frauen das Café gemütlich eingerichtet. Ikea-Regale voller Bücher und Zeitschriften trennen die Couchecke am Fenster vom hinteren Arbeitsteil ab, in dem ein Kühlschrank steht und ein Tapeziertisch mit verschiedenen Plakaten, Kleistertöpfen und Farbdosen. In einer Ecke stehen zusammengerollte Transparente und eine Papphexe am Stiel. Die Couchecke ist mit einem fleckigen alten Teppich ausgelegt. Von den weißen Wänden sind nur winzige Streifen zu sehen, die zwischen den vielen Plakaten durchblitzen.

Auf einem Poster steht in großen Lettern „Nieder mit dem Männlichkeitswahn!", und dazu ist ein abgeknickter Penis abgebildet, der aus einem Kreis ragt, mit einer Klokette daran, die die Spitze nach unten zieht. An der Wand gegenüber hängt ein Plakat, das „Frauenpower" verkündet, als Schriftzug um eine rote Faust in einem berstenden Frauenzeichen. Darunter schmiegt sich ein Liebespaar aneinander, zwei Frauen in Schwarzweiß. An einem der Holzregale ist mit Reißzwecken ein Demo-Aufruf zur

Walpurgisnacht befestigt, der verkündet: „Wir erobern die Nacht zurück!“ Im Regal neben mir steht ein kleines Brotkörbchen mit Stickern und Buttons. Ich nehme ein paar heraus und sehe sie mir an: „I'm a lesbian. How about you?“ und „Lesbisch? Na, klar!“, Frauenzeichen aus Emaille, zwei ineinander verschlungene Frauenzeichen aus Silber. Ich lege sie verstohlen zurück. Laufen sie damit wirklich offen herum? Wahnsinn!

Jana kommt zurück, und ich fühle mich ertappt. Aber sie lächelt nur und reicht mir die Tasse. Dann setzt sie sich und gesteht: „Ich war mir gar nicht so sicher, ob du kommen würdest. Ich kenne ja nur deine Schwester, und die trifft frau mit Sicherheit nie hier an. Du hast uns ja schnell gefunden.“

Ich räuspere mich: „Ich habe in der Mensa den Anschlag gesehen. Meine Freundin in Buer, die interessiert sich sehr für Frauenfragen, und einmal hat sie mir sogar gestanden, Frauen mehr als nur zu mögen. Das hat mich neugierig gemacht.“

Wieso falle ich eigentlich mit der Tür ins Haus? Ich habe doch alle Zeit der Welt. Aber irgendwas in mir will raus.

Jana stellt ihre Kaffeetasse auf ein wackeliges Tischchen neben sich und drückt auf den „Play“-Knopf eines Cassettenrecorders. Eine tiefe Frauenstimme singt leise zu melancholischen Blues-Tönen, bis ein Chor von anderen Frauen einfällt und sie nur noch „Shake it off“ wiederholen. Mir läuft eine Gänsehaut über den Rücken.

„Wer ist das?“

„Die Band heißt Flying Lesbians.“

Wieder werde ich rot und nicke nur stumm.

Jana räuspert sich. „Ja, in einer kleineren Stadt ist es nicht einfach, dazu zu stehen. Das kann im wahrsten Sinne des Wortes eine ziemliche Hexenjagd sein. Deine Freundin sollte zu einer Beratungsstelle gehen. Du kannst ja für sie nachsehen, ob es in ihrer Nähe eine gibt. Manchmal findet frau Hilfe bei Pro Familia oder bei feministischen Selbsthilfegruppen. In Bochum gibt es auf jeden Fall Lesbengruppen. Wenn deine Freundin hier in Marburg wäre, könnte sie sowohl hierher kommen als auch ins Frauenzentrum am Renthof gehen. Da gibt's eine Gruppe für neue Frauen."

Ich sauge jedes Wort auf. Nur bei „frau" statt „man" stutze ich. Es klingt fremd in meinen Ohren. Jana scheint es nicht zu bemerken. Sie lächelt mich an.

Wie soll ich das bloß aushalten? Ich fühle mich so zu ihr hingezogen. Meine Hände wollen sie anfassen.

„Gefällt es dir hier in Marburg? Es ist ja schon etwas anderes, ob frau zu Besuch kommt oder ob sie hier lebt."

Es gefällt mir, wie sie alles Männliche aus ihrer Sprache herausläßt. Es klingt ungewohnt, aber sehr erleichternd. Doch es hemmt mich auch, ihr zu antworten. Was ist, wenn sie mich doof findet, weil ich mich falsch ausdrücke? Ich blicke doch noch gar nicht richtig durch. Wieder schäumt die Wut in mir hoch, weil mir alles, was mit starken Frauen zu tun hat, vorenthalten wurde. Jetzt sitze ich hier an dem Ort, den ich brauche, um mehr über mich herauszufinden, kenne aber die Umgangsformen nicht. Trotzdem will ich mit ihr reden.

„Ich finde es toll, jetzt selbst bestimmen zu können, wie ich lebe. Meine Eltern haben mich mit Argusaugen verfolgt, seit meine beiden Schwestern ausgezogen waren. Dadurch fühlte ich mich ziemlich eingeengt. Außerdem gibt es in Buer keine Frauengruppen. Dabei wäre ich gern mal zu einer gegangen. Deshalb bin ich ganz schön froh, jetzt hier zu sein, auch wenn ich mich mit dem Organisieren meines Alltags manchmal noch etwas schwer tue."

Ich spüre Janas neugierigen Blick auf mir ruhen. In Buer war es leichter gewesen, mein Geheimnis zu wahren. Dort war es so weit von der Realität entfernt, daß kaum Licht dran kam. Jetzt aber, hier in diesem Café voller Frauen, ist es wie ein zappelndes Hündchen in der Hand. Ständig laufe ich Gefahr, daß es losspringt und einer Frau um die Beine hüpft. Die starken Gefühle machen mich ganz müde.

Wir unterhalten uns über das germanistische Institut, und ich erfahre, daß dort die Parteifrauen des MSB Spartakus, des Marxistischen Studentenbunds, das Sagen haben.

Jana hat bereits einige Erfahrungen mit ihnen gesammelt. „Sie sind so peinlich darauf bedacht, ihre Frauenpolitik dem DDR-Frauenbild anzupassen, daß sie fast Angst vor Lesben und der autonomen Frauenpolitik haben. Drüben in der DDR gilt Homosexualität als bürgerliche Dekadenz. Außerdem kann ich wenig damit anfangen, wenn Frauen Politik machen, die sie erst von ihren Parteifunktionären absegnen lassen müssen. Die autonome Frauenbewegung hat ihre eigenen Organisationsformen und stellt dann als selbständige Gruppierung Forderungen an die Parteien. Aber der Hauptgrund, warum wir uns nicht mit Parteifrauen verbünden, ist, daß das Patriarchat mit seinen Unterdrückungsformen wie zum Beispiel Parteien nicht mehr mit uns rechnen kann."

Das klingt alles so groß und radikal. Ich glaube, ich muß mich da erst mal langsam rantasten. Ein Leben ganz ohne Männer kann ich mir kaum vorstellen, obwohl mir die Idee gefällt.

„Jana, ich muß zugeben, daß das alles ganz neu für mich ist. Ich bin erst mal gekommen, um einen Ort zu haben, wo ich mich mit Frauen treffen kann. Ich hab mich mit meiner Freundin oft darüber unterhalten, daß wir mal Pause brauchen von all diesen Gockeln. Außerdem ist es mir in Buer schon manchmal schwergefallen, offen meine Meinung zu sagen, weil dann gleich irgendein Typ auf mir rumgehackt hat. Meistens haben sie mich Klugscheißerin genannt, nur weil ich keine Lust hatte, die dumme Tussi zu spielen."

Mein Gott, ich kenne diese Frau doch kaum. Ich habe einmal in der WG-Küche meiner Schwester mit ihr Zwiebeln geschnitten, und sie hat mir erzählt, daß sie glaube, Martina Navratilova sei lesbisch, woraufhin ich all ihre Spiele im letzten Jahr gesehen habe. Ich habe Jana ein paar Sekunden mit blankem Busen gesehen – und ich habe jede Nacht von ihr geträumt. Es war wie bei Barbara und bei meiner Sportlehrerin. Nur daß Jana wirklich Frauen liebt und auch so lebt. Allein die Möglichkeit, daß sie auch mich lieben könnte, war wie eine Sensation. Als meine Schwester mir am Telefon erzählte, daß Jana sich von ihrer Freundin getrennt habe, ist mir regelrecht schwindelig geworden, weil die reale Möglichkeit bestand, daß sie vielleicht mich ... Aber dann habe ich mich selbst ausgelacht.

So blöd konnte ja wohl nur ich sein, zu glauben, daß sie dann ausgerechnet auf eine ahnungslose Anfängerin wie mich fliegen könnte. Aber schön wäre es doch.

„Hast du Lust, mich mal zu besuchen?" Jana legt mir die Hand auf das Knie.

Gleich rutscht mir die Tasse aus den schweißnassen Händen.

„Gerne. Ich kenne ja noch kaum jemanden. Aber jetzt muß ich los. Ich bin auf der Einführungsveranstaltung von einer Frau vom MSB angesprochen worden. Sie machen ein Treffen für Erstsemesterinnen. Ich dachte, ich kann's mir ja mal ansehen."

Jana nickt eifrig. „Die sind wirklich engagiert und im Fachbereich ganz fit. Für Lesben haben sie nicht viel übrig, weil sie allgemeine Frauenpolitik mit Gewerkschaftsschwerpunkt machen. Wir vom autonomen Referat arbeiten jedoch mit ihnen zusammen, wenn es darum geht, Frauenblöcke auf den großen Demos zu bilden. Ich will dich auch nicht beeinflussen. Guck dir alles in Ruhe an. Hast du Lust, morgen abend zu uns zu kommen?"

Zu uns? Wen meinte sie denn damit? Ach, wohl die Lesben-WG, von der meine Schwester gesprochen hat.

Doch Jana liefert die Erklärung gleich nach. „Ich wohne jetzt mit meiner neuen Freundin zusammen. Das hat sich einfach so ergeben. Sie heißt Chris, und sie wird dir gefallen. Wir kochen was, ja?"

Mein Herz saust in einen dunklen Schacht, und ich kann meine Enttäuschung nur mühsam verbergen. „Ich komme gern. Mal was Richtiges zu essen ist bestimmt toll. Was muß ich denn für den Kaffee bezahlen?“ Ich krame in meiner Jeanstasche herum.

Doch Jana winkt ab. „Ach, laß mal. Normalerweise kostet die Tasse fünfzig Pfennig. Aber heute lade ich dich ein. Hier“, sie kritzelt etwas auf einen Zettel, „das ist meine Adresse. Das ist oben in der Altstadt. Hast du einen Stadtplan?“

Ich greife nach dem Zettel und nicke. „Tschüs dann, und danke, Jana. Ich bin sehr froh, dich hier getroffen zu haben.“

Zum ersten Mal sehe ich, spreche ich und fühle ich absolut ehrlich und ohne etwas zu verbergen. Es tut weh, weil ich es jetzt erst kann, und es tut gleichzeitig so gut.

Jana sieht mich offen an. Dann nickt sie. „Ja, ich freue mich auch sehr. Paß auf dich auf. Bis morgen! Ach ja, und grüß mal deine Freundin, und sag ihr, sie braucht keine Angst zu haben. Es ist sehr schön, Frauen zu lieben, und keine muß sich deshalb verstecken.“

„Ich werde es ihr sagen, bestimmt. Das wird sie sehr freuen.“

„Bea, bleibst du noch?“ frage ich eilig. Ich will nur noch weg.

„Ja, ein bißchen“, antwortet sie mit glänzenden Augen. Sie ist in ein Gespräch mit zwei älteren Frauen vertieft, vertraut, als würde sie die beiden schon ewig kennen. Zwischen diesen Frauen passiert etwas, das ich spüren, aber nicht beschreiben kann. Ein Frauenchor vom Band singt auffordernd „Frauen kommt her, wir tun uns zusammen ...“, und mir wird schwummerig. Ich flüchte mit vor Anspannung tauben Füßen.

Ich bin froh, wieder an der frischen Luft zu sein. Langsam gehe ich den schmalen Weg von der Mensa bis zum Germanistik-Institut hinunter, der an der Lahn entlangführt. Ich sehe eine Entenfamilie in Schlangenlinien durchs Wasser gleiten. Gleichmäßig und scheinbar mühelos schwimmen sie gegen den Strom.

Ich bin totmüde und finde doch keinen Schlaf. Ich zittere vor Kälte und Müdigkeit. Dieses Zimmer ist so klein, daß es entweder miefig ist, wenn die Fenster geschlossen sind, oder eiszapfenkalt, wenn sie offen sind. Also liege ich bibbernd in der frischen Luft unter meiner dicken Decke. Ich wäre gern betrunken, weil das alles immer erträglich macht. Aber ich habe mir fest vorgenommen, nichts mehr zu trinken. In Buer war es gut, weil ich mit dem Alkohol die Tür vor der Realität schließen und mich in meine Träume flüchten konnte. Aber in Marburg will ich wach und nüchtern sein und endlich meine Träume leben. Trotzdem hätte ich manchmal gern eine Tür, die ich zuwerfen könnte, um mal Ruhe zu haben.

Try just a little bit harder

Heute abend bin ich mit drei Spartakus-Frauen nach dem Treffen noch in eine Kneipe gegangen. Das Treffen selbst war schon aufregend genug. Zwanzig neue Frauen waren gekommen, und sechs Frauen vom MSB oder direkt von der DKP haben viel über den Fachbereich, die politischen Machtverhältnisse und die fehlenden Frauen im Lehrbetrieb geredet. Sie fordern mehr Frauen in höheren Positionen an der Uni. Ich verstand anfangs fast gar nicht, wovon sie redeten, weil sie mit Abkürzungen und Vornamen nur so um sich warfen und sich auf Ereignisse bezogen, von denen ich noch nie etwas gehört hatte. Sie waren offensichtlich so in ihre politischen Aktivitäten verstrickt, daß sie nicht mehr fähig waren, sie Außenstehenden vernünftig zu erklären. Sie klangen wie Rob von der Schülerzeitung, der es auch geliebt hatte, sein angebliches Insidertum mit Schlagwörtern, Kürzeln und vertraulichen Anredeformen zu demonstrieren. Er sprach zum Beispiel über Leute von der RAF nur mit Vornamen, als würde er sie persönlich kennen. „Ulrike hat dies gesagt ... Andreas hat sich bei der Aktion gedacht ..." Und die MSB-Frauen redeten andauernd von einer Professorin namens „Christel". Ich hatte keine Ahnung, welche Professorin Christel mit Vornamen hieß. Sie taten gerade so, als wären sie mit der halben Professorenschaft auf du und du. Das fand ich komisch, nachdem ich gerade eine Schule verlassen hatte, an der die Schülerinnen nicht einmal das Lehrerzimmer betreten durften. Ich war nur froh, daß sie nicht von „unserer Rosa" sprachen, als es um eine Veranstaltung über Rosa Luxemburg ging. Aber sie waren alle sehr herzlich und nahmen uns verschüchterte Erstsemesterinnen mit offenen Armen auf.

Später erzählten sie von ihrer Friedensarbeit und ihrem Forschungsprojekt über die proletarische Frauenbewegung. Ich horchte auf. Ich konnte also auch das Leben und die politische Arbeit von Frauen studieren. Das war doch genau das, was ich gesucht hatte.

Wir Neuen wurden gefragt, woher wir denn kämen und was wir an politischer Arbeit gemacht hätten. Ich kam fast zum Schluß an die Reihe. Sie fanden es sehr interessant, daß ich aus dem Kohlenpott kam. Vielleicht stellten sie sich vor, daß wir immer noch zwischen Ruß und Fördertürmen hausen und alle schwergebeugt „vonne Zeche" kommen. Sie redeten die ganze Zeit von der „Arbeiterklasse", als wenn die Malocher nur darauf warten würden, von eifrigen Studentinnen befreit zu werden. Wenn ich mir den Durchschnittskumpel vorstellte, sah ich meistens einen konservativen Typen mit Einbauküche und Eichenschrankwand und Auto auf Stotter über „dat faule Studentenpack" herziehen. Die Bergleute wählten aus Tradition Sozialdemokraten und wußten eigentlich gar nicht mehr, warum. Außerdem waren seit Jahren fast alle Zechen geschlossen, und der Ruhrpott hat dadurch mehr Grünflächen als die meisten anderen Ballungsgebiete. Die MSB-Frauen hatten bestimmt alle Emile Zola gelesen und warfen die Menschen, die sich während der industriellen Revolution totgeschuftet hatten, mit den Bergarbeitern von heute in einen Topf. Es war eine merkwürdige Mischung aus Sympathie und Skepsis, die am Ende der Veranstaltung bei mir übrigblieb.

Als die MSB-Frauen im Anschluß daran zusammenstanden, stellte ich mich zu ihnen. Ich hatte weniger Scheu vor ihnen als vor den Frauen im autonomen Frauencafé. Ihre Art, zu reden und Politik zu machen, war mir aus der Zeit in der Schülerzeitung und den Schulgremien einfach vertrauter. Bald schon waren wir in eine hitzige Diskussion über die Rolle der Frau im Sozialismus verstrickt. Ich fühlte mich sauwohl. Kein Typ zupfte an seinem Hemd rum vor Ungeduld, selbst wieder zu Wort zu kommen. Niemand fuhr mir verärgert über den Mund. Ich genoß es, daß diese Frauen an meiner Meinung interessiert waren. Irgendwann sagte eine von ihnen, die sich als Tina vorgestellt hatte, wir sollten doch noch in den Schwarzen Wal gehen. Das sei ihre Stammkneipe. Ich war stolz, daß sie mich fragten, ob ich mitkommen wollte. Schließlich mußten sie ja nicht mit einer Erstsemesterin rumziehen.

Die rauchverwitterte Atmosphäre und die Holztische erinnerten mich an meine Stammkneipe in Buer. Im Hintergrund sang Janis Joplin „Try just a little bit harder". Wir nahmen die Diskussion mit hochroten Köpfen wieder auf. Tina mit ihren dunklen Haaren und dunklen Augen hatte etwas Spöttisches, das ich sehr mochte. Und sie schien auch nicht alles, was den Weg zur Revolution anbetraf, so bierernst zu nehmen. Eva hingegen war da schon dogmatischer. Ihre vehemente Art, Kraft und Stärke des revolutionären Kampfes zu betonen, stand in krassem Gegensatz zu ihrer zerbrechlichen Erscheinung. Sie war sehr dünn und hatte streichholzkurzes dunkles Haar, das sie sehr asketisch aussehen ließ. Am sympathischsten aber war mir Ute, die kumpelig und pragmatisch war. Immer wieder strich sie sich die schulterlangen blonden Haare zurück und bollerte los, wenn ihr die Diskussion zu abgehoben wurde. „Hört mal, damit lotst ihr keinen vernünftigen Menschen hinterm Ofen hervor ...“

Sie waren alle so unterschiedlich, aber keine erinnerte mich an die Mädchen aus meiner Klasse, weil sie auch nach vier Stunden immer noch nicht über Typen quatschten. Ab und zu quetschte sich in der vollen Kneipe ein Mann zu unserem Tisch durch und begrüßte die eine oder andere der Frauen. Aber sie grüßten nur zurück, wechselten ein paar Worte mit ihm und vertieften sich wieder in die Diskussion. Sie waren nicht lesbisch. Das hatte ich einigen Randbemerkungen entnommen. Aber sie nahmen sich einfach Zeit, in der sie die Männer ausblendeten. Zum zweitenmal an diesem Tag konnte ich entspannt dasitzen, zuhören und mitreden. Sie planten Aktionen für eine Demo gegen die Pershing-Stationierung. Eifrig suchten sie nach Sprüchen für Transparente im Frauenblock. Ich grübelte und feilte mit; es machte mir Spaß und erinnerte mich an meine Überschriftensuche bei der Zeitung. Bei „Petting statt Pershing“ war endgültig Schluß mit dem Ernst. Wir lagen kichernd und mit feuchten Augen auf dem Tisch.

Später, als ich heimging, nahm ich den Umweg über den Bahnhof, weil die Abkürzung durch zwei Fußgängertunnels unter der Bahn hindurch mir nachts einfach zu unheimlich war. Ich genoß die Ruhe und die frische Luft. Diese Stadt ist eine krude Mischung aus Studentenwelt, Kleinstadt und Zuckerbäckeridylle, die hier und da von einem Hochhaus aus den siebziger Jahren verunstaltet wird. Das Studentendorf klebt wie gigantischer Betonschorf am bewaldeten Hang über der Stadt. Mein Zimmer unter dem Dach im Ludwig-Juppe-Weg liegt genau zwischen dem Betondorf und der Puppenstadt.

In Marburg gibt es absurderweise eine Stadtautobahn. Aber sie führt nicht aus diesem Tal hinaus. Sicher wäre dieser kleine pittoreske Ort längst wie Heidelberg von romantiksüchtigen Touristen gestürmt worden, wenn eine breite Straße oder eine

Hauptbahnlinie hierher führen würde. Dornröschen zwischen Wissenschaft und Kopfsteinpflaster.

Sorgfältig habe ich alles Zerbrechliche in den Regalen dicht an die Wand gestellt und plaziere Gläser in der Mitte des Tisches, denn wenn ein Fernzug vorbeidonnert, bebt es so, daß alle Gegenstände hüpfen und wandern. Nach zwölf Waggons steht alles an der Kante. Deshalb habe ich die Regalbretter schon mit Papierknubbeln angehoben, damit nicht alles herunterhüpft. Ich selbst erhalte bei jedem Zug eine ohrenbetäubende Rüttelmassage.

Doch jetzt fährt kein Zug mehr. Es ist drei Uhr nachts. Ich bin heil in meinem Zimmer angekommen, obwohl die Jungenbande des Pädagogik-Professors mir wieder eine Falle gestellt hat. Sie hatten in Höhe meiner Schienbeine einen durchsichtigen Perlonfaden vor der Treppe gespannt. Aber ich habe inzwischen immer eine Taschenlampe bei mir, um sie auszutricksen. So glitzerte auch diesmal der Faden im Lichtkegel. Ich stieg genervt darüber hinweg und mußte an den Spruch meiner Oma denken: „Lehrers Kinder, Pfarrers Küh' gedeihen selten oder nie." Eigentlich mochte ich diese Sprüche, die einfach bloß Vorurteile fütterten, nicht, aber sie kamen mir immer bei den passenden Anlässen in den Sinn. Sprichwörter sind eben zäh.

Es reicht mir jetzt mit den kalten Füßen. Fröstelnd schlüpfe ich aus dem Bett, tippel in die Küche und setze mir einen Kessel Wasser für die Wärmflasche auf. Das wellige Linoleum ist eisig, und so tänzele ich von einem Bein aufs andere und klemme mir die Hände unter die Achseln. Morgen gehe ich in meine ersten Seminare – und zu Jana zum Abendessen. Die heiße Wärmflasche von einer Hand in die andere balancierend, schlüpfe ich ins Bett zurück. Es ist absolut still und dunkel.

In Buer sickerten immer Lichtstreifen in mein Zimmer. In Buer schlafen jetzt alle. Es war immer meine Lieblingszeit, wenn alle schliefen. Ich konnte meine Gedanken strömen lassen, ohne daß jemand etwas von mir wollte. Eine richtige Tabuzone, in der ich nicht angequatscht werden durfte, gab es tagsüber nicht. Eine lebhafte Familie züchtet nachtaktive Kinder, die in der Stille Gedankenbeute machen. Ich bin immer noch nachtaktiv, weil diese Ruhe die kleinen Gedankenfetzen des Tages zu einem Strang zusammendreht. Ich bin nicht mehr auf der Suche nach den Frauen. Ich habe sie gefunden, und ich fühle mich verliebt, ohne daß ich dabei nur an Jana denke. Ich lebe in meiner ersten eigenen Bude, ganz für mich allein, und sie darf nur mit meiner Erlaubnis betreten werden. Und jetzt fürchte ich mich fast, weil ich es gewohnt bin, mich gegen die Gebote und Verbote anderer zu wehren. Mein bisheriges Handeln war in erster Linie von Opposition bestimmt. Hier gibt es nichts, gegen das ich opponieren könnte. Wen kümmert's, ob ich mir die Nächte um die Ohren haue, ob ich mich besaufe bis zum Abwinken oder ob ich vielleicht mal bei jemand anders schlafe? Wieder muß ich an meine Oma denken, die immer gesagt hat: „Man ist erst erwachsen, wenn man nicht mehr nur das tut, was die Eltern verboten haben."

Für mich beginnt ein völlig neues Leben. Ich verwandele mich. Es macht mich nervös, daß der unmittelbare Alltag plötzlich wichtiger ist als meine Träume. Sonst war ich nurmehr Gast in der Realität. Was wirklich zählte, waren meine Träume und die Bücher, und ich spüre, daß es diesmal nicht nur ein Ausflug wird, wenn ich aus meinem Schneckenhaus herausschaue. Vielleicht bleibe ich draußen, und das macht mich frösteln.

Doch wie soll ich es anstellen, eine Frau näher kennenzulernen? Ich habe jahrelang gefehlt, als alle Flirten gelernt haben. Statt dessen quatsche ich drauflos und vertreibe mit meinem Geschnatter jede Romantik.

Ob Jana wohl schläft? Vielleicht liegt sie bei Chris. Mein Herz überschlägt sich. Ja, und was machen sie dann? Ich habe keine Ahnung. Werde ich mich, wenn es darauf ankommt, dumm anstellen und sie damit verjagen? Zuzutrauen wäre es mir.

Sie hat so schöne Augen. Ich würde gern mal ihren Hals berühren, nur mit den Fingerspitzen.

Mein Wecker klingelt um halb neun. Ich muß jetzt schlafen.

Sie fährt ein grünes Hollandrad mit einem Frauenaufkleber. Vielleicht steht es ja morgen am Institut. Das wäre schön. Jana.

Ach, Unsinn, du Schaf. Die wird dich gerade nehmen.

Die Tische und Stühle sind schmuddelig, und doch bin ich froh, nicht auf dem Boden sitzen zu müssen. Es paßt kein Streichholz mehr in den überfüllten Seminarraum. Ich sehe Bea am anderen Ende, winke ihr zu und zucke mit den Achseln, um ihr zu signalisieren, daß ich nicht zu ihr durchkomme. Sie zuckt ebenfalls die Schultern. Aber sie strahlt mich an. Ob sie wohl bloß eine einfache Feministin ist – oder auch eine Lesbe? Es wäre schön, wenn sie es wäre.

Jürgen ist in ein Gespräch mit einem anderen Typen vertieft und grüßt mich nur kurz.

Viele haben Fragen, und die meisten Fragenden sind Männer. Ich stelle enttäuscht fest, daß sie genauso belangloses Zeug von sich geben, um sich wichtig zu tun, wie ich es schon von politischen Treffen oder der Schülerpresseversammlung kenne. Es wird sie also auch hier geben. Die Blödiane werden offensichtlich nicht vor der Uni ausgesiebt. Ich hätte es mir denken können. Auch Jürgen schwafelt herum, vielleicht ein bißchen ungeschickter, sympathischer als die Bürgerblagen, aber dennoch schwafelt er.

Als Gruppen gebildet werden, um in kleinerem Rahmen mit Tutoren zu arbeiten, gestikuliert Bea wild herum, damit ich in dieselbe Gruppe gehe wie sie. Ich freue mich, wenigstens sie zu kennen. Die große Versammlung löst sich schnell unter lautem Gemurmel auf. Alle sind froh, aus diesem überfüllten Raum herauszukommen.

Unsere Tutorin ist eine zierliche, streng blickende Studentin höheren Semesters. Sie trägt einen schwarzen Rollkragenpullover und eine burgunderrote Cordhose. Ihr kurzes dunkles Haar ist streng nach hinten gekämmt. Sie läuft schnellen Schrittes vor uns her, um einen freien Raum zu finden. Bea geht neben mir und sagt: „Ich hab ja richtig Glück. Gestern war mir mulmig, und da bist du aufgetaucht, und heute wieder. Wenn das kein Grund zum Feiern ist ... Gehst du nachher in die Mensa?“ Sie drückt ihren Seminarhefter mit verschränkten Armen an die Brust, als wolle sie sich vor etwas schützen. Sie ist genauso unsicher und fremd hier wie ich, stelle ich mit Erleichterung fest. Ich stupse ihr leicht mit dem Ellenbogen in die Rippen. „Ich geh gern mit dir in die Mensa. Dann können wir ja noch ein bißchen quasseln, okay? Ich mache auch ungern alle Sachen allein.“

„Ich würde diese Frikadelle ‚ausgefegte Küche' nennen“, nörgelt Bea und stochert lustlos in dem undefinierbaren graubraunen Gebilde herum. Das Essen riecht nicht. Es stinkt. Wenn ich nicht wüßte, daß ich heute abend etwas Besseres bekomme, wäre ich stinksauer. So aber picke ich ein bißchen Gemüse auf und stippe die Kartoffeln in die schwarzbraune Soße.

Um Bea abzulenken, frage ich sie: „Wie findest du diese Arbeitsgruppe?“

Bea sieht skeptisch hoch. „Weißt du, ich hätte Lust, dieses Thema ‚Uni-Angst und Uni-Bluff' mal nur unter Frauen zu besprechen. Die Jungs haben ja gar nicht soviel Probleme, zu bluffen und loszuschwafeln. Für uns Frauen ist die Wissenschaft und überhaupt die Uni das fremde Territorium. Ich finde nicht, daß wir das in gemischten Gruppen behandeln sollten.“

Ich werde neugierig. „Du hast wohl früher schon was nur mit Frauen gemacht?“

Bea nickt mit vollem Mund. Sie würgt die trockene Frikadelle hinunter und nuschelt: „In Hamburg war ich in einer Frauengruppe, seit ich sechzehn war. Meine erste Freundin war schon neunzehn. Sie ging regelmäßig bei uns in die Frauenkneipe.“

Jetzt weiß ich endlich, wo ihre harte Aussprache herkommt, obwohl sie sich sehr bemüht, Hochdeutsch zu reden. Schließlich studieren wir Germanistik. Ich verkneife mir auch jedes „Dat" und „Wat".

„Also, meine Freundin hat mich mitgenommen, damit ich auch noch andere Frauen kennenlerne." Sie grinst verschmitzt. „Später hat sie es bereut, weil ich dann Lust gekriegt hab, noch mehr von ihnen zu erfahren. Sie war ganz schön eifersüchtig."

Da! Sie ist es. Sie ist es schon, seit sie sechzehn ist. Ich platze vor Neid.

„Und? Hattest du keinen Streß mit deinen Eltern?"

Bea sieht mich erstaunt an. „Nein, wieso? Meine Eltern sind geschieden. Ich lebe bei meiner Mutter. Aber sie arbeitet die meiste Zeit. Als ich es ihr gesagt habe, hat sie nur gemeint: ‚Dann bleibt dir ja vielleicht erspart, was ich mit den Kerlen mitgemacht habe.' Mein Vater interessiert sich nicht für mein Privatleben. Er hat mir ein Auto geschenkt, kauft mir teure Klamotten, und damit ist die Sache für ihn erledigt. Ich jedenfalls bin heilfroh, daß ich sofort wußte, was ich wollte." Plötzlich starrt sie auf ihr Tablett und flüstert: „Ich vermisse nur meine Freundin so sehr."

Ihre Augen glitzern feucht. Ich greife über den Tisch und lege meine Hand auf ihre. Dann wird mir bewußt, was ich da tue. Ich sitze mitten im Gewühl und halte Händchen mit einer Lesbe, und es ist überhaupt nicht schlimm. Im Gegenteil. Ich mag Bea, und es tut mir leid, daß sie Liebeskummer hat. Bea legt ihre andere Hand auf meine, schnieft vernehmlich und sieht mich an.

„Ich bin bloß froh, daß ich dich getroffen habe. Dann komme ich mir nicht so allein vor. Aber ich plapper dir hier das Ohr ab mit meinem Liebeskummer. Du hast bestimmt auch Probleme damit, von zu Hause weggegangen zu sein."

Ich grinse nur schief und versuche, so unbekümmert wie möglich zu klingen, was natürlich gründlich danebengeht: „Weißt du, ich war eher froh wegzukommen. Klar vermisse ich meine

Freundinnen. Aber sie sind anders als ich. Und meine Eltern sind strenge Katholiken und halten alles, was Spaß macht, für Sünde. Außerdem kam ich mir immer vor wie 'ne Birne am Apfelbaum. Ich muß erst mal rausfinden, was ich will. Jedenfalls war ich immer ziemlich allein." Nun habe auch ich Tränen in den Augen.

Bea lacht. „Jetzt sitzen wir beide hier wie die Trauerklöße. Laß uns verschwinden. Wir gönnen uns ein Kännchen Kaffee im Café Vetter. Das ist der schrulligste und beste Platz, um sich gegenseitig ungestört das Herz auszuschütten. Hast du Lust?"

Klar habe ich Lust. Ich nicke nur stumm. Wir beeilen uns, die Tabletts wegzubringen. Bea strahlt mich an und schnappt sich meine Hand. Übermütig springen wir zusammen die Treppe hinunter. Die ganze bange Scheu der letzten Tage, in denen mir alles so fremd war, fällt von mir ab. Bea scheint es genauso zu gehen, denn immer, wenn ich sie ansehe, ernte ich ein strahlendes Lächeln. Auf dem Flur winkt mir von weitem Ute vom MSB-Spartakus zu. Einen Moment schießt mir durch den Kopf, daß ich gerade Hand in Hand mit Bea durch die Vorhalle der Mensa gehe und Ute das vielleicht komisch findet. Dann aber schäme ich mich für den Gedanken, drücke erst recht Beas Hand und winke Ute grinsend zu, die genauso breit zurückgrinst.

Bea und ich kraxeln in die Oberstadt hinauf. Im Café Vetter lassen wir uns völlig aus der Puste an einem der Panoramafenster auf die verschnörkelten Stühle fallen. Das Café ist wie eine Oase der Ruhe. Dicke Teppiche dämpfen das Stimmengewirr. An den Wänden hängen alte Stiche mit Motiven aus Marburg und Umgebung. Abgebeizte Bauernschränke bieten mit offenen Türen hausgemachte Pralinen feil. Jagdtrophäen verstauben an den Wänden, und die bedienenden Frauen tragen gestärkte weiße Schürzchen mit steifen Spitzenvolants. Auf einem kleinen Podest drängen sich ein Flügel, eine bemalte Milchkanne mit einem Garbenstrauß und ein Holzrechen.

Als der dampfende Kaffee vor uns steht, lächeln wir uns an wie

Komplizinnen. Ich weiß nicht, wie Bea es geschafft hat, aber ich rede wie ein Wasserfall und erzähle ihr vom Schneewittchensarg und von meinen Eltern und von meiner Schreiberei. Und sie fragt immer weiter nach. Ich genieße ihre Aufmerksamkeit, und meine lähmende Angst, hier genauso allein zu sein wie zu Hause, löst sich langsam auf. Nur von Janas Einladung erzähle ich ihr nicht.

Später, als ich mich längst auf sicherem Boden wähne, kommt Bea wieder auf das Thema Frauen zurück.

„Ulli, warum wolltest du ins Frauencafé? Bist du auch lesbisch?“

O Gott! Was soll ich bloß sagen?

Wie wäre es mit der Wahrheit? Oder zumindest der halben Wahrheit?

„Meine Schwester studiert auch hier. Ich hab sie letztes Jahr besucht, und sie hat mir das Café gezeigt. Ich wollte einfach mal reinschauen. Ob ich auf Frauen stehe? Ehrlich gesagt, ich weiß es nicht genau. Ich denke, eine kann sich erst ... lesbisch nennen, wenn sie sich sicher ist, und das ist sie ja wohl erst, wenn sie ... wenn sie mit einer anderen Frau im Bett war. Ich weiß also nicht so recht ...“

„Hmhm“, ist ihr skeptischer Kommentar.

Ich fühle mich gedrängt, es näher zu erklären: „Ich finde es verflucht schwer, herauszukriegen, was ich will. Ich denke oft, ich bin noch gar nicht richtig mit dem, was ich mir wünsche, in Berührung gekommen. Mit meinen Träumen lag ich immer daneben. Ich wollte keinen Kerl mit Moped, so wie meine Freundinnen. Da wollte ich lieber für die Revolution kämpfen. Ich mochte meine Freundinnen, aber ich war nicht wie sie. Sie fanden mich wohl meistens ziemlich schrullig. Wenn ich versucht hab, mit ihnen gleichzuziehen, bin ich kläglich gescheitert, weil ich mir meist nicht merken konnte, was für sie wichtig war – wie den Namen des schönsten Jungen der Nachbarpenne. Und sie interessierten sich nicht für das, was mir wichtig war. Außerdem mußte ich immer schon zu Hause sein, wenn sie richtig ein Faß aufmachten. Also hab ich beschlossen, das wirklich interessante Leben in meinem Kopf stattfinden zu lassen. Wenn ich dann eine Geschichte bis zur Perfektion durchgespielt hatte, hab ich sie aufgeschrieben. Dann bin ich einmal die Woche in die Literaturwerkstatt gegangen und hab genau solche Spinner wie mich getroffen, und das hat für den Rest der Woche gereicht. Und nachdem ich meine Schwester hier in Marburg besucht hatte, wollte ich auf jeden Fall studieren und mit Leuten zu tun haben, die sich auch für mehr interessieren als nur dafür, wann sie heiraten und wie viele Kinder sie haben wollen."

Plötzlich bin ich völlig erschöpft.

Bea rührt in ihrem Kaffee und fragt nur: „Hattest du schon mal einen Freund?"

Oje! Das nächste heikle Thema. So gut kenne ich sie auch noch nicht, daß ich nun alles ausplaudere, denke ich trotzig. Ich recke das Kinn und frage spitz zurück: „Ja, wieso?"

Bea spürt die von mir hochgezogene Wand und starrt in ihren Kaffee: „War nur 'ne Frage. 'tschuldigung, ich wollte dir nicht zu nahe treten."

Jetzt komme ich mir albern und zickig vor. Ich versuche, es wiedergutzumachen: „Ja, ich hatte mal einen Freund. Er war auch ganz nett. Aber irgendwie konnte ich einfach nicht richtig mit ihm. Er war wirklich süß, und ich mochte ihn. Aber mit der körperlichen Nähe hatte ich Probleme."

Ich sitze hier mit einer Frau, die ich kaum kenne, und rede mit ihr über Dinge, die ich nicht mal meinen Freundinnen zu Hause erzählt habe. Hat das was damit zu tun, daß sie so mutig war, mir von ihrer Liebe zu Frauen zu erzählen? Oder damit, daß meine Eltern nicht wie ein Damoklesschwert über mir hängen und ich hier ganz ohne alte Bilder von mir neu anfangen kann? Es ist alles möglich, schießt es mir durch den Kopf. Ich brauche und werde mich hier in Marburg nicht mehr verkriechen wie eine Fledermaus vor der Helligkeit. Ich will mutig sein, mutig wie Bea und Jana.

Vor Aufregung zittern meine Hände, und ich spüre, wie allein die Tatsache, daß Bea auf Frauen steht, mich eitel und kokett macht. Ich spiele mit meinen Haaren und lege den Kopf ein wenig schräg, wenn ich sie ansehe. Es macht Spaß, sie ein bißchen zu becircen. Und Bea macht mir Komplimente. Mein Gott, sie flirtet mit mir! Einfach so. Es ist herrlich. Mir ist richtig wohlig zumute. Ich kriege kaum mit, worüber wir reden, sondern genieße nur unsere kleine Tändelei.

Als wir auf die Uhr sehen, ist es schon fünf, und Bea springt mit einem spitzen Schrei auf.

„Ich hab versprochen, um sechs in meiner neuen WG zu sein. Heute abend ist geselliges Beisammensein zur Pflege der WG-Strukturen angesagt. Und ich als Neue muß auf jedem Fall pünktlich sein. Sehen wir uns morgen in der Vorlesung über die Geschichte des Romans? Ich würde mich tierisch freuen."

Ich bin ganz gerührt. „Dito. Na, dann viel Spaß mit deiner WG. Du mußt mir nächstens mal mehr davon erzählen."

Dann brechen wir beide hastig auf. Ich überlege erst, ob ich nicht gleich in der Oberstadt bleiben soll. Aber dann wird mir die Zeit doch zu lang, und ich will mich auch noch ein bißchen zurechtmachen, bevor ich zu Jana gehe. Also schlappe ich gemächlich zu meiner Bude.

Waschen und parfümieren ist kein Problem. Aber was ziehe ich an? Ich komme mir vor, als würde ich zu einer Reise in ein fremdes Land aufbrechen. Gibt es Sachen, die richtige Lesben nicht anziehen würden? Halten sie mich für eine Tussi, wenn ich die Seidenbluse anziehe? Aber Jeans und ein kariertes Holzfällerhemd können nicht verkehrt sein, weil Jana im Frauencafé auch so was anhatte. Ich bin schrecklich aufgeregt. Wie lange habe ich mir gewünscht, mehr über mich herauszufinden? Jetzt bin ich kurz davor und fürchte mich gräßlich. „Lieber im unangenehmen Bekannten als im angenehmen Unbekannten leben." Auch so ein Spruch von meiner Oma. Gerade ich habe mich immer am meisten darüber lustig gemacht und diese Einstellung für die Grundlage aller feigen Spießigkeit gehalten. Und jetzt würde ich mich selbst am liebsten verdrücken. Ärgerlich schmeiße ich meine Latschen in die Ecke. Das wäre ja wohl noch schöner, wenn du jetzt kneifen würdest, schimpfe ich mich aus dem Haus.

Don't dream it, be it

Vor der Wohnungstür gönne ich mir eine Verschnaufpause. Diese verdammten Berge in dieser Stadt. Entweder geht es so steil bergauf, daß mir bald die Puste ausgeht, oder man bricht sich bei dem starken Gefälle fast den Hals. Jetzt jedenfalls ist mir ganz schwummerig vor Anstrengung und Nervosität. Ich lehne mich an die Wand und atme tief durch. Mein Hemd wirft Falten am Bauch und macht mich dicker, als ich bin. Ich zupfe es glatt. Ich streiche mir die Haare nach hinten. Ich schließe die Augen und stelle mir mein Spiegelbild vor. Alles in Ordnung.

Da ich keine Klingel finde, klopfe ich laut. Kurz darauf höre ich Schritte. Jemand nimmt die Kette ab, dreht einen Schlüssel, und die Tür geht auf.

Jana. Wieder kann ich kaum atmen in ihrer Nähe, weil ich Angst habe, daß sie meine Aufregung mitbekommt.

„Schön, daß du da bist. Komm doch rein", bittet sie mich mit einer einladenden Geste.

„Bin ich zu früh?" frage ich artig und bereue augenblicklich meine Klein-Mädchen-Tour.

Jana legt mir die Hand auf die Schulter und setzt damit meine Haut in Flammen. „Ach, Unsinn. Wir sind schon fast fertig mit Kochen. Du kannst deine Jacke in mein Zimmer legen."

Jana geht vor mir durch eine niedrige Tür. Ich folge ihr. Sie hat ein wunderschönes Zimmer. Da die Wohnung unter dem Dach liegt, hat sie schräge Außenwände. Vier abgebeizte Stützbalken teilen den Raum wie eine Säulenreihe. Zwischen zwei Balken sind Bretter angebracht, auf denen sich eine Menge Bücher drängen. Unter der einen Schräge liegt eine flache Matratze mit einer bunten Decke. In den Regalen, am Bett und auf der Fensterbank liegen Schmucksteine zwischen halb heruntergebrannten Kerzen und Kastanien. Getrocknete Zweige und Kräuterbündel hängen an dünnen Fäden im Fenster. Der karamelfarbene Strohteppich unterstreicht den warmen und gemütlichen Eindruck. Ich werfe meine Jacke auf die Matratze.

Jana breitet die Arme aus. „Das ist meine Wohnhöhle. Gefällt sie dir?"

Ich nicke nur und versinke in ein Bild, das am Fußende ihres Bettes hängt. Es zeigt eine nackte Frau, die mit ausgebreiteten Armen auf einem Hügel tanzt, einem Hügel, den sie erklommen hat. Mein Bauch füllt sich mit Hitze.

„Na komm", Jana legt mir den Arm um die Schultern, „ich stell dir meine Freundin vor, die seit einer Stunde unsere Küche verwüstet, um ein Festmahl zu zaubern."

Umarme mich, küß mich, berühr mich, zerreiß den Vorhang.

Alles in mir sträubt sich dagegen, endgültig zu begreifen, daß ich keine Chance bei Jana habe, und ich habe Angst, daß man – oder frau wie Jana sagen würde – mir die Enttäuschung ansieht. Tapfer gehe ich mit in die Küche.

Das ist sie also. Schwarze Haare, dunkle Augen und die rundliche Figur in eine lila Pumphose und ein weites weißes Satinhemd gehüllt. Sie ist viel schöner als ich, stelle ich bei ihrem Anblick resigniert fest. Und sie steht mit ihrem Kochlöffel in der Hand auch noch da und lächelt mich freundlich an. Sie scheint nicht mal zu ahnen, daß ich ihr am liebsten das Gesicht zerkratzen möchte.

Ich maskiere mich mit einem herzlichen Lachen und finde mich zum Kotzen.

Jana, die Ahnungslose, lächelt uns abwechselnd an und macht uns miteinander bekannt: „Darf ich dir Chris vorstellen?“

Chris streckt mir ihre freie Hand hin, die ich notgedrungen ergreife. Verflixt, ich war noch nie so neidisch wie gerade jetzt, und ich finde mich runzelig und eklig und bringe kaum ein rauhes „Hallo!“ zustande.

„Und das ist Ulli, die nun hoffentlich öfter bei uns im Frauencafé auftaucht.“ Sie zwinkert mir zu, und ich werde rot.

Chris konzentriert sich wieder auf ihren dampfenden Kochtopf. „Ich will ja nicht unhöflich sein, aber mir brennt garantiert etwas an, wenn wir uns hier festplaudern. Also scheuche ich euch jetzt raus. Außerdem, Süße“, an Jana gewandt, „achte bitte auf die Tür. Wär doch zu blöd, wenn wir Rieke draußen stehen lassen, weil sie vielleicht ausnahmsweise mal pünktlich ist. Es wäre zwar ein Wunder, aber“, sie wedelt mit ihrem Kochlöffel herum und trällert wie Katja Epstein, „Wunder gibt es immer wieder …“

Jana wirft ihr eine Kußhand zu, hakt mich unter und schlendert mit mir aus der Küche.

Sie sind so zärtlich zueinander. Wie ein Liebespaar. Sie *sind* ein Liebespaar. Theoretisch ist es mir nicht fremd. Im Gegenteil. Es kommt mir viel schöner vor als diese Balzerei zwischen Jungen und Mädchen. Aber es ist ungewohnt, zwei Frauen tatsächlich zärtlich miteinander umgehen zu sehen. Es ist alles so neu, so aufregend.

Jana und ich gehen in ihr Zimmer, und sie läßt sich auf ihrer Matratze nieder. Sie klopft auffordernd neben sich, und ich setze mich zögernd.

„Und? Hast du dich schon ein bißchen eingelebt? Es ist ja anfangs ziemlich verwirrend, sich an der Uni zurechtzufinden.“

Ich nestele am Saum der Bettdecke herum. „Och, ich habe es mir schwieriger vorgestellt. Durch das Kurssystem in der Oberstufe war der Part mit dem Stundenplan nicht so kompliziert. Aber das ganze Drumherum finde ich schon verwirrend. Ich war doch gestern bei den DKPlerinnen, beziehungsweise bei den MSB-Frauen. Vielleicht kennst du sie ja: Ute, Tina und Eva vom Fachbereich Politik."

Jana nickt kurz. „Ja, klar. Auf der einen Seite sind sie mir ganz vertraut mit ihrer Gewerkschaftsarbeit und ihren Vorstellungen vom Sozialismus, obwohl ich den Schmus mit der DDR als gelobtem Land nicht glaube. Aber wenn es um Frauen geht, haben sie ganz schön Schiß, Tacheles zu reden. Sie haben wohl Angst, die Arbeiterinnen oder das, was sie dafür halten, damit zu vergraulen. Trotzdem finde ich sie persönlich sympathisch. Vor allem Ute, weil sie nicht immer so abgehoben daherredet. Sie denkt wenigstens ab und zu darüber nach, wie die arbeitende Klasse ihre Aktionen wohl findet."

Jana schnappt sich ein Kissen, robbt ans Ende der Matratze und lehnt sich mit dem Kissen im Rücken an einen Balken. Sie zieht die Beine an und nickt. „Deshalb bin ich auch aus der MSB-Frauengruppe rausgegangen. Im Grunde wollen sie zwar engagierte Feministinnen in ihren Reihen, aber wenn die lesbisch sind, verschweigen sie das aus taktischen Gründen. Ich verrate dir mal ein Geheimnis: Die einzigen Frauen, die sich bis zur Selbstaufgabe in die Frauenbewegung hängen, sind aber die Lesben, weil Frauen in ihrem Leben nun mal der Mittelpunkt sind. Die Heteras sind immer dann besonders engagiert, wenn sie gerade Frust mit ihren Typen haben oder solo sind. Taucht ihr Traumprinz auf, siehst du sie wochenlang nicht mehr. Für die ist die Frauenbewegung ein Frustventil, wenn ihnen das Patriarchat über den Kopf wächst. Lesben dagegen brauchen die Frauenbefreiung, um selbst frei leben zu können."

Das ist mir ein bißchen zu radikal, und deshalb entgegne ich: „Na ja, ganz so hart ist es bestimmt nicht. Gestern im Schwarzen Wal haben die drei kaum einen Blick für die Typen gehabt."

Jana schnalzt ärgerlich mit der Zunge. „Weißt du, für sie ist das wie ein Spiel. Manchmal kokettieren sie auch damit und mimen die Unnahbare, was sie für die Typen noch interessanter macht. Die Jungs hier in Marburg sind emanzipierte Softis, die darauf stehen, wenn Frauen ihnen den feministischen Marsch blasen."

Ich sehe sie skeptisch an.

„Na ja, nicht alle. Aber viele. Ist doch wahr. Ich hab soviel Frust mit denen erlebt. Immer müssen die Lesben die Kontinuität der Strukturen sichern, Dienst im Frauencafé schieben, Plakate aufhängen, Gruppen betreuen und so weiter. Aber aus taktischen Gründe bitten die Strateginnen darum, das Lesbischsein zu verschweigen. ‚Die Zeit ist noch nicht reif dafür' ist ihr Lieblingssatz. Das tut weh. Ich kam mir schließlich nur noch betrogen vor. Im Frauenzentrum fühle ich mich viel besser aufgehoben. Da ist es eher so, daß die Lesben das Sagen haben. Aber im Grunde sind dort alle Frauen gleich."

Es klopft. Jana springt auf und sprintet zur Tür. Ich höre eine Stimme, die knarrt wie ein altes Tor.

„Na, Olle, wie geht's? Sieh mal auf die Uhr. Ich bin pünktlich. Den Tag streichen wir doch mal rot im Kalender an."

Jana lacht. „Na, brüste dich nicht so. Chris hat heute sogar darauf gesetzt, daß du mal pünktlich bist. Vielleicht liegt das ja an ihren Kochkünsten. Komm rein."

Ich bin gespannt. Der Stimme nach muß gleich eine riesige Frau mit einem Kreuz wie ein Kutscher in der Tür stehen. Aber so falsch habe ich noch nie gelegen. Mir verschlägt es fast den Atem.

Das Wesen, das mich mit einem donnernden „Hallo, ich bin Rieke!" begrüßt, ist klein und zierlich. Auf ihrem Kopf kräuseln sich blonde Locken, die knapp auf die Schultern fallen. Sie sieht aus wie ein kleiner Kobold. Irgendwie süß.

Mist, ich werde schon wieder verlegen. Doch zu meinem Erstaunen wird auch sie rot. Ich liege vor ihr auf dem Bett und rühre mich nicht, weil die Stichflamme in meinem Magen sonst größeren Schaden angerichtet hätte. Nach einem scheinbar endlos langen Moment gelingt es mir, ihr zu antworten. „Ich bin Ulli. Hallo."

Das Zimmer, Jana, das Bett, auf dem ich liege – alles verschwindet, und übrig bleibt diese kleine Koboldfrau.

Da tönt es aus der Küche: „Das Essen ist fertig! Setzt euch schon mal."

Ich bin froh, daß wir abgelenkt werden.

Als ich Jana ansehe, wirft sie mir ein breites Grinsen zu. Sie hat was gemerkt. Na, großartig. Das wird ein ja ungeheuer lockerer Abend, an dem ich vor Witz und Souveränität nur so sprühen werde, befürchte ich.

Am Tisch sitzen Rieke und ich nebeneinander, gegenüber von Jana und Chris. Vor uns stehen dampfende Schüsseln mit Nudeln, Gemüse und Salat. Hm, lecker. Erst jetzt merke ich, daß meine Geschmacksnerven schon im Begriff waren, sich zurückzubilden, weil ich mich nur von Aldi-Ravioli und Mensa-Papp ernährt habe. Doch dies hier sieht nach dem idealen Aufbaukurs für meine Feinschmeckerzunge aus.

„Greift zu." Chris reicht die Nudeln herum.

Rieke nimmt die Schüssel entgegen und hält sie mir hin. „Bedien dich."

Sie ist so aufmerksam. Meine Verlegenheit wächst gefährlich, und ich kann sie nicht mal ansehen.

„Danke schön."

Ich sehe aus den Augenwinkeln, wie Jana Chris anstupst. Ob sie das alles so geplant hat? Ich fürchte fast. Ich nehme Rieke die Schüssel ab, nachdem ich mir den Teller gefüllt habe. „Bitte schön, Rieke." Dann reiche ich die Nudeln an Chris weiter und komme mir ganz souverän vor – bis auf die zitternden Hände und den Schweiß, der die Schüssel in meinen Fingern gefährlich glitschig macht.

Nachdem auch noch Gemüse und Salat die Runde gemacht haben und wir Chris mit Komplimenten für das leckere Mahl überhäuft haben, wendet sich Jana an Rieke.

Ich bin froh, der allgemeinen Aufmerksamkeit zu entgehen, weil ich Schiß habe, mich wie üblich beim Nudelessen zu bekleckern.

„Rieke, hast du schon Antwort von den Bands? Steht das Bühnenprogramm? Wir planen nämlich", erklärt Jana mir und lenkt blöderweise doch wieder aller Augen auf mich, „ein Lesbenmusikfestival, und Rieke organisiert die Auftritte."

Rieke kaut erst einmal in Ruhe zu Ende. „Hätte ich geahnt, was das für Zicken sind, hätte ich lieber sechs Wochen Putzdienst im Frauenzentrum übernommen. Was den Damen an Können fehlt, machen sie mit ihren Allüren wett. Die Bitch Band will unbedingt zusammen untergebracht werden und verlangt makrobiotisches Essen. Außerdem müssen wir Gitter für einen Käfig besorgen, in dem eine nackte Frau tanzen soll. Die müssen wir in der Nacht davor von einer Baustelle organisieren. Eine gewisse Fraktion aus dem Frauenzentrum wird uns grillen." Sie reibt sich spitzbübisch die Hände. „Ich höre sie schon mit hochroten Köpfen brüllen: ‚Sexismus!' Die Band hingegen findet es wichtig, die Erotik von Frauen auf die Bühne zu bringen. Na, abwarten."

Chris wirft ein: „Na ja, so lange wir in der Männergesellschaft immer noch Sexobjekte sind, ist es wirklich nicht einfach, Frauenerotik auf die Bühne zu bringen, ohne daß es in die ideologische Nähe von Peepshows gerät."

Rieke antwortet verlegen: „Ich will ja die Frauen, die dagegen protestieren, nicht lächerlich machen. Aber manchmal sind sie schon zu hart drauf. Wir stehen schließlich auch auf Erotik. Lesbensex ist nicht nur Händchenhalten und streicheln im Dunkeln."

Ich starre auf meinen Teller.

Jana rettet mich. „Rieke, Ulli ist neu in der Stadt, und du mußt ihr ja nicht gleich die ganze Szene madig machen und sie in Verlegenheit bringen, okay!?“

Rieke wird rot. Dann wendet sie sich an mich. Auch das noch. Zum Glück habe ich keine ungezähmten Nudeln auf meiner Gabel.

„Ich wollte dich nicht in Verlegenheit bringen. Im Gegenteil. Ich bin manchmal ein bißchen derbe. Aber ich meine es nicht böse.“

Jana ergänzt lakonisch: „Rauh, aber herzlich, unsere Rieke.“

Die winkt ärgerlich ab und fährt fort: „Jedenfalls kommen sie mit großem Hofstaat, und dann reist am frühen Nachmittag die Lila Lawine an. Die brauchen wir glücklicherweise nicht unterzubringen. Sie fahren in der Nacht noch zurück. Übrigens“, sie ersticht eine Auberginenscheibe, so daß der Teller fast zerbricht, „habe ich mit den Herren vom Asta geplaudert wegen der Anlage. Sie haben wehleidig gezetert, daß wir bestimmt was kaputtmachen, und sie wollten uns zwar nicht reinquatschen und verstehen unseren Wunsch nach männerfreien Räumen und so weiter, aber sie müßten schon einen Techniker bei der Anlage lassen. Ich habe ihnen ungefähr fünfhundertmal erklärt, daß Jutta Tontechnikerin und damit eine Fachfrau ist. Aber irgendwie hatte der Typ was an den Ohren. Er jammerte wieder los, daß die Anlage das wertvollste Teil des Asta wäre und so weiter und so fort. Manchmal habe ich echte Mordgelüste, wenn ich mit diesen Ignoranten reden muß.“

Chris und Jana nicken verständnisvoll.

Dann meint Jana trocken: „Die wollen bloß spannen kommen. Frauenbands und Technikerinnen übersteigen halt ihren Horizont. Das einzige Instrument, auf dem eine Frau ihrer Meinung nach spielen darf, ist ihre Flöte.“

Rieke prustet fast ihre Nudeln aus. Chris mümmelt mit vollem Mund: „Du olles Chauvischwein, Jana“, und ich grinse verhalten. Nach all dem Ärger, den ich bisher mit Mackern und Blödmännern hatte, ist dieses Gespräch Balsam für meine gequälte Seele. Jana läuft, von Rieke bestärkt, zu Hochform auf. Sie läßt kein gutes Haar an Männern. Chris guckt ab und zu empört, aber mit vergnügt blitzenden Augen zwischen Jana und Rieke hin und her. Ich schalte meine Lauscher auf maximalen Empfang und amüsiere mich großartig.

„Wißt ihr, was ich gerade gelesen habe?" wechselt Rieke schließlich das Thema. „*Die Töchter Egalias*, einen Roman, der in einer verkehrten Welt spielt. Die Jungs und Männer sind die Unterdrückten, und die Frauen und Mädchen haben das Sagen. Ich habe so gelacht. Da müssen die Jungen ab der Pubertät einen PH, sprich Penishalter tragen, der zwickt und nervt. Das ist echt klasse. Alle Klamotten, alle Einrichtungen und Aktivitäten sind nur auf Frauen zugeschnitten. Und bildet euch bloß nicht ein, ihr könntet schon frauenparteiisch reden. In dem Buch wird das bis an die Grenze ausgereizt. Es ist echt zum Piepen." Sie läßt die Gabel auf ihren Teller fallen, springt auf und rennt in Janas Zimmer, wo ihr Rucksack liegt. Dann kommt sie zurückgestürmt.

Wie kann eine so kleine Frau so viel nervöse Energie und so eine bollerige Art haben? Ich mit meinen zehn Kilo zuviel schleiche wie ein Elefant auf der Hängebrücke und bemühe mich, bloß nicht zu laut zu sprechen, und Rieke wird durch ihre Art mindestens zwei Meter groß. Sie reckt triumphierend die rechte Hand mit dem besagten Buch hoch. „Hier ist es! Wer will es zuerst geliehen haben?"

Chris will danach greifen, doch Jana hält ihren Arm fest. „Süße, sollen wir nicht Ulli den Vortritt lassen, sozusagen als Ankommensgruß?"

Chris guckt ein bißchen enttäuscht. „Wenn du meinst. Liest du denn schnell?" wendet sie sich an mich.

„Ich hab keinen Fernseher und noch keinen vollgestopften Stundenplan. Also zwei, drei Tage brauche ich aber bestimmt ..."

Chris winkt ab. „Na, so war es nicht gemeint. Aber ich hab schon von dem Buch gehört und bin ganz wild darauf. Eine Woche kann ich aber schon noch warten. Außerdem", sie kratzt sich am Kinn, „ich war neulich auf einem Workshop über die Unterstützung von Frauenzusammenhängen. Da hat eine Autorin sich darüber beklagt, daß in der Szene immer fünfzig Frauen ein Exemplar zerlesen und sich daher ihre Bücher schlecht verkaufen. Wir sollten für unsere Künstlerinnen Geld ausgeben, sonst gibt es sie bald nicht mehr. Also, wenn es uns gefällt, empfehlen wir es anderen Frauen, damit sie es sich kaufen. Einverstanden?"

Alle nicken.

„Apropos Frauen und Geld ausgeben ..." Chris scheint ganz in ihrem Element zu sein. „Ulli, wenn du Frauenbücher brauchst, geh doch in den Frauenbuchladen in der Oberstadt. Damit bleibt das Geld sozusagen in der Familie. Wir haben im Frauenzentrum eine Liste von Läden, die von Lesben oder ausschließlich von Frauen betrieben werden. Wir bemühen uns alle, vorwiegend dort zu kaufen, damit das Geld unter Frauen sich vermehrt und wir vielleicht mal von unserer Arbeit leben können. Ich arbeite nämlich im Buchladen, mittwochs nachmittags, falls du mal Lust hast, mich dort zu besuchen. Und im Frauenzentrum gibt es einmal in der Woche abends ein Essen, das nur fünf Mark kostet, und das Geld, was nach Abzug der Kosten übrig bleibt, geht in die Kasse für Arbeitsmaterialien und so. Warst du schon mal dort?" fragt sie mich.

Ich habe meine Nudeln glücklicherweise schon aufgegessen und kann deshalb ganz entspannt antworten: „Nein, doch Jana hat mir schon davon erzählt. Aber ich weiß ja gar nicht, wann da was los ist." Ich finde mich nicht sehr überzeugend.

Rieke nickt eifrig. „Das trifft sich ja hervorragend. Morgen abend ist dort ab neunzehn Uhr ein Vorbereitungstreffen für das Lesbenmusikfestival. Du kommst einfach mit mir mit. Wir treffen uns im Café am Markt und gehen dann zusammen hin."

Diese Frau kennt offensichtlich keinen Widerspruch. Ich weiß nicht, ob ich eher ängstlich oder ärgerlich bin. Panik kriecht mir unter die Rippen bei der Vorstellung, daß da lauter ausgewiesene Lesben in einem Raum sitzen und ich mittendrin. Der Ärger entzündet sich mehr an Riekes Art, mich ungefragt zu vereinnahmen. Doch irgendwann muß ich ja andere Frauen kennenlernen, und ich lasse mich lieber von dieser Donnerkoboldin mitnehmen, als allein mit weichen Knien dorthin zu schleichen.

Nach drei Flaschen Wein für die anderen und zwei Flaschen Sprudel für mich – ich will alles mit nüchternem Kopf mitkriegen – und einer ausführlichen Debatte über Frauensprache sind wir alle allmählich müde, und ich will bloß noch in mein Bett.

„Ich breche jetzt mal lieber auf, ich hab ja noch 'nen weiten Weg vor mir. Ich gehe nachts nicht durch die Bahnunterführung, sondern außen rum. Also reiße ich mich jetzt mal besser los. Dein Essen, Chris, hat mich vor dem kulinarischen Stumpfsinn bewahrt. Vielen Dank! Das war mein schönster Abend, seit ich hier angekommen bin. Ihr seid alle furchtbar nett."

Mein Herz blüht auf wie eine Blume bei den ersten morgendlichen Sonnenstrahlen. Die anderen sehen verlegen aus.

„Du bist aber auch sehr nett", erwidert Jana nach einer kurzen Pause. „Es ist schön, daß du hierher gekommen bist, und ich werde das Gefühl nicht los, daß wir noch so einige wilde Dinge tun werden."

Wenn sie wüßte, was ich mir darunter vorstelle, hätte sie das nicht gesagt. Ich gucke vorsichtshalber weg.

Da springt Rieke auf und verkündet: „Ich muß ja eigentlich in die entgegengesetzte Richtung. Aber ich brauche noch 'n bißchen frische Luft, bevor ich schlafen kann. Alkohol macht mich immer ganz nervös."

Jana murmelt: „Klar, der Alkohol macht sie nervös." Und grinst. Chris stupst sie an und schüttelt verstohlen den Kopf.

Pärchengeheimsprache, denke ich.

„Also, Ulli, ich bring dich nach Hause. Zu zweit können wir auch durch den Tunnel gehen, schließlich mache ich nicht umsonst seit Jahren Selbstverteidigung. Außerdem, wenn ich losbrülle, rennen alle Kerle und sonstigen wilden Tiere davon."

Das glaube ich ihr aufs Wort. „Prima." Ich strahle sie an.

Im Nu sind wir in unsere Jacken geschlüpft, haben die anderen beiden zum Abschied fest in die Arme genommen – Jana hat mir einen Kuß auf die Wange gegeben, und ich werde die Stelle bis übermorgen nicht waschen – und stehen nun auf der Straße.

Es ist ganz still, und die Straßenlaternen sind die einzigen Lichtquellen. Wir gehen stumm nebeneinander her. Irgendwie scheinen Funken zwischen ihr und mir hin- und herzuspringen. Die Oberstadt ist so wunderschön. Als wäre die Zeit stehengeblieben, wölbt sich die Straße mit ihrem Kopfsteinpflaster über die runde Kuppe, und die verschnörkelten Lampen an den Fachwerkhäusern weisen mit warmem Licht den Weg. Manche Häuser sind unter der Last der Zeit ein wenig eingesunken. Aus kleinen Dachfenstern dringt das gelbliche Licht von Schreibtischlampen in die dunkle Nacht. Lernende Studentinnen und Studenten. Nachtaktive. Die Eisdiele blinzelt mit ihrem Notlicht aus ihren großen Fenstern. Wir könnten jetzt die Treppen hinuntersteigen, um den Weg abzukürzen. Aber Rieke macht keine Anstalten, abzubiegen, und ich mag sie nicht darauf aufmerksam machen, zumal ich eigentlich gar nicht so schnell zu Hause sein will. Nur an einer Kellerkneipe brennt noch die Leuchtreklame, und schwach dringt Musik durch die halboffene Tür.

Rieke wird munter, als sich die Straße gabelt. „Siehst du, wenn du hier links hochgehst, kommst du zum Renthof, wo das Frauenzentrum ist. Dann brauchst du nicht diesen wahnsinnigen Berg raufzukraxeln."

Wir nehmen die entgegengesetzte Richtung. Es geht steil bergab, als wir am Gewölbe einer Jazzkneipe vorbeigehen. Umgekehrt muß es zum Renthof wohl steil bergauf führen.

Der Weg zu den Frauen ist beschwerlich, denke ich und muß laut loslachen.

Rieke sieht mich erstaunt an. „Was hast du denn? Darf ich mitlachen?"

Doch mir ist es zu blöd, den Grund für mein Gekicher zu erklären, und so behaupte ich: „Ich mußte gerade daran denken, wie du dich vor den Asta-Männern aufbaust und sie zur Schnecke machst."

„Ach so." Rieke grinst stolz. Und wieder stapfen wir stumm nebeneinander her. Es ist, als fänden wir nicht den richtigen Anfang.

Und so beschränkt sich Rieke auf ihre Rolle als Stadtführerin. „Gleich sind wir an der Elisabethkirche."

Ich mag ihr nicht erzählen, daß ich von der Stadtführung mit meiner Schwester schon jede Sehenswürdigkeit kenne. Vielleicht redet sie sonst gar nicht mehr mit mir. Dabei höre ich so gern ihre Stimme. Ich mag auch, wie sie festen Schrittes geht. Sie ist so drahtig. Und ihre Locken wippen immer mit. Ich werde ganz kribbelig, wenn ich sie ansehe, und es macht mich überhaupt nicht traurig oder ängstlich, weil ich weiß, daß sie Frauen liebt und nicht so unerreichbar ist wie alle, die ich bisher angeschwärmt habe. Ich genieße es einfach nur.

In der Bahnhofstraße kriegt sie den Mund schließlich wieder auf. „Jetzt wollte ich dir so viel erzählen, aber es verschlägt mir den Atem, wenn du neben mir hergehst."

Ein Blitz zuckt durch meinen Bauch. „Wirklich?"

„Ja. Das ging mir sofort so, als ich dich gesehen habe. Ehrlich."

Weit und breit ist kein Mensch zu sehen, und wir stehen zwischen zwei Laternen, sozusagen im toten Winkel, und ich bin so lebendig wie noch nie. Wir stehen uns gegenüber und sehen uns in die Augen.

Mein Gott, ich will sie in die Arme nehmen und nicht mehr denken. Aber ich weiß nicht, wie das geht. Meine Haut wird ganz empfindlich, und ich spüre jede Druckstelle, den Hosenbund, meine Jacke. Dann streichelt sie mein Gesicht, und ich schmiege meine Wange in ihre Hand wie eine Katze. Mein Atem geht zu schnell. Sie merkt es bestimmt.

Mein Gesicht ist in ihren beiden Händen geborgen. Ich bin schutzlos. Habe nur noch den Wunsch, sie zu berühren. Ich greife nach ihren Armen, haltsuchend. Sie zieht mein Gesicht zu ihren Lippen, küßt meine Augen, die sich geschlossen haben. Sie küßt meine Stirn, meine Wangen, und meine Lippen werden ganz weich. Sie küßt sanft meine Nase, die Mundwinkel, die Oberlippe. Mir ist heiß, unendlich heiß, und ich *bin* einfach, ohne Gedanken, nur Fühlen. Jede Berührung läßt meinen Körper, meine Sinne nach mehr schreien, bis sie ihren Körper an meinen drängt, ihre Arme um mich legt, mich an sich zieht und mich auf den Mund küßt. Langsam öffnet sie meine Lippen, tastet sich zart vor. Sie gibt mir keine Worte mit ihrer Zunge, sondern unbeschreibliche Berührung. Rührung. Mein Mund ist eine warme, feuchte Höhle. Als sie die weichen Wände mit ihrer Zungenspitze ertastet, spüre ich heiße Wellen in meinen Schenkeln. Ich küsse zum ersten Mal in meinem Leben mit meinem ganzen Körper und bin überwältigt, wehrlos. Ich begreife alles, was mir bislang verborgen war. Das will ich. Ich will küssen bis zur Besinnungslosigkeit. Sie berührt mich tief mit ihrer Zunge, und ich will sie nie wieder gehen lassen. Sie streichelt meinen Rücken. Meine Knie werden weich. Ich würde mir am liebsten alle Sachen vom Leib reißen, damit sie meine Haut berührt. Küssen. Berührt werden. Berühren.

Faß mich an, sonst erfriere ich. Küssen.

Ihre Hände rutschen unter meine Jacke, streifen meine Brüste.

Küssen. Berühr mich.

Ich kann nicht mehr stehen. Sie streichelt über meinen Po, der in stramm sitzenden Jeans steckt. Der Stoff scheint verschwunden zu sein, denn ich spüre deutlich ihre Hände auf meinem Hintern. Sie preßt mich an sich. Ihr Hügel an meinem, und ich weiß, warum er nach Venus benannt ist. Ich bin nackt. Rieke taumelt mit mir in den Armen zur nächsten Hauswand, weil auch ihre Knie vor Erregung nachzugeben scheinen. Sie nimmt mich noch fester in die Arme und wirbelt mich herum, bis ich mit dem Rücken an die Wand gepreßt dastehe, Rieke fest an mich geschmiegt. Ich will das so. Ihre Zunge in meinem Mund wird fordernder, ohne grob zu werden. Wir pressen uns aneinander, sie schiebt ihr Bein zwischen meine, drückt mit ihrem Oberschenkel gegen meinen Hügel, reibt ihn an meiner Hitze zwischen den Beinen. Langsam. Nachdrücklich. Ich muß stöhnen, stöhnen in ihren Mund, mitten auf der Bahnhofstraße im diffusen Licht zwischen zwei Laternen. Ihre Bewegungen werden schneller. Ich bin feucht. Sicher dringt etwas durch die Hose.

Peinlich. Unsinn. Mach weiter.

Ich bewege mich gegen ihre Wellen, schiebe mein Becken weit vor. Küssen, verschlingen, reiben. Ich bin nackt in ihren Armen und meinen Gefühlen.

Zu lange gewartet. Zu lange gewartet. Weiter. Weiter. Keine Luft mehr. Meine Brüste brennen. Plötzlich wie ein Krampf. Meine Hände fallen auf ihren Hintern, pressen ihn an mich. Keine Luft mehr. Mein Kopf fällt nach hinten gegen die Hauswand.

Am Bär packen, Sterne sehen, nach den Sternen greifen. Sterne im Bauch, die innen verglühen. Ich lebe. Mein ganzer Körper lebt. Rieke lebt. Ich muß schreien, hier, mitten in der Nacht auf dieser gottverlassenen Straße. Schreien, weil ich lebe, weil sie mich belogen haben, weil ich Lust habe und Rieke begehre. Ich presse sie an mich und schreie.

„Psst! Nicht so laut!" Rieke will vernünftig sein, kann aber auch nur hilflos kichern.

„Und wer trägt uns nach Hause?"

„Der Wind, der Wind, das himmlische Kind – oder sollte ich sagen: die Wind, die Wind, das himmlische Mädchen?" pruste ich, als ich mich an die Diskussion heute abend über weibliche Sprache erinnere.

Rieke und ich lachen, bis wir auf den Knien voreinander hocken.

Plötzlich ist das Lachen wie weggefegt. Still sehen wir uns an. Sie nimmt meine Hand. Dann erstarren wir wieder. Mir wird kalt. Ich stehe auf, ohne ihre Hand loszulassen, ziehe sie auf die Beine. Langsam gehen wir los. Was soll ich jetzt tun? Will sie mit zu mir? „Keine Herrenbesuche", hat der Pädagogik-Prof gesagt. Rieke ist kein Herr. Aber will sie das überhaupt? Ich würde sie gern anfassen. Aber ich weiß ja nichts. War ich zu offen? Habe ich sie überfahren? Was mache ich nur?

„Woran denkst du?"

Ich schrecke hoch. „Ich weiß nicht. Mein Kopf tanzt. Das ist alles so neu. Ein bißchen wie ... ach, kein Vergleich zu gar nichts. Es ist, als hätte ich die Welt bisher nur in Schwarzweiß gesehen und plötzlich ist alles in Farbe."

Rieke zieht mich wieder an sich. Die grelle Autobahnbeleuchtung quillt über den Rand der Fahrbahn auf die tieferliegende Straße, auf der wir stehen.

Sie nimmt mich in die Arme und flüstert. „Niemand drängt dich zu irgend etwas. Wir zerreden nichts, überstürzen nichts und warten einfach ab, ja?"

„Okay."

Ihr Kuß ist jetzt schon vertrauter, ohne weniger atemberaubend zu sein. So würden wir nie bis zu mir kommen. Ich werde küssen, bis ich alle Küsse nachgeholt habe, die ich in den letzten Jahren versäumt habe.

Alles habe ich verpaßt. Ich habe Graubrot für Kuchen gehalten. Ich hätte mich mit einer kläglichen Kopie von Liebe zufriedengeben sollen. Ich will unverschämt sein. Küß mich, bis mein Gesicht vor Feuchtigkeit glänzt.

An meinem Gartentor zerplatzt der wilde Zauber, der mich

aufgewirbelt hat, als Rieke sagt: „Es ist besser, wenn ich mich jetzt verabschiede. Wir sollten es langsam angehen lassen."

Das geht nicht. „Du hast recht. Es ist besser, wenn wir uns Zeit lassen. Es ging alles so schnell." Ich werde heute nacht sterben, weil sie mich nicht berührt. Ich würde sterben, wenn sie mich jetzt berührte. „Können wir uns morgen vor dem Termin im Frauenzentrum sehen?" Sei nicht so ungeduldig, Ulli, sonst glaubt sie, du willst sie gleich heiraten.

„Klar, das will ich doch hoffen. Gehst du morgen in die Mensa?"

Ich nicke nur, weil mein Herz allen Sauerstoff auffrißt.

„Um zwölf Uhr am schwarzen Brett? Dann sind die Schlangen noch harmlos."

Wieder nicke ich bloß atemlos.

Riekes Stimme wird ganz leise. „Kriege ich einen Gutenachtkuß von der Frau mit dem stürmischen Herzen und den schönen Augen, damit ich es bis nach Hause schaffe, ohne zu verhungern?"

Ich nehme sie ganz fest in die Arme und flüstere: „Du bist ein Wunder und kannst zaubern." Dann küsse ich sie mit aller Lust, drehe mich um und renne ins Haus.

Erst als ich im Bett liege, beruhigt sich mein Atem allmählich. Ich kann fühlen. Ich kann alles fühlen. Ich war allein in einem Käfig und wußte nicht, wozu meine Gefühle fähig sind, weil es keine gab, der ich es hätte zeigen dürfen. Jana. Rieke. Ich kann begehren. Ich bin nicht „trocken". An mir ist nichts verkehrt. Wie kriege ich die Stunden rum, bis ich Rieke wiedersehe? Ich habe so viel nachzuholen. Nie mehr nur Sehnsucht. Ich komme mir betrogen vor. Wie ein Schmetterling unter Raupen. „Raupen können nicht fliegen. Wenn du unter Raupen lebst, bist du eine Raupe. Schließlich gibt es ja nur Raupen, und eine anständige Raupe kann nicht fliegen." Ich bin keine Raupe. Ich bin ein Schmetterling. Warum haben sie mir nichts erzählt? Wer gab ihnen das Recht dazu? Ich war doch so allein. Ich war doch so verdammt allein.

Langsam heule ich mich unter kleinen Glücksattacken in den Schlaf. Hoffentlich werde ich nicht komplett hysterisch, weil ich so viel Gefühl gar nicht verkrafte. Wenn Liebe besoffen macht, habe ich jetzt einen Vollrausch und hoffentlich morgen keinen Kater – oder sollte ich Katze sagen?

Sweet Woman

Die Zeit seit gestern abend ist endlos und zäh gewesen. Jede Minute hat sich zur Stunde aufgespielt. Und in der „Geschichte des Romans" sind alle Worte sinnlos durcheinandergepurzelt. So sehr ich mich auch bemühte, nichts von der Vorlesung blieb in meinem Kopf hängen. Das fing ja gut an. Ich wollte doch unbedingt eine gute Studentin werden, und jetzt konnte ich schon bei der ersten Vorlesung nicht zuhören, weil ich mehr mit meinem Bauch als mit meinem Kopf beschäftigt war. Sterne im Bauch.

Bea hat es aufgegeben, aus mir ein vernünftiges Wort herauskriegen zu wollen. Dabei war sie so begeistert auf mich zugekommen, daß ich mich riesig gefreut hatte. Und jetzt stellte sie mir flüsternd immer lustloser Fragen. Ich war zwar ganz betreten, konnte mich aber gar nicht richtig entschuldigen. Als Trostpflaster habe ich Andeutungen gemacht, daß ich mich wohl verknallt hätte und daß das Wesen keinen männlichen Namen tragen würde. Als ihre Neugier fast schon in Bedrängnis ausartete, versprach ich ihr, daß sie innerhalb der nächsten vierundzwanzig Stunden erfahren würde, wer dahintersteckte. Erst müßte ich aber klären, ob überhaupt etwas daraus würde. Sie gab sich Mühe, verständnisvoll zu gucken, war aber doch enttäuscht. Schließlich hatte sie mir offen alles über sich erzählt, und nun tat ich so geheimnisvoll. Aber irgend etwas in mir hinderte mich daran, ihr von meinen Gefühlen zu erzählen. Ich war es einfach nicht gewohnt. Verstecken, verdrängen und vor mir selbst verleugnen, das konnte ich. Ich verfluchte meine Verkorkstheit.

Als dann Professor Weidenbaum seinen letzten Satz beendet hatte, stopfte ich hastig meine Notizen in die Tasche und sprang auf. Bea sah mich erstaunt an.

„Wo willst du denn so eilig hin?"

„Ich hab gleich eine Verabredung, zu der ich nicht zu spät kommen darf, und vorher muß ich unbedingt noch meinen Bafög-Antrag abgeben."

Bea sah enttäuscht aus. Ich zuckte bedauernd die Schultern und machte ein gespielt tragisches Gesicht. Bea lachte und winkte ab. Sie war mir nicht böse. Wunderbar. Sie konnte ja nicht ahnen, daß mich gerade das größte Gefühl meines Lebens überwältigte und ich keine Sekunde davon versäumen wollte.

„Na dann, vergiß nicht – morgen, Tutorium!"

Ich nickte bloß, drehte mich um und machte mich eilends auf den Weg. Hoffentlich muß ich nicht so lange warten. Hoffentlich gibt es da keine lange Schlange. Mist! Ich hab meine Armbanduhr vergessen! Hoffentlich komme ich nicht zu spät! Ob sie wohl wartet? Ich platze gleich vor Aufregung.

Vor der Tür für meinen Anfangsbuchstaben stehen zwei Frauen, die vor mir an der Reihe sind. Also warten. Wie lange dauert das denn! Ich werde Rieke verpassen und ins absolute Nichts fallen. Ungeduldig tippele ich von einem Fuß auf den anderen. Na also, jetzt ist nur noch eine vor mir. Wie spät mag es wohl sein? Gleich bin ich dran. Sie muß einfach auf mich warten. Ich habe kein Zeitgefühl mehr. Endlich bin ich dran. Nichts wie rein und den Antrag abgeben. Der Sachbearbeiter ist gründlich. Er sieht sich jeden einzelnen Punkt genauestens an und stellt mir zwei, drei Fragen, die ich eigentlich schon beantwortet habe. Nun mach schon, Mann! Schließlich ist er zufrieden. Man wird sich bei mir melden. Ich bedanke mich, murmele einen Gruß, und weg bin ich.

Eine halbe Stunde zu früh. Eine endlos lange halbe Stunde. Verschiedene Leute kommen, bauen Büchertische auf der Mensabrücke auf. An den Steintischen vor der Cafeteria recken Sonnenhungrige ihre Gesichter den letzten warmen Strahlen dieses Jahres entgegen. Ich kann nicht hineingehen. Ich brauche Luft. Ich stehe unter Starkstrom. Ob sie kommt? Wie wird sie sich verhalten, wenn fremde Leute um uns herum sind? Und ich? Ob sie mich für ein Flittchen hält, weil ich sie doch gestern erst kennengelernt habe? Ich verstehe mich selbst nicht. Am Nachmittag hätte ich noch für Jana sterben können, und am selben Abend verliebe ich mich in eine andere Frau. Selbst das ganze Gerede von wegen „man kann nur einen Menschen begehren und lieben" ist eine Lüge. Es dient doch nur diesem Gesellschaftsspiel „Verliebt, verlobt, verheiratet". Ich habe viel mehr Platz in meinem Herzen.

„Was machst du denn schon so früh hier?" Eva steht wie aus dem Boden gewachsen vor mir. Sie balanciert einen Stapel Bücher auf den Armen. Die vollständige Ausgabe von *Das Kapital* und Friedrich Engels' *Grundsätze des Kommunismus.*

Ich fühle mich ertappt und bloßgestellt. „Ach, ich warte auf eine Bekannte."

Auf eine Bekannte, wie idiotisch. Aber wie soll ich es nennen? Ich warte auf eine Frau, die ich höllisch begehre, auf eine Frau, von der ich geküßt und verschlungen werden will? Blöd.

„Ach so, ich mache heute Büchertisch für die DKP hier auf der Mensabrücke. Du kannst ja später mal vorbeikommen. Übrigens, ich fand richtig gut, was du neulich abends im Schwarzen Wal gesagt hast, und da du ja auch noch Zeitungserfahrung hast, könntest du ja ruhig mal bei uns vorbeischauen. Die DKP kann tüchtige Leute immer gebrauchen." Eva lächelt mich an.

Zwar fühle ich mich gebauchpinselt, bin mir aber nicht sicher, ob Komplimente dieser Art nicht einfach nur zur Mitgliederwerbung dazugehören. Nein, in die DKP will ich wahrhaftig nicht eintreten. Parteiköpfe und dann noch auf DDR-freundlicher Linie sind mir schon seit der Schule suspekt.

„Das höre ich gern, aber weißt du, ich muß erst mal in Ruhe ankommen, bevor ich in irgendwelche Organisationen gehe." Ich finde meine Ausrede ganz geschickt.

Doch Evas Freundlichkeit hat einen leichten Knick bekommen. Sie rückt ihre Bücher vor der Brust zurecht und meint kurzangebunden: „Ja, laß dir Zeit. Aber unsere Tür steht dir jederzeit offen. Jetzt muß ich aber weiter", und weg ist sie.

Schade. Eigentlich finde ich sie sehr nett und mag ihr nicht ein rein zweckgebundenes Verhältnis zu mir unterstellen.

Noch zehn Minuten. Ich gehe hinein, stelle mich vor das schwarze Brett und hefte den Blick auf die Aushänge. Da legen sich zwei schmale Hände über meine Augen, und ein Kuß brennt in meinem Nacken. Der endlose Morgen, die stundenlangen Minuten – alles schnurrt auf einen unwichtigen Moment zusammen.

Ich drehe mich langsam um, sehe sie an und falle in ihren Blick. Sie küßt mich, und wieder brennt mein ganzer Körper. Der pure Kitsch ohne Geigen.

„Hast du mich vermißt heute nacht?"

Ihre Frage ist eine Unverschämtheit. Sie weiß doch sicher ganz genau, wie sehr ich mich nach ihr gesehnt habe. „Natürlich. Du stellst Fragen. Schön, daß du da bist. Ich hatte schon Schiß, ob du überhaupt kommst."

Sie gibt mir einen Klaps auf die Wange. „Du dummes Ding. Meinst du etwa, ich hab die Ruhe weg? Ich wußte heute morgen gar nichts mit mir anzufangen. Aber genug Süßholz geraspelt. Wir gehen jetzt was essen." Sie zieht mich energisch zu einer Schlange vor den Ausgabestellen für die Essensmarken.

Essen? Ich habe überhaupt keinen Hunger. Ich will überhaupt nichts außer ihr. Aber ich werde mich nicht wie ein Teenie benehmen. Also wahre ich Haltung und versinke ganz in ihrer

Hand, die meine hält. Es scheint niemanden zu stören, daß wir Händchen halten. Ich bin verliebt, und nichts ist schwierig. Rieke riecht gut. Ich möchte meinen Kopf in ihren Haaren vergraben. Doch das traue ich mich nicht.

„Was willst du? Eintopf klingt verdächtig nach den Resten der ganzen Woche. Wie wär's mit Hühnchen? Da können selbst die nichts falsch machen. Die labberige Haut machen wir einfach ab."

„Ich esse gern Huhn."

Es tut mir gut, daß sie sich so charmant um mich kümmert. Es schmeichelt mir. Rieke hat kein Problem, sich vor der ganzen Schlange als meine Kavalierin zu produzieren. Die Röte in meinem Gesicht ist halb von Stolz auf meine galante Begleiterin, halb von Scham erzeugt. Seht her, ich bin liebenswert, ich bin es wert, geliebt zu werden. Mich reizt es, den dumpfsinnigen Typen um mich herum stellvertretend für jeden Trampel, der auf mir herumgehackt hat, die Zunge rauszustrecken, und ich kann mich nur mühsam beherrschen. Doch dann zieht Rieke mich ins Obergeschoß zur nächsten Schlange, wo wir gegen die Essenmarken die Tabletts ausgehändigt bekommen. Als wir an der Reihe sind, nimmt sie wie selbstverständlich beide Tabletts und geht vor mir her. Ihr scheint dieses Spiel sichtlich Spaß zu machen, und ich genieße es schamlos. Der große Eßsaal ist noch halb leer, und die Tische sind noch in annehmbarem Zustand. Wir setzen uns an einen der begehrten Tische am Fenster, mit Blick auf die Mensabrücke.

„Guten Appetit, meine Schöne."

Rieke ist so süß. Ich habe überhaupt keinen Hunger. „Danke." Ich stochere lustlos in dem armen Hühnerbein herum.

Rieke sieht das Gefledder und fragt: „Was ist los? Hast du etwa schon gegessen?"

Ich werde ganz verlegen. „Nein, im Gegenteil. Aber in meinem Bauch rumort's. Alles, was ich brauche, sitzt mir gegenüber."

Jetzt wird Rieke rot. Sie legt ihre Hand auf meine. Auch ihr Essen ist nur anders sortiert. „Blöde Idee, uns ausgerechnet in der

Mensa zu verabreden, nicht? Hier ist es ungefähr so romantisch wie in ’ner Kaserne. Sollen wir gehen?“

Ich nicke nur.

Plötzlich steht Jana wie aus dem Boden gewachsen an unserem Tisch. „Hab ich gestern etwas verpaßt?“ Sie grinst fast schon gemeingefährlich mit ihrem dampfenden Tablett in der Hand. So verlegen war ich noch nie in meinem Leben. Aber ich mag meine Hand nicht wegziehen. Soll sie es doch ruhig sehen.

Rieke räuspert sich. „Du hast nichts verpaßt. Wir hatten nur einen wunderschönen Nachhauseweg.“

„Ach?“ Janas Versuch, harmlos dreinzugucken, scheitert kläglich. Sie setzt sich zu uns an den Tisch. „Wer hätte das gedacht?“ Sie kann kaum essen vor Gefeixe.

So, jetzt ist es raus. Jetzt wird es die Runde machen. Einerseits ist es toll, daß Rieke dazu steht, andererseits ist mir ein bißchen mulmig, weil ich nicht weiß, wie ich mich nun verhalten soll. Was wird Jana denken? Ihr habe ich doch von meiner Freundin erzählt, die angeblich auf Frauen steht. Jetzt wird sie wissen, daß ich von mir geredet habe. Peinlich. Aber sie muß es ja wohl geahnt haben, weil sie Rieke eingeladen hat. Ihr kann doch niemand widerstehen.

Ich bin froh, als Jana und Rieke anfangen, sich über das Musikfestival zu unterhalten. So kann ich mir die zwei Schönen in Ruhe ansehen. Sie wirken so anders als die Frauen, die ich bisher kannte. So charmant, so stark und gleichzeitig weich. Irgendwie haben sie etwas von beiden Geschlechtern. Als hätten sie sorgfältig ausgewählt, welche Eigenschaften sie für sich selbst übernehmen wollen. Hier gelten keine starren Rollenzuschreibungen wie in den Beziehungen zwischen Mann und Frau. Rieke ist charmant wie ein Traummann, zart wie ein Mädchen, stark wie eine Frau. Ich komme mir vor wie die größte Gewinnerin aller Zeiten.

Ich könnte die beiden auffressen. Na ja, schließlich ist das hier ein Speisesaal, schießt mir genüßlich durch den Kopf. Noch vierundzwanzig Stunden zuvor hätte ich geschworen, daß Erotik nicht mein Thema ist. Sinnlose Schwärmerei, Leiden bis zur Gänsehaut, das waren die Dinge, mit denen ich mich auskannte. Und jetzt kann ich an nichts anderes mehr denken, als an den zarten Hals von Rieke, ihre weichen Lippen, ihre Hände auf meinem Hintern ... Erschreckend. Schön.

„Ich würde eine Menge dafür geben, gerade jetzt in deinen Kopf sehen zu können", reißt mich Rieke aus meinen wohligen Tagträumen.

Ich platze fast vor Verlegenheit, und Rieke und Jana bersten schier vor Lachen, bis ich endlich mitlache. Ich bin albern und aufgedreht, wie elektrisiert. Die beiden schicken sich an, ihre endlose Diskussion über irgend etwas, das sie schon längst aus den Augen verloren haben, fortzusetzen.

„Ich hab keine Lust, nachher von den Massen überrannt zu werden. Können wir vielleicht jetzt gleich in die Cafeteria runtergehen?" Ich hoffe natürlich, daß Jana was anderes vorhat. Im Moment will ich nur eins: mit Rieke knutschen.

Wir trollen uns die Treppen hinunter ins Tiefgeschoß. Plötzlich schlägt sich Jana gegen die Stirn. „Mensch, ich muß ja noch die Einladungen zum Festival eintüten. Ich glaube, ich muß euch verlassen." Sie lügt so unverschämt schlecht, daß es schon peinlich ist.

Rieke strahlt. „Ja dann, Olle – wir sehen uns spätestens morgen, damit ich dir von dem Treffen heute abend erzählen kann. Grüß Chris!"

Rieke ist eine genauso schlechte Schauspielerin. Ihr ist anzusehen, wie froh sie ist, gleich mit mir allein zu sein. Jana lacht uns an und geht.

Rieke wendet sich augenblicklich mir zu und sagt: „Wir gehen jetzt spazieren."

Wieder diese dominante Ton. Und ich Dussel fahre auch noch darauf ab. Wir schlendern am Ufer der Lahn entlang, bis wir auf einen breiten Grünstreifen treffen. Rieke führt mich die Böschung hinunter, zieht sich die Jacke aus, legt sie auf den Boden und bedeutet mir, mich zu setzen. Ich folge ihr wortlos. Da ist sie wieder, diese scharfe Hitze in meinem ganzen Körper. Eine Berührung reicht, um all mein Fühlen in meinen Bauch gleiten zu lassen. Wir schmiegen uns aneinander und küssen uns, erzählen eine Geschichte mit weichen Lippen, tanzenden Zungen, schneller, langsamer. Kein Augenblick ist wie der andere. Ich knöpfe meine Jacke auf und wickele meine warmen Flügel um ihren schmalen Körper. Sie wärmt ihre kalten Hände auf meinem schaudernden Bauch, schiebt sie in meine Achselhöhlen, bis sie pulsierende Wärme ausstrahlen. Küssen. Ihre Hände gleiten über mein T-Shirt zur Wölbung meiner Brüste, schieben sich langsam immer näher heran.

Küssen. Das will ich. Mehr davon.

Riekes Hände unter meinem T-Shirt. Als sie mit den Fingerspitzen auf die hart aufgerichteten Nippel trifft, knurrt sie kurz vor Lust, weil sie deutlich fühlen kann, wie sehr ich sie begehre. Wir wälzen uns herum, die Hände überall. Ich zupfe an den Haaren unter ihren Armen.

Wenn nur diese elend kalten Füße nicht wären.

Hände streifen über Hosenstoff. Ich will sie nackt. Aber es ist so verflucht kalt. Ein Königreich für ein Bett in einem warmen Zimmer.

Als wir vor Kälte zittern und die ständige Erregung, die kein wirkliches Ventil finden kann, uns langsam erschöpft, schlage ich vor: „Laß uns 'ne heiße Schokolade trinken gehen, sonst holen wir uns die Grippe und müssen unfreiwillig im Bett bleiben."

Rieke springt auf, steckt ihre Hände jetzt unter ihre eigenen Achseln und hüpft von einem Bein aufs andere. „Eine Schokolade kann ich noch trinken. Schade, ich würde lieber freiwillig mit dir im Bett landen, aber ich muß dann noch mal los und ein paar Sachen erledigen."

Ich fürchte mich jetzt schon davor, die zähe Zeit ohne sie herumbringen zu müssen. Ich will mehr.

„Ich erwarte dich heute abend im Café am Markt." Rieke küßt mich noch einmal kurz und stürmt aus der Cafeteria. Was sie wohl vorhat? Ich lehne mich zurück und will den Nachmittag an mir vorüberfließen lassen. In Gedanken an Rieke schwelgen. Ich bin verknallt – und zwar heftig.

Da entdecke ich zwei Tische weiter Tina, Eva und Ute.

Ausgerechnet! Ist das peinlich. Die haben uns bestimmt rumknutschen sehen. Hilfe! Mit rasendem Herzen winke ich ihnen zu und grinse. Sie gestikulieren, ich solle doch zu ihnen rüberkommen. Bleischwer schleppe ich mich an ihren Tisch.

„Hey, schön dich zu treffen", begrüßt mich Tina.

„Find ich auch", meint Ute.

„Setz dich doch." Eva weist auf den leeren Stuhl neben sich.

„War das da deine Freundin?" Ute redet nicht lange um den heißen Brei.

„Mhmh, ja, das ist Rieke. Wir haben uns gerade erst kennengelernt."

„Ich wußte gar nicht, daß du lesbisch bist. Hast du nicht erwähnt, als wir neulich zusammen unterwegs waren." Tina lächelt immer noch.

Ich fasse es nicht. Während ich selbst noch bei dem Wort „lesbisch" zusammenzucke, reden die davon, als wäre es wie eine Vorliebe für Spinat oder rote Socken. Niemand schaut mich verächtlich oder angeekelt an, schneidet mich oder spuckt vor mir aus.

„Na ja, da wußte ich es auch noch nicht so genau. Es ist meine erste Freundin. Zu Hause habe ich gedacht, ich wäre mehr so ein Kopfmensch und nicht gemacht für die Liebe."

Alle drei prusten los.

„Aber inzwischen hab ich wohl ein bißchen mehr kapiert." Ich bin richtig glücklich, darüber zu reden.

„Weißt du, ich kann mir das für mich nicht vorstellen – mit Frauen, meine ich. Ich steh wirklich total auf Männer. Hast du es denn schon mal mit Männern probiert?" fragt Eva.

Meine Stimmung sinkt ein bißchen. „Klar, ich hatte einen Freund. Aber es war nicht besonders gut – weder für ihn noch für mich."

Doch Eva gibt sich noch nicht zufrieden. „Ich würde mich vielleicht nicht gleich als lesbisch bezeichnen. Du hast doch letztens in der Kneipe erzählt, daß dich die Jungen an deiner Schule nicht sonderlich ernst genommen haben. Vielleicht ist deshalb der Wunsch nach den Frauen entstanden. Wenn du jetzt aber mit Genossen zu tun hättest, die dich als Frau und revolutionäres Subjekt anerkennen, könnte sich das vielleicht ja wieder ändern."

Ich könnte ihr glatt den Hals umdrehen.

„Nun mach aber mal 'nen Punkt", motzt Ute dazwischen. „Mensch, Eva, das hier ist kein Parteiseminar über die bürgerliche Dekadenz der Homosexualität. Das ist die Wirklichkeit. Vielleicht läßt du Ulli erst mal ihre Gefühle erkunden, bevor du einen ideologischen Korken draufsetzt?"

Danke, Ute, ich könnte dich knutschen.

Tina nickt nur und grinst mich an. „Jetzt mal im Ernst, bist du richtig verknallt?"

Ich nicke nur stumm.

Tina greift nach ihrer Tasse. „Dann mach was draus."

Eva guckt beleidigt. „Ich hab ja nur zur Vorsicht geraten. Das wird doch wohl noch erlaubt sein. Euer Liberalismus weicht bloß alle Fronten auf."

Fronten? Jetzt reicht's mir. Ich zucke bedauernd mit den Schultern und murmele: „Ich hab einen Termin. Macht's gut und bis die Tage."

Pünktlich sitze ich im Café am Markt. Ich werde Rieke bestimmt nicht sagen, daß ich lediglich von der Cafeteria hierher übergewechselt bin. Sie soll mich ja nicht für faul halten. Doch sie fragt nichts, als sie kommt. Wir sitzen nur da und schauen uns an und können gar nicht voneinander lassen. Ich erzähle ihr mit meinen Augen von meiner Lust, meiner Ungeduld, und sie antwortet mit einem Versprechen.

Dann brechen wir auf zum Frauenzentrum. Wieder reden wir kaum auf dem Weg. Jede ist in ihre eigenen Gedanken versunken, während wir Hand in Hand durch die Straßen gehen. Ab und zu sieht Rieke mich mit einem warmen Blick an, und ich antworte ihr mit einem zaghaften Lächeln.

Mich beschäftigt nur eines: Wie soll ich den Mut aufbringen, in dieses Frauenzentrum hineinzugehen? Was mache ich, wenn ich in einem Raum voller Lesben stehe? Sehen sie allesamt anders aus als Frauen, die Männer lieben? Wird Rieke zu mir stehen? Ich wollte, ich wäre gelassener. Aber ich habe das Gefühl, zu meiner eigenen Taufe zu gehen. Ich werde in das eingeführt, was mein Leben verändern wird – in die Frauengemeinschaft.

Sei nicht so pathetisch, Ulli.

Da taucht das Frauenzentrum auch schon vor uns auf. Ich greife nach Riekes Hand: „Warte mal einen Moment. Ich bin so aufgeregt."

Rieke nimmt mich in die Arme. „Du mußt dich nicht fürchten. Sie sind alle sehr nett. Du wirst sehen, es gefällt dir bestimmt. So, nun komm, du kleiner Hasenfuß." Sie zieht mich durch die offene Tür in den hohen Vorraum.

Rechts vom Eingang ist eine Theke mit einem hölzernen Flaschenregal dahinter. Auf dem Tresen selbst stapeln sich schmutzige Gläser und Teller neben verschiedenen Spendendosen. „Für die Frauen aus dem Widerstand" steht auf einer von ihnen. Wir gehen weiter durch einen Raum, der mit Sperrmüllmöbeln als kleines Café eingerichtet ist. Von irgendwoher erklingt eine leise, zarte Frauenstimme: „Sweet woman ..." Fransentücher liegen auf den welligen Tischplatten ausrangierter Wohnzimmertische, um die Stühle stehen, die in allen Farben des Regenbogens lakkiert sind. Feld- und Wiesenblumen wuchern aus alten, mit Kreppapier umhüllten Gurkengläsern auf den Tischen. Die hohen getünchten Wände sind mit Plakaten übersät. Vom Frauenball bis zur Lesung wird für alles mögliche geworben. Doch ich habe keine Zeit, mir die Plakate im einzelnen anzusehen. Rieke zieht mich weiter in einen größeren Raum mit verschiedenen Sofaecken, Regalen voller Büchern und Aktenordnern und einem rotglühenden Gasofen, dessen Schutzgitter zu bizarren Formen zerschmolzen ist. Gut zwanzig Frauen sitzen schon auf den aufgestellten Stühlen. Ich verstecke mich hinter Rieke und finde mich feige. Aber ich kann einfach nicht hochsehen, weil es mir allzu peinlich ist.

Rieke zieht mich hinter ihrem Rücken hervor: „Darf ich euch Ulli vorstellen? Sie wird jetzt auch in unserer Gruppe mitmachen. Ulli ist neu in der Stadt und voller Tatendrang. Und so was können wir doch wohl gebrauchen, oder?"

Alle Frauen nicken beifällig. Ich suche mir mit gesenktem Kopf einen Platz jenseits der Lichtkegel direkt am Fenster. Von hier aus kann ich mir alles in Ruhe ansehen, ohne mich die ganze Zeit beobachtet zu fühlen. Doch ich kann mich nicht ganz verschwinden lassen, weil sich zu Beginn des Arbeitstreffens alle Frauen kurz vorstellen. Mein Kopf schwirrt bereits nach drei Frauen, und als ich selbst an der Reihe bin, fällt mir nicht Originelleres ein als: „Ich bin also Ulli, wie Rieke schon gesagt hat."

Die Frauen sehen so ungewohnt aus. Die kleine stämmige Jutta trägt naturfarbene Baumwollhosen und ein weites lila Sweatshirt. Ihre dunklen Haare stehen ihr wie Stacheln vom Kopf ab. Die sanfte Petra mit der hohen Stimme trägt ein buntes Seidentuch als Stirnband und eine riesige Doppelaxt um den Hals. Die schwarze enge Lederhose der coolen Sanne knatscht bei jeder Bewegung. Neben Sanne liegen ein Integralhelm, Handschuhe, Nierengurt und eine dicke Lederjacke. Claudia mit den schulterlangen roten Haaren lümmelt lässig in einem Sessel und raucht, bis eine der Frauen sich in beleidigtem Ton über die Qualmerei beschwert. Heidrun und Christa müssen ein Pärchen sein. Ihre Tuscheleien und vertraulichen Gesten lassen keinen anderen Schluß zu. Die anderen Frauen melden sich nicht so oft zu Wort, deshalb kann ich mir ihre Namen nicht alle merken.

Rieke führt das große Wort. Sie ist ganz in ihrem Element. Sie scheint leidenschaftlich gern zu organisieren. Ich bemühe mich, nicht zu oft zu ihr hinzusehen, weil mich ihr Anblick vom Zuhören ablenkt. Sofort jagen mir Bilder vom gestrigen Abend und Erinnerungen an die Berührungen durch den Kopf und über meine Haut. Ich präge mir den Raum, die Frauen, den Geruch und die Farben ein. Noch bin ich nicht richtig in die Runde aufgenommen. Ich sauge alles begierig in mich ein. Ich weiß, daß ich in Zukunft öfter hierher kommen werde. Diese Frauen ziehen sich an wie Piratinnen, Bäuerinnen, Motorradfreaks. Sie sind alle so unterschiedlich, und es macht ihnen offensichtlich Spaß, sich ungewöhnlich zu kleiden. Ihr individueller Stil hat jedenfalls herzlich wenig Ähnlichkeit mit dem der Frauen, die ich bisher kannte. Fast alle tragen eine Doppelaxt um den Hals oder am Ohr. Daran werde ich sie also von nun an erkennen, daran und an der eigenwilligen Art, sich zu kleiden.

Zwei ermüdende Stunden geht es um technische Details und eine zermürbende Auseinandersetzung über die Bitch Band und ihre geplante Aktion. Nie wird eine der Frauen laut. Aber manchmal schwingt ein moralischer, fast weinerlicher Ton mit, der schlimmer ist als böse Worte. Diese Art zu reden kenne ich von zu Hause. Sie erzeugt mehr ein schlechtes Gewissen, als daß sie wütend macht. Diejenige, die in diesem Ton angegriffen wird, kann sich nur noch aussuchen, ob sie sich für unsensibel oder rücksichtslos halten soll. Ich mag diese indirekte Kritik nicht, zumal meist Rieke das Ziel dieser Damen ist. Ihre sehr direkte Art ist gerade den etwas weinerlichen Frauen ein Dorn im Auge. Doch

Rieke scheint das wenig zu stören. Sie macht sich eher einen Spaß daraus, die Frauen zu brüskieren. Ich halte mich da vorerst lieber raus.

Als es darum geht, Aufgaben zu übernehmen, erkläre ich, daß ich bei einer Zeitung gearbeitet habe und von daher gern in der Pressegruppe mitmachen würde. Die rothaarige Claudia mit ihrer übergroßen braunen Wildlederjacke lächelt mich freundlich an, und ich freue mich schon darauf, mit ihr Plakate und Flugblätter zu entwerfen. Ihre leicht spöttische Art gefällt mir. Nach dem Ende des Arbeitstreffens verabreden wir uns für den kommenden Freitagabend. Ich unterhalte mich noch kurz mit Claudia, als Rieke mir von hinten die Arme um die Hüften legt und mir ins Ohr flüstert: „Laß uns hier ganz schnell verschwinden."

Hastig verabschiede ich mich von Claudia. Rieke geht schon vor und ruft ein Minicar, eine Art Aldi-Taxi zum Billigtarif. Auf dem Weg hinaus läßt sie mir an der Tür galant den Vortritt. Ich spüre die neugierigen Blicke der anderen auf mir und genieße sie.

Das Minicar ist schon da. Wieder ist Rieke zur Stelle und hält mir die Tür auf. Ich fühle mich großartig. Rieke nennt dem Fahrer ihre Adresse, und wir sausen den Berg hinunter und werden mit eleganten Schwüngen bis zu einem malerischen Platz gekurvt. Riekes WG wohnt in einem Patrizierhaus im alten Garnisonsviertel am Fuße des Stadthügels. Die Kaserne existiert noch, doch die modernen Offiziere sind in moderne Vorortvillen gezogen. WGs und Professoren haben die stuckverzierten Häuser für sich erobert.

Die Wohnung von Riekes WG ist riesig, und die Zimmer gleichen Sälen. Bei dreien der fünf Zimmer stehen die Türen einladend offen, doch die Bewohnerinnen scheinen ausgeflogen zu sein. Rieke läßt mich überall einen Blick hineinwerfen. Parkettböden und Stuckdecken machen aus jedem Zimmer ein Juwel. Wenn ich an meine kleine Bude denke, wird mir ganz anders.

Doch schon führt Rieke mich zum Ende des Flures. Als wir eintreten, kriege ich große Augen. Dies ist kein Zimmer, sondern vielmehr ein Archiv. Überall liegen Stapel von Papieren, Zeitungen und Zeitschriften, ausgeschnittene Artikel, Flugblätter, Broschüren und handgeschriebene Notizen. Ein überquellender Schreibtisch schlägt eine Schneise in die Papierlandschaft, davor steht ein wackeliger alter Bürostuhl aus Holz. Ansonsten liegen nur ein paar große Sitzkissen herum. Am hinteren Ende des Raumes ist ein Podest mit ihrem Bett.

„Möchtest du was trinken? Wir haben Saft und Malzbier oder Sprudel."

„Sprudel. Danke."

Rieke flitzt in die Küche am anderen Ende der Wohnung. Es ist still hier. Ich hocke mich auf eines der dicken Kissen auf dem Boden und lehne mich mit dem Rücken an das hohe Podest mit der breiten Matratze. Nie im Leben hätte ich mich auf das Bett gesetzt. Da kommt Rieke mit einer Flasche Sprudel und zwei Gläsern zurück. Sie setzt sich neben mich, schenkt ein und reicht mir ein Glas.

„Willkommen in meinem Reich."

Wir stoßen an. Ich bin unsicher und durcheinander. Ich weiß, daß ich heute nacht mit ihr zusammensein will. Und gleichzeitig verfluche ich meine Ahnungslosigkeit. Ich bin kurz davor, aufzustehen und wegzulaufen, als Rieke mir das Glas aus der Hand nimmt, es neben ihr Glas auf den Boden stellt und mich in die Arme nimmt. Sie küßt mich, und ich lasse mich fallen in diesen Kuß, genieße die schützenden Wände um uns herum und den warmen Teppich unter uns. Ich streiche mit meinen Händen über ihren Rücken, schlüpfe unter ihren Pullover. Ihre Haut ist weich und warm. Langsam läßt sie ihre Hände zu meinem Bauch, meinen Brüsten wandern. Einen Moment lang fürchte ich, kitzelig zu sein. Ich drehe mich auffordernd in ihre offene Hand, bis meine Brust ganz in ihr verschwindet. Meine Haut hat ein Eigenleben.

Ich lasse meine Hand auf ihre Brust gleiten. Die Spitze ist hart. Ich könnte diese kleine, feste Brust stundenlang streicheln. Und küssen. Rieke streift mir mein Hemd und meinen BH ab, und ich helfe ihr aus ihrem Pullover. Sie steht auf und zieht mich hoch. Wir nehmen uns in die Arme und küssen uns mit nacktem Oberkörper. Ihre Beine pressen gegen meine, ihr Bauch drückt sich an meinen, Brüste liegen an Brüsten. Sie knöpft meine Hose auf. Ich kann nicht mehr stehen, taumele gegen das Podest. Sie schiebt mich auf das Bett, zieht mir die Hose herunter, streift meine Strümpfe ab. Dann kommt sie zu mir aufs Bett. Ich nestele hastig und ungeschickt an ihrer Hose. Sie lächelt, hält meine Hände fest, küßt mich und flüstert: „Langsam." Ich lasse mich rücklings auf die Matratze fallen und ringe nach Atem, als sie sich die Hose abstreift. Dann senkt sie ihren Kopf auf meinen Bauch, küßt meinen Bauchnabel, meine Rippen. Meine Haut zuckt bei jeder Berührung. Dornröschen wird wachgeküßt. Ich ziehe ihren Kopf an meine Brüste und bin einen Moment erschrocken über meine eigene Unverfrorenheit. Doch alle Bedenken werden fortgespült von einem maßlosen Gefühl, das über mich kommt, als sich ihre Zunge meiner Brustspitze nähert, sie ertastet, sie umkreist und sie mich mit ihren Lippen zwickt. Ich knete ihren Rücken, streichele ihren Kopf. Schneller, bitte schneller. Da gleitet ihre Hand in meinen Slip, ohne Vorwarnung. Ich weiß, wie feucht ich bin, und es ist mir peinlich. Doch als ihr Streicheln fester, fordernder wird, verliert sich jeder Gedanke in Bewegung, Verlangen, Hitze und dem absoluten Wunsch, von dem elektrischen Ziehen in jeder Faser meines Körpers erlöst zu werden. Ich wiege meine Hüften, recke sie ihr entgegen, greife nach ihren Brüsten, fasse sie, bin fassungslos, will ihre Lust ganz spüren. Rieke läßt mich einen Augenblick los, zieht mir die Unterhose herunter und streift ihre eigene ab. Jetzt sind wir völlig schutzlos. Ich stürze mich auf sie, erfühle das letzte bißchen Verborgenheit an ihr. Sie in mir, ich in ihr, wer wem den Rhythmus gibt, ist unwichtig. Sie reibt und gleitet, sie streichelt und beißt. Ich versinke in der Wärme ihrer Höhle.

Ich will das.

Mehr, weiter, schneller.

Das kann nicht verkehrt sein.

So habe ich noch nie gefühlt.

Rieke riecht so gut. Ein intensiv-nussiger Geruch durchströmt den ganzen Raum. Es ist das Auge des Wirbelsturms, das uns noch einmal innehalten läßt. Wir sehen uns an, küssen uns. Dann lassen wir uns ganz in unsere Lust fallen. Steigern uns. Rieke legt sich auf mich. Diese zierliche Frau ist stark. Ich sehe ihre sehnige Schulter, wie sie sich rhythmisch anspannt und entspannt, fühle sie in mir, bin in ihr. Da merke ich, wie sich meine Muskeln zusammenziehen, ich mich aufbäume, ein heißes Kribbeln mich fast erstarren läßt. Und dann nur noch schreien und beben und zucken. Rieke nicht loslassen, nicht aufhören, Rieke tanzen lassen.

Da fühle ich, wie sich Riekes Muskeln spannen, sich ihr Inneres um mich schmiegt. Sie erstarrt, ihre Ringe um meine Finger zucken in immer langsamer werdendem Rhythmus. Ein rauher Schrei, und Rieke sinkt in meinen Armen zusammen.

Wir reden nicht. Ich habe keine Worte. Alle Poren atmen, und eine tiefe Ruhe breitet sich in mir aus. Riekes Brustkorb hebt und senkt sich gleichmäßig. Ich habe sie geliebt, und sie hat mich geliebt. Ich kannte sie nicht, meine unbedingte, drängende Lust. Es hatte mit nichts, was ich vorher erlebt hatte, etwas zu tun. Wieder steigt die Hitze in mir hoch. Ich will mehr davon, schneller, ungestümer. Aber jetzt will ich sie haben, nur für mich. Ich drehe sie sanft herum, hebe sie rücklings auf meinen Bauch. Sie entspannt sich. Ich streichele mit beiden Händen ihren zierlichen, starken Körper. Ich habe die Hände frei, bin überall, streichele sie, umkreise ihren Bauchnabel, halte ihre Brüste mit festem Griff. Es geht schnell. Sie klammert sich an meine Seiten. Ich schiebe sie mit meinen Hüften meiner Hand entgegen, lasse sie in Wellen gleiten. Sie wirft ihren Kopf hin und her. Keucht. Dann stemmt sie sich hoch und sackt mit einem heiseren Laut wieder auf meinen Bauch. Wieder ist nur Stille. Ich habe sie erfühlt. Sie wirft sich herum, reibt mit einer Hand hart und schnell und dringt mit der anderen wieder in mich ein, und ich bin überwältigt, unmittelbar heftig.

Ich bin wohlig müde, liege in ihrem Arm und male schnörkelige Muster in den Schweißfilm auf ihrem Bauch. Sie streichelt sanft meine Schulter.

„Geht es dir gut?" flüstert Rieke.

„Ja, so gut wie noch nie in meinem Leben", flüstere ich zurück, schon halb mit dem Schlaf kämpfend.

Doch als ich mich gerade ausstrecken will, räuspert sich Rieke, richtet sich auf, stützt den Kopf in die Hand und guckt leicht verzweifelt. „Ich kann nicht."

„Was kannst du nicht?"

„Ich kann nicht mit dir in einem Bett schlafen. Das halte ich nicht aus. Ich muß schließlich morgen früh an die Uni. In drei Monaten mach ich Examen. Ich bin verrückt, aber ich muß dich nach Hause schicken, sonst lieben wir uns die ganze Nacht und ich bin morgen zu nichts mehr zu gebrauchen."

Ich bin wie vom Donner gerührt. Doch ich traue mich nicht, etwas dagegen zu sagen. „Versteh ich doch. Ich gehe. Aber es ist so verdammt weit."

„Soll ich dir mein Fahrrad leihen? Du kannst es mir ja morgen nachmittag zurückbringen."

Sie zwinkert mir zu. Wir werden uns morgen wiedersehen. Jetzt kann ich gehen.

Die Nacht ist kalt. Aber mein Bauch ist wohlig warm, und ich schnüffele in mein Hemd hinein, genieße den Duft der letzten Stunden. Riekes Fahrrad ist niedrig, und ich muß im Stehen fahren, um vorwärtszukommen. Ich trete in die Pedalen, werde immer schneller.

Dann lasse ich mich auf den Sattel fallen und strampele mit den Beinen. Ich fahre freihändig in Schlangenlinien.

Wann ich angefangen habe, zu schreien, weiß ich nicht. Ich schreie und strampele. Alles in mir tobt. Ich bin frei, und ich bin wahr. Mein Leben jenseits der alten Gebote hat begonnen, und die Regeln, die ich in Zukunft befolgen werde, werden meine eigenen sein.

Tabula rasa. Ich bin eine Frau.

Die Deutsche Bibliothek – CIP-Einheitsaufnahme
Beerlage, Ahima:
Sterne im Bauch: Roman / Ahima Beerlage.
Berlin : Krug & Schadenberg, 1998
ISBN 3-930041-15-4

Heimstraße 19, 10965 Berlin

Originalausgabe
1. Auflage 1998

Lektorat, Satz und Gestaltung: Types, Berlin
Umschlagillustration: Mirta Domacinovic, Offenbach
Druck: Clausen & Bosse, Leck